btb

Buch

Ein Nietzsche-Roman? Nein und Ja. Jedenfalls eine grotesk-burleske Geschichte über die letzen Jahre des großen Philosophen. Das erste Buch setzt mit dem berühmten Turiner Vorfall vom Januar 1889 ein, mit Nietzsches letzter Flucht, die in die psychiatrischen Anstalten zu Basel und Jena führte. Im zweiten Buch gerät der Philosoph in die hingebungsvolle, aber auch verstörende Obhut seiner Mutter, die 1897 stirbt. Das dritte Buch handelt von Nietzsches letzten Jahren unter der Regentschaft seiner Schwester Elisabeth Förster. Aber Böhmer erzählt keinen chronologischen Lebenslauf. Den hellsichtigen Patienten suchen alle Gespenster seines Lebens heim: Episoden aus der Kindheit, skurrile Kollegen aus der gelehrten Zunft, vor allem aber eine geisterhafte Liebesgeschichte, die kein Ende nehmen will. In immer neuen Schüben kehrt Nietzsche in den Schwarzwald zurück, wo er einst seine »große Genesung« versuchte, und nach Marienbad, wo er einen riskanten Neuanfang probte, der ihn in eine Kriminalaffäre verwickelt hat, die er mit bemerkenswerter Gelassenheit überstand ...

Otto A. Böhmer bedient sich der historisch verbürgten Tatsache – und deutet sie literarisch aus und um. So verschwimmen Wirklichkeit und Phantasie, so wird aus der Biographie ein aberwitziger Roman.

Autor

Otto A. Böhmer, geboren 1949 in Rothenburg ob der Tauber, lebt als Schriftsteller und Filmemacher in Wöllstadt (Wetterau). Zahlreiche Veröffentlichungen, u. a.: »Sternstunde der Philosophie« (1993), »Neue Sternstunden der Philosophie« (1995), »Als Schopenhauer ins Rutschen kam« (1997). Zuletzt erschien im Knaus Verlag der Roman »Der junge Herr Goethe« (1999).

Von Otto A. Böhmer ebenfalls lieferbar bei btb:

Weimarer Wahn. Roman (72488)

Otto A. Böhmer

Der Hammer des Herrn

Roman

btb

Umwelthinweis:
Alle bedruckten Materialien dieses Taschenbuches sind chlorfrei und umweltschonend.

btb Taschenbücher erscheinen im Goldmann Verlag, einem Unternehmen der Verlagsgruppe Bertelsmann.

1. Auflage
Genehmigte Taschenbuchausgabe Mai 2000

Umschlaggestaltung: Design Team München
Umschlagfoto: AKG, Berlin
Satz: IBV Satz- und Datentechnik GmbH, Berlin
BH · Herstellung: Augustin Wiesbeck
Made in Germany
ISBN 3-442-72616-6

»Allen jenen überlegenen Menschen, welche es unwiderstehlich dahin zog, das Joch irgendeiner Sittlichkeit zu brechen und neue Gesetze zu geben, blieb, wenn sie nicht wirklich wahnsinnig waren, nichts übrig, als sich wahnsinnig zu machen oder zu stellen ... Wie macht man sich wahnsinnig, wenn man es nicht ist – ? – Wer wagt es, einen Blick in die Wildnis bitterster und überflüssigster Seelennöte zu tun, in welchen wahrscheinlich gerade die fruchtbarsten Menschen aller Zeiten geschmachtet haben ... Jene Seufzer der Einsamen und Verstörten zu hören: ›Ach, so gebt doch Wahnsinn, ihr Himmlischen! Wahnsinn, daß ich endlich an mich selber glaube!!‹«

FRIEDRICH NIETZSCHE, *Morgenröte*

Für Christel und Mareike

ERSTES BUCH

Müde, krank vom Licht

1 Es ist genug

An einem zunächst nebligen, dann immer heller werdenden Wintertag fiel in Turin ein altmodisch gekleideter Herr, ein schnauzbärtiger Mensch mit traurigem Blick und fast frechen Augen, auf offener Straße einem Pferd um den Hals, das von seinem Kutscher kurz zuvor mit Peitschenhieben traktiert worden war. Der Mann, der wie ein Akademiker im Vorruhestand aussah, schluchzte; dabei lachte er aber auch, kicherte und greinte, wie später mindestens ein Zeuge berichtete. Das Pferd, das nicht befragt werden wollte, widersetzte sich der Umarmung; es reckte den Hals, wieherte und stampfte mit den Hufen. Der ungebetene Tierschützer aber, der an ihm hing wie eine Klette, wurde immer lauter; er johlte und schimpfte, und innerhalb kürzester Zeit, so wird berichtet, hatte sich eine Menschenmenge um das Pferd und seinen neuen Freund gebildet. Man erging sich in allerlei Zurufen, aber die Situation eskalierte keineswegs wie erhofft. Weder mußte der Mann das Pferd entkräftet loslassen, um dann zu Boden zu plumpsen und unter die nervösen Hufe zu geraten, noch verfiel das Tier in Galopp und rannte mit seinem Verehrer am Hals auf und davon. Erst als der Kutscher, der sich zwischenzeitlich einige Gläser Rotwein gegönnt hatte, an den Ort des Geschehens zurückkehrte, kam wieder Stimmung auf. Giovanni Tardelli nämlich, so hieß der Kutscher, wie sich hinterher herausstellte, griff erneut zur

Peitsche und bearbeitete damit nicht nur sein Pferd, sondern auch den Mann, der dem Tier noch immer am Halse hing. Diese an sich barbarische Aktion wurde von den Umstehenden mit Beifall begleitet. Das Schimpfen des Mannes ging in ein Wimmern über; kein Zweifel: er litt. Kurze Zeit später trat die Polizei, die wohl ein zartbesaiteter Zeitgenosse verständigt hatte, in Gestalt von zwei kräftigen Beamten auf den Plan. Sie lösten den Mann vom Hals des Pferdes, schnauzten den Kutscher an, der sich darüber beschwerte, daß man seinem Pferd gegenüber zudringlich geworden war, und ersuchten die Menge höflich, aber bestimmt, sich umgehend aufzulösen. Danach nahm man ein Protokoll auf, das nicht viel Neues erbrachte. Der Mann, der mittlerweile ruhiger geworden war, hieß angeblich Friedrich Nietzsche, nannte als Beruf »deutscher Professor und Denker im Ausland« und gab als Grund für sein aufsehenerregendes Verhalten an, daß es mit dem Tier- und Menschenschutz in Europa längst nicht mehr zum Besten stehe und nunmehr Fanale, Einzelaktionen also mit System, gefragt seien. Danach wurde der merkwürdige Herr Nietzsche von seinem Vermieter, einem Mann namens Davide Fino, abgeholt und nach Hause geleitet.

So oder ähnlich hat es sich zugetragen. Mit diesem Ereignis brachte man die Berichterstattung über den kaum bekannten, allenfalls mäßig erfolgreichen Altphilologen und Philosophen Friedrich Nietzsche an ihr Ende, und es begann eine ganz andere Geschichte – eine Geschichte, in deren Verlauf der Mann, der am Pferd hing, zum irrsinnig bekannten Denker wurde, zu jenem Nietzsche, an dessen Sentenzen die Welt noch heute kaut.

Ein Arzt war gekommen und hatte Nietzsche ruhiggestellt. Der aber war ohnehin ruhig, sagenhaft ruhig; zwar weinte er ab und zu oder eilte ans Piano, um einige kräftige Schläge loszuwerden, aber er fühlte sich gut, seltsam matt und aufgekratzt, ein von der Welt abgehobener Professor, der jetzt seiner Wahrheit diente. Er redete nicht viel, aber wenn er etwas sagte, gab es ganze Kaskaden, und man mußte sich schon mächtig anstrengen, um ihn zu verstehen.

Am nächsten Tag erschien Nietzsches Freund Franz Overbeck in Turin. Er war, ein steifer, gravitätisch wirkender Theologe, der die Redlichkeit zur metaphysischen Kategorie erhoben hatte, aus Basel herbeigeeilt; er rechnete, nach allem, was er wußte, mit dem Schlimmsten. In einem Brief, den er an seine Frau und andere Neugierige richtete, gab er gleich nach seiner Ankunft Laut; Overbeck schrieb: »Nun also ist eingetreten, was wir alle befürchtet haben ... Nietzsche, so wurde mir mitleidlos bedeutet, hat den Verstand verloren! – Gestern, am 8. Januar 1889, traf ich, nach einer Fahrt von achtzehn Stunden, in Turin ein; es war wohl gegen drei Uhr nachmittags ... Im Hause Davide Finos, seines Vermieters, eines braven Mannes mit großer Familie, erblickte ich Nietzsche in einer Sofaecke kauernd und lesend ... Er, entsetzlich verfallen aussehend, stürzt auf mich zu, umarmt mich heftig, mich erkennend, und bricht in einen Tränenstrom aus, sinkt dann unter Zuckungen aufs Sofa zurück – und ich, ich bin vor Erschütterung nicht imstande, auf den Beinen zu bleiben ... Zugegen war die ganze Familie Fino. Kaum lag Nietzsche stöhnend und zuckend wieder da, als man ihm das auf dem Tisch stehende Bromwasser zu schlucken gab. Augenblicklich trat Beruhigung ein, und lachend begann Nietzsche vom großen Empfang zu reden, der für den Abend vorbereitet sei. Damit war er im Kreise der Wahnvorstellungen, aus dem er dann, bis ich ihn aus den Augen verloren, nicht wieder getreten ist ...

Über mich und überhaupt die Personen anderer war er stets klar, über sich selbst aber in völliger Nacht befangen ... Das heißt, es kam vor, daß er, in lauten Gesängen und Rasereien am Klavier sich maßlos steigernd, Fetzen aus der Gedankenwelt, in der er zuletzt gelebt hat, hervorstieß, und dabei auch in kurzen, mit einem unbeschreiblich gedämpften Tone vorgebrachten Sätzen sublime, wunderbar hellsichtige und unsäglich schauerliche Dinge über sich als den Nachfolger des toten Gottes vernehmen ließ; der Hammer des Herrn sei er, Gottes auserwähltes Schlaggerät, und dabei lachte er fürchterlich, das Ganze auf dem Klavier gleichsam interpunktierend, worauf wieder Konvulsionen und Ausbrüche erfolgten; doch, wie gesagt, das kam nur in wenigen flüchtigen Momenten vor, soweit ich dabei gewesen ... Im ganzen überwogen die Äußerungen des Berufs, den er sich selbst zuschreibt, der Possenreißer der neuen Ewigkeiten zu sein ...«

Gewiß, Nietzsche hatte sich verändert, rasend schnell, wie es dem bedächtigen Overbeck vorkommen mußte, den nichts so sehr ärgerte wie unnütze und unnötige Unordnung; wenn seine Socken etwa am Morgen nicht da lagen, wo sie hingehörten, oder wenn man Gott in die neuen Experimentierphasen mit aufnahm, die überall ausgebrochen waren. Die Naturwissenschaften drangen zu den letzten Geheimnissen vor, aber sie konnten nur lallen in all ihrer mörderischen Exaktheit, und die verbliebenen wackeren Theologen wurden allmählich umzingelt von Jehovas freundlich-aufdringlichen Zeugen, war es nicht so?, und Nietzsche, prädestiniert als Opfer, hatte für einen unvermeidlichen Zusammenbruch gesorgt. Das alles bot Gesprächsstoff und konnte in hypernervösen Briefen abgehandelt werden, aber ein wirklicher Grund für ehrliche Aufregung war das nicht. Oder doch –

Nietzsche nämlich ist, wie schon angedeutet, die Ruhe in Person. Er sitzt auf dem Sofa und lächelt. Es ist still im Raum; nur aus den fernen Straßenschluchten klingt Lärm auf, gedämpfter, fast abgewürgter Lärm; Verkehr, der zum Erliegen gebracht wurde, ein Rauschen der Stadt in der Stadt. Overbeck hat sich verzogen; er will den Freund, der gar nicht weiß, was das soll, am nächsten Tag nach Basel mitnehmen. Dort wartet man schon in der Psychiatrie auf ihn; Overbeck hat alles arrangiert; es ist ihm zur Selbstverständlichkeit geworden, Gutes zu tun.

Wenn man Nietzsche genauer betrachtet, sieht man, daß er hagerer geworden ist. Die Krankheit zehrt an ihm, aber was ist seine Krankheit? Im nächsten Augenblick bläst er die Backen auf und schaut aus wie ein gutgenährter Clown, der sich Gedanken macht über seinen Schnurrbart, der den Rotz auffängt und als Eßbremse dient. Er findet im Moment alles komisch. Furchtbar komisch. Natürlich hat er ein Flimmern vor Augen und ein Raunen im Ohr, aber was um ihn herum vorgeht, weiß er. Man ist besorgt um ihn, glaubt, daß er krank ist, ernstlich krank. Dabei hat er sich nur seines Verstandes entledigt; probehalber sozusagen. Vorher, in den Jahren, Jahrzehnten zuvor, war er wirklich krank. Krank vom Licht. Da wollte ihm der Kopf zerspringen, und sein Magen rebellierte. Ganze Ortschaften hat er zugekotzt. In Basel auf offener Straße, die Bürger wandten sich mit Grausen. In Sils, seinem geliebten Sils, jenem Ort »der reinsten Helle«, einem von Menschenhand zugerichteten Naturwunder zwischen Fels und Eis, an Seen und unter einer fliehenden Sonne, hat Nietzsche das Nietzsche-Haus vollgekotzt. Aber er war immer ein braver, reinlicher Deutscher, und was er nicht in Schalen und Schüsseln auffangen konnte, hat er selber weggewischt, und deswegen ist das Nietzsche-Haus auch heute noch so unglaublich sauber. Damals aber war er wirklich krank. Seine Einsichten trafen ihn ins Herz, und den Tod, seinen Tod, mußte er sich wie eine Bitte um Ruhe vorstellen. Mit ihm, seinem Tod, konnte man sich anfreunden; ein Dunkelmann war das, freundlich und gelassen. Ein Fahnenflüchtiger, heldenhaft unter seiner alles entbergenden Fahne.

Aber jetzt? Jetzt ist er angekommen; er probiert etwas Neues aus, das einzige, was noch möglich erscheint. Vor anderthalb Tagen, als draußen ein popliges Schneetreiben einsetzte und der Ofen ächzte, hat Nietzsche in seinem Winter-Journal notiert: »Es scheint so, als müsse ich mich selber in Sicherheit bringen. Ich werde mich, eingedenk der gnadenlosen Fürsorge, mit der man mich aus nah und fern traktierte, um meinen Verstand bringen, den ich für das, was noch bleibt, nicht mehr benötige. Was zu sagen ist, habe ich gesagt. Man hat nicht gehört, man wollte nicht lesen. Die schrecklichsten Gewißheiten sind wie freundliche Bonmots aufgenommen worden; die Ewige Wiederkunft des Gleichen, der Tod Gottes wurden nicht als hell auflodernde Jahrhundertereignisse begriffen, sondern, in moderner Zurichtung, zu einem Gemeinschaftsakt blödsinniger Unterwerfung gemacht. Ich habe damit – nichts mehr zu schaffen. Auf Wunsch des göttlichen Nietzsche selbst begebe ich mich in die Obhut der approbierten Vernünftigkeit. Ich werde ruhen, im Kranken-Stand ruhen, und es wird sein wie ein listiges Toben.«

Es war, als hätte er sein Testament geschrieben. Dabei lebte er noch, flüsternd und heiser, ein Stimmgewaltiger, der bereit war zu verstummen. Nietzsche erhebt sich. Mühsam, zugegeben. Er schaut sich um. Alles bekannt, glücklich vergessen. Aus dem Nebenzimmer kommt der gute Davide Fino. Er macht sich Sorgen, will helfen. In seinem Haus ist noch kein Mieter gestorben. Aber die Deutschen; sie denken zuviel und halten nichts aus. Fino greift Nietzsche unter die Arme; er will ihn in sein Zimmer geleiten, aufs Bett legen, denn es scheint ihm, als wolle der Professor im Kreise herumgehen. Nur nicht weinen soll er, das mag Fino nicht, denn dann möchte er am liebsten mitweinen. »Noch etwas Wasser?« fragt er. Auf dem Tisch steht noch ein halbvolles Glas. Beruhigungswasser hat der Arzt verordnet, der längst wieder verschwunden ist; Wasser mit Brom versetzt. Mit diesem Wasser, das wie verdünnter Lebertran schmeckt, kann man die Nervösen beruhigen; es ist ein bewährtes Mittel, über das man sich nicht beklagen muß.

»Nein danke«, sagt Nietzsche. Mit einemmal hat er wieder Halt, steht kerzengerade im Raum. Lächelt. »Nein danke. Es ist genug.«

2 Ein schweres, schweres Glück

Overbeck hatte zwei Männer mitgebracht, Dr. Bettmann, Zahnarzt aus Basel, und einen nicht ausgebildeten Krankenpfleger mit Namen Hügli. Bettmann war Overbecks Hausarzt; ein Mann nicht nur für Zahnschmerzen, sondern auch für Sodbrennen, Völlegefühl und grippale Infekte. Er hatte Overbecks Bitte, ihn nach Turin zu begleiten, nur zu gern entsprochen; schließlich war Bettmann auch psychiatrisch bewandert, wie er glaubte, und er kannte Anton Hügli, der die Statur eines Preisboxers hatte und Krankenpfleger werden wollte. Zu dritt würden sie mit Nietzsche schon fertigwerden, der jedoch noch keinen Gedanken an Renitenz verschwendete. Was ihm im Moment durch den Kopf ging, war der einfache Umstand, daß er sich nicht recht vorstellen konnte, was man mit ihm vorhatte. Sie befanden sich auf dem Bahnhof, das sah er; aber warum wollten sie verreisen, er wäre gerne noch in Turin geblieben; jetzt, wo er sich doch eingerichtet hatte und so vieles vorbereitet war. Aber die von ihm gewählte Krankheit schien man ernst zu nehmen; Overbeck vor allem, der Theologe, der nun wirklich dreinblickte wie Gottes Personalchef auf Erden. Die Firma, die er mit- und hauptverantwortlich leiten durfte, machte schon lange keine Gewinne mehr; Entlassungen standen bevor, und wer sagte es den Kindern.

Als der Zug einfuhr, der sie nach Basel bringen sollte, packte Hügli Nietzsche an beiden Schultern; er hatte wohl Angst, daß ihm der Kranke, der gar nicht so krank wirkte, noch ausreißen könnte. »Wenn Sie mich gütigst loslassen wollen«, sagte Nietzsche. »Ich bin harmlos.« Ein Abteil war für sie reserviert, in der dritten Klasse; Overbeck hielt es für richtig, zu sparen. Schließlich konnte es sein, daß er noch länger auf Nietzsche aufpassen mußte, und er hatte doch schon Auslagen gehabt: die Reise nach Turin, den Sold für Hügli, der als ehemaliger Soldat aber sehr billig arbeitete, und in der Psychiatrie in Basel würde man die ersten Untersuchungen auch nicht gerade kostenlos veranstalten wollen. Sicher, irgendwann und hoffentlich bald mußte Nietzsches Familie auf den Plan treten; sie war dazu verpflichtet, für die Verwahrung des Sohnes zu sorgen, für seine Entsorgung zu zahlen. Nächstenliebe war zum teuren Vergnügen geworden, das sich nicht jeder mehr leisten konnte, und Overbeck dachte manchmal, daß es auch ohne Nächstenliebe gehe; einfache Pflichterfüllung genügte – das Selbstverständliche tun und nur Gutes darüber berichten. Hügli bahnte sich den Weg zu ihrem Abteil; entgegenkommende Reisende hatten gegen ihn keine Chance. »Was ist das für ein Mann?« sagte Nietzsche zu Overbeck. »Und der andere? Er hat so etwas Verbissenes.« »Sie stehen uns zu Diensten«, antwortete Overbeck und fügte hinzu: »Geht es Ihnen gut?« Das Abteil war halb verdunkelt; es roch nach Rauch und muffigem Leder. Hügli hockte sich gleich neben die Tür; er sah Nietzsche an, streng, aber auch wie jemand, dem zum erstenmal klar wird, daß er nicht aus seiner Haut kann. »Im Kopf sind die Gedanken«, sagte Nietzsche. »Aber was gut ist, kommt von Herzen, da sind wir ganz altmodisch, nicht wahr.« Er lächelte, und Hügli, der versucht war zu salutieren, lächelte zurück. Der Zug setzte sich langsam in Bewegung; dann wurde er lauter und schneller. Landschaften glitten vorbei, mitleiderregende Landschaften, die sich ausbreiteten und wieder verschwanden. Der Himmel war voller Qualm. Overbeck machte sich an seiner Reisetasche zu schaffen; ein Theologe suchte nach seinen Butterbroten. Dr. Bettmann schlief ein; das ging bei ihm, wie so oft, beispielhaft flott. Nietzsche, der am Fenster saß, hatte sich auf seinem Sitz eingerollt. Er döste vor sich hin, spielte prächtige Visionen ein, in denen sich sein Leben spiegelte, das nun auf Abruf stand. Tagträume, Wünsche; die alte Sehnsucht; so wurden Erinnerungen besorgt, die sicherer waren als früher. Reminiszenzen. Er mußte diese dem Schlaf abgetrotzten Wachstunden nutzen; manches war da noch zu sehen oder neu zu bestimmen.

Früher Morgen und wie so oft diese beängstigende Klarheit. Die Berge stehen im satten Licht. Man sieht bis in feinste Höhen hinauf; Felswände, Schründe, obenauf Eiszungen, Pickelhauben aus den Beständen des Frosts. Nietzsche, den man in Sils-Maria mittlerweile als Kauz kennengelernt hat, wandert im Fextal. Er spricht zu sich selbst; auch das kennt man an ihm. Eine Kutsche fährt vorbei; sie hat zwei Touristen geladen. Nietzsche grüßt nicht, aber er lacht. Er geht auf das Ende des Tals zu, wo eine kleine, stets unbewohnte Hütte steht mit einer Bank davor. Wer auf ihr hockt, schaut direkt hinüber ans Ende der Welt, denn hinter der Hütte, nur durch eine Geröllmulde getrennt vom frierenden Betrachter, wachsen die Schneefelder auf. Sie schieben sich bis hoch in den Himmel, der schließlich, Klarheit hin, Klarheit her, nicht mehr zu sehen ist. Ungelogen. Nur noch Schneefelder, die sich ausdehnen; sie knistern in der kalten Sonne, schmelzen auch, dampfen, aber den Himmel geben sie nicht mehr frei. Er ist verstellt. Zugebaut bis in alle Ewigkeit. Es sei denn, Großes geschieht, und die Berge werden weggesprengt oder fallen zusammen. Aus Altersschwäche. Weil eine neue Zeit kommt, die sich noch wichtiger nimmt. »Könnte doch sein«, sagt Nietzsche vergnügt. »Könnte doch sein.« Die Bank vor der Hütte am Ende der Welt ist seit Wochen sein Lieblingsplatz. Hier sitzt er und schaut und behandelt sich selbst mit ausgesuchter Höflichkeit. Das ist er der Philosophie schuldig, die das Ich entdeckt hat, aber zu beamtenhaft war, um mit ihm Ernst zu machen. »Professoren der Philosophie«, sagt Nietzsche. »Kant, Fichte, Hegel. Deutsche Herren, stark im Geiste, schlaff im Leben. Beamte eben, die für ihre Gedanken, die sich zum System bündeln, bezahlt wurden. Aber durch die Hölle ist die Philosophie noch gar nicht gegangen. Dazu bedarf es anderer Männer.« Er grinst, und in den Schneefeldern hat sich die Sonne verfangen, die nun zu blenden anfängt.

»Er schläft«, sagte Overbeck und biß in sein Butterbrot. Tatsächlich sah Nietzsche inzwischen sehr schlafend aus; er hatte sich klein gemacht neben dem Fenster, den Kopf auf die rechte Handfläche gestützt und schnarchte. Ab und zu redete er auch, ein kaum hörbares Wortesabbern, das im Zuglärm unterging. »Ein Bild des Friedens«, sagte Overbeck. »Aber sehen Sie den Sabber, der aus seinen Mundwinkeln kommt? Der Frieden täuscht; alles ist in Auflösung begriffen. Was festgefügt schien, weicht auf. Eine Zeit wird kommen, in der nichts mehr gilt. Nur noch das Fressen und Gefressenwerden. Und dann muß Gott sich noch einmal zeigen ...« Overbeck griff sich sein nächstes Butterbrot; er hatte Krümel auf der Hose und schmatzte.

»Er da«, sagte Hügli und deutete auf Nietzsche. »Was war er eigentlich?«

»Professor«, sagte Overbeck. »Professor und Philosoph.«

»Ein bekannter Philosoph?«

»Wie man's nimmt. Einige kannten ihn. Die meisten nicht.«

»Also nicht sehr berühmt. Es ist keine Bildungslücke, wenn man ihn nicht kennt.«

»Nein, bestimmt nicht. Vielleicht wird er ja noch berühmt.«

»Sie meinen, weil er verrückt ist?«

»Zum Beispiel.«

»Und was hat er gelehrt, der verrückte Professor?«

»Schwer zu sagen. Genau habe ich das auch nie verstanden. Aber er ging wohl davon aus, daß Gott tot ist. Unser

Herr Gott, der Gott sei Dank nicht auf jede Frechheit hört, die ihm nachgerufen wird! Er soll ersetzt werden durch den Übermenschen, der sich bereichert und berauscht. Wer so etwas denkt –«

»Darf sich nicht wundern, wenn man ihm aufs Gehirn schlägt«, sagte Hügli, und Overbeck lächelte versonnen. Saudumm. Das Gerede der Leute, der halbgebildeten zumal, ist mit ein Grund, den Geist aufzugeben. Nietzsche erhebt sich; die Bank vor der Hütte am Ende der Welt ist hart, zu hart auf die Dauer. Er geht weiter, will sein Tagespensum schaffen, das aus einem Gewaltmarsch besteht, der im Kopf oder mit den Füßen abgeleistet werden muß. Auf dem Weg zurück nimmt er eine Abkürzung, einen Anstieg, der über Wiesen zu einem Felsvorsprung führt, von dem aus man wie ein sichtstarker Raubvogel ins Tal spähen kann. Marmoré heißt diese Höhe, und vor kurzem hat ein Hotelier aus Sils zwei Bänke gestiftet, die nun dort oben festgeschraubt sind, nagelneu, und auf Sitzwillige warten. Gut so. An Nietzsches Lieblingsplätzen in der Gemarkung Sils stehen also Bänke; eine Aufmerksamkeit, die ihm gelegen kommt. Beantragt hat er sie nicht, obwohl er sich, allen inneren Bekundungen zum Trotz, doch schon ruhebedürftig fühlt. Ein Greis in den besten Jahren. »Ich habe noch alle Zähne«, sagt Nietzsche. Er krümmt sich vor Lachen. Wenn er nur nicht so gnadenlos witzig wäre; in Sachen Humor ist er notgedrungen zum Selbstversorger geworden. Oben, auf der Höhe, bestreicht ihn jetzt eine merkwürdige Wärme. Die Sonne, verborgen hinter feinen Wolkenschleiern, macht Dampf; es ist wie im Sommer, wenn die Fliegen schwirren und die plumpen Schädel der Wanderer zugebrannt werden. Na ja, ganz so heiß ist es denn doch nicht; eben warm nur, ermüdend. Berge und Seen verschwimmen; die harten klaren Konturen sind aufgelöst, ein Summen geht durch die Luft. In der Ferne Glockenklang; ein sehr bescheiden gewordenes Priesterchen läutet zum Gebet, streng nach Vorschrift, und natürlich wird er froh, sein, wenn auch heute wieder keiner kommt. »O mein Gott«, ruft Nietzsche, und es kommt kein Echo. »O mein Herr Gott, warum hab' ich dich verlassen. Kamerad, der du für den Himmelsdienst zu alt und für mein Programm auf Erden noch zu unerfahren bist ...«

Und ist dann doch noch eingenickt. Weggetragen worden. Die Bank auf der Höhe hat sich in Luft aufgelöst, in diese klebrig warme Luft, und Nietzsche ist zielsicher wie ein sichtstarker Raubvogel auf einer Waldlichtung gelandet; dort liegt er nun, noch immer unglaublich müde, und eine seltsame Ruhesucht befällt ihn. Mittag des Lebens. Es wird still um ihn; die Stimmen der Welt klingen fern und ferner. Die Sonne scheint steil auf ihn herab. Auf dieser seiner verborgenen Waldwiese sieht Nietzsche der Mensch den großen Pan schlafend; alle Dinge der Natur sind mit ihm eingeschlafen, einen Ausdruck von Ewigkeit im Gesicht – so kommt es ihm vor. Er will nichts, er sorgt sich um nichts, sein Herz steht still, nur sein Auge lebt – es ist ein Tod mit wachen Augen. Vieles sieht da der Mensch, was er nie sah, und soweit er sieht, ist alles in ein Lichtnetz eingesponnen und gleichsam darin begraben. Er, Nietzsche der Mensch, fühlt sich glücklich dabei, aber es ist ein schweres, schweres Glück ...

3 Mein totenstiller Lärm

Der Zug fuhr durch einen langen Tunnel, eine entsetzlich enge und nicht enden wollende Röhre. Der Rauch der Lokomotive wurde zurückgetrieben, und im Abteil war es stinkend warm geworden. Overbeck, der sich nach dem Genuß von vier oder fünf Butterbroten etwas geschwächt fühlte, schlief; er hing wie ein Sack auf dem Sitz, hatte den Mund auf und röchelte. Auch Hügli war müde; er schwitzte und versuchte die Augen aufzuhalten. Schließlich mußte er wachsam sein; bei Verrückten, gerade auch verrückten Professoren, wußte man nie, woran man war; sie taten freundlich und harmlos, und im nächsten Moment stachen sie zu. Hügli kannte sich aus mit Verrückten; sein Vetter Arnold war Irrenwärter gewesen in der Kantonsanstalt Schwyz: dort hatte er mit harter Faust regiert, und die Irren dankten es ihm mit starker Ergebenheit. Bis der Vetter eines schlechten Tages selber verrückt geworden war: er gab vor, Klempner zu sein, steckte den Kopf in die Klosettschüssel und erging sich gurgelnd und spuckend in Lobpreisungen auf die neuzeitlichen Hygienesysteme. Anschließend tauchte er mit grünbräunlichem Gesicht wieder auf, ohrfeigte die verdutzten Kollegen, die um ihn herumstanden, und fing an zu weinen. Seit jenem Tag hatte er jegliche Autorität verloren; die Irren behandelten ihn wie ihresgleichen, herablassend und lauernd, und bei den Kollegen, nun ja, da war er natürlich unten durch. Den frühen Arnold, einen wirklich derben Schleifer vor dem Herrn, hatte Hügli noch bewundert; vom späten Arnold, dieser mutwillig heruntergekommenen Kreatur, wollte er nichts mehr wissen. Den Fehler seines Vetters würde Hügli nicht wiederholen; er war wild entschlossen, wachsam zu bleiben. Hügli wußte, daß man auch in der Schwäche Stärke zeigen mußte; das wurde heutzutage immer mehr verlangt.

Nietzsche war hellwach. Zwar hielt er die Augen noch geschlossen, für alle Fälle, aber er registrierte, was um ihn herum vorging. Viel war das nicht; im Zug stank es, und der krümelbedeckte Overbeck schnappte nach Luft. Unter dem Schlaf, der ihn übermannt hatte, schien er eher zu leiden; keine Tagträume, die ihm den Schlummer verschönten. Hügli in seiner Ecke führte einen verzweifelten Kampf; an sich war er todmüde, aber er traute sich nicht zu schlafen. Und alles wegen mir, dachte Nietzsche. Was für ein unnötiger Aufwand. Er stand auf, ohne Vorwarnung; Hügli schreckte hoch.

»Wohin?« stammelte er.

»Nach draußen«, sagte Nietzsche. »Nur nach draußen. Auf den Gang.«

»Warum?« fragte Hügli.

»Weil ich pinkeln muß, mein Herr«, sagte Nietzsche. »Und nach dem Pinkeln möchte ich ein wenig singen.«

»Singen?«

»Ja. Singen. Eigenes Liedgut, keine Angst. Ich werde so vor mich hin singen. Eher leise als laut.«

»Sie können auch hier im Abteil singen.« Hügli war höflich; er wunderte sich über sich selbst.

»Nein, ich möchte Sie nicht belästigen. Sehen Sie nur den armen Overbeck. Sieht er nicht aus, als bedürfte er der intensivsten Schonung? Da kann ich ihm nicht noch mit meinem Gesang kommen. Und Sie, mein Herr, Sie sind müde. Sie sollten schlafen, solange man noch schlafen darf. Unverzüglich. Schlafen Sie – und ich, ich gehe pinkeln, und dann singe ich – sehr leise und sehr schön – auf dem Gang.«

Nietzsche verließ das Abteil, und Hügli dachte: Soll er doch singen. Das Pinkeln kann man ihm ohnehin nicht verbieten. Er schloß die Augen, seufzte noch einmal tief und war dann auch schon eingeschlafen. Träume griffen nach ihm, keine guten Träume; sie schienen nur darauf gewartet zu haben, daß Hügli endlich in den Sackschlaf fiel, und nun gaben sie ihm Zunder. Overbeck hingegen hatte inzwischen ein Lächeln auf sein Gesicht bekommen; er bewegte den Mund; möglicherweise hörte er eine schöne Predigt, oder man hatte ihn mit einem zweiten Imbiß versorgt.

Nietzsche steht allein auf dem Gang; alle anderen Reisenden hocken in ihren Abteilen. Der Zug hat den Tunnel wieder verlassen; durch trübe Fenster sieht man eine merkwürdige helle Nacht. Die Landschaft ist sorgsam ausgeleuchtet: Berge, in mächtigen Abstürzen zum Tal hinunterreichend; gelichtete Wälder, schwarz auf weißem Faulschnee; schweigende Dörfer in ihren Mulden, verschlossene Kirchen. Ein Land ohne Menschen; eine Nacht voller Leben, und über allem dieser eine mächtig aufgepumpte, silberrote Mond, der am Himmel steht, näher der Erde als je zuvor. Nietzsche summt vor sich hin. Er geht dorthin, wo eine Toilette angezeigt ist; dort schließt er sich ein. Als er wieder zum Vorschein kommt, singt er tatsächlich; er hat es ja angekündigt, und in all dem, was man als das Leid seines Lebens bezeichnen könnte, ist er schon immer verläßlich gewesen. Er spricht, während er singt; man könnte auch sagen: er gibt einen Sprechgesang zum besten, und da kein Publikum da ist, hält er sich auch noch als Zuhörer bereit. »An der Brücke stand jüngst ich in brauner Nacht«, singt er, und da der Zug ungeheuer laut ist, versteht niemand, was Nietzsche zum besten gibt; er spricht eben und singt, und die anderen Reisenden halten sich, aus verständlichen Gründen, bedeckt. »Fernher kam Gesang«, sagt Nietzsche, grinst, »goldner Tropfen quoll's über die zitternde Fläche weg.« Das ist nicht besonders gut, aber immerhin hat er jetzt einen Rhythmus: »Gondeln, Lichter, Musik –,trunken schwamm's in die Dämmerung hinaus ...« Wer ist hier trunken? Und »meine Seele, ein Saitenspiel, sang sich, unsichtbar berührt, heimlich ein Gondellied dazu, zitternd vor bunter Seligkeit, – hörte jemand ihr zu?« Eine gute Frage zweifellos; denn ihm, der treuesten Seele, die er kennt, hört keiner zu, und sein Gondellied verzischt im dreizehnten Tunnel, durch den der Zug jetzt donnert. Draußen nur grauer Dampf, und so setzt Nietzsche auf die Deutungen seiner Farben: »Bei abgehellter Luft«, singt er, nun immer lauter werdend, »bei abgehellter Luft, wenn schon des Mondes Sichel grün zwischen Purpurröten und neidisch hinschleicht, – dem Tage feind, mit jedem Schritte heimlich an Rosen-Hängematten, hinsichelnd, bis sie sinken, nachtabwärts sinken, so sank ich selber einstmals, aus meinen Tages-Sehnsüchten, des Tages müde, krank vom Licht, sank abwärts, abendwärts, schattenwärts, von einer Wahrheit verbrannt und durstig ...«

Durst. Hügli leckte sich die Lippen, noch immer halb schlafend und schnaufend. Diese Luft im Abteil, reine Wüste. Doch da wurde die Tür aufgerissen. Overbeck schreckte hoch. Ein Uniformierter stand vor ihnen, ein Mann der Bahn und Kontrollen. »Die Fahrkarten«, rief er. »Die Fahrkarten!« Und fügte hinzu – unaufgefordert: »Gehört der Mann da zu Ihnen?« Er zeigte auf Nietzsche, der vor dem Abteil stand und freundlichst hereingrüßte. »Ja, der Mensch gehört zu uns«, sagte Overbeck. »Wir haben seine Betreuung übernommen.«

»Eine merkwürdige Person«, meinte der Uniformierte. »Er singt. Sie sollten ihn im Auge behalten. Es ist nicht gut, wenn der Frohsinn überhandnimmt.« Als er die Abteiltür wieder zuschlagen wollte, trat Nietzsche dazwischen. »Moment«, sagte er. »Sie entschuldigen wohl, Herr Bahnassessor, entschuldigen in Ihrem bemerkenswerten Dienst. Man sollte Sie nicht stören. Aber meine Zeit ist gekommen, und ich muß an meinen Platz. Von großen Dingen soll man schweigen, meine Herren. Oder groß reden. Ich habe mir Erleichterung verschafft, meine Herren, und gesungen, ich habe Lichtmeere gesehen. Lichtmeere. Verstehen Sie. Und nun die Nacht. Mein Schweigen. Mein totenstiller Lärm.«

4 Ein schwieriger Fall

Nietzsche war in die Universitätsklinik Basel überstellt worden, und hier wurde ihm angst und bange. So viele Kranke. Unbarmherzige Schwestern. Pflegejuristen. Ordnungskräfte, dazu der eine oder andere verständnisvolle Priester. Weißkittel strichen um ihn herum, beäugten ihn argwöhnisch. Im Hintergrund immer vierschrötige Herren; die Ausgänge waren besetzt. Für einen langanhaltenden Moment kam Nietzsche die schwererdachte Heiterkeit abhanden; ein Freier im Kopf konnte, wenn es soweit war, nur noch den Gefangenenstatus beanspruchen. Und dann dieser Lärm, ein ständiges Summen, eine bohrende, alles vereinnahmende Generalabfertigung. Nietzsche wurde durch den normalen Krankenhausbetrieb geleitet; er sah Betten auf den Gängen, in denen hohlwangige Gestalten lagen, Sieche, mit denen es zu Ende ging. Die Klinik schien hoffnungslos überfüllt. War denn schon Krieg, oder warum lagen die Leute hier förmlich übereinander? Aus einem der Betten griff eine Hand nach ihm, eine bonbonfarbige, fast massige Hand, und der dazugehörige Mann richtete sich auf. »Fliehen Sie«, rief er. »Sie gehören nicht hierher, so gesund, wie Sie aussehen!«

»Danke«, sagte Nietzsche erfreut. »Sie sehen aber auch sehr gesund aus, wenn Sie mir die Bemerkung gestatten!«, und das war gar nicht mal gelogen, denn der Mann, der da im Gang in seinem zu schmalen Bette lag, ein massiger Kerl, wirkte nicht wie ein Kranker, sondern eher wie ein Metzger, den man aus dem Verkehr gezogen hatte.

»Kommen Sie«, sagte Overbeck. »Alles Gute«, sagte Nietzsche, und der Metzger nickte. Overbeck fühlte sich nicht wohl. Der Krankenhausbetrieb mißfiel ihm sehr; fast sehnsuchtsvoll dachte er an die Zugfahrt zurück, an das stickige Abteil, an den braven Hügli, dessen Dienste nun nicht mehr benötigt wurden, an Bettmann, den Zahnarzt, der bis Basel durchgeschlafen hatte und beim Aussteigen auf einmal in Entzücken geriet über Nietzsches Gebiß, das er als »mächtige Waffe«, als »prachtvolles Werk« bezeichnete, um sich dann schnell und diskret zu verabschieden. Statt dessen hatte sich Professor Miescher hinzugesellt, ein umtriebiger Kollege, Orthopäde von Haus aus, gut im Futter, den es froh stimmte, wenn etwas passierte, und sei's nur, daß ein Kollege, ein zwielichtiger Mensch ohnehin, sich in den Wahnsinn verabschiedete. Es war bedauerlich, fand er, daß Nietzsche den Verstand verloren hatte, aber es sorgte doch auch für Stimmung. Man konnte sich erkenntlich zeigen, durfte das Vorhersehbare preisen, die Fallinien des Lebens, an denen die Sensiblen, die nervösen Artisten des Geistes ins Straucheln gerieten. Miescher wußte, daß aus dem Grübeln Schwermut erwuchs, jene sehr alte Krankheit für die gebildeten Stände. Die Philosophen waren die Hasardeure der neuen Zeit; sie spielten mit dem Feuer, pflegten die Zerrissenheit, kultivierten ihre Verzweiflungen. Dabei kam gar nichts heraus; allenfalls ein paar trübsinnige Bücher, die von dumpfer Unbefindlichkeit kündeten. Leute wie dieser Nietzsche hatten sich ihr Schicksal selbst zuzuschreiben; das Leben, eine normale Veranstaltung mit normalem Unterhaltungswert, ließ sich nicht ungestraft verhöhnen. Dafür sorgte der Herr Gott, der dem Leben vorstand, noch immer; ihm entging nichts, er rechnete auf, was zur Vergessenheit drängte.

»Mein lieber Nietzsche«, rief Miescher. »Bester Kollege. Sie haben einen so schnellen Schritt am Leib. Man möchte fast meinen, Sie können es gar nicht abwarten, bis Sie an Ihrem Bestimmungsort sind ...« Er lachte.

Nietzsche blieb stehen. »Ich bin nicht Ihr Kollege«, sagte er. »Merken Sie sich das. Bitte. Damit in Zukunft keine unsinnigen Verwechslungen mehr vorkommen.«

»Einen Moment«, sagt die Krankenschwester. »Herr Dr. Blatter kommt gleich. Er hat dann für Sie Zeit.« Sie nimmt Nietzsche zur Seite. »Wer von den beiden ist denn der Patient?« fragt sie und deutet auf den vergrätzt wirkenden Overbeck und den munteren Miescher.

»Ich bin der Patient«, sagt Nietzsche. »Aber die beiden Herren können auch Hilfe gebrauchen!«

Sie sitzen dann in einem Vor- oder Nebenzimmer. Man hört gedämpftes Sprechen, das aus geheimen Abhörkanälen abzutropfen scheint; ein ständiges Gerede in dieser harten Stille. Das Raumlicht ist ein merkwürdiges Halbdunkel; an den Wänden steigen Schatten auf. Overbeck hat den Kopf in die Hände gestützt; er grübelt. Miescher ist die gute Laune vergangen, dafür hat die Krankenschwester gesorgt, eine bemerkenswert dumme Person. Wagt es, Miescher & Overbeck, zwei ganz normale Professoren, für Patienten zu halten! Und Nietzsche, der wahre Geistesgestörte, darf sich darüber amüsieren. Miescher mag diesen Kerl nicht; er kommt ihm wie ein Simulant vor, wie ein kaum zu erschütternder Quertreiber, der sich in ein Schicksal fügt, das ihm gar nicht mehr zusteht. Schließlich kann man Wahnsinn auch vortäuschen, davon hat Miescher oft genug gehört. Im Grunde doch eine einfache Übung, ein Spiel ohne Regeln, in dem jeder mitmischen kann. Jeder Idiot sozusagen.

Nietzsche hat sich zurückgelehnt. Man braucht nicht viel Phantasie, um das gedämpfte Sprechen als Rauschen zu nehmen, als Wälderklang, und das Raumlicht ist hell genug, um als mittlere Götterdämmerung durchgehen zu können. Da sitzt er nun, Nietzsche, und ist gerade mal elf Jahre alt geworden. Ein Knabe von hohen Anlagen; ein Talent. Er berechtigt zu den schönsten Hoffnungen; er dichtet und malt, rechnen kann er auch, nur mit den Leibesübungen hapert es; er haßt es, einem nassen Sacke gleich am Reck zu hängen oder über den Bock springen zu müssen; überhaupt bewegt er sich nicht gern auf Kommando. Die letzten Turnstunden aber sind ausgefallen; Lehrer Schnorrer, ein Eisenfuß von Format, ist krank geworden, das tut uns allen leid. Der Knabe Friedrich ist daraufhin gleich nach Hause gelaufen und hat sich alsbald wieder verdrückt. In die Wälder eben. Dort sitzt er, auf einer bemoosten Anhöhe, und ist ein Prinz der Krone. Louis Napoleon zum Beispiel, ein kleiner Franzose, der es der Welt noch zeigen wird. Seinem Hofstaat hat er einen Tag Urlaub gegeben; geblieben sind ihm nur die allernötigsten Kreaturen: drei Ammen, vier Gouvernanten und Charles, sein in Maßen treuer Diener. Sie tun, was sie müssen, mehr nicht, aber daß ihm dreiste Ameisen die Beine hochkrabbeln, können sie nicht verhindern. »Schafft mir das Viehzeug beiseite!« ruft Friedrich. »Elende Bande!« Er kratzt sich, sogar am Kopf; alles muß man selber machen. Sollte es eine Zeit geben, die königliches Geblüt nicht mehr zu schätzen weiß?

Unvorstellbar – und doch sehr naheliegend.

Friedrich, der jetzt Fritz ist, richtet sich auf. Was für ein Rundblick; eigenes, selbsterobertes Land, wohin er schaut. Die Baumwipfel treten zurück; nein, sie verneigen sich. Fritz wirft ihnen einen huldvollen Gruß zu. »Auf euch ist Verlaß«, sagt er. »Kameraden!« Plötzlich hört er Schritte, die durchs Unterholz tappen. »Wer da?« ruft Fritz. »Ich bin es«, kommt die Antwort. »König Eichhorn höchstpersönlich!« »Rede keinen Unsinn«, ruft Fritz. »König Eichhorn ist tot. Ich weiß es, weil ich selbst König Eichhorn war. Du bist nur Willi, Wilhelm von Sternburg, mein zweifelhafter Freund.« Aus dem Gebüsch tritt ein Junge, etwas kleiner als Fritz, dafür jedoch dicker. »Ich spiel' nicht mehr mit«, sagt er. »Du willst immer alles sein. Und ich darf gar nichts!« »Versteh doch, Willi«, sagt Fritz. »Ich war König Eichhorn, der aber ist jetzt tot. Nun bin ich Kronprinz Louis Napoleon!« »Wenn du Napoleon bist«, meint Willi trotzig, »dann kann ich doch König Eichhorn sein ...« »Nichts«, ruft da Fritz Nietzsche aus, und er schaut mit gespielter Verzweiflung hinauf zu seinen Kerlen, den Bäumen. »Nichts, er versteht nichts. Wenn ein König tot ist, ist er tot, Willi. Ich habe König Eichhorn zu Grabe getragen. Eigenhändig. Den macht mir keiner mehr lebendig.« »Wir spielen doch nur«, jammert Willi. »Also gut«, sagt Fritz. »Seien wir gnädig. Du bist König Eichhorn, aber er bleibt tot.« »Und wie soll das gehen?« fragt Willi mißtrauisch ... »Ganz einfach«, sagt Fritz. »Stell dich tot, Eichhorn, mein Willi, stell dich tot. Leg dich ins Gras und sei still. Totenstill. Rühr dich nicht, nie mehr. Ich, Prinz der Krone Louis Napoleon, werde dir, um das Maß meiner Gunst vollzumachen, ein paar Trauergäste vorbeischicken. Du sollst sehen, Willi Eichhorn und König, wie schön es ist, beweint zu werden ...«

Am 14. Januar 1889 diktierte Dr. Joseph Blatter, Psychiatrist und behandelnder Arzt, ein Krankenprotokoll. Es lautete: »Friedrich Nietzsche, geb. am 15. Oktober 1844 in Rücken bei Lützen (Sachsen), deutscher Professor. – Diagnose: Progressive Paralyse (Gehirnerweichung).

Der Patient Nietzsche kommt in Begleitung der Herren Professoren Oberbeck und Miescher in die Anstalt. Läßt sich ohne Widerstand auf die Abteilung führen; auf dem Wege dahin bedauert er, daß wir daselbst so schlechtes Wetter haben, sagt: Ich will euch, ihr guten Leute, morgen das herrlichste Wetter machen ... Der Patient läßt sich willig untersuchen, spricht fortwährend ... Kein rechtes Krankheitsbewußtsein! Fühlt sich ungemein wohl und gehoben. Gibt an, daß er seit acht Tagen krank sei und öfters an heftigen Kopfschmerzen gelitten habe. Er habe auch wohl einige Anfälle gehabt, während derselben er sich ungemein wohl gefühlt habe; am liebsten hätte er alle Leute auf der Straße umarmt und geküßt, wäre am liebsten auch an den Mauern in die Höhe geklettert. Der Patient ist schwer zu fixieren, beantwortet bloß teilweise und unvollständig oder gar nicht die an ihn gerichteten Fragen, in seinen verworrenen Reden stets und unermüdlich fortfahrend ... Sagt mehrfach, er sei als Vollstrecker gekommen, als Hammer des Herrn. Dabei lacht er und hat zugleich Tränen in den Augen. –

Nietzsche ist sensoriell stark benommen. –

Besonders nachmittags spricht der Patient wirr, zuweilen laut singend und johlend. Der Inhalt seiner Äußerungen ist ein buntes Durcheinander von früher Erlebtem; ein Gedanke jagt den anderen ohne logischen Zusammenhang. – Der Patient gibt an, daß er sich zweimal spezifisch infiziert habe ... Nach seinem Befinden befragt, antwortet er gerne: Daß er sich so unendlich wohl fühle, wie man dies höchstens in Musik ausdrücken könne ... Der Patient zeigt einen ungeheuren Appetit, verlangt immer wieder zu essen. Nachmittags geht er im Garten spazieren, singt, johlt, schreit daselbst. Manchmal zieht er sich Rock und Weste aus und legt sich auf die blanke Erde. – Der Besuch seiner Mutter, die aus Deutschland herbeigekommen ist, erfreut den Patienten ersichtlich. Beim Eintritt seiner Mutter geht er auf dieselbe zu, umarmt sie durchaus herzlich und sagt: Ach, meine liebe gute Mama, es freut mich sehr, dich zu sehen! – Er unterhält sich dann längere Zeit über Familienangelegenheiten, erstaunlich korrekt, bis er plötzlich, grinsend und grimassierend, ausruft: Siehe in mir, werte Mutter, den Tyrannen von Turin! – Danach ist es mit der Korrektheit vorbei, und er fängt wieder an, verworren zu reden, so daß der Besuch der Mutter vorläufig beendet werden muß ... –

Zusatz: Besonderheiten. Patient, der manchmal etwas arg Schelmisches an sich hat, entzieht sich den bewährten Rubriken. – Kaum lösbar. Mutmaßliches Versagen der üblichen Hilfestellungen. Krankheit als Eigenbrötlerei. – Ein schwieriger Fall.«

5 Sein letzter Patient

Jaja, die Mama. Eine gute Mama, dachte Nietzsche. Das ist sie, eine Person, die sich kümmert. Franziska Nietzsche war nach Basel gekommen, um ihren Fritz mitzunehmen, der, wie sie fand, bei den Schweizern gar nicht gut aufgehoben war. Nach Jena sollte er, in die dortige Klinik, wo der berühmte

Professor Binswanger seines Amtes waltete, ein Mann von Format, kein Krankenverächter, sondern ein Mensch, der sich noch daran erinnerte, daß auch die Seele ihre Schmerzen und Zuckungen bekam. Sogar Overbeck, den sie für einen wahren Freund hielt, hatte ihr zugeraten; in der Heimat gab es möglicherweise noch Hoffnung für Fritz, deutete er an; Hoffnung, die sich aus der Nähe des Vertrauten ergab. Franziska Nietzsche fand ihren Sohn unheimlich normal; er saß ihr gegenüber, im abgedunkelten Zugabteil, ein leicht gealterter Junge vielleicht, der sich nicht recht konzentrieren konnte bei all den Kopfschmerzen, die er in dieser Familie mitbekommen hatte. Aber normal eben und nicht ernstlich krank, verrückt gar, wie es die sturen Schweizer ihr nahelegen wollten. Einen Stich ins Herz hatte es ihr gegeben, als sie Fritz wiedersah; von Kranken umzingelt war er, von triefnasig stierenden Kreaturen, die in ein höllisches Gelächter ausbrachen, als der Sohn seine Mutter herzte; dabei freute er sich nur, freute sich, weil er wußte, daß sie ihm helfen konnte, denn sie wollte ihn auslösen aus seiner Schweizer Kuratel und zurückbringen in die Heimat. Dort gehörte er hin, fand Franziska Nietzsche; dort würde man ihm helfen. Natürlich redete ihr Fritz manchmal etwas seltsam daher, aber das hatte er doch auch früher schon getan, als Knabe, Schüler, als Student und als frühreifer Professor in Basel allemal. Er ließ sich an der groben Wirklichkeit aus, sprach auf sie ein wie ein Botschafter, der verschlüsselte Kriegserklärungen zu übermitteln hatte; und ein Spaßvogel war er zudem, das durfte man nicht vergessen; ein Spaßvogel, Mutter und Schwester mit herzlicher List zugetan.

»Fritz!«

»Ja, Mama.«

»Möchtest du ein Schinkenbrot?«

»Ich möchte bitte vier Schinkenbrote. Es dürfen auch fünf sein. Oder sechs. Vor dem Sterben kommt das Fressen.«

»Es ist Naumburger Schinken, Fritz. Ich habe ihn selber mitgebracht.«

»Lob sei dir, meine Mutter. Du läßt mich nicht verkommen. Auch wenn ich Dynamit bin, ein Geländer am Strom. Fasse mich, wer mich fassen kann ...«

»Diese Schweizer, Fritz, sie haben dich nicht gut behandelt!«

»Ich sie aber auch nicht, Mama. Die ganze Welt habe ich nicht gut behandelt. Wer den Krieg erklärt, darf sich nicht wundern, wenn er ins Feuer gerät ... Sie tun sehr wohl daran, mich einzusperren. Denn ich bin gefährlich. Und verrückt, aber nicht so, daß ich verrückt wäre im Namen der Schergen. Verrückt! Verstehst du. Mama ...«

»Ja, Fritz.«

»Glaubst du, daß ich den Verstand verloren habe während dieses einen Lebens? Dazu gehört doch mehr, oder ...«

»Du bist nicht verrückt, Fritz, du bist nur krank. In Jena werden sie dich auskurieren. Professor Binswanger –«

»Professor Bimsstein. Kenne ich nicht ...«

»Binswanger. Ein berühmter Arzt, der beste von allen.«

»Ich mag keine Ärzte, Mama. Sie lügen, sind dumm. Militaristen des Körpers, Herrenreiter. Folterer, Profiteure. Was verstehn sie schon vom Menschen, vom Leid und von der Herrlichkeit.«

»Zu Professor Binswanger habe ich volles Vertrauen, Fritz. Er kann dir helfen. Glaub mir.«

»Dir glaub ich, Mama. Aber glaub keinem Professor ... Erinnerst du dich übrigens noch an Willi?«

»Welchen Willi?«

»Willi, wie hieß er doch gleich, als noch Jugend war. Kindheit. Jugend. Willi, nein, Wilhelm. Wilhelm von Sternburg.«

»Mit dem du als Kind gespielt hast, doch, ja, ein etwas dicklicher Junge, nicht wahr. An den erinnere ich mich ...«

»Weißt du, was aus ihm geworden ist?«

»Arzt, glaube ich. Ich glaube, er ist Arzt geworden.« Willi hat es tatsächlich gewagt; er liegt im hohen Gras, hat sich totgestellt. Das ist nicht ganz einfach, gerade weil es zum seltsamen Spiel gehört; er rührt sich nicht, der so plötzlich und tragisch verstorbene König Eichhorn, aber es juckt ihn mit einemmal gewaltig; eine komplette Ameisenarmee ist zum Angriff übergegangen. Tote dürfen sich nicht kratzen, wer sagt das; schließlich gibt es ja Notfälle. Willi fährt sich an den Kopf, blitzschnell, aber da kommt auch schon Protest: Louis Napoleon, der Prinz der Krone, hat alles gesehen.

»Du bist tot. Willi! Also rühr dich nicht.«

»Majestät bitte«, sagt König Eichhorn kläglich. »Ich bin König, merk Er sich das! Einen Untertan namens Willi kenne ich nicht.«

Vorsorglich hat er sich noch einmal am Bauch gekratzt, auch am Bein, denn nun wird es wieder schrecklich; die Totenstarre setzt ein. Was für ein Leben, der Tod; da liegt er und liegt, König Eichhorn, von seinem sehr fernen Volk beweint und betrauert, aber niemand ist zu sehen. Für einen unglaublich langanhaltenden Moment herrscht Ruhe; sogar die Vögel haben zu zetern aufgehört. Das Rauschen der Bäume, ein fast zärtlicher Wind, der zum Himmel auffährt; König Eichhorn wird müde. Gar nicht so übel, der Tod; kaum mehr als ein Schläfchen, und nach dem Wecken gibt es überirdische Belohnungen. Trotzdem kann Willi dem Frieden nicht so recht trauen; da ist nämlich noch jemand, ein lauernder Thronfolger im Gebüsch, und der hat, das lehrt die Erfahrung, nichts Gutes im Sinn.

Und da passiert es auch schon: König Eichhorn spürt einen Mund auf seinen zusammengepreßten Lippen, einen feuchten Mund, und da stößt auch noch eine Zunge hervor, eine klebrige Zunge, die seine Lippen zu öffnen versucht.

»Pfui Teufel!« brüllt der König. »Was machst du denn da?«

»Sei still!« flüstert Fritz. »Ich küsse die Toten wach, und

es wirkt, wie du siehst. Weißt du, was Leidenschaft ist, Wilhelm? Ich habe unlängst von ihr gelesen, sehr heftig ...«

Unberechenbarer war er schon geworden, ihr Fritz, der Herr Professor aus Basel, den die Schweizer für krank erklärt hatten. Da saß er nun, hatte eben noch in sein drittes Schinkenbrötchen gebissen, und dann waren ihm die Augen zugefallen, umstandslos. Er schlief, röchelte ein wenig, aber es schien ihm zu gefallen, was da mit ihm vorging. Ein Traum vielleicht, eine Reminiszenz; auf jeden Fall lächelte er im Schlaf, ein immer breiter werdendes Grinsen, das Franziska Nietzsche an früher erinnerte, an jene weit zurückliegenden Zeiten, als es noch eine Ordnung gegeben hatte und ihrem Fritz ein paar harmlose Spitzbubenstücke gelungen waren, über die er sich unbändig amüsieren konnte. Ja, er war harmlos gewesen, auch im Unfug, den er betrieb; kleine Streiche, mehr nicht: Der Schwester hatte er Milch in die Schuhe geschüttet, ein einziges Mal, der Tante Auguste ihr Gebiß versteckt, und dem Onkel Adalbert schob er des Nachts eine Trillerpfeife in den Mund, die dieser bereits mit dem ersten tief herausgeseufzten Atemzug in Aktion versetzte, so daß der Onkel danach kerzengerade im Bette stand und, soldatische Vergangenheit vergegenwärtigend, zu salutieren begann. Ansonsten aber waren es Musterkinder, über die Franziska Nietzsche zu wachen hatte; Fritz und Elisabeth, Bruder und Schwester, die wohl Heimlichkeiten kannten, aber keine Tücken. Sie wußte es, mußte es ja wissen, die Mama.

Nietzsche sah, daß seine Mutter ihn betrachtete; er sah es mit geschlossenen Augen, und er hatte dabei jene Ruhe, die ihm so sehr gefiel. Er konnte, schlafend scheinbar und unnachgiebig träumend, wieder mit sich selber sprechen, Reden halten an den aufmerksamsten aller Zuhörer; er ließ sich beherrschen von den einst ausgeheckten Gedanken. Oder hatten sie ihn befallen, die Gedanken; ihn, der sich nicht wehren wollte, weil er froh war, daß endlich etwas passierte mit ihm; Großes, das nur noch für groß erklärt werden mußte. Er hatte sich für eigenverantwortlich erklärt; sehr leise und gänzlich unabhängig von den Pflege-Figuren, die ihm zur Seite gestellt wurden. Er war zuständig – auch für die Beglaubigungen.

An ein Gespräch erinnerte er sich, an ein Gespräch am See; niemand mehr da, nur er noch auf einem Stein hockend. Der Himmel hatte brennendes Abendlicht über ihm aufsteigen lassen, rote Fahnen; der ganze läppische Horizont stand in Flammen, und Nietzsche hörte diese wohlvertraute Stimme, die ihm zurief: »Selbst wir geborenen Rätselrater, Herr Kollege, wir Rätselrater, die wir gleichsam auf den Bergen warten, zwischen Heute und Morgen hingestellt, wir Erstlinge und Frühgeburten des kommenden Jahrhunderts, denen eigentlich die Schatten, die Europa, ja die ganze Welt bedecken, schon längst zu Gesicht gekommen sein sollten, wir –« »Vergessen Sie Ihre Rede nicht«, hatte er geantwortet. »Herr Kollege!« Und die Stimme fuhr fort: »Wir sind ohne rechte Anteilnahme für diese Verdüsterung, scheinen gleichgültig bis zur schieren Freude ...« »Weil die Sache ganz einfach ist«, sagte Nietzsche. »Das Ereignis nämlich, von dem Sie, Herr Kollege, ein wenig weitschweifig reden, ist nicht traurig oder verdüsternd, sondern wie eine neue, schwer zu beschreibende Art von Licht, Glück, Erleichterung, Erheiterung, Ermutigung, Morgenröte, Abendglanz ... Es gibt keine Rätsel mehr zu raten, Herr Kollege. Wir sind zu freien Geistern geworden, zu Philosophen, die mit der Nachricht, daß der Alte Gott tot ist, spielend umgehen können. Unser Herz strömt über von Dankbarkeit, Erstaunen, Ahnung, Erwartung – endlich erscheint uns der läppische Horizont wieder frei; endlich dürfen unsere Schiffe wieder auslaufen, auf jede Gefahr hin; endlich ist das Wagnis des Erkennenden wieder erlaubt, jedes Wagnis – und das Meer, unser Meer, liegt offen da; noch nie gab es, verdammt und verschissen, ein so wildes, friedfertiges und offenes Meer ...«

»Ja, wenn das so ist«, sagte die Stimme. »Dann kann ich ja gehn ...«

Franziska Nietzsche war auch eingeschlafen, eine alte Mutter konnte schließlich nicht immer wachen; sie schnarchte, was sich nicht sehr damenhaft anhörte. War es deswegen, daß sie wachgerüttelt wurde, schon nach kurzer Zeit? Sie schlug die Augen auf, sah ihren Sohn, der sich über sie beugte. »Siehst du, wie ich lächle, Mama«, flüsterte er. »Ich zeige die Zähne! Ein Herr hat sie mir gegeben, ein alter Herr, der nichts mehr bei sich behalten kann. Er macht in die Hose, der alte Herr, vergißt alles, hat alles vergessen ... Ich leide nicht, Mama, ich lächle. Mit diesen Zähnen, weiß der Hammer. Wir müssen uns durchbeißen, gnädige Frau. Der Teufel nämlich ist Zahnarzt, und der alte Herr Gott war sein letzter Patient ...«

6 Ihr meine Freunde

Man schrieb den 19. Januar 1889, kein ganz gewöhnlicher Tag. Es hatte Schnee gegeben, mit einem Mal; aus dem Schmuddelwetter der letzten Wochen war ein strahlender Winter geworden. Die Erde knarrte vor Kälte; Frostspalten öffneten sich, es fror Stein und Bein, wer hatte das nur so trefflich organisiert. Nietzsche war in Jena angekommen. Er bestaunte den blauen Himmel über sich und die Häuser rings um den Bahnhof; die nämlich erinnerten ihn an Rapallo, an das sogenannte Hundehüttenviertel, ein Elendsquartier für verarmte Reiche, durch das er, staunend und ungewohnt froh, im Januar 1882 gegangen war. Jena bot sich ihm an wie Rapallo, diese Bauten zumindest, Häuser, wie gesagt, Hütten, gepflegte Bruchbuden, die man aufgestellt hatte, um der Zeit zu trotzen. »Wie in Italien, Mama«, sagte er. »Verstehst du, Rapallo, das war doch noch was«, und Franziska Nietzsche, die sich bei ihrem Sohn eingehakt hatte, nickte. »Jaja«, sagte sie. »Wir sind bald da, Fritz. Und es wird schon noch gut!«

Der Schnee, der über Nacht gefallen war, türmte sich an den Straßenrändern; die Menschen hatten prallrote Nasen und Ohren. Man dampfte beim Atmen, das sah lustig aus; Nietzsche lachte und machte Anstalten, sich seines Mantels zu entledigen. »Nein Fritz«, rief die Mutter. »Es ist doch viel zu kalt!«

»Aber, aber, Mama. Hitze. Sommer. Keine Wolken am Himmel. Ich muß noch weit laufen. Will hoch hinauf in die Berge und komme erst abends wieder. Da bin ich doch viel zu warm angezogen, Mama ...« Nietzsche warf seinen Mantel in den Schnee, dann kam die Jacke dran, die Hose, aber jetzt traten die beiden Herren in Aktion, die ihnen seit Tagen schon unauffällig gefolgt waren, sogar im Zug von Basel nach Jena waren sie gewesen, die beiden Herren, denn Franziska Nietzsche hatte sie verpflichtet, ärztlicher Empfehlung gehorchend; es waren ausgebildete Irrenwärter, höflicher gesagt: Krankenpfleger, die sich bislang vornehm zurückgehalten hatten. Im Zug hausten sie im eigenen Abteil, gleich neben dem der Nietzsches; sie spielten Karten und sprachen darüber, daß Verrückte nicht mehr das waren, was sie einmal waren, nämlich echte Irre, Tobsuchtskandidaten, schrille Gestalten, die man vorsorglich prügeln mußte, damit es ihnen gutging. Aber nun kam ihr Einsatz; Franziska Nietzsche brauchte Hilfe, und die Herren griffen ein. Der eine drehte dem Patienten den Arm auf den Rücken, der andere zog ihn am Haarschopf zu sich heran. »Vorsicht«, sagte der dickere der beiden Herren, die aber beide dick waren. »Vorsicht. Mach keine Fisimatenten!« Nietzsche machte auch keine Fisimatenten, er dachte gar nicht daran; er war es nicht gewohnt, daß man so grob, so wirklich plump deutsch mit ihm umging. Er protestierte auch nicht, was vermutlich als klug gelten durfte, denn die beiden Herren hatten vor allem eines gelernt: Widerstand zu brechen, im Keim zu ersticken, Proteste gar nicht erst aufkommen zu lassen. Franziska Nietzsche aber protestierte; schließlich war ihr Fritz kein Verbrecher. »Lassen Sie meinen Sohn los«, rief sie. »Er tut Ihnen doch nichts!« Denn er ist harmlos, dachte Nietzsche. Harmlos. Fragt sich nur, wie lange noch. Bei solcher Behandlung. Und er hätte sich doch wirklich gerne ausgezogen, in dieser sommerlichen Winterglut; was wäre schlimm daran gewesen, wenn er in Hemd und Hose den Schneehaufen am Straßenrand einen Besuch abgestattet hätte, das waren doch seine Berge, in die er wollte. Früher, in Sils, gab es keine vierschrötigen Gestalten, die ihn am Marschieren hätten hindern können; da lief er los, wenn es Zeit war. Einfach so, dem Sonnenstand nach, mit Blick auf die Seen und den kalt glänzenden Fels. Nietzsche ahnte, daß man nicht unbedingt mehr Gutes mit ihm vorhatte; er war krank, zumindest spielte er sich als Kranker auf, und das hatte er nun – sehr zu Recht – auszubaden. Ach ja; er wäre wirklich gerne baden gegangen, in diesen Schneebergen, die da aufgetürmt waren; ein Jammer, nun blieben sie ungenutzt.

Sie stiegen in einen bereitstehenden Wagen, der sie in die Universitätsklinik bringen sollte; Nietzsche war die Stimmung abhanden gekommen. Das heißt: nicht ganz; er würde sich zusammenreißen. Eine kleine Nummer wollte er geben, ein Stück für die lauernden Stände. Einer wie er kam schließlich nicht alle Tage nach Jena, und in die Psychiatrie schon gar nicht. Glanz brachte er in die Hütte, das sollten sie merken; alle, die da ihren Dienst versahen: Ärzte, Pfleger, die Irren vor allem, deren Empfindsamkeit von empfindsamen Literaten als beispielhaft gepriesen wurde. Als der Wagen sich in Bewegung setzte, lief es Nietzsche kalt über den Rücken; mit einemmal hatte er Angst, eine ganz gewöhnliche Angst. Wenn sie wollten, konnten sie ihn unter Verschluß halten, mühelos; so einen wie ihn sperrten die ein – sicher auf immer. »Du zitterst ja, Fritz«, sagte die Mama. »Siehst du, wie gut es ist, daß du deine Sachen anbehalten hast ...«

Am Abend des gleichen Tages notierte Dr. Heribert Ziehen, behandelnder Arzt und unter den Helfershelfern des ruhmumwitterten Professor Binswanger der angeblich begabteste Assistent, im Krankenjournal der Station IV A: »Der Patient Friedrich Nietzsche hielt heute, am 19. Januar 1889, Einzug auf der Station unter vielen höflichen Verbeugungen. – In majestätischem Schritt, zur Decke blickend betritt er das Zimmer und dankt für den ›großartigen Empfang‹. Er weiß nicht, wo er ist. Bald glaubt er in Naumburg, bald in Turin zu sein. Über seine Personalien gibt er korrekt Auskunft. Er nennt sich Professor, lacht dabei. Sein Gesichtsausdruck ist selbstbewußt, oft selbstgefällig und affektiert. Er gestikuliert und spricht fortwährend in übertriebenem Tonfall und hochtrabenden Worten – und zwar bald italienisch, bald französisch. Unzählige Male versucht er den Ärzten die Hand zu schütteln. – Sich selbst bezeichnet er als ›Kaiser und König‹, als ›Landedelmann‹, als ›treuen Ritter‹, als ›bestialischen Helden‹, als ›regierendes Tier‹, als ›Gottes gefälligen Schützenbruder‹ und, dies häufiger in Anwendung gebracht, als ›Hammer des Herrn‹, ein Begriff, der dem Patienten besonders zu gefallen scheint, denn er freut sich dabei kindisch oder, wie Nietzsche sagt, ›schneeköniglich‹. – Es fällt auf, daß der Patient, der doch angeblich lange in Italien war, oft die einfachsten Wörter in seinen italienisch gesprochenen Sätzen falsch oder gar nicht weiß. Inhaltlich fällt die Ideenflucht seines Geplauders auf; gelegentlich spricht er von seinen großen Kompositionen und singt Proben aus denselben. – Seine Mitpatienten nennt Nietzsche seine ›Legationsräte und Diener‹. Während des Sprechens grimassiert er ...

Der Patient ist schwer zu durchschauen. Eine erfolgversprechende Behandlung (nach der bewährten Binswanger-Methode) könnte an seiner frappanten Freundlichkeit scheitern. –«

Das Licht kommt von oben, durch ein hohes Fenster; es illuminiert, sehr fein, ein bescheidenes Areal; darauf kann man zwei Männer abstellen, zwei Irre zum Beispiel, die sich aneinander festklammern. Oder einen derben Stuhl, auf den nur steigen sollte, wer eine Rede halten will, eine Rede ans Volk. Nietzsche, der dieses Licht gleich entdeckt hat, denn es fällt in einen ansonsten unangenehm düsteren Raum, den sogenannten Aufenthaltsraum, will eine Rede halten, denn das glaubt er seinem Volk schuldig zu sein. Sein Volk, das sind jetzt die Irren, die ihn bemerkenswert freundlich begrüßt haben; wie einen der Ihren, könnte man meinen. Ein guter Empfang war das, eine zu Herzen gehende Angelegenheit; anders als das lauernde, hochnäsige Abtasten durch die Ärzte. Sogar an seinem Italienisch meinte einer herumnörgeln zu müssen; dabei ist eine Sprache doch immer nur so gut wie derjenige, der sie spricht. Dunkel hat sich Nietzsche wieder daran erinnert, daß er Ärzten noch nie über den Weg traute; die Medizin ist keine Wissenschaft, sondern eine Methode zur Vermehrung menschlicher, allzu menschlicher Gebrechen.

Er hat sich einen Stuhl genommen, den stellt er nun mitten ins Licht, und er rudert mit den Armen; die Irren verstehen das, er hat sie gerufen, und sie kommen. Im Kreis bauen sie sich um ihn herum auf; erwartungsvoll schauen sie ihn an, er darf sie nicht enttäuschen. »Meine Freunde«, sagt Nietzsche und legt gleich zu in der Lautstärke. »Meine Freunde, die ihr meine Freunde werden müßt ... Ihr habt mich nicht gerufen, aber ich bin gekommen. Ihr sollt wissen, daß es mir gelungen ist, spontan und dreifach, die Welt auf wahre Kindskopfgröße schrumpfen zu lassen; das hat vor mir noch keiner geschafft. – Reißt euch also zusammen, ihr Irren, und erweist mir die Ehre! In eurem Einheitsschädel, ihr versteht schon, ein Kopf für alle, sollt ihr mir im Geiste, den ihr nicht habt, ich hab' ihn auch nicht, die Hacken zusammenschlagen – rührt euch also, ihr gutes Gesindel. Zum Dank will ich euch von meinen Taten berichten. Als ich vor wenigen Wochen die Regierungsgeschäfte übernahm, habe ich gleich den Papst ins Gefängnis werfen lassen. Bismarck und den schmierigen Wilhelm, diesen Kaiser aus Pappe und Pech, lasse ich erschießen! Man muß Opfer bringen, Freunde, besonders bei den andern! Merkt euch das. Aber keine Pöbeleien bitte, seht auf mich: Ich pöble nicht, ich strafe. Die Feldschlacht des Lebens endet in einer hemdsgewaltigen Aufräumarbeit, der nicht nur die unsäglichen Politiker und wahnhaften Philosophen zum Opfer fallen, sondern das ganze Antisemiten-Geschmeiß, dem wir, meine Freunde, noch in dieser Zeitrechnung das Maul stopfen werden. Ich, Hammer des Herrn, bedacht als der Gekreuzigte, habe vorläufig Gottes Geschäfte übernommen. An mich dürft ihr euch wenden, aber ich hafte nicht für den Unfug, den ihr anrichtet. – Ich, Friedrich-der-Fritz, sage euch, daß es ein Vorurteil ist, wenn man mich, noch immer, für einen Menschen hält. Aber es ist wahr: Ich habe schon oft unter Menschen gelebt, ich kenne alles, was Menschen erleben können, vom Niedrigsten bis zum Höchsten. Unter den Indern bin ich Buddha, in Griechenland Dionysos gewesen; Alexander und Cäsar sind meine Inkarnationen, desgleichen der Dichter des Shakespeare, Lord Bacon, nach dem erst vor kurzem ein etwas zu salziger Schinken benannt wurde. – Zuletzt, ihr Dummköpfe, war ich Voltaire und Napoleon, für quälend lange Stunden auch Richard Wagner, ehe mir übel wurde, furchtbar übel. Ich bin gekommen als der Siegreiche, der Siegreiche ...«

Nietzsche weiß nicht mehr weiter, er hat ja auch schon viel gesagt; Beifall brandet auf, was in diesem Fall heißt, daß zwei Mann klatschen. Irgendwo, in einer entfernten Ecke der Anstalt, schrillt eine Alarmglocke; vielleicht ist einer der Verrückten abhanden gekommen, oder man hat einen Wärter erwürgt, was ja immerhin als gute Tat gelten könnte. Nietzsche will abtreten, und dabei fällt er vom Stuhl, was so komisch aussieht, daß ihm jetzt alle applaudieren, einhellig. Er liegt neben dem Stuhl und blutet. Nichts Ernstes, gewiß, man muß sich keine Sorgen machen. Wieder ist die Glocke zu hören, verdächtig nah mittlerweile und vor allem gräßlich laut. »Macht euch keine Sorgen«, sagt Nietzsche. »Es geht mir gut, ich bin gänzlich gesund. Einer wie ich kann nicht verbluten – und sterben schon gar nicht. Sorgt euch nicht, Mitleidsbrut, Knochenkotzer ihr, Versteckspieler, ihr meine Freunde.«

7 Man liebt nur einmal

Es wurde schlimmer. Kein Zweifel. Besonders nachts wurde es schlimmer, wenn er wach lag und vor dem Schlaf die Kopfschmerzen kamen. Rasende Kopfschmerzen; Anfälle wie früher. Sogar die Erinnerungen wurden getilgt, die Bilder, aus denen er seine Wachträume zimmerte. Dann stürzte er ab, wußte wahrhaftig nicht mehr, wer er war. Hatte er es je gewußt; aber bitte, da mußte er ja nun fast lachen. Wie in Sils damals am Ende der Welt. Kaum einer der Berufsphilosophen hatte die Identität so ausgelotet wie er; dabei ging es nicht um das Ich, das kleine Ich, jenes Stück magerer Individualität, in Gang gehalten von den Lebens- und Abwasserkanälen zwischen Hirnschmalz, Schlappmaul und Verdauungstrakt. Er, Nietzsche, hatte sich dem wirklichen Selbstbewußtsein gewidmet, einer spannenden, alle Kopfgrenzen überspannenden Großmannstat, die aus dem massenhaften Sterben erwuchs und mit jeder neuen Geburt keineswegs endete. Aber sie hatten ihn allein gelassen, von seiner Entdeckung wollten sie nichts wissen. Kein Wunder, denn es hätte ihren Wirtschaftsbetrieb gestört, den gleichförmigen Ablauf des Geschehens, für den ein Regelwerk galt, das auf bloßes Funktionieren abgestellt war. So viel hätte er noch zu bedenken gehabt; es gab noch Folgerungen zu ziehen, die herrlich fatalen Konsequenzen. Aber jetzt schien es schon zu spät zu sein; diese Anfälle, Kopfschmerzen, und er hätte heulen können, daß man so grausam war und ihm alles nahm, sogar dieses schöne und künstliche Wissen-von-sich, dem er ein Leben lang zugearbeitet hatte. Aber er kämpfte, noch kämpfte er, und die Reminiszenzen, die ihm mit dieser Schmerztherapie, ausgeheckt von hoher böser Warte, entwendet wurden, ersetzte er durch neue Bilder und alte, fast trefflich zu nennende Kopien. Es war doch gelacht; noch hatte er sie alle beisammen, und für die Verluste leistete er listigen und vollen Ersatz.

Aber nachts, nachts wird es schlimm. Da sind die Geräusche dieses Hauses, der Anstalt; die Irren seufzen und jammern im Schlaf, und wenn es wirklich mal still ist, wird es gleich teuflisch; dann kann man Knochen knacken hören, und scharfe Tropfen fallen zu Boden. Manchmal atmen auch die Wände, ein rasselnder Atem ist das, höhnisch; er dringt auf die Gefangenen ein, denn es sind ja Gefangene, irrsinnig kranke Gefangene, die man festhalten muß, damit sie keinen größeren Schaden anrichten. Einmal hat Nietzsche es nicht mehr ausgehalten, in seiner dritten oder vierten Nacht war das, als ihm der Kopf zu zerspringen drohte und er aus der Höhe der Anstalt zudem Arbeitsgeräusche zu hören vermeinte; dort oben, im Schlupfwinkel unter dem Dach, wurden neue Wände errichtet, und man zersägte einen hölzernen Spielmannszug, einen Restposten eiserner Herzen. Nietzsche hatte gebrüllt, mit den Fäusten gegen die Wände geschlagen, und zwei Pfleger waren erschienen, darunter Heinrich der Löwe, den er nicht mochte, und sie flößten ihm schweres Beruhigungsmaterial ein, legten ihn in die Jacke und empfahlen ihm drohend, sich zu beruhigen. »Reiß dich zusammen, Professor!« hatte Heinrich der Löwe noch gesagt; er war, wie gesagt, einer der Pfleger, die Nietzsche nicht ausstehen konnte. Aber er blieb höflich, auch und gerade den beaufsichtigenden Wärtern gegenüber; das waren doch arme Schweine, Knechte im Kittel, schlecht bezahlt in der Regel und gezwungen, sich gegen diese ganzen Kompliziertheiten, die aus den neueren Seelen stammten, geradezu abzuschotten.

Beruhigt hatten sie ihn, und das Gefühl der künstlichen Müdigkeit, das ihn dann in Beschlag nahm, war gar nicht so übel; Nietzsche mußte sich das eingestehen. Er lag da, wurde schwer und schwerer, aber gleichzeitig auch merkwürdig leicht. Es war, als ob man, Spielprogramm durch und durch, den Schlaf einübte, die Kunst, Träume herbeizuführen – die sanften, die reißerischen, die überlebensnotwendigen Träume.

Eine Schiffsfahrt im November, dazu noch auf deutschem Rhein. Kein guter Einfall, sollte man meinen, eher eine Schnapsidee; eine Vision des Bieres, des produktiven Suffs. Aber Nietzsche steht zu dem Plan, den er mit den Freunden Deussen und Schnabel zusammen ausgeheckt hat und der nun verwirklicht wird, gnadenlos, unter nahezu unwirklichen Vorzeichen. Zwar ist der November real und das Jahr auch, das man schreibt, 1864, aber ansonsten geht es doch arg märchenhaft zu. Es ist beelzebubhaft warm, mindestens fünfzehn Grad im Halbschatten, und die Sonne steht an einem glanzvollen Himmel, der sich gänzlich unbedeckt hält. Die Freunde, noch leicht benebelt von der letzten feuchtfröhlichen Nacht, stehen am Pier und sind bereit, das Rheinschiff *Mosella zu* besteigen …

»Es wird noch Regen geben«, sagt Nietzsche, und die anderen lachen.

»Kamerad«, sagt der lange Schnabel, dessen bemerkenswerte Nase tatsächlich etwas Schnabelartiges hat. »Kamerad, nie mehr wird es regnen, nie mehr.«

Als das Schiff schließlich ablegt, sind etwa vierundfünfzig Menschen an Bord, der Kapitän und seine Besatzung keineswegs eingerechnet. Das Wasser schäumt; winzige Wellen, die unter dem Schiffsboden weggedrückt werden. Nietzsche steht an der Reling, und es kommt ihm vor, als sei er am Meer. Am Strand drüben liegt Bonn, eine gefürchtete Piratenhochburg. Gerade noch rechtzeitig sind sie davongekommen, seine Freunde und er. Die Piraten nämlich machen keine Gefangenen, sie vierteilen gleich und vollstrecken.

Jemand legt ihm den Arm um die Schulter; es ist Deussen. »Wir sollten vernünftig werden«, sagt er.

»Was verstehst du unter vernünftig?« fragt Nietzsche, und Deussen antwortet: »Daß wir beispielsweise nicht mehr soviel saufen ...«

»Sag das dem Kommilitonen Schnabel. Ich bin zu allem bereit. Wo ist er überhaupt, dieser Schnabel?«

»Er geht Bier holen.«

Ja dann. Der Strand mit der Stadt bleibt zurück; statt dessen Bäume am Ufer, ein Reitweg. Auf der anderen Seite des Rheins sieht man das Siebengebirge, grünbraune Kuppen, scharf gezeichnet in diesem so maßlos übertreibenden Licht.

»Das stimmt doch hinten und vorne nicht mehr«, sagt Deussen.

»Was stimmt nicht mehr?«

»Die Jahreszeiten. Sie gleichen sich immer mehr an. Der November ist frühlingshaft ...«

»Dafür wird der nächste Frühling schrecklich«, sagt Schnabel, der sich von hinten herangeschlichen hat und drei Bierkrüge in der Hand hält. »Nehmt mir die flüssige Nahrung ab. Bitte!«

»Eigentlich«, sagt Deussen, »eigentlich wollten wir mit dem Saufen aufhören.«

»Du wolltest aufhören«, sagt Nietzsche. »Ich nicht. Obwohl, das sei zugegeben, mir der Suff nicht so gut bekommt. Mein Kopf dröhnt, mein Magen rebelliert, meine Hände zittern, und manchmal fallen mir auch die Haare aus.«

»Nun übertreib mal nicht«, sagt Schnabel.

»Doch«, sagt Nietzsche. »Ich habe Vorahnungen, Vorahnungen von einem frühen Tod. Es kann aber auch ein langes Siechtum geben, entsetzlich, grausam in seinen Konsequenzen. Oder ich werde irre, versteht ihr, verrückt im Kopf –«

»Das bist du schon, Nietzsche«, sagt Schnabel. »Darum lieben wir dich doch. Und – weil du so unanständig witzig bist!«

Als sie genug Bier getrunken haben, das allen drei Herren mächtig auf die Blase schlägt, legt das Schiff in Rüdesheim an. Noch immer ist es grauenhaft hell, aber droben am Himmel zeigen sich feine Wolkenfähnchen.

»Seht ihr«, sagt Nietzsche. »Es gibt noch Regen.«

»Er ist irre, der Nietzsche«, meint Schnabel. »Ein enervierender Mensch.«

Sie drängen zum Landgang, was wirklich ein Drängen ist, denn die anderen Fahrgäste an Bord sind rücksichtslos.

»Warum haben die's so eilig«, sagt Deussen. »Die Drosselgasse nimmt ihnen keiner weg ...«

Rüdesheim ist schon immer ein heilloses Pflaster gewesen, auch 1867; dem Ort eilt der Ruf gnadenloser Gemütlichkeit voraus. Hier wird getanzt und gesungen; man schunkelt sogar, eine Art rheinischer Sitzsport, wie Schnabel erklärt. In jedem zweiten Haus ist eine Kneipe untergebracht, in jedem dritten spielt eine Kapelle.

»Was für eine himmlische Ruhe!« ruft Deussen. »Und diese Einsamkeit.«

»Wer ist nur auf die blödsinnige Idee verfallen, Rüdesheim anzusteuern?« fragt Schnabel.

»Nietzsche, wer sonst«, sagt Deussen.

»Meine Herren«, ruft Nietzsche. »Ich muß doch sehr bitten. Dieser Defätismus. Seien Sie zufrieden mit dem, was wir haben. Und im übrigen: ich kann Ihnen versichern, daß uns heute noch Gutes, ja: etwas zu Herzen Gehendes widerfahren wird ...«

»Woher willst du das wissen?« fragt Schnabel.

»Lieber«, sagt Nietzsche. »Du weißt doch: Ich habe das alles durchdringende, das zweite Gesicht.«

Sie werden in ein Lokal hineingeschoben, das Zum Theodor heißt und in dem, erstaunlich genug, noch ein Tisch frei ist. Als sie Bier bestellen, wirft ihnen die Bedienung, die ein Tablett mit vollen Weingläsern balanciert, von der Seite einen unguten Blick zu. Am anderen Ende der Wirtsstube hocken fünf Musiker und spielen zum Tanz auf; was sie vortragen, ist laut und hat Schwung.

»Fürchterlich«, sagt Nietzsche.

»Geschieht dir ganz recht«, meint Schnabel. »Jetzt erntest du die Früchte deiner fatalen Idee!«

»Ich meine die Musik«, sagt Nietzsche. »Nur die Musik. Die ist fürchterlich. Sie dröhnt einem den Kopf zu.«

»Bauernmusik«, sagt Deussen. »Ist doch ganz nett. So was spielt man auf dem Lande. Rustikale Polkas, barbarische Walzer, Ländler eben, immer am Gegner orientiert.«

»Gegner?« fragt Nietzsche.

»Ja«, sagt Deussen. »Tanzen ist Kampf. Oder Krampf. Am Ende läuft alles auf Gegnerschaft hinaus, auf Zweikampfverhalten, auf Intimfeindschaft, wenn ihr versteht, was ich meine«.

»Nein«, sagt Schnabel. »Wer versteht schon, was du meinst ...«

Die Bedienung bringt ihnen das Bier; mit dem Ausdruck inniger Verachtung stellt sie die Krüge ab, läßt sie fast fallen, so daß das Bier überschwappt, eine bräunliche, fast unbeschäumte Brühe. »Vielen Dank«, sagt Deussen. »Sehr freundlich!« Sie trinken; es schmeckt nicht, aber der Durst treibt es rein, dieses stark angeschalte rheinische Schwachbier. Nietzsche erhebt sich, er muß mal raus. »Eine kindische Blase hat er«, sagt Schnabel. »Für einen Trinker gänzlich ungeeignet.« Als Nietzsche am Nebentisch vorbeikommt, den er mit leicht schwankendem Gang und doch recht förmlich streift, bleibt er plötzlich stehen. Wie angewurzelt steht er vor dem Tisch, an dem ein älterer Herr und ein junges Mädchen sitzen, Vater und Tochter vielleicht oder ein in die Jahre gekommener Verehrer mit seiner noch bemerkenswert frischen Dulzinea.

»Was hat er denn?« flüstert Deussen.

»Er kommt zurück«, sagt Schnabel. »Ein wandelnder Leichnam.« Nietzsche läßt sich auf seinen Stuhl fallen; er ist ganz bleich im Gesicht.

»Sollen wir einen Arzt holen?« fragt Deussen.

Nietzsche schüttelt den Kopf. »Es ist passiert«, sagt er. »Das zu Herzen Gehende ist passiert, Freunde, erinnert ihr euch an meine Worte ...«

»Zuviel getrunken hat er, eindeutig«, sagt Schnabel. »Er verträgt eben nichts. Und dann die schlechte Luft hier ...

»Die Luft ist in Ordnung«, sagt Nietzsche. »Eine köstliche, eine vorzügliche Luft, die ich mit meiner Liebe teile, meiner einzigen großen und großartigen Liebe ...«

»Du mußt jetzt ganz ruhig bleiben«, meint Deussen. »Wir sind noch immer bei dir.«

»Meine Liebe«, sagt Nietzsche. »Ich habe sie gesehen, zum erstenmal in diesem Leben. Sie sitzt am Nebentisch, ihr Holzköpfe, das junge Mädchen dort, meine Liebe. Ich kann jetzt nichts mehr denken. Bin schwach, nur noch schwach ...«

»so schwach, daß er nicht mal mehr bis zum Lokus kommt«, sagt Schnabel. »Muß Liebe hart sein ...«

»Keine Ablenkungen mehr – jetzt«, sagt Nietzsche. »Ich muß sie im Auge behalten. Meine Liebe. Sie darf mir nicht davon. Nun gilt es. Ewigkeit ist angesagt. Im Leben wird oft gestorben, Freunde, aber – man liebt nur einmal.«

8 Regenbraut

Am erträglichsten war es, wenn er auf dem Rücken lag. Dann lastete zwar die Welt auf ihm, aber er konnte immerhin noch atmen. In dieser Dunkelkammer. Ganz oben, am ersten und einzigen Fensterschlitz, hing ein Stück Mond herein, ein kleines Licht, ein Lichtfleck nur, eher zu ahnen denn zu sehen, den man allerdings zum Leuchten bringen konnte, wenn man nur lange genug zu ihm hochstarrte, ihn beäugte wie ein Blöder. Das kleine Licht verbreiterte sich dann, ging auseinander, wurde zu einem sich herablassenden Fluß, der stilles und reges Schmelzwasser führte. Es nahm seinen Weg, unabhängig von den Jahreszeiten, die ja ohnehin, wie Deussen prognostiziert hatte, abgeschafft wurden. Oder sich anglichen, herkömmliche Unterschiede vertilgend – ein Vorgang, wie man ihn von alten Ehepaaren kannte, Veteranen des Gefühls, die einander immer ähnlicher wurden, bis zur Verknorpelung und gleichmäßigen Verkrümmung.

Auf diesem Fluß, der zum Meer führt, wohin sonst, wird er mitgenommen. Das geht sozusagen auf Zuruf: ein Schiff kommt, mit einem schweigsamen Fahrtenschreiber an Bord, der das Wesentliche festhält, immer; das Schiff hat keinerlei Schwierigkeiten, es ist see- und trittfest, auch bei heftiger werdenden Gezeiten und starker Strömung. So fährt man, fährt sicher und gut, und Nietzsche, dem die Ahnung zusetzt, daß sogar die Meere einmal absaufen müßten, kann in aller Ruhe zu sich selber sprechen; er kennt das ja von früher, als es noch Feuer gab vor der Glut und Asche auf den Häuptern der Lieben. Was haben wir nur gemacht, kann er sagen. Haben wir das Meer ausgetrunken? Was war das für ein

Schwamm, mit dem wir den ganzen Horizont um uns auslöschten? Wie brachten wir dies zustande, diese ewige feste Linie wegzuwischen, auf die bisher alle Linien und Maße sich zurückbezogen, nach der bisher alle Baumeister des Lebens bauten und ohne die es überhaupt keine Perspektive, keine Ordnung, keine Baukunst zu geben schien? Stehen wir denn selber noch auf unseren Füßen, kann er sagen, stürzen wir nicht fortwährend? Und gleichsam abwärts, rückwärts, seitwärts, nach allen Seiten? Haben wir nicht den unendlichen Raum wie einen Mantel eisiger Luft um uns gelegt? Und alle Schwerkraft verloren, weil es für uns kein Oben, kein Unten mehr gibt? Und wenn wir noch leben und Licht trinken, kann er sagen, leben, wie wir scheinbar immer gelebt haben, ist es nicht gleichsam durch das Leuchten und Funkeln von Gestirnen, die erloschen sind? Noch sehen wir unseren Tod, unsere Asche nicht, und dies täuscht uns und macht uns glauben, daß wir selber das Licht und das Leben sind – aber es ist nur das alte frühere Leben im Lichte der vergangenen Menschheit und der vergangene Gott, deren Strahlen und Gluten uns noch immer erreichen; auch das Licht brauchte Zeit, auch der Tod und die Asche brauchen Zeit. Könnte er sagen, und zuletzt, wir Lebenden und Leuchtenden: Wie steht es denn mit dieser unserer Leuchtkraft, verglichen mit der vergangner Geschlechter? Ist es mehr als jenes aschgraue Licht, welches der Mond von der erleuchteten Erde erhält?

Da hat er denn fast alles Licht weggeredet, das Meer ist versoffen und der Fluß, der ihn mitnahm, versiegt. Im Zimmer ist es stockdunkel, aber das scheint nur so; der Morgen graut, all den Irren in dieser irren Anstalt graut es vor dem Morgen, doch der kommt, läßt nicht mit sich reden, er kommt, jeden Morgen kommt er, löst die Nacht ab, die ihren Dienst getan hat. Die Vögel brüllen schon in den Bäumen, damit geht es los, und dann wird es heller und heller, hellgrau schließlich, und der Tag ist da, und mit ihm kommt das neue alte Personal. Die Nachtschicht wird abgelöst, der alte Samuelsen zum Beispiel, den die Patienten mögen, weil er sie unaufdringlich freundlich behandelt; oder Gutbrod, der nachts fromme Bücher liest, was nicht darüber hinwegtäuschen darf, daß der Mann brutal werden kann, wenn man ihn über Gebühr stört und belästigt. Tagsüber, wenn die Ärzte da sind, treten die Wärter aus ihrem Schatten; sie spielen sich dann auf, donnern die Irren zusammen, wo es nur geht, oder machen sich ihren Spaß mit ihnen. Allen voran Heinrich der Löwe, der eigentlich Echterding heißt; ein Kerl wie ein kranker Baum, ein Dröhnling, dessen größtes Vergnügen es ist, über seine eigenen Witze zu lachen. Unter den Irren kommen die Akademiker besonders schlecht bei ihm weg, was damit zu tun haben mag, daß er selber einigermaßen dumm ist, um nicht zu sagen: saudumm; am liebsten hat Echterding den einfachen Irren, der schon dämlich zur Welt gekommen ist, wie er glaubt, und der mitklatscht, wenn sich Heinrich der Löwe, Anstaltsleiter von eigenen Gnaden, wiehernd vor Freude auf die Schenkel schlägt, weil ihm schon wieder ein Witz gelungen ist, ein Knochenbrecherwitz, für den man Zustimmung fordern kann. An Nietzsche mag Echterding nur den Schnurrbart, den er zwirbelt, sooft er kann; er greift dem Wahnsinnsprofessor, wie er Nietzsche nennt, einfach in den Bart. »Rasier dich mal«, sagt er. Oder: »Alles, was du gefressen hast, Professor, hängt noch in deinem Bart.« Echterding hält sich für einen freundlichen Menschen, die Patienten haben es gut bei ihm, glaubt er; seine starke Hand, die sie nun mal brauchen. So war er denn auch ganz verblüfft, als Nietzsche Widerspruch wagte: »Lassen Sie das«, sagte der und drückte Echterdings Hand weg, die ihm wieder an den Bart ging. »Lassen Sie das!« Eine Frechheit, und Echterding wußte, daß er dem Wahnsinnsprofessor von nun an ganz streng kommen mußte; keine Schonzeit mehr, und so trat er ihm gleich ins

Kreuz und erklärte dabei freundlich, aber bestimmt: »Dies hier ist meine Anstalt, Professor. Merk dir das. Wenn ich einen von euch Irren am Bart ziehe, geschieht das zu seinem Besten. Hast du mich verstanden?« Nietzsche nickte, was sollte er sich mit dem Kerl herumstreiten. Vielleicht nützte es etwas, wenn er sich selbst über den Bart strich, unentwegt; wo schon eine Hand war, mußten andere warten. »Besetzt« konnte man sagen, »besetzt«, was Echterding allerdings nicht groß schrecken mußte, denn er konnte ja noch anderswo zugreifen. Bei dem jungen Hornickel zum Beispiel, einem chronisch verwirrten Studenten, den es nach anderthalb Semestern Theologie gleich in den sogenannten Wahnsinn getrieben hatte. Er wollte allein sein mit Gott, erklärte er, an sich kein unmenschlicher Wunsch, aber ein Begehren, das der junge Mann mit derber Methode betrieben hatte; er war tätlich geworden gegenüber einem seiner Professoren, und dem Pfarrer seines Heimatortes, der ihn immerhin vor neunzehn Jahren eigenhändig getauft hatte, warf er mit den Worten »Halleluja, der Herr!« ein Holzscheit an den Kopf, was bei dem Geistlichen einen Schock sowie eine schwere Gehirnerschütterung hervorrief und Hornickel die endgültige Einweisung in die Psychiatrische Anstalt Jena einbrachte. Dort wurde er sehr schnell ruhiger, was weniger an der medikamentösen Behandlung lag als an dem Umstand, daß sich Hornickel unter all den Irren als Prediger fühlen konnte, dem Gott, der alleinige Gott, nunmehr eine lohnende und langwierige Aufgabe übertragen hatte. Er würde die gesamte Anstalt missionieren, die Insassen Gott zutreiben, der sie musterte und auf seine himmlischen Heere verteilte. Hornickel hatte also zu tun, und er war, noch immer, ein hübsches Kerlchen, feingliedrig, blond, fast zart und doch nicht zu dünn; ein Kerlchen, das Echterding gerne anfaßte. Er griff ihm in die Hose, sagte: »Da haben wir ja den Schwengel des Herrn«, und Hornickel ließ es mit sich geschehen; er wußte, und dies beizeiten, daß Gottes Dienst harte Arbeit bedeuten konnte.

Nun war es grau, das Licht, und Heinrich der Löwe platzte ins Zimmer.

»Aufstehn«, sagte er. »Du hast Besuch, Hornickel!«

»Ein Irrtum«, sagte Nietzsche. »Ein kleiner, aber feiner Irrtum. Ich heiße nicht Hornickel, sondern Nietzsche. Soweit ich weiß.«

»Deine Mutter ist da«, meinte Echterding, dem die Haare ganz merkwürdig vom Kopf wegstanden. »Zieh dich an und komm runter.«

»Haben Sie schlecht geträumt, Herr Heinrich?« fragte Nietzsche. »Sie sehen aus wie eine Gletschersau, mit Verlaub. Die gibt es eigentlich nur im Engadin, aber jetzt sind sie wohl bis nach Jena vorgedrungen. Diese Tiere, denen die Haare ähnlich steil vom Schädel abstehen wie Ihnen, sind sehr zäh.«

»Ich bin auch zäh«, sagte Echterding, griff mit der Linken in Nietzsches Bart und verpaßte ihm mit der Rechten eine Kopfnuß. Dann ging er, Heinrich der Löwe, und schlug die Tür hinter sich zu.

»Alte Sau«, sagte Nietzsche. Er hatte Kopfschmerzen, aber wacker zog er sich an; das ging noch ganz gut, bis auf die kleineren Irrtümer, die ihm notgedrungen unterliefen. Es gab keine feste Kleiderordnung mehr, warum auch; mal zog er sich die Hose über den Kopf, mal lief er barfuß, weil er die Strümpfe als Handschuhe benötigte. Als ihm ein Alp auf die Blase drückte, hatte er auch schon mal fein und sorgfältig in seine Stiefel gepinkelt, die faßten gerade, was er da abzustellen hatte an Wasser. Schließlich war der Weg zu den Bedürfnisräumen seiner Station unerhört weit; ein langer Marsch über finstere Gänge, und wenn man sich verlief, was immer wieder vorkommen konnte, ging der Saft ohnehin in die Hose. Aber heute keine Probleme, alles in Ordnung. Er zog sich an;

das ging ihm gut von der Hand, und sah er nicht gepflegt aus, wie aus dem Bett gepellt, ein ruhender Pol. Unten, in der Eingangshalle, wo es mächtig zog und der Putz von den Wänden rieselte, wartete die Mama.

»Mein lieber Fritz. Guten Morgen. Du siehst gut aus.«

»Ich weiß, Mama. Die Zierde der Anstalt bin ich, unter lauter Gaunervisagen der einzige warmblütige Schönling. Aber warum kommst du so früh?«

»Heute nachmittag bin ich eingeladen, Fritz, bei Sedlitzens. Da dachte ich: Besuch den Fritz lieber am Morgen.«

»Du mußt mich ohnehin nicht tagtäglich besuchen, Mama. Mir geht es gut. Ich wachse und gedeihe. Macht euch keine Sorgen.«

»Professor Binswanger hat auch gesagt, daß es dir gutgeht. Es gibt Hoffnung, meint er ...«

»Für wen? Für die Menschen oder für den Professor?«

»Für dich, Fritz, für dich. Er sagt, daß du vielleicht schon bald entlassen wirst und zu uns nach Hause kannst ...«

»Und wer ist dieser Professor Bindewald?«

»Binswanger. Du kennst ihn doch. Er ist der Chefarzt hier, der freundliche Professor, der dir schon oft die Hand geschüttelt hat ... Er mag dich.«

»Mir haben schon viele die Hand geschüttelt, Kaiser, Könige, Edelleute. Der ganze verkommene, degenerierte Adel. Auch Bettler und Fußkranke. Sogar Gott. Aber der ist alt, steinalt. Da hat man dann Angst, zu fest zuzudrücken.«

»Du würdest dich doch freuen, Fritz, wenn du wieder nach Hause könntest?«

»Wie heißt der Mann? Binswanger? Und ist Professor. Das sind die allerschlimmsten. Ich weiß, wovon ich rede; war selber kurze Zeit Professor ...«

»Ich weiß. In Basel.«

»Nein, in Sils, dem Heimatdorf der vom Herrn Gott mit einem Bankert sitzengelassenen Maria. Dort war ich Professor, lebte von einer kargen Hinterbliebenenrente. Unter einem Felsen am See, einem komischen Pyramidalblock, kam es über mich; ich kriegte es direkt auf den Kopf. Eine Vision, schneidend scharf, das Urgestein einer neuen furchtbaren Wirklichkeit. Aber sie haben nicht gehört, diese Begriffsschänder und Schleimer ...«

»Bekommst du genug zu essen, Fritz?«

»Es könnte mehr sein. Und es ist nicht immer gut, Mama. Manchmal werfen sie uns einen argen Schlangenfraß vor.«

»Aber die medizinische Betreuung ...«

»Ich bin nicht krank, Mama. Nur ab und zu diese harten Kopfschmerzen. Dann zerreißt's mir das Hirn, und ich denke nur noch: Da lebt man nun und stirbt ...«

»Ich möchte dir so gern helfen, Fritz.«

»Du kannst mir nicht helfen. Niemand kann das. Warum auch; es geht mir gut. Ich bin hier in Sicherheit. Und wenn Professor Bimsstein in der Nähe ist, kann mir schon gar nichts passieren ...«

»Binswanger ...«

»Ja, der auch ... Einer der netteren Patienten, obwohl er Professor ist ...«

»Soll ich wieder etwas mitbringen, wenn ich dich das nächstemal besuche?«

»Ja, Schinkenwurst. Du weißt schon, Mama, diese köstliche Wurst, die ihr immer nach Sils zur Maria geschickt habt ... Die schmeckt und hält ewig jung ...«

Was soll man sagen, es hat dann doch noch geregnet. Tatsächlich. Als Nietzsche mit Schnabel und Deussen das Rüdesheimer Weinlokal Zum Theodor verläßt, trauen sie ihren Augen nicht: der Himmel, vorhin noch strahlend klar, hat sich zugezogen, und es gibt die ersten feinen Tropfen – von oben. »Seht ihr«, sagt Nietzsche zufrieden. »Ich hab's doch gesagt: es wird heute noch regnen.« Von außen schaut er durch die Butzenscheiben des Etablissements und stellt fest, daß seine Liebe Anstalten macht zu gehen. Leider ist der alte Mann noch immer an ihrer Seite. »Nun komm schon«, sagt Schnabel. »Geht vor, meine Begleiter«, sagt Nietzsche. »Ich habe noch etwas zu erledigen. Wir treffen uns am Schiff.« Er drückt sich in einen Seiteneingang, denn seine Liebe verläßt gerade das Lokal. Mit dem alten Mann, bei dem sie sich eingehakt hat, biegt sie in eine Seitengasse ein. Nietzsche folgt ihnen unauffällig, was kein großes Kunststück ist, denn obwohl es jetzt immer stärker regnet, sind noch immer viele Leute unterwegs. Die meisten singen, einige sehen aber auch schon ernst aus, so als hätten sie eine Abrechnung zu fürchten, die ihnen, ganz zu Recht, droht. Das ungleiche Paar begibt sich zum Hotel Rhenania, wo es, wie der außenstehende Beobachter feststellen kann, von einem Portier begrüßt und mit Zimmerschlüsseln versehen wird. Nietzsche wartet einen Moment, er ist ratlos, aber dann nimmt er seinen Mut zusammen und geht hinein. »Guten Abend«, sagt er zu dem Portier. »Professor Nietzsche. Wenn ich mich nicht ganz fürchterlich irre, ist eben mein alter Freund Professor von Sternburg aus Lützellinden mit seiner bezaubernden Gattin hier hereingekommen.« »Sie irren sich ganz fürchterlich«, sagt der Portier. »Ein Professor Sternburg wohnt nicht bei uns. Und seine bezaubernde Gattin –« »Ja?« »Wohnt auch nicht bei uns.« »Aber wer war denn das Ehepaar, das eben gerade Ihr hellerleuchtetes Haus betreten hat?« fragt Nietzsche verzweifelt. »Das«, sagt der Portier, »geht Sie gar nichts an. Aber vielleicht zeigen Sie mir etwas, was mich auskunftsfreudiger stimmen könnte ...« Nietzsche fingert einen Geldschein aus seinem Portemonnaie und legt ihn auf den Tresen. »Da kommt Stimmung auf«, sagt der Portier. »Aber es ist mir noch nicht stimmungsvoll genug ...« Nietzsche schiebt einen zweiten Schein nach. »Man plaudert immer wieder gern mit Ihnen«, sagt der Portier. »Das Ehepaar, das Sie meinen, ist gar kein Ehepaar. Es handelt sich dabei nur um Vater und Tochter. Dr. Josef Wiel, Badearzt aus Lörrach, das ist der Vater, und seine Tochter heißt Elenor ...«

Elenor also. Elenor Wiel. Was für ein Name. Nietzsche stürzt aus dem Hotel, und er läuft, ohne auf ein Entgegenkommen zu achten, durch die Gassen hinunter zum Rhein. Es regnet wie aus Eimern; zugeschüttet mit Himmelswasser wird er, aber das stört ihn nicht im geringsten. Im Gegenteil. Er ist glücklich; ein nasser, glücklicher Hund. An der Anlegestelle warten Schnabel und Deussen.

»Wie siehst du denn aus«, sagt Schnabel pikiert.

»Selbstzufrieden«, meint Deussen. »Er sieht unangenehm selbstzufrieden aus ...«

»Ach, Leute«, ruft Nietzsche. »Wenn ihr wüßtet ... Wart ihr denn je glücklich, ihr langsamen Brüter? Ich weiß doch jetzt, wer sie ist, meine Liebe, weiß es, ich war ihr nahe – meiner schönen jungen Regenbraut.«

9 Und nichts außerdem

Der Mann war Professor, das sah man gleich: mit trübem spähenden Blick schlich er umher; ganz vorsichtig setzte er die Füße, so als dürfe er ja keinen Lärm machen in dieser Welt von Verfolgern. Wo ist denn der entsprungen, dachte Nietzsche, und er mußte mit ansehen, wie der Mann ein Podium erklomm, an dem er handgreiflich wurde. Er holte ein Manuskript hervor, das er vor sich ausbreitete; anscheinend wollte er etwas loswerden, sprechen; eine Rede halten. Aber zu wem sollte er reden; kein Mensch war zu sehen; der Mann stand in einer leeren Halle. Er ließ sich dadurch jedoch nicht entmutigen, im Gegenteil; eine seltsame Anteilnahme schien ihn zu befeuern, ein dumpfer Mitteilungsdrang, der sich Luft machen mußte, ungehemmt und unverfroren. Von oben fiel nun ein wenig Licht auf den Mann, was ihm keineswegs zum Vorteil gereichte; man sah seinen fettigen, wie mit dem Schneidemesser eingravierten Scheitel, seine poröse bläßliche Haut, seine grotesk aufgeplusterten Backen, die ihm die Physiognomie eines gelehrten Hamsters verliehen. Vom Kinn an abwärts wurde der Mann gänzlich schlaff; sein Hals glich einer einzigen Hautfalte, die umstandslos in den kolossal aufgewölbten Bauch überging, der nur von zwei staksigen, in speckigen Pseudogamaschen steckenden Beinchen gehalten wurde.

Dann fing er an zu reden – mit quäkiger Stimme. Aber wo waren die Zuhörer; kein Mensch hörte ihm zu, er sprach zu sich selbst, aber doch wohl so heimtückisch, als sei er einem einzigen höhergeordneten Lauschangriff ausgesetzt. »Nietzsche, Friedrich Wilhelm«, sagte der Mann. »Geboren am 15. Oktober 1844 in Röcken bei Lützen in der Provinz Sachsen als protestantischer Pfarrerssohn, in Basel Professor für klassische Philologie, führte ein unstetes Wanderleben, zumeist in der Schweiz und im warmen Italien; 1889 in Turin Ausbruch einer unheilbaren Geisteskrankheit ...« Nietzsche lachte vor sich hin, was natürlich auch kein Mensch hörte, aber er lachte; das Kerlchen dort auf dem Podium war komisch, ein Komiker zweifellos, der mal auf etwas andere Weise für Stimmung sorgen wollte. Oder auch er war geisteskrank, ein weitaus schwierigerer Fall als Nietzsche, der sich ja freiwillig der entbehrlichen Teile seines Verstandes entledigt hatte und seiner eigenen Inszenierung noch mühelos – oder doch schon mit Mühen? – folgen konnte. »Soweit die dürren Eckdaten eines Lebens, einer tragischen Existenz, meine Damen und Herren«, sagte der Mann. »Kommen wir nun zu seinem Denken, sofern von einem solchen überhaupt die Rede sein kann. Nietzsches Werk zeigt die ganze, oft als romantisch empfundene Zwiespältigkeit eines verfehlten Charakters, der sich im unerbittlichen Kampf gegen Christentum und Religion überhaupt ergeht und zugleich die Selbstlähmung eines zutiefst religiösen Gemüts zu erkennen gibt. Jawoll. Nietzsches Leben und Denken wird meist in drei Perioden gesehen. In der ersten Periode ...«

Noch auf dem Schiff, während der Rückfahrt nach Bonn, hat Nietzsche zu schreiben begonnen. Er sitzt an einem separaten Tischchen und wirft unermüdlich Zeile für Zeile aufs Papier. »Wie er grinst«, flüstert Schnabel. »Ich finde, er hat einen ganz unanständigen Gesichtsausdruck ...« »Er ist verliebt«, sagt Deussen. »Man muß Verständnis für ihn haben.« »Ach was«, sagt Schnabel. »Verliebt ... Wenn ich das schon höre! Er hat die Kleine doch nur einmal gesehen, und das auch noch aus sicherer Entfernung. Wie kann er sich da verlieben ...« »Liebe läßt sich nicht in Zentimetern oder Metern bemessen«, erklärt Deussen würdevoll. »Ich weiß das, denn ich habe schon manche Liebesgeschichte hinter mich gebracht ...« »Wer's glaubt«, sagt Schnabel. »Du kennst die Liebe doch nur aus den Romanen, die du nachts mit roten Ohren und pochendem Herzen im Schein einer trüben Funzel liest ... Ich hingegen –« »Bin ein Mann von Welt«, sagt Deussen. »Wir alle wissen das ...«

»Sehr verehrtes Fräulein«, hat Nietzsche geschrieben; das klingt noch sehr unverfänglich. »Von Liebe reden heißt, sie zu kennen. Keine Worte braucht es dafür, nur jenen einzigen Blick, den Sie mir gewährten im November am Rhein. Ich sah Sie und wurde ins Feuer gebracht, in dem ich nun sitze, ein ängstlicher Adler, und Sie mit glühenden Gedanken traktiere – aus der Ferne, denn noch immer ist November, und noch immer bin ich am Rhein. Wer Sie je sah, mein Fräulein, fühlt sich mit dem Glück gewappnet. Nicht begehrt es mich nach Einlösung, nach Ausleben gar; gewiß, die Sehnsucht, sie ist da, aber darf sie nicht zugleich als wundersam gedeutet werden, als schmerzlich-schönes Himmelsgeschenk, das ich, traurig-heiteren Gemütes, was nichts anderes heißt als glücklich, für Sie und sinnend an Sie zu hegen habe.«

Es war gut, daß der Professor keine Zuhörer hatte. Nicht weil er einen solchen Unsinn redete, sondern weil er eminent spuckte; er näßte bis in die vierte und fünfte Reihe hinein. »In der ersten Periode«, sagte der Mann, »erfährt Nietzsche, wohl unter dem Einfluß der Antike, Schopenhauers und Wagners stehend, die Welt als Urwiderspruch des Dionysischen und Apollinischen. Dabei müssen wir das Dionysische als irrationales dunkles Drängen verstehen, meine Damen und Herren, als Drängen nach voller Lebensverwirklichung im Überschwang, als rauschhafte Hingabe an das Werden. Das Apollinische hingegen ist das Streben nach Klarheit, Harmonie und Ordnung, nach rationaler Beherrschung der Welt und vielleicht auch nach der Ruhe im Wandellosen. Jawoll. Nietzsche, meine Damen und Herren, hatte mit dem Apollinischen nicht viel im Sinn. Als allerersten Sündenbock in der abendländischen Geistesgeschichte erkor er sich den armen Sokrates, der seiner Meinung nach das logisch-rationale Denken aufbrachte, welches mit dazu beitrug, daß Instinktsicherheit und unmittelbarer Bezug zum tragischen Weltgrund immer mehr verlorengingen. Nietzsches zweite Periode, meine Zuhörer ...«

Der Regen fällt gleichmäßig, was vom Bauch des Schiffes aus ganz putzig wirkt; man hockt wie in einem Zuber, und draußen herrscht die schiere Ungemütlichkeit; ein vorbeiwehendes düsteres Wasserorakel, dessen Wirkung, dem großen Fahrensmann sei Dank, an den Wänden des Schiffes zerschellt. »Ich sah Sie im Regen, mein Fräulein«, hat Nietzsche geschrieben. »Ein Umstand, der eher als beiläufig gewertet werden mag, dem ich hingegen eine gewisse Bedeutung zusprechen muß: Dieser Regen nämlich, der auf mich herniederging und Sie und Ihren werten Herrn Vater nur streifte, war nicht von dieser Welt; er brachte das Schwemmland von meinen Gedanken, all das unnütze zuhandene Zeug, er wusch meine Seele rein, der ich kaum wirklich Gutes gegönnt hatte; er machte mich selber frei. Nicht, daß ich jetzt reinen Gedankens wäre, Gott bewahre; da ist jetzt wohl Sündiges hinzugekommen, aber auch das ein Geschenk, ein wollüstig stimmendes Sehnsuchtsgeschenk, das ich, frei, wie ich bin, zu Herzen und im Kopfe, handhaben darf als ein seiner selbst sicher gewordener Schlächter des schlechten Normalen. Erschrecken Sie nicht, mein Fräulein, ich spreche martialisch, aber was ich sagen will, ist nur, daß ich Sie liebe, unermüdlich, auf lange Zeit setzend. Man hat mir ein Ziel eingeschossen, und so darf ich, auch das soll Sie nicht ängstigen, zum Verfolger werden, zum Herrn meiner Träume, der nichts anderes mehr beabsichtigen kann, als die Frau seiner Träume, Dame des ihm geöffneten Herzens, endgültig und selig heimzuholen.«

Mit einemmal fängt das Schiff an zu schaukeln, Wind ist aufgekommen, fast Sturm. Es heult aus allen Luken; die Planken ächzen, und der umherschleichende Steward, ein Mann mit Uniform und Mütze, macht ein sorgenvolles Gesicht.

»Ja, wo sind wir denn hier«, sagt Schnabel durchaus vorwurfsvoll. »Etwa in der Nord- und Mordsee? Oder nicht doch noch auf Deutschlands stillem und ruhigem Paradestrom ...?«

»Alle Mann in die Boote«, murmelt Deussen. »Studenten und Frauen zuerst! Oder soll ich vorher noch Bier holen?«

»Tu das«, sagt Schnabel. »Sturm macht durstig. Und bring ihm, diesem Nietzsche da, etwas mit. Er leckt sich beim Schreiben andauernd die Lippen, ein nahezu obszöner Anblick, wie ich finde ...«

Jetzt schien es der Mann zu merken, der Professor, daß er nicht nur Wissen absonderte, sondern auch Feuchtes. Er wischte sich mit dem Ärmel über den schmallippigen Mund, ekelhaft; das war sie also, Gelehrsamkeit, ein ständig nässendes Schurkenstück. »Nietzsches zweite Periode, meine Damen und Herren« – der Herr Professor spuckte sich frei –,

»bringt den Bruch mit Wagner und die Loslösung von Schopenhauer. Es ist dies, wenn man so will, eine Wende zum Menschen in seiner positiv faßbaren Weltwirklichkeit. Nun wird die Psychologie zum destruktiven Instrument des freien Geistes, der – in ironischer Distanz zur Welt und zu sich selbst – jedwede Religion, Moral, Metaphysik, die nicht ehrlichen Künste, kurzum: den ganzen sogenannten Idealismus als Hinterwäldlerei zu entlarven glaubt. Alles Jenseitige, inbegriffen in der Idee Gottes, soll bloß die hinausgeworfene Dimension des Menschen sein, der von seiner Zerrissenheit nur geheilt werden kann durch die komplette Desillusionierung: ›Gott ist tot!‹ lautet Nietzsches unglückseliges Diktum, das er in die Welt setzte wie ein leichtfertig verstreutes Bonmot ...«

»Verehrtes und wie Sie nun wissen auch geliebtes Fräulein: Niemand ist tot, solange er liebt. Allerdings macht die Liebe auf Erden eine ständige Wandlung durch; schillernd, oft täuschend echt die Gewänder, in denen sie auftritt, eine Veranstaltung zum Fürchten, ein zu Herzen gehendes Spektakulum, ein stilles Vergnügen, ein zweischneidiges Schwert, eine Überlebensschablone, an deren ausgefransten Rändern winzige Krankheitserreger lauern. – Bemerkenswert auch die verschiedenen Perioden, die eine Liebe durchläuft; da ist Leidenschaft zunächst, hämmernde Gefühlsseligkeit, eine in die Wege gebrachte Triebtäterschaft, die nach bestimmten Spielregeln auszuleben ist; dann die vielleicht schönste, die zweite Periode: sie verspricht ruhige Sicherheit, den Blick des Glücks, der aus dem Alltäglichen kommt, ein Genießen der Gegenwart ohne jedes zeternde Arg; schließlich, mein Fräulein, die dritte Periode, der schon das Alter zusetzt: Alles wird hinfällig, die Gefühle setzen Rostflecken an, und auch in Gedanken bewegt man sich nun äußerst mühsam. Aber da bleibt die Erinnerung, eine ebenfalls alte Frau, die uns einige rosenüberwachsene Bilder beläßt, mit denen wir spielen dürfen – und an denen wir – letztlich – auch sterben können ... Lesen Sie diese Zeilen, wie Sie gemeint sind, Mademoiselle Elenor, hören Sie meine Botschaft: Die Jagd ist eröffnet, ich bin auf dem Weg zu Ihnen, ich liebe Sie! Alles erscheint mir im Moment wohlgetan, mit meiner Sehnsucht kann ich leben. Liebe – und so gestatten Sie mir, da Sie sich augenscheinlich nicht wehren können, noch ein kleines Gedicht, das Ihnen und nur Ihnen gewidmet ist:

Für Elenor! –

Die du mit dem Flammenspeere
Meiner Seele Eis zerteilt,
Daß sie brausend nun zum Meere
Ihrer höchsten Hoffnung eilt:
Heller stets und stets gesunder,
Frei im allersüßesten Decor: –
Also preist sie deine Wunder,
Schönste schönste Elenor!

– Leben Sie wohl!«

Der Professor hatte einen Schluckauf bekommen, was sich sehr nötigend anhörte; er hickste, aber zugleich mühte er sich wacker, gegen sein Leiden anzugehen, indem er die Luft anhielt, ohne seine Rede zu beenden, ein ganz unglückliches Unterfangen. Er japste, ächzte, bekam einen knallroten Kopf; sein Spucken, lahmgelegt zunächst durch die zwanghafte Ruhigstellung seines übelriechenden Atems, brach sich erneut Bahn und wurde förmlich explosiv. »Nietzsches dritte Periode«, rief er einem Auditorium zu, das noch immer nicht zu sehen war. »Nietzsches dritte Periode nimmt die Grunderfahrung seiner ersten Schaffensphase in gewandelter

Form wieder auf und ordnet ihr den Entwicklungsgedanken des Lebens ein. Der dionysische Weltgrund wird nun Wille zur Macht, und als solcher bringt er seine höchste Erscheinungsform hervor, den von Nietzsche so genannten Übermenschen, in dessen Dienste sich der bisherige, vergleichsweise ärmliche Mensch stellen soll. Damit ist zugleich die Entwertung aller überlieferten Werte angesagt, eine, meine Damen und Herren, fatale Neubewertung mit ebenso fatalen Folgen: Die bisherige christliche ›Sklavenmoral‹ der ›Schlechtweggekommenen‹, wie Nietzsche sich auszudrücken beliebt, wird ersetzt durch eine ›Herrenmoral‹; die Vornehmen der Erde, wer auch immer sie sein mögen, schwingen sich auf in den Herrschaftsbereich des Übermenschen. Wenn dann, als Konsequenz, Geschichte ohne Anfang und Ende, ohne transzendentales Ziel verläuft, mithin als ewig vorzustellen wäre, muß das unendliche Zukünftige zugleich das unendliche Vergangene gewesen sein. Dies ist Herrn Nietzsches verwegenste Idee, der Gedanke einer Ewigen Wiederkunft des Gleichen, die er allerdings, wie so vieles andere auch, nur in verworrener Rede und unter Zündung rhetorischer Platzpatronen zur Darstellung gebracht hat. Nietzsche, meine Zuhörer, war letztlich nur eine unglückliche Gestalt, ein mittelgroßer, schwächlicher, menschenscheuer, weltungewandter Mann, der sich ebendieser Mängel und seiner kleinbürgerlichen Abkunft schämte und statt dessen eine krampfhafte Würde zur Schau trug, hinter der er sich einzuhausen suchte ...«

Das ging denn doch zu weit, fand nicht nur Nietzsche, denn mit einemmal stürmte ein anderes Männchen aufs Podium, ein Mensch, der wie der Bruder des Professors aussah. Die Zornesröte stand ihm im Hamstergesicht, diesem Bruder, und er stieß den Redner vom Pult, so daß dieser hintenüber fiel, einfach wegkippte; es polterte noch, so als fiele der Professor in einen eigens für ihn ausgehobenen Rednergraben, aber dann gab er Ruhe, und er ward, bis auf weiteres, nicht mehr gesehen. Statt dessen ergriff der Bruder das Wort, und da war nun kein Säuseln mehr und kein Spucken; der Mann wurde laut, und zwar ganz entschieden. »Tief fällt die Dummheit«, brüllte er, »und soeben ist sie gefallen, hinter mir, tief... Möge sie am Boden bleiben, dort, wo sie hingehört und zum Bodensatz wird... Nietzsche, ihr Duckmäuser, war der Sturmvogel einer neuen Seinserfahrung. Jawoll! Wißt ihr, hat er uns oft genug gefragt, ohne daß wir hören wollten, wißt ihr, was mir die Welt ist? Soll ich sie euch in meinem Spiegel zeigen? Diese Welt: ein Ungeheuer von Kraft, ohne Anfang, ohne Ende, eine feste eherne Größe von Kraft, welche nicht größer, nicht kleiner wird, die sich nicht verbraucht, sondern nur verwandelt, als Ganzes unveränderlich groß, ein Haushalt ohne Ausgaben und Einbußen, aber ebenso ohne Zuwachs, ohne Einnahmen, vom Nichts umschlossen als von seiner Grenze – nichts Verschwimmendes, Verschwendetes, nichts unendlich Ausgedehntes, sondern als bestimmte Kraft einem bestimmten Raum eingelegt, und nicht einem Raume, der irgendwo leer wäre, vielmehr als Kraft überall, als Spiel von Kräften und Kraftwellen zugleich eines und vieles, hier sich häufend und zugleich dort sich mindernd, ein Meer in sich selber stürmender und flutender Kräfte, ewig sich wandelnd, ewig zurücklaufend, mit ungeheuren Jahren der Wiederkehr, mit einer Ebbe und Flut seiner Gestaltungen, aus den einfachsten in die vielfältigsten hinaustreibend, aus dem Stillsten, Starrsten, Kältesten hinaus in das Glühendste, Wildeste, Sich-Selber-Widersprechendste, und dann wieder aus der Fülle heimkehrend zum Einfachen, aus dem Spiel der Widersprüche zurück bis zur Lust des Einklangs, sich selber bejahend noch in dieser Gleichheit seiner Bahnen und Jahre, sich selber segnend als das, was ewig wiederkommen muß, als ein Werden, das kein Sattwerden, keinen Überdruß, keine Müdigkeit kennt – diese meine dionysische Welt, sagt Nietzsche« – und der hörte zu, lächelte recht starr, was freilich ein wenig blöde aussah in seiner auf sich selbst verwiesenen Gefälligkeit, lächelte und dachte nur: Was für ein feiner Bruder, dieser Bruder da, der den Herrn Professor so bildschön in den vorläufigen Orkus geworfen hat –,»diese dionysische Welt des Ewig-sich-selber-Schaffens, des Ewig-sich-selber-Zerstörens, diese Geheimniswelt der doppelten Wollüste, sagt Nietzsche, dies mein Jenseits-von-Gut-und-Böse ohne Ziel, wenn nicht im Glück des Kreises ein Ziel liegt ohne Willen, wenn nicht ein Ring zu sich selber guten Willen hat – wollt ihr, sagt Nietzsche, einen Namen für diese Welt? Eine Lösung für alle ihre Rätsel? Ein Licht auch für euch, ihr Verborgensten, Stärksten, Unerschrockensten, Mitternächtigsten? – Diese Welt, sagt Nietzsche, ist der Wille zur Macht – und nichts außerdem! Und auch ihr selber seid dieser Wille zur Macht – und nichts außerdem!«

Das war nun aber auch für den Bruder zuviel; kein Mensch stieß ihn, er fiel einfach von alleine, faßte sich noch an die Brust, ächzte, ein normaler Schwächeanfall vermutlich, vielleicht auch der Kreislauf, denn der jüngste war er ja ohnehin nicht, ganz wie sein Bruder; so fiel er denn, fiel vom Podium in den Rednergraben, wo es einen dumpfen Schlag tat, so als wäre Bruder auf Bruder geplumpst, und dort lagen sie denn wohl übereinander und besannen sich wieder, mühsam noch mit dem Bewußtsein kämpfend, besannen sich auf längst vergessene Vertrautheiten und den Geruch abgelegter Nähe. Der Bruder hat mir gefallen, dachte Nietzsche, nur der Bruder, das ist ein feiner Kerl, und da ließ sich der Bruder doch tatsächlich noch einmal vernehmen; mit klagender Stimme, die von weit unten kam, rief er: »Helft uns, ihr Stinker. Helft uns. Wenn ihr Finder seid, sind wir der Lohn. Oder hat man euch schon das Licht ausgeblasen, die Funzel, und ihr seid tot, gestorben im Dunkel, unbemerkt fast, dahingegangen, verroht und verreckt. Ja, das seid ihr wohl, tot – und nichts außerdem.«

10 Eine Droge des Herzens

Da hatte er einen so schönen Brief geschrieben, einen Brief, zu dem man stehen konnte, ein Dokument leidenschaftlich beherrschter Liebe, und es war ja auch alles in Ordnung; einen Umschlag hielt er bereit, in den man den Brief versenken konnte, aber was dann – Nietzsche hatte alles, ein übervolles Herz, traumhaft schöne Gedanken, einen feinen, auf Verfolgung bezogenen Wahn, seinen Mut, einen wahrhaft kräftigen Herzschrittmacher, aber was er nicht hatte, war die Adresse seiner Geliebten; die fehlte ihm. Elenor Wiel, Lörrach, mehr wußte er nicht, und für einen deutschen Postboten war das zuwenig. So legte er den Brief zurück, weinte ein wenig, trockene Tränen, die auch Männern gut zu Gesicht stehen, und dann holte ihn schon wieder die Tatkraft ein. Eine Anschrift konnte man schließlich ausfindig machen; wozu gab es weltweit operierende Spitzeldienste, Kundschafteien, die auch die allerschamlosesten Geheimnisse in das Licht privater Öffentlichkeit zerrten. Kein Problem also, und Nietzsche wußte, an wen er sich zu wenden hatte: Schilling, den nichtsnutzigen Schilling, Ernst-Ludwig geheißen, einen ebenso faulen wie unbegabten Kommilitonen, der die merkwürdige Fähigkeit besaß, mit Nachrichten zu handeln. Schilling, dessen Vater, wie es hieß, einst als Spion in Adelskreisen den Grundstock zu einem bescheidenen Vermögen gelegt hatte, ließ Gerüchte beglaubigen, machte Mutmaßungen wahr und operierte mit Prognosen, die er aus dem Papierkorb der Vergangenheit bezog. Vor Schilling war keiner sicher; er hatte, passend zu seiner Umtriebigkeit, und das wunderte keinen, abstehende, nach oben hin zugespitzte

Ohren und einen wohlbedacht fliehenden, ihm durchaus genehmen, leicht stechenden Blick. »Eine Adresse willst du, Nietzsche?« meinte Schilling. »Was mutest du mir zu ...« »Ferne liegt es mir, dich zu unterfordern«, sagte Nietzsche. »Ich weiß, daß du dich längst schon zu größeren Aufgaben emporbegeben hast, verzeih; eine kleine Adresse, eine Anschrift, ein schlichtes postalisches Memorandum, nicht der Rede wert. Elenor Wiel heißt sie, eine Dame, die dich nichts weiter angeht, und sie wohnt im süddeutschen Lörrach, soviel ist gewiß. Du sollst mir nur noch Straße und Hausnummer nennen. Finde sie, Schilling, und das Vaterland, vertreten durch mich selbst, wird dir dankenswert dankbar sein ...«

Die Nächte sind schlimm, schlimm und schön und manchmal noch saumäßig behaglich. Dann knackt es weniger im Gebälk, keine hohen Tropfen vom Dach, die Irren sind ruhig, nur ein paar Seufzer und die im Schlaf herausgeknirschten Flüche, die man mitschreiben sollte – für die Ewigkeit. Nietzsche erinnert sich in diesen wenigen schönen Nächten; er erinnert sich, weint; er bringt die Dinge so durcheinander, daß sie sich fügen und zumindest einige Stunden lang wieder zu ihm passen. Aber die Tage: auch die werden jetzt schlimmer; zusehends, verräterisch spürbar. Er hat Mühe, sich zurechtzufinden, manchmal sogar: sich auf den Beinen zu halten. Es kommt ihm so vor, unter Schmerzen, als ob ihm sein Leben, das er doch für den großen Schlußakkord bändigen und vorführen wollte, entglitten sei. Eine stille Revolution hat stattgefunden, ein Drehmoment, das seinen Kopf besetzt hält und sich schutzbrütend über seine immer schwerer werdenden Gedanken legt. Nietzsches Gegner, der eine, für den die Tötungsmaschine auf Erden noch läuft, ist anonym; das macht den Kampf zur Tücke, zur puren Fallenstellerei, zu einer letztlich hoffnungs- und witzlosen Angelegenheit. Manchmal, in quälend langen Sekunden, meint er zu begreifen, wie es um ihn steht; er ist überrumpelt worden; Warnungen wurden nicht gegeben, und wenn sie denn doch, gleichsam aus Versehen, ihm zu Gehör kamen, hat er sie, damals noch finntenreich, überhört. Das Schreckliche an der neuen Wahrheit ist, daß sie nicht mit sich spaßen läßt. So hat man ihm seine eigene Inszenierung aus der Hand genommen; das letzte Gericht, von ihm als Posse geplant, ist zum finsteren Abstrafungsspiel verkommen; vom Richterstuhl haben ihn die Büttel, die allesamt diese üblen Pfleger- und Ärztevisagen haben, auf die Anklagebank gehievt, und da sitzt er nun, ein noch immer stolzes Häufchen Elend, und es geht auf ihn hernieder.

»Was ist los, Hornickel?« fragt Heinrich der Löwe. »Laß dich nicht so hängen!« Er greift Nietzsche, der auf einem einzelnen Armesünderstuhl hockt, von der Seite ins Nackenhaar. »Viel zu lang, Professor«, sagt er. »Warum achtet ihr Irren so wenig auf euer Äußeres? Lauft rum wie verschissene Schafe, ihr Kadaver, und verbreitet Krankheiten und schlechte Laune. Wenn ich hier das Sagen hätte, müßtet ihr einmal in der Woche zum Frisör!«

»Sie haben zwar das Sagen, Herr von Heinrich«, sagt Nietzsche und schaut dabei streng zu Boden. »Das Sagen – aber denn doch nicht das Sagen.« Er zieht unwillkürlich den Kopf ein, duckt sich, wohl weil er weiß, daß Echterding ihm noch eine Nuß mit auf den Weg gibt; dabei hat er doch schon Schmerzen im Kopf, seit Tagen, seit Jahren. Besonders aber seit dem frühen Morgen. Die Nacht war schlecht, grauenhaft schlecht, ein einziger Jammer; dann ist er geweckt worden. Mit dem Hammer, so kam es ihm vor, mit dem Hammer des Herrn, als der er selbst noch vor kurzem herniederging. Auf die Köpfe, aber die sind nun schon alle gespalten, zertrümmert; die halten nichts aus, und doch, das ist schlimm, hat der Hammer keinem geschadet, keinem Schwein, von den sogenannten Menschen ganz zu schweigen; die Köpfe sind noch immer dran, sind da, scheinbar unversehrt, oder sollten sie nachgewachsen sein, Züchtungen allesamt, Kunstköpfe, in die man nun noch mehr Dummheit hineinbringen kann – und Hochmut, den Mut der Ängstlichen, der feigschwänzigen Wilderer, die sich am Wehrlosen vergreifen.

»Beweg dich, Hornickel«, sagt Echterding. »Du wirst zu dick. Pfui Teufel. So ein dicker versauter Professor?« Gute Laune hat er heute, der Krankenverwahrer Heinrich, und so beläßt er es nur bei der Andeutung eines gutgemeinten Fußtritts, die aber immerhin bewirkt, was sie bewirken soll: Nietzsche setzt sich in Bewegung, mit schleppendem Schritt; er geht die Wege, die man ihn hier gehen läßt. Durch die Gänge schlurft er, über die Flure, das ist erlaubt, ja sogar: erwünscht; Professor Binswanger, der Urheber der berühmten Binswanger-Therapie, die nachweislich nur ihm selber geholfen hat, schwört auf eine Art trockenes Bewegungsbad, dem sich seine Patienten unterziehen sollen. Er sieht es nicht gerne, der Binswanger, wenn seine Irren zuviel und zu lange herumsitzen; sie müssen sich bewegen, glaubt er, laufen, bis ihnen die Anstaltssocken qualmen. »Bewegung macht den schweren Mut weniger schwer«, pflegt er zu sagen. Und: »Wer im Darniederhocken grübelt, setzt Seelenspeck an!«, eine Sentenz, die Wärter wie Echterding nur begrüßen können; nach Ansicht des Beaufsichtigungspersonals nämlich sind die Irren ohnehin zu dick; sie hauen sich die Plauze voll, wie die Hausschweine, fressen und saufen, so daß es nicht schaden kann, wenn man ihnen eigenmächtig die Rationen kürzt. Zumal es ja noch, was Echterding speziell sehr bedauert, Angehörige gibt, die die Patienten besuchen zu müssen glauben, wobei sie in der Regel keine Blumen mitbringen, sondern Fressalien, Geräuchertes, ganze Schinken und Würste, Naumburger Landkäse, der durch die Hallen stinkt; diese gänzlich unnützen Angehörigen, die ihr erbärmliches Gewissen beruhigen wollen und gar nicht sehen, daß die Irren, ihre

Irren, längst zu fetten Kriechtieren geworden sind. Da kann es nicht schaden, findet Echterding, wenn man selber ein wenig Proviantmeister spielt, und so hat er im Lauf der Zeit einiges beiseite geschafft, hat sich und den Kumpanen eine Vorratskammer angelegt, in der es gut und würzig riecht wie bei Metzger Bräutigam in der Osseloher Straße. »Lauf, kleiner Professor«, sagt Heinrich der Löwe. »Oder muß ich dir wieder Beine machen?«

Und so geht er, Nietzsche, nein, er schlurft seine Bahn; ein wenig zieht er das linke Bein nach, auf das ihm kürzlich der Patient Pommerenke, ein massiger Mensch aus Ostpreußen, gesprungen ist; mit voller Wucht. Nietzsche lag auf dem Kanapee im Aufenthaltsraum, auf dem zu liegen nicht verboten ist, obwohl es das Wärtergesindel nicht mag; da also lag er, gekrümmt und in Maßen wißbegierig, denn er blätterte in einem Buch, den Titel hat er längst wieder vergessen; ein interessantes Buch also, von einem jungen Autor geschrieben, einer durchaus hoffnungsvollen Schreibkreatur, die noch über eigene, nur halbgeborgte Gedanken verfügte, und da kam dieses Faß von Pommerenke, ein Fleischkloß, zusätzlich verfettet nach achtzehn Jahren anstaltsmäßig verabreichtem Spezialfutter, Pommerenke, der an einer Art zähem Höhenrausch leidet, einem ins Flachland übertragbaren Bergkoller für schlichte Gemüter, und er sprang ihm, Nietzsche, aufs ausgestreckte linke Bein, was nichts anderes bedeutete, als daß Pommerenke, spielend leicht, wie er glaubte, vom Gipfel zu Tale hüpfte, und dort kam er natürlich unverletzt und noch immer gut versorgt an; es knirschte ein bißchen auf dem Untergrund, der aus Skelettmehl bestand, mehr passierte nicht, doch: einer schrie, Nietzsche, dem es so weh tat, daß er der Meinung sein mußte, die Knochen wären ihm geborsten, was sich später, letztlich ein Glück, nur als voreilige Vermutung herausstellte. So schrie er denn, und der Tagespfleger Kunze erschien und verabreichte ihm eine Kopfnuß.

Gefährlich sind sie demnach, diese Tagesmärsche; ständig kann einem etwas passieren. Den Wärtern ist ohnehin nicht über den Weg zu trauen, die Ärzte, wenn sie einem begegnen, geben sich unangenehm leutselig, und die Irren sind gute einsame Freunde, aber sie formierten sich auch schon mal zu Prügelkommandos oder zu einem Verbund freitätiger Amokläufer. Dann geht es zu wie bei beißwütigen Hunden; in Sekundenschnelle sind sie ineinander verkeilt, ein Knurren und Fetzen, irgend jemand fällt um, und dann ist der Spuk wieder vorbei; eine Autoritätsperson erscheint auf der Bildfläche, und es kommt zur gewaltsamen Schlichtung vor dem nächsten kleinen Krieg. Nietzsche geht den langen Gang entlang, er schaut zu Boden, denn der ist schwankend heute morgen, ein wackliger Laufsteg, auf dem er Mühe hat, seinen Mann zu stehen. Übel ist ihm, aber es ist nicht das gewohnt massive Kotzgefühl, das ihn gepackt hat, sondern eine unangenehme, den ganzen Körper vom Schmerzfuß bis in den Kopfgraben hinein auswuchernde Schwindelei, der er sich ausgesetzt weiß, eine fortgesetzte Gleichgewichtsstörung, gänzlich undramatisch zwar, aber deswegen eben um so lästiger. So geht er sehr vorsichtig, hält sich in Gedanken fest, schaut nicht nur auf den Boden, denn er muß ja auch schauen, wer kommt, den Gegenverkehr im Auge behalten, damit es keine Karambolagen gibt, die Nietzsche nicht mehr mag; nicht hier, in dieser Anstalt mit ihren Regulatoren, der Ordnung, die über alles geht.

Der Baron von Friedrichsfeld kommt ihm entgegen, den muß man nicht sehen, nur riechen, denn der Baron verbreitet einen strengen Eigengeruch. »Wie eine Sau riecht er«, sagt Heinrich der Löwe, aber das ist übertrieben. Der Baron hat die Ausdünstung absoluter Freudlosigkeit, daran wird es liegen; er lebt noch, aber er will nicht mehr leben, und für einen anständigen Selbstmord ist er zu verwirrt. Vor Jahren kam das Unglück über ihn: ein gerissener bayerischer

Geschäftsmann namens Hugendubel brachte ihn um sein Anwesen, Friedrichsfeld eben, im Sächsischen gelegen, das aus einem Schlößchen, etlichen Ländereien und einem Vierzigseelendorf gleichen Namens bestand, in dem der Baron verehrt wurde wie ein Baron. Bis dann dieser Hugendubel kam, ein Drahtzieher, ein Meister dunkler Machenschaften, der sich auf all jene gewinnträchtigen Tricks verstand, die, wie ein Kenner geschrieben hatte, zum Kennzeichen ökonomischer Normaltäterschaft in den ausbrechenden Zeiten der Moderne zu werden versprachen. Vom genauen Ablauf der Manipulationen, die ihn um sein Hab und Gut brachten, konnte Baron Friedrichsfeld nicht mehr berichten; auf jeden Fall wurde er, nach wiederholten Versuchen, sein Anwesen anzuzünden und Hugendubel durch einen ihm treu ergebenen Bediensteten umbringen zu lassen, von den ihm verbliebenen Angehörigen entmündigt und in psychiatrische Obhut gegeben. Seither stand es um ihn gleichmäßig schlecht; der Baron, eine klapperdürre, lang aufgeschossene Gestalt, dem die Anstaltskleidung wie Windfahnen ums Gebein schlotterte, begrub sich, bei noch lebendigem Leibe, in der düsteren Vergegenwärtigung des Gewesenen. Immer wieder nahm er durch, was ihm widerfahren war; die Rache jedoch, die er einst beschworen hatte, blieb stumm; sie ließ sich nicht mehr verwirklichen. So waren auch die Äußerungen, die er tat, auf das Nötigste beschränkt; was zählt, wenn denn noch etwas zählt, ist der Name des Feindes. »Hugendubel«, sagt der Baron, als er an Nietzsche vorbeigeht, und der erwidert seinen Gruß freundlich: »Hugendubel«, sagt er und erinnert sich für einen Moment daran, daß es gut ist, nicht ganz allein zu sein. Am Abend des gleichen Tages notierte der Arzt Dr. Ziehen in seinem Krankenjournal: »Der Patient Nietzsche. – Keine Besserung. – Neuerdings trägt der Patient Sorge, seine Kompositionen aufgeführt zu haben. Für Gedanken und Stellen aus seinen eigenen Schriften hat er hingegen wenig Verständnis und Gedächtnis. – Die Ärzte bezeichnet er zumeist richtig, sich selbst bald als Herzog von Cumberland, bald als Kaiser; er behauptet auch: ›Zuletzt bin ich Friedrich Wilhelm IV. gewesen! Meine Frau Cosima Wagner hat mich hierhergebracht ... Nachts fluchte man gegen mich und brachte die schrecklichsten Maschinerien in Anwendung. Ich beantrage einen Revolver! Einen Revolver, wenn der Verdacht wahr ist, daß die Großherzogin selbst diese Schweinereien gegen mich begeht ...‹ – Der Patient muß nächtens in der Regel isoliert bleiben. Er schmiert oft mit Kot. Ißt Kot, uriniert in seinen Stiefel. – Der Patient sammelt Papierschnitzel und Lumpen, hat gelegentliche Zornesausbrüche. Einem Mitpatienten gibt er einen Fußtritt, ruft dabei: ›Heinrich war's. Heinrich, die Sau!‹ – Hat nachts, wie er gestern bekanntgibt, ›ganz verrückte Weiberchen‹, behauptet: ›Heißes Geschäft, wo doch 24 Huren bei mir gewesen sind, und ich habe sie alle bedient!‹ – Der Patient wahrt etwas prekär Unberechenbares. So schlug er jüngst einige Scheiben ein, weil er, wie er meinte, ›hinter dem Fenster einen Flintenlauf‹ gesehen habe. Danach zerbricht er noch ein Wasserglas, um, so Nietzsche, ›meinen innigen Zugang durch Glassplitter zu schützen!‹ – Er bittet dreimal die Woche um ›Hilfe gegen nächtliche Torturen‹, bettet sich zudem nächtens fast immer neben das Bett, weil er, wie er behauptet, ›den üblichen Vergiftungsanschlägen begegnen‹ wolle. – Manchmal weint der Patient, schluchzt kindhaft und ruft: ›Warum helft ihr mir nicht, Brotbrecherbande, helft mir. Wo ich doch, wenn man will, noch zu durchschauen bin!‹«

»Was zahlst du mir?« fragte Schilling. »Du weißt, man kann und soll heute nicht mehr gebührenfrei helfen ...«

»Ich werde mich erkenntlich zeigen«, sagte Nietzsche. »Hast du denn die Adresse?«

»Natürlich«, meinte Schilling. »Lörrach, Drosselweg 16.

Hanglage, ein freistehendes Wohnhaus, nicht ohne Charme. Man sieht tagtäglich hinüber in die Schweiz. Was für ein Dunst.«

»Ich danke dir, Schilling«, sagte Nietzsche. »Du beförderst mein Glück, für das ich mich nun vorübergehend auf Reisen begeben muß. Lörrach, süddeutsche Metropole, vielfach verkannt. Der Drosselweg also, Drosselweg 16, neben Meisengasse 12 und Amselpfad 14 sicher eine der ersten Adressen am Ort. Elenors Weg. Elenor. Meine Spielart zu lieben. Keine Gefahrenmomente, denke ich, nur eine Sucht, eine Droge des Herzens.«

11 Alles wird gut

Er hatte die Orientierung verloren, was ihm in jener Zeit nur sehr selten geschah. Die ganze Gegend war noch meerläufig, der körnige Strand, das nunmehr weit zurückgetretene Wasser, der steile, gräulich bezogene Himmel, der am Ende des Flachlands jäh abfiel und in die See stürzte. Das alles gab es noch, und so durfte er folgern, daß er sich noch nicht allzuweit von seinem Ausgangspunkt entfernt hatte, obwohl er schon Stunden unterwegs war. Am frühen Morgen, der in dieser Gegend schon etwas Angeschwärztes hatte, einen Schuß Düsternis wie der späte Nachmittag, war er aufgebrochen; seine Pension, dieses putzige reedgedeckte Haus mit der blauäugigen, leider nicht mehr so jungen Wirtin hinter dem zentralen Wach- und Ausguckfensterchen, hatte er verlassen, und er wurde, kaum war er ins Freie getappt, mit munterem Sprühregen bedacht, mit Windstößen, die ihm die Nässe wie zur Bestrafung ins Gesicht schlugen. Fast wäre er umgekehrt bei derart unfreundlicher Behandlung, einem Empfang der groben Art; er schaute zurück, und hinter der Gardine sah er seine Wirtin, diese schöne alte Frau, die sich schier ausschütten wollte vor Lachen. So ging er denn los, in seinen ältesten Mantel gehüllt, der den Regen zunächst abfederte; das Kleidungsstück hatte schließlich schon andere starke Märsche mitgemacht; irgendwann aber, wenn der vom Wind bösartig verstärkte Wassersturz nicht nachließ, würde er durchgeweicht sein, ein triefender Wanderer, dem die Nässe bereits in den Augen stand. Bei dem Gedanken daran fror er schon jetzt, er fror wie ein Schneider, und so legte er Geschwindigkeit zu, wurde schneller und schneller, bis der Strand erreicht war, diese menschenleere Wüste aus Sand, Geröll, verblichenen Quallen, über die gelbschnäbelige Vögel zogen; schreiend. Da ließ der Regen nach, gerade rechtzeitig, ein Stück Sonne kam hervor, seltsam fleckig anzusehen, und der Wind machte eine Pause. Kein Mensch war zu sehen, keine Seele; ein gänzlich entvölkertes Land. Dabei hatten sich an ebendiesem ungesund aussehenden Strand vor wenigen Wochen noch wahre Geselligkeitsexzesse abgespielt; damals war noch Saison, Urlaubszeit, die aber so schnell zu Ende ging, wie sie begonnen hatte, und als alle verschwunden waren, alle, Familienverbände, Greise, Vereine, er hatte das nachgeprüft, persönlich, da kam er, stieg ab in einem nunmehr aufatmenden Land, das sich zum Wasser hinzog, und er meinte, die herkömmliche Einsamkeit mit Händen greifen zu können, jene Einsamkeit also, die auf der bloßen Abwesenheit von Menschen beruht. Das aber war zu kurz gedacht, wie sich herausstellte; die herkömmliche Einsamkeit nämlich, ein freudloser Zustand, reichte ihm nicht; sie bedurfte der Steigerung, verlangte den Aufstieg, den sagenumwobenen Aufstieg zur schlechten Ewigkeit, der den Ausblick eröffnete auf das weltumspannende Desaster.

Er marschierte auf den Horizont zu, der wirklich nichts Großartiges an sich hatte, ein fades Stück Himmel, eine Grenze zwischen Wasser und Erde, unpassierbar und deswegen auch unbewacht. Es störte ihn nicht, daß der Regen wieder einsetzte und der Wind nun sehr hektisch von der Seite her blies. Manchmal sank er etwas tiefer in den feuchten Mahlsand ein, der hier angeschwemmt worden war, aber das machte ihm keine Sorgen, denn er hatte ja noch immer einen gewaltigen Schritt am Leib – und auch den Weg zurück, den würde er finden; wenn nicht heute, dann morgen. Man wartete doch auf ihn, mit starken Gefühlen; eine ganze Weiberschar wartete auf ihn, ausgesucht nach den Kriterien der Leidenschaft und betreut von seiner Wirtin, dieser schönen und nicht mehr so jungen Frau, der nichts Begehrliches fremd war im Kosmos ehrwürdiger Schlüpfrigkeiten. Wer aber war er? Da gab es, noch immer, keine Zweifel; was er wußte, mußte ihm genügen. Hatte er sich doch selbst jene folgenschwere Geschichte ausgedacht, die, in leicht veränderter Form, an den Anfang der Bibel geraten war. Dort wurde berichtet, wie der alte Herr Gott, aus purer Langeweile, den Menschen erfand, der ihn unterhalten sollte. Aber siehe da: der Mensch langweilte sich auch, genau wie sein Erfinder, was den alten Herrn Gott mitleidig stimmte. Er ließ sich weitere Erfindungen einfallen: Tiere, Pflanzen, feuerspeiende Berge, das Wetter und anderes mehr. Doch den Menschen konnte er damit nicht beeindrucken; der nämlich langweilte sich noch immer, was ihn aber nicht daran hinderte, sich zum Herrscher über alles Getier zu erklären. Der alte Herr Gott wurde nun langsam ungehalten; eine bemerkenswert ungehörige Kreatur, die er da in die Welt gesetzt hatte. So erfand er, der Not gehorchend, einen zweiten Menschen, das Weib. Mit der Langeweile war es danach vorbei, aber auch mit der Ruhe, auf die der Herr Gott, seinem Alter entsprechend, einen gewissen Wert legen mußte. Die beiden Menschen, die er geschaffen hatte – nach bestem Wissen und Gewissen –,waren Feuer und Flamme für einander; ihr Umgangston dem Herrn Gott gegenüber ließ allerdings sehr zu wünschen übrig. Unangenehm war auch, daß sie ihre eigenen

Gedanken hatten, in die sie sich geradezu fanatisch vertieften. Kurzum: Gottes Erfindung, der Mensch, machte ihm keine Freude, und so entschloß er sich, ihn mitsamt Partnerin aus seinem Garten, dem sogenannten Paradies, zu verweisen. Sie folgten seiner Anordnung, leichten Herzens, wie es schien, denn beim Abgang entboten sie ihm noch einen höhnischen Gruß. Jetzt reicht es aber! ruft da der Herr Gott. Und dann legt er nach, wird wütend; einen richtigen Altherrenzorn entwickelt er, der ihn noch einmal mächtig erfinderisch macht. Eine Errungenschaft nach der andern läßt er vom Stapel; er denkt sich Not aus, den Tod, Lebensgefahr und Schwangerschaft, jede Art von Elend, Alter, Mühsal und, besonders gelungen, weil unglaublich zäh, die Krankheit, ein wahres Vermehrungsmonster, dem ständig heimtückische Nachkommenschaften entschlüpften. All das türmt er vor den Menschen auf, die sich inzwischen geradezu hektisch vermehren und damit begonnen haben, ihre Gedanken zu kultivieren; ihnen ist es gelungen, die Wissenschaft auszuhecken, eine Erkenntnismaschinerie und Allzweckwaffe von hohen Graden. Damit nehmen sie sogar den Himmel ins Visier; entsetzlich. Der alte Herr Gott, der sich auf seine Kämpferqualitäten besinnt, reagiert mit dem göttlichen Mut der Verzweiflung: Er erfindet den Krieg, trennt die Völker, er macht, daß die Menschen sich gegenseitig vernichten – und den Überlebenden, die leider die Mehrheit bilden, stellt er wachsame Priester zur Seite, Ränkegesellen, erfahren in Lug und Trug. Aber all das nützt nichts, der Mensch, dieses nun gänzlich mit Wissenschaft munitionierte Herdentier, geht zum Gegenangriff über. Ich werde ihn ersäufen müssen! murmelt der Herr Gott noch und befindet sich seither auf der Flucht ...

Weit war er gegangen, unter dem stärker werdenden Regen hindurch, und er hatte den Horizont erreicht, eine nicht sonderlich stabil wirkende Himmelswand, die dort stand wie eine Falltür. Er fröstelte; es war Zeit umzukehren, zurückzulaufen an diesem endlos langen, menschenleeren Strand, der schließlich in einen grasbewachsenen Deich mündete, hinter dem das Häuschen lag, in dem er so sehnsüchtig erwartet wurde. Er machte also auf dem Absatz kehrt, ging seines Weges, den eigenen Spuren im Sand nach, eine geradezu beruhigende Kontinuität; wo er ankam, war er bereits, er blieb, der er war. Mit einemmal jedoch merkte er, daß es nicht mehr so recht vorwärtsging; er trat förmlich auf der Stelle. Schweiß brach ihm aus, und dann war da auch noch das Wasser; es hatte sich angeschlichen; Woge um Woge, vom fernen Vereinigungspunkt von Land und Meer war es herübergeschwappt, eine nun beängstigend weite und finstere See, deren Ausläufer bereits seine Stiefel umspülten. Das mußte mehr sein als ein bloßer Gezeitenwechsel, so schnell war keine normale Flut; das Wasser, keineswegs aufgetürmt zu halsbrecherischem Wellenschlag, sondern nur eine gierig schmatzende, fast vollständig flache Wüstenei, die sich abartig schnell vergrößerte, dieses Wasser, dunkel und ölig glänzend und an manchen Stellen mit grüngelben Schaumrändern besetzt, hatte es auf ihn abgesehen, kein Zweifel. Er war geschickt worden, ihn zu erwischen, endlich und endgültig; er war doch der Mensch, den man umlegen mußte, der einzige Mensch unter ekelhaft vielen; ihm war die Geschichte zu verdanken, diese an die Spitze der Bibel beförderte Geschichte; das hatte er nun herausgefunden, der Herr Gott, und sich an seine letzte, ins unreine gemurmelte Drohung erinnert: Ich werde ihn ersäufen müssen! Jetzt war es soweit, und es wurde nicht Licht, sondern ernst.

Nietzsche lag vor dem Kanapee, in leicht gekrümmter Haltung, und man hatte ihn naß gemacht. Pommerenke stand vor ihm, von dem er im Moment nur die ausgelatschten Treterpantoffeln sah und die emporragenden, säulengleichen Kolossalbeine; wahrscheinlich war es auch Pommerenke gewesen, der ihn vom Kanapee gestoßen und mit Wasser übergossen hatte, aus schierem Übermut, was bei diesem Menschen planmäßiger Bosheit gleichkam. Nietzsche, noch ganz dämmrig im Kopf, wenn auch seltsam erfrischt durch den ausgedehnten Spaziergang am Meer, wußte, daß er schnell wieder auf die Beine kommen mußte, denn Pommerenke würde die Gelegenheit nutzen, ihm einige Tritte zu verpassen, was er auch tat, das ausgekochte Schwein; er trat zu, und Nietzsche brüllte, weil schon der erste Tritt direkt auf den Hüftknochen traf. Er brüllte, aber da war auch schon Heinrich der Löwe zur Stelle, der nun seinerseits Pommerenke mit anstaltsmäßiger Wucht in den Hintern trat, einen Hintern, der selbst für seinen Übergrößenschuh noch zu massig und speckhängig erschien. »Du monströses Ferkeltier«, brüllte Echterding und trat gleich noch einmal zu, so heftig, daß man glauben konnte, der Schuh müßte hängenbleiben in dieser gewaltigen Sitzfläche, »weißt du denn nicht, daß man keinen tritt, der am Boden liegt. Nicht mal ich darf das, ich, der ich das Recht zu strafen habe, allüberall. Ich werd' dir helfen, stinkendes Pommernfaß!« Echterding verabreichte Pommerenke, der vergeblich versuchte, sich mit den Armen zu schützen, noch einige Kopfnüsse, die letzte davon platzte ihm direkt aufs Ohr, und nun war es an Pommerenke, laut aufzubrüllen. Er ergriff die Flucht, aber man wußte, daß er nicht weit kommen konnte. Echterding half Nietzsche auf die Beine; für einen Moment stützte er ihn sogar. »Was wärt ihr Irren ohne uns«, sagte er. »Eine Meute geifernder Hunde wärt ihr, die sich gegenseitig zerfleischen würde ...« »Ich bin Ihnen zum Schutz empfohlen, Herr Heinrich«, murmelte Nietzsche. »Und bin Ihnen ungehört dankbar, daß Sie mich aus den Trittfängen dieses gewulsteten Tiermenschen befreit haben; ungehört dankbar!« Echterding grinste; so wurde er gerne angesprochen, mit Demut und geheimniskrämerischer Dankbarkeit. Wenn es darauf ankam, konnten sie sich auf ihn verlassen; er stand den Schwachen bei gegen die Starken, die alle nicht stark genug waren, um sich mit ihm, dem Garanten der Ordnung, anlegen zu können. »Du solltest wieder gehen, Professor«, sagte Echterding. »Mach deine Runde. Auf dem Kanapee ist es zu gefährlich für dich!«

Er war dann doch nach Süden gefahren. Nach Lörrach. Eine Tagesreise, die Nietzsche im verborgenen antrat; er hatte sich nicht abgemeldet, keine Nachricht hinterlassen. Die Welt blieb auf Mutmaßungen angewiesen, zumindest ein Wochenende lang. Der Entschluß war ihm kurioserweise nicht leichtgefallen; in Gedanken liebte es sich leicht, auch die Briefe – inzwischen hatte er deren drei formuliert und zur Post gegeben – schrieben sich fast von selbst, so viel zu sagen und so wenig an einklagbarer Wirklichkeit. Aber nun diese Pflicht, mehr zu tun als nur zu träumen; seiner Liebe mußte er nachsteigen, leibhaftig. Er hatte sich dieses Gefühlsabenteuer selbst eingebrockt, auch wenn es über ihn gekommen war wie der Rote Milan; nun wurde Einlösung von ihm gefordert, die Einlösung eines übermenschlichen Versprechens, und als Nietzsche den Zug bestieg, den Zug nach Süden, war ihm flau ums Herz, und er dachte an die Vorzüge blanker Theorie, mit der man, bei richtiger Anwendung, auch das Ausleben von Leidenschaft bewältigen konnte.

So fuhr er denn, war tatsächlich ein wenig verzagt, was er gar nicht mehr kannte, seitdem er sich Selbstbewußtsein verordnet hatte und die ersten äußeren Erfolge auf dem Fuße gefolgt waren, durchaus prompt und sehr konsequent, wie er fand; unter den Studenten galt er als Talent, zweifellos, er lernte schnell und über den eigentlichen Bedarf hinaus. Nietzsche schien auf eine akademische Karriere zuzusteuern, und da er dies mit der redseligen Gelassenheit eines werdenden Meisters registrierte und zudem als Propaganda zu streuen wußte, traten die unvermeidlichen Neider auf den Plan. Meinungen wurden in Umlauf gesetzt, die ihn als Großmaul verkauften, als verklemmten Glücksritter mit dem Hang zur wahnwitzigen Selbstüberschätzung. Nietzsche nahm dies zur Kenntnis, und er fühlte sich bestätigt. Was kann ein großer Baum dafür, wenn die kleinen Hunde an ihn pinkeln, dachte er, und ein Gefühl massiver Rührung stieg ihm zu Kopf. Dabei war, bei genauerem Realitätslicht betrachtet, bislang kaum etwas passiert; gewiß, er befand sich in der Erfolgsspur, aber ein wirkliches Meisterstück hatte er noch nicht abliefern müssen. Nun wurde eine Darbietung von ihm verlangt, für die er keine Vorkenntnisse besaß. Er hatte noch nicht geliebt, nicht in dieser so sehnsüchtigen und zu Herzen gehenden Form; an Krankheit grenzte seine Liebe, an eine Gefühlskrankheit, die sich über bewährte Befindlichkeiten hinwegsetzte und nur noch Erwartung war, ein schmerzlich-lustvolles Lauern auf jenen Seligkeitsvollzug, den man vom Hörensagen her kannte. Er zitterte, aber das war nur innerlich, ein bißchen Beben vom Bauche her, mehr nicht, und so hockte er im Abteil wie der eigentliche Erfinder der Friedhofsruhe, ein ganz gelassener, leicht in sich versunkener Mann. Landschaft glitt vorbei, ausgemusterte Landschaft, die unter einer dünnen Schneedecke lag; dabei waren doch schon Frühling angesagt, vorsichtige Begrünung und laue Winde. Das dazugehörige Gefühl hatte er längst, ein leises, wonniges Beben der Herzkammern, das man auch für Angst halten konnte. Am Horizont ragte ein mächtiges Mittelgebirge auf, der Schwarzwald vermutlich, blauschimmernde Berge im Licht. Nietzsche schloß die Augen; er wollte nicht schlafen, nur die Müdigkeit auskosten, die sich vor jeder großen Ankunft einstellt. Er nahm die Fahrtgeräusche in sich auf, ein unregelmäßiges Rattern, das aus seiner Bauchhöhle kam, dem Kommandostand für unvernünftige Befehle. Von dort stieg auch Hitze auf, eine in den Kleidern steckende Glut, die sich besonders auf seine Sitzfläche erstreckte; direkt auf dem Hosenboden, so kam es ihm vor, donnerte er über den Schienenstrang, eine glühende, sehr persönliche Liebesfahrt, von der nicht sicher war, ob sie unfallfrei enden würde. Mit gleichmäßig hoher Geschwindigkeit ging es vorwärts; ein Bremsen schien gar nicht mehr möglich, auch als es in die Kurve ging, eine langgezogene Kurve, die um einen geplünderten Kreidefelsen herumführte, und unten, in der Ebene, dunstig zwischen drei Ländern gelegen, floß der Rhein, ein eher schmales Stück Fluß und längst kein stattlicher Strom wie vor den Anhöhen von Bonn.

Später erwachte er; es wurde Zeit. Im Badischen Bahnhof von Basel verließ er den Zug und nahm sich eine Kutsche, die ihn nach Lörrach brachte. Von nun ging alles sehr schnell, eine erfreuliche Entwicklung. Der Kutscher setzte ihn am Drosselweg ab, und Nietzsche ging das letzte Stück zu Fuß. Er stieg unter matter Wintersonne einen Hügel empor; kein Mensch war zu sehen. Die Bürgerhäuser lagen hinter starken Hecken verborgen; ein Hund schlug an, nur einer, der sich in eine atemlose Kläfferei steigerte. Das Haus Nr. 16 stand auf halber Höhe; zwischen zwei Fichten hindurch sah man ins Tal, das sich hinüber in die Schweiz erstreckte, ein Land im Dunst. Nietzsche öffnete das Gartentor und ging über einen Kiesweg auf das Haus zu. Wer ihn sah, jetzt, hinter vorgezogener Gardine, mußte ihn für einen seiner Sache sicheren Mann halten. Er verzog keine Miene; in den Stunden der Entscheidung bleibt man ernst. Dann klopfte er, wartete, hörte Schritte, ein unterdrücktes, eher unpassendes Räuspern; man öffnete ihm. In der Tür stand ein kleiner älterer Herr; das mußte der Vater sein, Josef Wiel, Doktor und Arzt, Vater seiner Liebe. »Ja bitte?« sagte Herr Wiel. »Sind Sie Patient?« Mit einemmal hatte Nietzsche Ohrensausen, der kalte Schweiß brach ihm aus. Was war denn los? »Nein danke«, murmelte er. »Noch nicht!« »Ist Ihnen nicht gut?« fragte Wiel. »Sie sollten in meine Sprechstunde kommen, morgen von zehn bis zwölf!« »Solange halt' ich's nicht aus«, krächzte Nietzsche; jetzt hatte er auch noch einen Frosch im Hals. »Ihre Tochter, verstehen Sie, sie ist an allem schuld. Elenor. Ich bin ihr verbunden, liebevoll. Sie sollten sie grüßen, wenn Sie sie kennen. Meine Empfehlung, und Sie haben ein so schönes Haus!« Er stürmte davon, mit hochrotem Kopf, rannte den Drosselweg hinunter, einen vergleichsweise schmalen Weg, auf dem ihm nun zwei Damen entgegenkamen, die er nicht sah, gar nicht sehen konnte, weil sie aus einer Wegbiegung kamen. Er rempelte sie an, diese Damen, eine ältere und eine sehr junge Dame, und die junge Dame, eigentlich ein Mädchen noch, ein wunderschönes Mädchen mit hellblauen Augen, hielt er fest, denn er mußte sich ja noch entschuldigen. »Verzeihen Sie einige Male«, sagte er, »ich bin ein Roß!« Und dann begriff er endlich, wer ihm da in die Arme gelaufen war. »Elenor«, flüsterte er, und sein Mut kehrte zurück. Den Vater hatte er nicht geküßt, dafür küßte er jetzt die Tochter, ein bärenstarker Kuß, unmenschlich zart, kaum spürbar also, und er riß sich los, ehe zumindest die ältere der beiden Damen anfangen konnte, zu zetern oder gar tätlich zu werden. »Entschuldigen Sie bitte«, rief er. »Davon leb' ich! Für Jahre, für Jahrzehnte. Ich liebe Sie! Und kann nicht lügen. Auch wenn ich jetzt fliehe, was vielleicht komisch aussehen mag: Es wird gut, meine Damen. Alles – wird gut!«

12 Ein Grobian

»Den Mann kriegen wir nicht mehr hin!« sagte Professor Binswanger. »Ein progressiver Paralysist, der sich nicht helfen lassen will. Da sehen wir mit unserer ärztlichen Kunst alt aus, mein lieber Ziehen. Wenn einem Kranken das Unrechtsbewußtsein fehlt, das heißt, wenn er sich nicht helfen lassen will, sind wir zum Scheitern verurteilt!«

»Sie haben ganz recht, Herr Professor«, sagte Doktor Ziehen, Binswangers bevorzugter Assistent, der diesen Satz, »Sie haben ganz recht, Herr Professor«, übrigens sehr häufig äußerte, über den langen Tag verteilt wohl an die dreißig Mal, was sogar schon den Pflegern aufgefallen war; vielleicht lag es daran, daß der Herr Professor seinen Doktor Ziehen so unerbittlich schätzte und für höhere Aufgaben ins Visier genommen hatte.

»Dieser Nietzsche ist das Abbild einer unglücklichen Kreatur, die sich letztendlich maßlos überschätzt hat«, sagte Binswanger. »So etwas muß schiefgehen, wenn der Überschätzung, der produktiven Maßlosigkeit kein echter Grund unterliegt ...«

»Sie haben ganz recht, Herr Professor«, sagte Ziehen. »Deswegen können Sie sich auch nicht überschätzen, weil Sie das Wissen von sich selbst an ein sicheres, weil realträchtiges Fundament gebunden haben.«

Die beiden Herren standen am Fenster des Chefarztzimmers, einem kahlen Raum von recht ungemütlichen Ausmaßen, und sie sahen auf die Kranken hinab, die Freigang im Anstaltspark hatten. Auf dem mittleren von drei Wegen, die sich auseinanderbewegten, ging Nietzsche; er humpelte leicht, und ihm folgte Pommerenke, der gelegentlich seinen rechten Fuß ausfuhr, um Nietzsche in die Hacken zu treten. Wenn er traf, jubelte er und äugte triumphierend zum Ärztezimmer empor, in dem er seine wahren Freunde zu vermuten schien.

»Kennen Sie das Gutachten, das dieser Professor Kolle verfaßt hat?« fragte Binswanger und deutete auf die Akte, die vor ihm auf dem Schreibtisch lag.

»Ich kenne dieses Machwerk, Herr Professor«, sagte Ziehen. »Sie hatten die Freundlichkeit, es mir zur Einsichtnahme vorzulegen ...«

»Und was halten Sie davon?«
»Der Mann hat unrecht, ganz unrecht!«
»Dieser Mensch behauptet«, sagte Binswanger, »daß ich meine Diagnose auf progressive Paralyse vorschnell und eilfertig getroffen hätte. Meine Einschätzung stützte sich nur auf eine neurologische Untersuchung evidenter Pupillenstörungen; Dysfunktionalitäten von Sprache und Schrift seien fast vollständig außer acht gelassen worden ...«
»Lachhaft«, sagte Ziehen.
»Und weiter schreibt dieser Herr Kolle – oder heißt er Bolle –, ich zitiere: ›Die Krankheit Nietzsches sollte daher unter mehrdimensionalen oder strukturanalytischen Gesichtspunkten betrachtet, nicht mehr aber als eine atypische Form von progressiver Paralyse deklariert werden, da es nicht mehr vertretbar erscheint, die dem sogenannten Zusammenbruch vorhergehende Phase gehobenster Lebensstimmung mit dionysischer Selbstüberschätzung als Ausdruck einer galoppierenden, expansiven, agitierten Form der Paralyse einzuordnen. Statt dessen ist festzuhalten, daß der Patient Nietzsche an manisch-depressiven, das heißt zyklothymen Schwankungen leidet. Im Zuge einer manischen Phase wurde seinerzeit wahrscheinlich ein Hirnprozeß aktiviert, der möglicherweise, doch keineswegs sicher, durch eine syphilitische Hirnerkrankung verursacht worden sein könnte ... ‹«
»Aha«, sagte Ziehen. »Sein könnte ... Jetzt wissen wir's ganz genau ...«
»Nicht wahr«, meinte Binswanger. »Wie gut, daß es in der Medizin auch die Kolles und Bolles gibt ...«

Er wurde verfolgt, und es war immer derselbe Mann, der ihm nachstieg. Dieser Mann, der wie eine einzige überdimensionierte Schweinebacke aussah und gar fürchterlich stank, hatte es schon länger auf ihn abgesehen. Daß die Schweinebacke zudem vollkommen unzurechnungsfähig war, machte seine

Situation nicht einfacher. Man mußte mit dem Allerschlimmsten rechnen, sogar mit Mord und Totschlag, und wenn es ihn wirklich erwischen sollte, war es mal wieder keiner gewesen. Leute wie die Schweinebacke galten als schuldunfähig; sie durften im Grunde tun, was sie wollten. Man braucht sich nur eine gewisse Blödheit im Kopf zuzulegen, hatte er schon oft gedacht, eine verspiegelte Hirnrissigkeit, eigengedanklich besorgt und behätschelt, eine ins Leere herabreichende Schwere des Wissens, und schon galt man als harmlos, auch wenn es gefährlich wurde, gefährlich wie jetzt für ihn. Die Schweinebacke, die derbe Stiefel an den ekelhaft aufgeschwollenen Füßen trug, stapfte in immer gleichem Abstand hinter ihm her. Ab und zu versuchte das Vieh nach ihm zu treten; dann ließ es einen Fuß, meistens den rechten, herausschnellen, der ihn entweder traf oder bewußt verfehlte. Die Schweinebacke spielte mit ihm ein ganz dummes, quälendes Spiel, das sich nun schon über Wochen erstreckte. Er spürte den Atem im Nacken, einen stinkenden Schweineatem, der mal rasselnd, mal grunzend ausgestoßen wurde und den er roch, obwohl sie sich im Freien befanden und ein kühles Windchen ging, das ansonsten alle üblen Dünste verwehte. Einmal hatten sie bereits den kahlen Park durchlaufen, waren auch auf morastige Seitenpfade gelangt, und nun führte der Weg zurück, machte einen Bogen, der aber keinerlei Fluchtmöglichkeiten eröffnete, und die Schweinebacke blieb hinter ihm, unerbittlich. Ab und zu lachte sie; was für ein seelenerschütterndes Lachen, so gänzlich weltverloren und abgrundtief dumm. Er wußte nicht, wodurch er sich die Verfolgungsgunst dieses Menschen in Tiergestalt zugezogen hatte. Er war ihr keineswegs beleidigend gekommen, der Schweinebacke, war ihr im Gegenteil immer aus dem Weg gegangen, aber auf einmal hatte sie ihn entdeckt; mit bösem, verhärtetem Blick hatte sie ihn ausgemacht in einer Schar Unschuldiger. Ein Leuchten war da in die Schweinsäuglein geraten, ein schwärzlicher Glanz, und das Vieh kam auf ihn zu, sagte nichts, gab keine Vorwarnung ab, keine der üblichen Beleidigungen, an die man sich so schnell gewöhnte, sondern rannte einfach auf ihn auf; mit ekelhaft massigem Körper rannte es ihn förmlich über den Haufen, und er lag auf dem Steinboden, und es stank ihn an. Daß die Schweinebacke diese, höflich gesprochen, strenge Ausdünstung verströmte, erwies sich in der Folgezeit als kurioser Vorteil: Man roch sie, wenn sie kam, man roch sie von einem Gang zum andern und quer durch die Halle. Daß ein Mensch so stinken konnte, aber das war ja kein Mensch, sondern ein Vieh, alle wußten das, und er, er mußte nun auf der Hut sein, denn man hatte es auf ihn abgesehen. Manchmal kam es ihm so vor, als könnte die Schweinebacke gar nichts dafür, als sei sie nur geschickt worden, um eine Rechnung zu begleichen. Aber wer sollte ihn abstrafen wollen, hinrichten lassen von einem mindestens dreihundertvierzig Pfund schweren Koloß, einem halslosen Wesen mit festhängenden Wulsten, die eine Gestalt zusammenhielten, die keine Gestalt mehr war, nur noch Masse, Körper gewordene Kleistermasse. Jetzt trat sie wieder nach ihm, die Schweinebacke, lachte dabei, obwohl der Tritt ihn verfehlte; so konnte nur jemand lachen, der seiner Sache sicher war. Die viehische Heiterkeit durfte man als begründet ansehen; hier nämlich kam keiner mehr raus; hohe Mauern, rissig und fest, säumten das Gelände, und in der Ferne bellten verfettete Hunde. Im Traum war es ihm einmal gelungen, sich davonzumachen; in mondheller Nacht, die auf eine einmalige Gelegenheit deuten ließ: Das Wachpersonal schlief, als wäre es betäubt worden; alle Mann ratzten, alle sahen ungemein verzweifelt aus, wie er mit einem letzten Blick feststellen konnte. Alpträume, dachte er vergnügt, sie haben Alpträume, und er fand es nur zu gerecht, denn er selbst war von Alpträumen heimgesucht worden, von der Schweinebacke, die sich im Traum planmäßig vermehrte und zu einem Rollkommando wurde, einem Totschlägertrupp, der zur systematischen Verfolgung, zur finalen Liquidation ausrückte; eine Aktion allerdings, deren Aufwand in groteskem Mißverhältnis zu ihrem mutmaßlichen Ertrag stand, denn gejagt werden sollte nur er. eine ganze Bande gegen einen einzigen Mann; schämen sollten sie sich. Mit seiner fuchshaften List jedoch hatten sie nicht gerechnet, mit seiner Findigkeit, seinem unaufdringlichen Kampfesmut, der sich auch von einer Schwadron von Schweinebacken nicht fatalisieren, nicht besänftigen ließ. Die mondhelle Nacht also hatte er genutzt, war davongelaufen; eine Flucht wie ein letztes Gefecht. In der Ferne, erinnerte er sich, hörte man auch damals diese Köter, verfettete Hunde allesamt, die noch nie ihr Maul hatten halten können. Er war durch eine Seitentür, die er vorher angelehnt hatte, ins verfilzte Freie gelangt, war durch den Park gestürmt, in dem das Mondlicht milde Glanzspuren zog, und alles schien noch ruhig; nur seinen eigenen Atem hörte er, ein dezentes Hecheln, und immer noch diese verfetteten Köter in der Ferne, die er jetzt erreichen würde, zum ersten Mal; über die Mauern hinaus, weg von dieser Enge, diesem Gefangenenstand, hinaus in die Ferne. Aber dann kamen sie doch; eine Alarmglocke schrillte, und anschließend diese vielen hart aufschlagenden Schritte; die Schwadron, unsanft aus dem Schlaf gerissen, setzte sich in Bewegung. Sie wurden schneller und schneller, da konnte er sich sicher sein; einmal auf seine Spur gesetzt, würden sie – jetzt – nicht mehr nachlassen. Er fing an zu rennen, zumindest hatte er das vor, aber nun kam dieses sattsam bekannte Alptraumsyndrom, es mußte ja kommen; man kennt das, Flucht vor dem Verfolger, der zudem schwerbewaffnet ist, aber man kommt nicht vom Fleck, steht bei sich selbst, steht regungslos inmitten einer sich steigernden und tödlich aufbäumenden Geschwindigkeit, einem Wahn reiner Bewegung, der sich schließlich auflösen muß in der schieren Erstarrung. So rannte er, aber im Grunde war schon alles verloren; sie würden ihn erreichen, noch bevor er an der Mauer war, und noch immer bellten die Hunde. Er spürte, wie sie näher kamen, immer näher, eine tödlich entschlossene Horde von Schweinebacken, und dann traf ihn auch schon der erste Tritt, ein eisenbewehrter Schuh, der ihm voll ins Gesäß stieß …

»Jetzt langt's aber!« brüllte Nietzsche; er drehte sich um, ganz plötzlich, und der verdutzte Pommerenke, diese ihn endlos verfolgende Schweinebacke, konnte nicht bremsen, wie denn auch bei dieser Masse, und Nietzsche, dessen Kopf glühte vor langangehaltener Wut, trat ihm mit all der Wucht, die er sich aufgespart hatte, in die weichen Teile, zielgerichtet, und Pommerenke schrie auf, um gleich darauf kniefällig zu werden und in sich zusammenzusinken, was für ein herrlicher und längst überfälliger Anblick.

»Sehen Sie«, sagte Professor Binswanger zu seinem Doktor Ziehen, der noch immer neben ihm am Fenster stand und das Geschehen im Park aus sicherer Entfernung beobachtete. »Sehen Sie, das ist er, unser Nietzsche, ein Grobian.«

Und der, gar nicht faul, trat noch einmal zu, trat Pommerenke, der sich mittlerweile wieder halb aufgerichtet hatte, in die Seite, schlug ihm dann von oben mit der Faust auf den Kopf, kein professioneller Schlag, aber immerhin ein Hieb, der schmerzen mußte, und während Pommerenke brüllte, fing Nietzsche an zu lachen; er lachte, berserkerte, schlug weiter zu; ein Leben in Wut, und irgendwann muß sie raus, die Wut; wohl dem, der dann noch ein Opfer hat, und Nietzsche prügelte und trat, das war jetzt sein Kampf, wobei manches noch danebenging, was man ihm jedoch zugute halten mußte, denn er war ja kein ausgebildeter Schläger, wie denn auch, und so lachte er, lachte sich ins Fäustchen; immer herzhafter lachte er, vergnügte sich förmlich beim Prügeln; und so hatte sich der Tag schließlich doch noch zum Guten gewendet.

»Wir werden vielleicht eingreifen müssen«, sagte Doktor Ziehen. »Vielleicht. Vielleicht aber auch nicht. Und Sie, Sie haben natürlich ganz recht, Herr Professor, ein Grobian ist er, der Nietzsche – hätte ich fast nicht gedacht, daß er so etwas noch werden könnte: ein Grobian.«

13 Laufen für die Ewigkeit

Es war ja dann alles sehr schnell gegangen; das hatte sich schon angedeutet, damals in Lörrach, als er den Wohnhügel hinunterstürmte, direkt in die beiden Damen hinein. Und dann dieser Kuß, davon konnte man nur träumen, aber er wußte, worum es ging, und so hatte er sich losgerissen, freigemacht wider Willen. Seine Liebe war vollzogen, gar keine Frage; er war jetzt kein Jungmann mehr, und wenn man geliebt hat, darf man sich wieder anderen Dingen zuwenden. Eine Tendenz zeichnete sich ab, seine Lebenslinie: Zunächst würde alles gelingen, auf phantastische Weise sich zum Besseren aufwerfen, und die Entwicklung war rasant; das hatte der Lörracher Vorgang, der auch ein Abgang war, schon deutlich gemacht. Später dann – nun, das zählte noch nicht; erst einmal machte er Karriere, und was danach kam, eine Abfolge von Krisen womöglich, mußte ihn nicht interessieren. So hatte er seine Liebe zurückgelassen, es ging nun mal nicht anders, aber er wußte, daß sie sich wiedersehen würden; das war gleichsam vorherbestimmt, ein Zeitraum von ein paar lumpigen Jahren, mehr nicht, den er nutzte, um zu einem sehr bedeutenden Menschen zu werden, und anschließend würden sie sich wieder in die Arme laufen, im Schwarzwald beispielsweise, in verborgenen schönen Forsten, die er mehr ahnte als sah, aber ein Sommerregen ging nieder, und die Blätter bewegten sich im Wind, der wie ein zärtlicher Bläser war – und an seiner Seite ging Elenor, die Regenbraut.

In Basel bezog er Quartier. Man hatte ihn zunächst zum Professor erklärt und danach gleich gerufen; in Basel wollten sie ihn haben. Sein Lehrer Ritschl war für ihn vorstellig geworden, und er hatte das Lob des jungen Altphilologen Nietzsche so aufdringlich gesungen, daß man sich dem kaum entziehen konnte. Nietzsche also erhielt einen Ruf, und da durfte er sich nicht harthörig zeigen; er folgte, folgte aufs Wort, und ihm selbst war gar nicht ängstlich zumute. Ein merkwürdiger Stolz hatte ihn erfaßt, dem er nicht ganz traute, der aber viel Zuspruch von außen erhielt; man blies ihm ins Ohr, Lob und Schmeicheleien, was sonst, aber auch ein paar Gehässigkeiten, denn die Neider im zweiten Glied meldeten sich, sie scharrten schon mit den Hufen. Und seine Mutter; mein Gott, was war sie stolz auf ihn, ihren Fritz, und es machte ihr gar nichts aus, daß man ihr nun die gebührende Ehre erwies und sie mit Frau Professor anredete. Eine wundersame Berufung, ein Märchen mit realen Zügen, und vom realen Zug aus, der ihn nach Basel brachte, warf er noch einen innigen Blick in die Richtung, in der er Lörrach vermutete. Basel selbst war eine kuriose Stadt; einerseits fast erhaben wirkend mit dem träge dahinfließenden, oft lichtbeglänzten Rhein, an dessen Ufern man sich so schön lümmeln konnte, und den eindrucksvollen alten Vierteln, zerfurcht von so vielen heimeligen Gäßchen, andererseits durchaus putzig, denn es gab breite Geschäftigkeit, und die Handelsbürger, denen er gleich begegnete, weil sie in Scharen ausschwärmten, sahen aus wie Kriegsgewinnler, die sich mit neuen Beuteplänen trugen. Er ging durch all diese Menschen hindurch, und die Sonne schien, und er mußte gar nicht rempeln. Ein richtig laues Lüftchen wehte, ein Hauch von Frühling, und zwischen den geschäftigen Herren konnte man sich die Damen, die viel langsamer waren, fast lauernd, durchaus nackt vorstellen. Er war sich seiner Sache sicher; der Genius setzte ihm zu, da sollte man nicht bersten vor Selbstbewußtsein.

Auf einer Rheinbrücke stehend, sah er hinunter ins glitzernde Wasser, das sich unmerklich vorwärtsbewegte, ein Strom des Gewissens, und in seinem Kopf war so viel Musik. Kähne trieben auf dem Wasser, Lastkähne, auch Ruderboote, die von eitlen Jünglingen bewegt wurden. Sie hatten ihre Herzensdamen dabei, auf die sie beim Rudern unentwegt einredeten; große Gefühle, und ihre großen Worte hörte man bis hinauf zu seiner Brücke; er verstand alles. Die Welt wollte betrogen werden, betrogen mit der Wahrheit, und mit der hatte er's noch nicht, denn er arbeitete noch an ihr. Etliche Sommer mußten noch kommen, heiße Sommer mit blauen, weit ausgespannten Himmeln, und in den Wäldern, in denen er dann ging, gab es immer weniger Schatten. Aber inzwischen war er sein eigener Schatten, ein wahrhaft treuer Begleiter, und in diesen Jahren, die noch kommen mußten, hatte er sich erarbeitet, was er brauchte. Es ging seinen Gang, er hatte blindes Vertrauen. Eine Frau streifte ihn, eine dunkelhaarige Person, die unerhört gut roch; sie stand in einer kleinen feinen Duftwolke neben ihm, sah ihn von der Seite an, und das ließ er sich nicht entgehen; war er nicht mutig geworden, in so kurzer Zeit, und er wandte den Kopf, um sie anzuschauen, diese dunkelhaarige Frau, die er als schön bezeichnen mußte, eine ebenmäßige Schönheit mit einem etwas zu breiten Mund, aber phantastischen Augen, in denen ein verräterischer Glanz lag; oder war es nur Trauer, eine für diesen Augenblick gänzlich unpassende Trauer.

Elenor, dachte er. Was hast du dich verändert und bist doch noch immer so schön! Und die Frau lächelte, lächelte ihn an, nur ihn, denn sonst stand keiner mehr auf der Brücke. Gut so, weg mit der Trauer, und auf dem Wasser beschimpften sich die Liebenden, gänzlich behängt vom Glück. Die Frau ging dann weiter, und ihm wurde klar, daß Liebe keine Zeit braucht. Sie könnte man sich als ewig vorstellen, was auch bedeutete, daß sie unglaublich schnellebig war, ein affenartiger hurtiger Vorgang, viel schneller verlaufend, als die meisten glaubten, aber der eigentliche Witz lag doch in ihrem Ewigkeitsmoment, einem beliebig verfügbaren Konstrukt, aus dem man jene Standbilder gewinnen konnte, mit der die seligste Erinnerung zu bestücken war. Die Frau also ging, kein Blick zurück, warum auch; geliebt hatten sie sich, ein mittleres stilles Beben, alles war gesagt und getan, und er, er hatte ja nun neue Pflichten, und so ging er zu seiner Baseler Wohnung, die er gerade bezogen hatte, ein Professor, merkwürdig jung noch an Jahren, der am nächsten Tag bereits seine vierte Vorlesung halten mußte.

Psst!! Der Baron Friedrichsfeld hat auf Nietzsche gewartet, den er am oberen Ende des langen Hauptgangs sieht, in dem es heute unangenehm geschäftig zugeht. Psst! Er schaut sich um, der Baron, diese vielen Verfolger, die es hier gibt, und man kann kaum einem trauen. Zu Nietzsche jedoch hat er ein merkwürdiges Vertrauen; er rechnet ihn nicht zur Schar seiner Feinde, möchte ihn eher als Freund ausgewiesen haben, zumal er den Gruß des Barons immer freundlichst erwidert hat: »Hugendubell« – und so ist es also Nietzsche, den er um eine Gefälligkeit bitten wird. An diesem Tag, an dem frühmorgens schon Hektik ausbrach, weil Handwerker gerufen werden mußten, die die Heizung reparieren sollten, an diesem Tag ist feine Nervosität angesagt. Echterding überwacht die Reparatur; er versteht zwar nichts von Heizungen, aber er kennt sich aus mit faulen Handwerkern, denen er jetzt durch seine bloße Gegenwart zu imponieren hofft. Kalt ist es, wen wundert's, saukalt, und diese Kälte trägt zur feinen Nervosität mit bei: Die Irren bibbern, sie zittern und schnattern mit den Zähnen, und da sie nicht mehr in ihren Betten liegen dürfen, sind sie mittlerweile im Laufschritt unterwegs; man läuft sich warm, und der Schnellste überlebt. Nur der Baron Friedrichsfeld bewegt sich wie eh und je, das heißt fast gar nicht;

er setzt jeden Schritt vorsichtig, denn es gibt so viele Gruben, in die er fallen könnte, und wer wie er gewohnt ist zu lauern, hat sich das Gewohnheitsrecht verschafft, dies sehr langsam und genußvoll zu tun. Jede Bösartigkeit muß ausgekostet werden, und außerdem hat der Baron Friedrichsfeld soviel innere Kälte in sich, daß er es beim besten Willen nicht merkt, ob nun die lächerliche Heizung geht oder nicht. Nietzsche also ist im Hauptgang zu sehen, in dem es heute deswegen so unangenehm geschäftig zugeht, weil hier fast alle entlanglaufen. Die ganzen Irren sind da zu sehen, die sich noch immer warmlaufen, weil die Heizung ja noch immer kaputt ist, trotz Echterding, der die Handwerker immer wieder aufmunternd beschimpft, bis jetzt aber ohne Erfolg; ein Pulk von Läufern ist es, der sich nähert, ein mächtiges Hauptfeld, in dem alle Favoriten noch dicht beieinander liegen, fast gleichauf, und allmählich sollte man sich wohl auf ein Finish einstellen, in dem dann, wie im Leben selbst, nur die bessere Form entscheidet.

Psst! Der Baron Friedrichsfeld hat nun in das Rennen eingegriffen, indem er nach Nietzsche greift, der in aussichtsreicher Position im Hauptfeld läuft. Er nimmt ihn zur Seite, zerrt ihn zu sich heran; kein unfreundlicher Akt, denn er lächelt dabei, was an sich schon als sensationell zu bezeichnen wäre, wo doch jedermann weiß, daß der Baron Friedrichsfeld noch nie gelächelt, geschweige denn gelacht hat, seitdem er sich in der Geschlossenheit dieser Anstalt befindet. »Herr Professor«, flüstert er. »Wenn Sie die Güte hätten, mir zu helfen ...«

Nietzsche ist natürlich verblüfft, allein dieses merkwürdige Lächeln, wie von einer Maske heruntergezogen, aber keineswegs unecht, das spürt man; er hat Entscheidendes vor, der Baron, doch was soll er dabei? Es geht wohl um die Herstellung von Vertrauen, und Nietzsche erinnert sich; all die dunklen Bilder von früher, die er nicht mehr ins Leben bringen kann, weil die Schmerzen überhandgenommen haben, die Schmerzen im Kopf, und er war doch so schön im Lauf, ein eherner Rhythmus, schmerzenabbauend zwar nicht, aber doch lindernd, eine Besänftigung in den Schritten, bei der man sich fast wieder so spürte wie früher, als man noch für verläßlich gehalten werden mußte und mehr von sich wußte, als es den andern lieb sein konnte. »Hilfe immer gern«, sagt Nietzsche und versucht freundlich zu sein in seiner Unwilligkeit. »Hilfe gern, aber im Moment, Herr Baron, weiß ich noch nicht so recht ...«

»Er ist hier«, sagt der Baron und schaut sehr verschwörerisch drein. »Er ist hier!«

»Wer ist hier?« fragt Nietzsche. »Doch nicht etwa Hugendubel?«

»Aber ja«, flüstert der ehemalige Herr von Friedrichsfeld. »Es gibt keinen Zweifel. Hugendubel ist hier. Ich habe ihn persönlich ausfindig gemacht ...«

»Man kann es kaum glauben«, sagt Nietzsche, und der Baron nimmt ihn beim Arm. »Kommen Sie«, sagt er. »Wir haben keine Zeit zu verlieren!« Da hat er nun auch wieder recht, und Nietzsche läßt sich mitschleifen; Widerstand wäre ohnehin zwecklos. Das Hauptfeld mit den Läufern ist längst vorbei; unten am Gang sind alle links abgebogen, was sich nicht verhindern ließ, denn es geht nur links herum. Man hört noch die Schritte, ein einziges, gleichmäßig abklingendes Getrappel, das sich irgendwann wieder nähern wird, wenn nämlich die Läufer zurückkommen, ihre nächste Runde in Angriff nehmen, bei der Nietzsche hofft, sich mit einklinken zu können. Wo er doch so gut im Tritt war.

Sie erreichen den Aufenthaltsraum, der nicht nur kalt ist, sondern auch leer, das heißt nicht ganz leer, denn in einer Ecke auf einer melkschemelhaften Sitzgelegenheit, die unter seiner Körpermasse fast völlig verschwindet, hockt Pommerenke. »Da ist er!« flüstert der Baron.

»Sind Sie sicher?« fragt Nietzsche. »Ich dachte immer, dieses Herrenvieh hieße Pommerenke ...«

»Ein Trick«, sagt der Baron. »Ein Bauerntrick. Vorspiegelung falscher Tatsachen, verstehen Sie ... Heutzutage ist doch nichts leichter, als einen anderen Namen anzunehmen ...«

»Was haben Sie jetzt vor?« fragt Nietzsche.

»Aufs Haupt schlagen«, sagt der Baron und reibt sich die Hände. »Aufs Haupt schlagen. Ich muß ihn bestrafen, ein für allemal. Er hat mich um meine Existenz gebracht. Deswegen verhänge ich die Höchststrafe ...«

»Und die wäre?« sagt Nietzsche.

Der Baron macht eine Handbewegung, deutet einen raschen Schnitt über der Gurgel an. In diesem Moment schaut Pommerenke hoch, und man kann sehen, daß er Angst hat. Seine ganze, nie in Worte zu fassende Selbstsicherheit ist dahin, seitdem Nietzsche auf ihn eingeschlagen hat; ein so unerwarteter und durch nichts zu verantwortender Wutausbruch, der ihn um sein Gleichgewicht brachte. Nun fühlt er nicht mehr so recht, wer er war; die Erinnerung, ein stolzes Dokument, ist ihm abhanden gekommen, die Erinnerung an seine so lange währenden Glanzzeiten, in denen er durch die Anstalt walzte und sich seine Opfer suchte, mal dieses, mal jenes, und immer ging es doch gut, sein Spaß schien gesichert, bis in die unverrückbare Zukunft hinein. Auf einmal jedoch, in einem Anfall von Wahnsinn, stellt sich das eigentlich kümmerlichste und willfährigste seiner Opfer, Nietzsche nämlich, dieses allenfalls mittelgroße Männchen, das schon den flackernden Blick bekam, wenn es ihn, Pommerenke, nur von weitem sah, auf die Hinterbeine; es schlägt zu, dieses mickrige Männchen, schlägt zu und tritt all die Angst an ihm ab, für die er selbst gesorgt hat. Das ist nicht nur frech, sondern auch noch immer ganz unbegreiflich, und jetzt steht er schon wieder da, Nietzsche, während Pommerenke noch seiner neugeweckten Angst nachbrütet, und er hat sich sogar noch jemanden mitgebracht, Nietzsche, einen weiteren Schläger, ein ganz gefährliches Gestell, lotterhaft lang und schlotterdürr und deswegen so tückisch und mit diesem leblos triefigen Blick versehen, den nur noch Rächer haben oder die völlig abgestumpften Täter des Triebs.

»Haben Sie Gerät, Herr Professor?« fragt der Baron.

»Was für Gerät?«

»Tötungsgerät!«

»Nein«, sagt Nietzsche und lacht. »Töten wir ihn so, ohne Gerät, erschlagen wir ihn mit der flachen Hand!«

Pommerenke ist aufgestanden; er sieht, wie sie lachen, die beiden Schläger, und kein Wärter in Sicht, der ihn beschützen könnte.

Seine Zuhörer saßen im Halbrund und im Halbdunkel, und so konnte er sich Illusionen darüber hingeben, wie viele denn nun gekommen waren, um ihn zu hören. Im wohltuenden spätnachmittäglichen Dämmerlicht, das den Vorlesungssaal wie eine gefährlich anheimelnde Criminalbude erscheinen ließ, sahen alle gleich aus; man blickte nicht auf Gesichter herab, sondern auf gestalthafte Schatten, und mit seinem ersten und einzigen Schätzerauge, das er hatte schweifen lassen, einmal nur, wagte Professor Nietzsche nun die Prognose, daß es an die vierzig Studenten und Honoratioren waren, die sich in seine vierte Vorlesung gewagt hatten. Mutig, mutig, und er räusperte sich frei, damit seine Stimme alsbald anschwellen konnte zu Donnerhall; aber nein, er wollte ja nicht laut sein, sondern nur treffend; und schrecklich originell.

»Meine Herren«, sagte er, und das war nicht nur originell, sondern auch wahr, denn Damen gab es ja keine in seiner Vorlesung, die vom »Pathos der Wahrheit« künden sollte, ein feines Thema, wie er fand, und schwammig genug, um sich zu vieldeutigen Höchstleistungen aufzuschwingen. »Meine Herren. Die Wahrheit! Was ist sie? Schwärmerischer Wahn eines

Gottes!? Was geht den Menschen die Wahrheit an? Und wo ist sie hin, fragen wir weiter, ein verflogener Traum, weggewischt aus den Mienen der Menschheit, mit anderen Träumen; sie war die erste nicht! Vielleicht würde ein gefühlloser Dämon von alledem, meine Herren, von alledem, was wir mit stolzer Metapher Weltgeschichte und Wahrheit und Ruhm nennen, nichts zu sagen wissen als diese Worte –« Er spähte ins Halbdunkel hinunter; gespannte Aufmerksamkeit vermutlich, zumindest schien noch keiner eingeschlafen, und keiner verließ den Saal; die Wahrheit ging schließlich alle an, sagte man doch, und auch die Armen im Geiste mußten ein Interesse daran haben, zur Wahrheit getrieben zu werden, zur Wahrheit, die einer einzigen niederschmetternden Gewißheit glich. »Diese Worte also, meine Herren«, sagte er, »diese Worte, und es mag tönen wie ein kurzgefaßtes und absolut wiederverwendbares Märchen: In irgendeinem abgelegenen Winkel unseres in zahllose Sonnensysteme flimmernd ausgegossenen Weltalls gab es einmal ein Gestirn, auf dem kluge Tiere das Erkennen erfanden. Es war die hochmütigste und verlogenste Minute der Weltgeschichte, aber doch nur eine Minute. Nach wenigen Atemzügen der Natur erstarrte das Gestirn, und die klugen Tiere mußten sterben. Es war auch an der Zeit: denn ob sie schon viel erkannt zu haben sich brüsteten, waren sie doch zuletzt, und das mußte sie arg verdrießlich stimmen, dahintergekommen, daß sie alles falsch erkannt hatten. Sie starben, und im Sterben verfluchten sie die Wahrheit. Das war die Art dieser verzweifelten Tiere, die das Erkennen erfunden hatten. Was dürfen wir nun daraus folgern, meine Herren? Nun, wenn wir wirklich nur erkennende Tiere wären, erkennende Herrentiere, meine Herren, die Wahrheit würde uns zur Verzweiflung und zur Vernichtung treiben, die Wahrheit nämlich, ewig zur Unwahrheit verdammt zu sein. Uns Menschen aber steht der Glaube an eine erreichbare Wahrheit zu, ein einigermaßen nützlicher Glaube, der uns zutraulich macht, empfänglich für die sich nähernden Illusionen. Leben wir, meine Herren, nicht überhaupt durch ein fortwährendes Getäuschtwerden? Verschweigt uns die Natur nicht das Allermeiste, ja gerade das Allernächste wie zum Beispiel unseren eigenen Leib, von dem wir nur ein gauklerisches Bewußtsein haben? In dieses Bewußtsein sind wir eingeschlossen, und die Natur, die den Schlüssel besaß, hat ihn längst weggeworfen. So bleibt die Neugier des Philosophen eine verhängnisvolle; der Philosoph, meine Herren, eine krause Figur, erhaben in seiner Lächerlichkeit, und wir sehen ihn, wie er durch einen Spalt seines kärglichen Bewußtseinszimmerchens hinaus- und hinabzuspähen sich müht, und was er mehr erahnt als erblickt, ist, wie auf dem Gierigen, dem Unersättlichen, dem Ekelhaften, dem Erbarmungslosen, dem Mörderischen der Mensch selber ruht, in der Gleichgültigkeit seines Nichtwissens, ein komfortabler Tropf, meine Herren, gleichsam auf dem Rücken eines Tigers hängend, in Träumen, und bald schon versunken; ein Verschwindender, ich sag' es Ihnen.« War er laut geworden zum Schluß, ihm kam es so vor, und nun hatte er Durst; unentwegt leckte er sich die Lippen. Für einen Eimer Bier hätte er jetzt sogar weitergeredet, aber es gab kein Bier, nur diese furztrockene Basler Hörsaalluft, und er spähte hinunter, über die Häupter seiner Lieben hinweg, von denen manch einer inzwischen verschlummert war, womöglich gar verstorben, und er, nun ja, er hatte alles gegeben. Er brauchte sich keine Vorwürfe zu machen; man sollte ihm einen Professor zeigen, einen noch so jungen Mann, wie er es war, der es fertiggebracht hätte, eine solche Vorlesung herniedergehen zu lassen, dort hinunter, ins Halbrund und Halbdunkel, wo sich nunmehr Gemurmel erhob, intensives Gemurmel, eine Diskussion also, und mit den Füßen scharrten sie auch, diese Erkenntnistiere mit ihren unglücklich großen Köpfen, aufgepumpte Wesen, denen im Grunde nicht zu helfen war, obwohl sie sich durchs Leben schlugen wie versierte

Eintänzer. »Meine Herren«, rief er noch. »Ehe Sie gehen, nehmen Sie mit auf den Weg, daß die Kunst mächtiger ist als die Erkenntnis, denn sie will das Leben; die Erkenntnis aber erreicht als ihr letztes Ziel – nur – die Vernichtung.«

Pommerenke hat sich in Bewegung gebracht, ein mächtiges Tier, das vor Angst mächtig schwitzt. Er weiß, was sie mit ihm vorhaben, die beiden Schläger, er weiß es längst: Sie wollen seine Vernichtung. Den Aufenthaltsraum hat er verlassen, und er walzt jetzt gegen den Strom: Die anderen Irren nämlich laufen noch immer, noch immer liegen sie dicht auf, aber ihre Richtung stimmt nicht, denn sie kommen ihm entgegen. Pommerenke kann darauf keine Rücksicht nehmen, wo er selber doch gerade Platz genug hat, um sich im Gang zu bewegen, mit dem hechelnden Atem der Verfolger im Nacken; so wird's also eng, sehr eng sogar, aber nur für die andern, denn Pommerenke hält Kurs. Er walzt durch das geschlossene Hauptfeld der Läufer hindurch wie eine Flurbereinigungsmaschine, und wer nicht umfällt, wird gegen die Wand geklatscht. Da kommt wohl Freude auf, eine stille Freude, die den Opfern gilt, aber seine Verfolger hat er damit nicht beeindrucken können; die sind noch immer hinter ihm, kommen näher und näher, seine Vernichter, und der eine von ihnen, das lange Gerippe, hat sich zwischenzeitlich sogar einen Knüppel besorgt, einen Schlagstock des Todes, und noch immer ist niemand in Sicht, der ihn retten könnte.

»Herr Professor«, ruft der Baron Friedrichsfeld und grinst über sein unendlich zermergeltes Furchengesicht. »Herr Professor. Gleich haben wir ihn, den Hugendubel, und dann schlagen wir ihm die Stunde . . .«

»Nur nichts überstürzen, Baron«, sagt Nietzsche, der sich wunderbar erhitzt vorkommt und gewaltsam getröstet. »Nur nichts überstürzen. Der Tod kann warten. Solange noch Leben ist, soll er laufen – laufen und laufen für die Ewigkeit.«

14 Singen für die Ewigkeit

Er lag wach, mitten auf dem mühsam herbeigebrachten Bett, und um ihn herum heulte der Wind, nächtlicher Fallwind, der von weither kam, aus den Alpen beispielsweise, die aber, wie man ihm sagte, gar nicht so weit entfernt waren; wo es doch ohnehin keine Entfernungen gab in dieser Schweiz, diesem kleinen, ganz auf Durchreise eingestellten Land, das die Berge zu seiner Verteidigung brauchte, denn der Feind, ein Ausländer, wie es hieß, lauerte überall. Der Wind heulte, was mehr ein Ächzen war, ein Stöhnen wie beim Schmerz nach dem Fall, und so war er in sein Zimmer eingefallen, bei geschlossenen Fenstern, und tobte nun über seinem Bett, auf dem er lag wie ein toter Professor. In dieser Nacht war er, der junge Professor mit dem aschfahlen Gesicht, bereits dreimal gestorben; er hatte sich übergeben, wobei sein Innerstes nach außen kam, braunes und grünes Gekröse, nicht von ihm, und sein Magen schlug gleich hinterher, so mußte sich fühlen, wer ausgeschabt wurde und die Frucht seines Leibes verlor. Mit ihm konnte man's machen, das war die Gewißheit, und gleich danach hatte er seinen Kopf verloren; zerborsten war er, zersprungen zu einem einzigen dröhnenden Weh, obwohl er äußerlich unversehrt schien, denn er hatte sich von der Toilette zurückgeschleppt zum Bett, und dabei war ihm, als säße der Kopf, zwar schwerer geworden, noch immer am Rumpf, zweifelsfrei, ein Kopf zum Ablegen, zum Vergessen, und während er dies dachte, ein doch harmloser, ja dezenter Gedanke, brach etwas aus unter dem Dach seines Schädels, eine Implosion, hellauflodernd und dann zusammensinkend, ein Ereignis und eine Wunde. So lag er, und der Wind rackerte sich über ihm ab, dieser Bläser, der von Lörrach kommend die Schweiz durchraste, und was lag näher, als daß er da in Basel begann mit seinem Nachtwerk. Beruhigend nur, daß die

Schweizer nicht nur grundsolide bis zur Langweiligkeit waren, sondern auch grundsolide, fast langweilige Häuser bauten, die von fliehenden Winden gar nicht zu erschüttern waren, oder etwa doch, denn jetzt wackelte das Haus, die Grundfesten bebten, und wer hören wollte, konnte die ersten Dachpfannen vom Dach scheppern hören, während der junge, bereits mehrfach verstorbene Professor sich vom Bett rollte und verkrümmt wie ein Krankenmensch, dem es den entzündeten Blinddarm bis zum Platzen zerreißt, seinem vierten Tod entgegentappte, der wieder in der Toilette stattfinden würde, nach bewährter Art dieser Nacht. Noch einmal rissen sie alles aus ihm heraus, aber dann war Ruh', er wußte das, kam gerade noch zurück bis in sein Bett, und der Wind nahm eine beruhigende Gleichförmigkeit an, wurde zu einem vornehmen, gleichwohl insistierenden Sausen, dem man sich viel weniger entziehen konnte als der vorangegangenen Kraftmeierei mit ihren Täuschungsmanövern der Stärke. Dabei war alles nur Luft, kalte Luft, heiße Luft, ihm glühte die Stirn; diese Anstrengungen, die nicht mehr neu für ihn waren, dieses Bersten bei noch schwachlebendem Leib, schenkten ihm Anfälle von Fieber; er glühte und fror, aber alles hatte sich nun zum Guten gewendet, und er lag auf seinem zerknitterten Bett und registrierte, wie durch eine bläuliche Nebelwand, den versöhnlichen, weil nur sehr vorläufigen Zusammenfall aller Gegensätze. Jeden Schmerz findest du, dachte er, so wie man in seiner Lage nur denken konnte, jeden Schmerz und jede Lust und jeden Freund und Feind und jede Hoffnung und jeden Irrtum und jeden Grashalm und jeden Sonnenblick findest du wieder, den Zusammenhang aller Dinge. Dieser Ring, in dem du ein Korn bist, glänzt immer wieder, und tatsächlich war da ein Glanz im Raum, ein Heiligenschein, der sich verselbständigt hatte. Nun gut, damit konnte man leben, wenn man denn lebte, was eine Frage war, die er hier und jetzt nicht mehr entscheiden wollte, so wohltuend verstorben, wie er sich fühlte. Kein Wind mehr, dafür jetzt Regen, und ganz weit in der Ferne, mitten in Deutschland wohl, tobte ein Gewitter. Der Donner, sehr schwächlich, ein paar verspätete Hammerschläge, mehr nicht, und es war doch noch zu reden vom Hammer des Herrn. Oder aber nicht, so nicht, und die Blitze, die sah er nur als Leuchtspurmunition, denn er hielt die Professorenaugen wohlweislich geschlossen. So also ist ein wirklich und endlich behütetes Exil, dachte er, und es ist tatsächlich alles wiedergekommen, der Sirius und die Spinne und die Gedanken in dieser mir überstellten Stunde. Alles kommt wieder, das ist nun gewiß, und diese langsame Spinne, die im Mondschein kriecht, und dieser Mondschein selbst und ich und du, Elenor, im Torweg, wir flüstern zusammen, flüstern von der Liebe, von ewigen Dingen halt, und einer geht vorbei, ein Versehrter mit freiem Gesicht, und er brüllt uns zu: Müssen wir nicht alle schon dagewesen sein? Was für eine Frage, und er lachte, der Professor auf seinem Bett, der mit einemmal wieder unverschämt jung aussah, ein Lausbub mit Charme und Allüren, ein Liebling der Frauen, die es noch immer nicht wagten, ihm in aller Unvermitteltheit nachzustellen.

»Sie können ihn mitnehmen, gnädige Frau!« hatte Professor Binswanger zu ihr gesagt. »Wir geben ihn frei. Es wird ohnehin nichts mehr mit ihm, und wenn er es vorzieht zu sterben, sollte er das zu Hause tun!« Ja, er war schon ein einfühlsamer Mann, dieser Professor Binswanger, und sein Assistent Dr. Ziehen, auch er ungemein sympathisch, lachte; sie wußten, was ein Mutterherz fühlte.

»Es wird gut sein, wenn Sie sich keine übertriebenen Hoffnungen machen, gnädige Frau«, sagte Dr. Ziehen. »Ihr Sohn ist in einer Phase, wo ihm zusätzliche Aggressionsschübe den Weg verstellen, der von uns gewiesen wurde. Ein guter Weg, zweifellos, wenn auch nicht so erfolgreich, wie wir uns das gewünscht hätten. Mit Sorge haben wir zuletzt Momente einer gewissen Regressivität beobachtet, die ihn, einen Dulder, zum Täter machten. Erstaunlich, gewiß …«

»Aber auch nicht sehr erfreulich«, sagte Professor Binswanger, der mit Daumen und Zeigefinger der rechten Hand seine recht breiten Nasenflügel drückte, so als müßte er sie kleiner kneten; ein Griff, den er übrigens öfter anwandte, so oft, daß es sogar Franziska Nietzsche aufgefallen war, die ansonsten keinen Blick für auffällige Nebensächlichkeiten hatte. »Ich kann Ihnen nicht verhehlen, Gnädigste, daß Ihr Sohn sogar gegen den einen oder anderen Mithäftling tätlich geworden ist«, sagte Binswanger.

»Sie sagten Häftling, Herr Professor«, meinte Ziehen. »In Wirklichkeit aber –«

Binswanger lachte. »In Wirklichkeit aber sind es natürlich keine Häftlinge, Gott bewahre, sondern unsere lieben Patienten, eine einzige große Familie, die wir nun mal sind«, sagte er. »Ein kleiner Versprecher meinerseits, nicht mehr, meine Dame …«

»Alle sind freiwillig inhaftiert«, sagte Dr. Ziehen mit großem Ernst. »Das macht unsere Arbeit leichter, auch wenn, wie gesagt, rückfällige Kontorsionen auftreten können, die uns zu denken geben …«

»Wie im Fall Ihres werten Herrn Sohnes, der sich, ungeachtet einer einmal vermuteten mentalen Gutmütigkeit, obstinat zeigte«, sagte Binswanger. »Meine Methode aber ist nur funktionabel bei völligem Dulden, gnädige Frau. Der Kranke muß sich ihr im Geist fügen, im Geist, den er ja noch hat, wenn auch in depravierter Form …«

»Es ist dies die Mitarbeit, die wir wünschen«, sagte Ziehen.

»Die Mitarbeit, die ich anbieten kann, ist die Liebe einer Mutter«, sagte Franziska Nietzsche, und die Herren nickten. Das war gut gesagt, zweifellos, und so sollte sie ihn denn mitnehmen, die Mutter den Sohn; zu Hause stirbt es sich schließlich am besten.

»Wann?« fragte Franziska Nietzsche.

»Wann immer Sie wollen«, sagte Dr. Ziehen. »Nur nicht heute und nicht morgen, weil es noch gilt, die Papiere fertigzumachen, Sie verstehen ...«

»Also übermorgen«, sagte Franziska Nietzsche. »Ich werde ihn holen, den guten Sohn, der meiner Liebe bedarf, was sonst hat er noch zu erwarten. Ich werde ihn holen, in der Frühe ...«

»Nicht zu früh«, sagte Dr. Ziehen. »Er muß noch rückverwandelt werden, der Sohn, was bedeutet, daß er sich der Anstaltskleidung zu entledigen hat, wofür man ihm die zivilen Gegenstände aushändigen wird, die er bei seiner Einlieferung abgeben mußte ...«

»Wußten Sie übrigens«, sagte der Professor, »daß die Suizidrate in meiner Anstalt die niedrigste in ganz Sachsen ist?«

»In ganz Preußen!« meinte Ziehen und verfiel in ein heftiges Nicken. »Bei Professor Binswanger nimmt man sich nicht das Leben, man wird ihm zurückgegeben!«

»Jetzt geh' ich«, sagte Franziska Nietzsche. »Ich möchte ihm die frohe Botschaft überbringen.«

»Wenn er nicht seine Mithäftlinge schlägt, wird er wohl auf dem Kanapee liegen. Im Aufenthaltsraum«, sagte Dr. Ziehen.

Natürlich lag er noch, nunmehr von selber zur Ruhe gebracht, ein junger Professor, aschfahl, mit befleckter Weste und Hose, und er fühlte sich so gut wie sein eigener Leichnam, den man zu Grabe getragen hatte unter fortgesetzten und schöntuenden Reden. Die Trauer hielt sich in Grenzen, aber dafür war eben Ruhe, Friedhofsruhe direkt unterm Dach, über das der Schweizer Wind nun so kraftlos strich, daß sich schier gar nichts mehr regte. Das ferne Gewitter, der deutschgräsige Donner – längst abgezogen ins Landesinnere, und über Lörrach standen noch ein paar Wolken. Ach, schöne junge Frau, wie war doch dein Name – und du selber so nah, und er lächelte, grinste starkbubenhaft unter seiner nun schon wieder gesünder anmutenden Leichenstarre; wär' doch gelacht, eben, wenn er nicht – wieder und wieder – mit dem Leben davonkäme, wo es doch ohnehin noch so viel abzuwickeln gab – hier in der Schweiz und auch anderswo. Als erstes hatte man ihn dazu überredet, an einem ganz besonderen Ereignis mitzuwirken, der Basler Fasnacht, einer alljährlich wiederkehrenden Frohsinnsepidemie von farbgrellem Zuschnitt, die nun unmittelbar bevorstand; ein Aufmarsch der Narren, bocksbeinhaft genau inszeniert, eine traditionsbeladene Modenschau von Krämergestalten, von Buchhalterfratzen und gehörnten Beamten, ein Auftrieb von verknittertem Herdenvieh und vermummten ehemaligen Menschen, die so normal waren wie die schmachtenden Historienfetzen, aus denen sie ihre Direktiven bezogen für ein Weiterleben auch nach dem allerletzten Witz. Diese Veranstaltung, ein alljährliches Gedenkfest zum Nutzen und Nachteil des ganz normalen Verfolgungswahns, wie es der Kollege Kammerer, privater Dozent für kantonale Landesgeschichte, formuliert hatte, war nicht zu umgehen, schon gar nicht für einen noch so jungen Professor, der zudem den Vorteil hatte, aus dem deutschen Reich zu stammen und in die Schweiz hereingewechselt zu sein. Jaja, der Kammerer, der selber eine Fasnachtsmaske trug, ein verharztes, unerklärlich dämlich lächelndes Teufelsgesicht, blutrot angelaufen, aber keineswegs blutrünstig, also eher schädlich friedlich, eine Maske, mit der er, wie er gern erzählte, einst sogar den berühmten Kollegen Burckhardt erschreckt hatte, als er sich in der Herrentoilette neben ihn stellte, worauf der bekannteste aller Basler Professoren beim Wasserlassen vorübergehend seine Contenance verlor. Die Schweizer also konnten, was durch diese Geschichte immer wieder zu beweisen war, auch außerordentlich lustig sein.

Noch lag er ganz ruhig auf seinem Bett, aber er wußte nunmehr, daß es schon Zeit wurde, unruhiger zu werden; in die absolute Stille hinein, die er auszubaden hatte, mischten sich bereits erste fremdartige Töne; das mußte jenes Pfeifen sein, vor dem man ihn gewarnt hatte, endlose Kaskaden von einschmeichelnd enervierenden Flötentönen, welche ihm von den Narren entgegengebracht wurden, die nun, im allerfrühsten Morgengrauen, aus den Ecken der Stadt aufbrachen, eine wildgewordene, sich ständig vergrößernde Horde von Bläsern: vermummte Musiktäter, die von ihrem Weg nicht mehr abgingen. Immer lauter wurde der Spielmannszug, er hörte jetzt alles zweifelsfrei deutlich, und es war nur gut, daß er sich gar nicht von seiner Bettstatt hinwegbequemen mußte, um auch nur ja alles mitzubekommen. Die Bläser tänzelten voran, hüpften in den immer später werdenden Morgen hinein, und sie bekamen Zulauf aus allen Hausfluren; Türen öffneten sich, entließen weitere Narren, Hunds- und Stierköpfe, Schweinebacken, an wen erinnerten die ihn nur, und mit einemmal war er mittendrinnen im Gewühl; sie drängten ihn, schoben, die Stimmung war aufgeheizt, aber keineswegs unfreundlich; merkten sie denn nicht, daß er gar keine Maske trug, oder machte das nichts, hielt man seinen verkanteten, auch: verhärteten Schädel schon für eine originelle Verkleidung? Kein Wunder bei den Schmerzen, die nun wieder zustachen, sanft oben im Kopf, und doch ging es vorwärts, dazu aus der allerobersten Gasse, die er an seinem ersten Schweizer Tag schon einmal durchlaufen hatte, stetig bergab, und dabei wurden zu allem Überfluß, der nur aus Lärm bestand, nun auch noch die Pfarrer verrückt; sie betätigten die Glockenapparaturen ihrer Kirchen, ließen sie gegen die wahnwitzige Pfeiferei anhämmern, und das schmeichelte sogar den Ohren, eine beruhigend gemeinte Raserei, erfunden einst, um die bösen Geister, die es noch immer gab, auf- und davonzutreiben. Ihm wurde ganz warm im Gewühl, aber das war wohl beabsichtigt; die Körper rieben sich aneinander, während die Masken auf Distanz blieben, eine sinnvolle Kombination, aus der man Begegnungen destillieren konnte, leidenschaftliche Akte, im Stehen, dazu noch verschoben, inszeniert, der Vollzug trefflicher Wollust, und die teilnahmsvoll beobachtenden Holzgesichter, diese Visagen mit ihren schamlos herausragenden Riechprügeln, grinsten sich eins; das Leben war heiter, eine einzige Orgie, das pralle Siechtum eben, und wer da nicht mitkam, Täter und Opfer, dem gebührte die noch zu ermittelnde Schuld.

Er lachte, und auf einmal hatte er eine Frau am Arm, ein zartes Geschöpf, kenntlich geblieben unter ihrem Kopfschmuck, einer Hotzenwälder Maske, welche die Physiognomie einer Hexe zeigte, der man nach der Folter nun den Scheiterhaufen zeigte, auf dem sie, in Kürze wohl, angepfählt würde. »Komm mit!« flüsterte er, und sie folgte ihm in eine Seitengasse, die kaum erleuchtet war. Er drängte sie in einen Hauseingang, was keine Schwierigkeiten machte, denn sie wußte, was er wollte. Hatte sie nicht Jahre auf ihn gewartet, behütet in einem vermutlich sehr normalen Elternhaus und aufgehoben in ihren Träumen, die er so gut kannte wie seine eigenen. Elenor. Er küßte sie, und sie ließ ihn leidenschaftlich gewähren; zum Zeichen ihres Einverständnisses behielt sie ihre Maske auf, die kaum verrutschte unter seinen Zuwendungen, denn er war, und dies schon immer, ein überaus geschickter Liebhaber. Über ihnen jedoch lachte jemand; ein Dummkopf, kaum ausgeschlafen, der sich aus einem Fenster hängte und nun auf sie herablästerte. Was der Dummkopf sagte, war nicht zu verstehen, eine Zote zweifellos, eine plumpe Anzüglichkeit, der man nicht auf den Grund gehen mußte, und er zog Elenor mit sich fort, zurück zu den Bläsern, den bocksbeinigen Schwärmern, die sie herzlich empfingen, so als gehörten sie dazu und hätten sich nie davongestohlen für einen Moment unerhörter Zweisamkeit. In der Menge trieben sie nun wieder dahin, ein Tanz über den

Steinen, an Häusern vorbei, die sich immer mehr illuminierten, an den alten Stadtkirchen entlang, die alle läuten ließen, was die schweren Glocken hergaben, und der Morgen wurde heller und heller, bis schließlich sogar eine Sonne am Himmel stand, die er so noch nie zuvor gesehen hatte. Diese Sonne war rot, ein Gestirn von verletzendem Glanz, und was sie in ihr Licht brachte, war bemerkenswert schön. Elenor ließ ihn los, sie tanzte voran, aber er hatte jetzt gar keine Eile; schließlich war alles zu sehen in diesem herrlichen Licht, und man würde sich wiedersehen, schon bald, eine Begegnung, noch immer, mit Konsequenzen. Er schwebte dahin, mit seinen Professorenschuhen dicht über der guten alten Erde, und da mußte er nun einfach singen, wo sie doch alle lärmten, ohnehin hörte ihm keiner zu, und so sang er, lachte dabei, der Mann ohne Maske, der in diesem kostbaren Augenblick nicht mehr auffallen wollte. »O gute Zeit, die jetzt mir blüht«, sang er. »O feierliche große Jahreszeit – / Vom Nord zum Süd / Die Götter-Gäste – fremd und unbekannt, / Die Namenlosen / Ihr göttlich-königlichen Gäste / Von aller Höhe strömt mir Verkündigung / Gleich Wohlgerüchen / Gleich ahnungsvollen Winden läuft / Vom Nord zum Süd / Mein Herz, dem seine Festzeit blüht!« Jemand schlug ihm auf die Schulter, ein alter Freund vielleicht, ein ganz alter Freund, Willi zum Beispiel, Wilhelm von Sternburg, der ihm jetzt tatsächlich etwas ins Ohr brüllte, Willi, der die Maske eines echten Sternburg trug, so ein Willi mußte sich nie mehr verkleiden, nur noch verstellen, aber was dieser einstige kleine Freund sagte, hier und jetzt in diesem hellerleuchteten Basel, das verstand er nicht, wollte es auch gar nicht verstehen, denn er konnte keine Ablenkung gebrauchen, wo er doch noch singen mußte, denn sein Lied, ein eigens improvisiertes Ständchen für alle Professoren in der Menge, war noch nicht zu Ende. »Einsiedler«, sang er, »Einsiedler sollen nicht länger einsam sein! / Die Zeit ist nahe, die feierliche schöne große Jahreszeit, / Wo meine Gäste kommen – des Jahres Mitte, / Nun gleiche ich dem Liebenden, / Dessen Sehnsucht Stunden abzählt, / Der späht und steht und sieht, unmutig-selig, / Bis er, gedrückt von engen Stuben, / Sich in des Zufalls dunkle Gasse wirft / – Und wenn der Wind des Nachts ans Fenster klopft, / Mit Blütenzweigen boshaft Schläfer weckend –« Er rutschte aus, mitten im Gesang – vereistes Kopfsteinpflaster vielleicht in einer Ecke, die nie Licht bekam, oder Reste einer Hinterlassenschaft von einem großen Hund, vom Hund dieser Stadt, oder, noch schlimmer, einer hatte ihn gestoßen, ein Wicht, der diese Fröhlichkeit falsch verstand, Willi womöglich, Willhelm, den noch immer Rachegedanken umtrieben; auf jeden Fall lag er nun zu ebener Erde, ein ganz normaler Sturz, kein Grund zur Besorgnis, und es wurde ihm auch schon wieder aufgeholfen.

»Fritz«, hörte er eine sehr bekannte Stimme, »Fritz, warum liegst du denn vor dem Kanapee?« Er schlug die Augen auf, notgedrungen, und da gab es noch immer diese seine Mutter, was gut war, ganz ohne Zweifel – gut und störend.

»Ich habe eine gute Nachricht, mein Sohn«, sagte Franziska Nietzsche. »Morgen wirst du entlassen ... Du kommst nach Haus ... Fritz!«

»Und jetzt die gute Nachricht – bitte!« sagte Nietzsche. »Ach Mutter, wo ich doch so schön gesungen habe. Herrlich, mein Lied, herrlich gefährlich, und das ist es ja auch, dieser Zwang; wir müssen ganz einfach singen, in so einem Licht, das Licht ist – weithergeholt, und so singen wir, ich voran – singen – für die Ewigkeit.«

15 Abschied

Es sollte keine sang- und klanglose Veranstaltung werden, aber auch kein pompöser Festakt; er wollte gehen, obwohl er genausogern geblieben wäre, und da sollten sie, die mit ihm zu tun gehabt hatten, alle noch einmal dabeisein; das gehörte sich so, er war höflich, eine Eigenschaft, auf die er Wert legte, auch wenn er sich längst anderer Errungenschaften bemächtigt hatte. Mit einer Rede hatte er seinen Einstand gegeben, mit einer Rede würde er seine Anstalt auch wieder verlassen, das stand fest; schließlich war er hier nicht schlecht behandelt worden – geschäftsmäßig und mitleidlos, wie sich das gehörte, wenn man es mit Irren zu tun bekam, die keine fortschrittlichen Experimente mochten, sondern nur wie ihresgleichen traktiert werden wollten. Er schlief schlecht in dieser seiner letzten Nacht; immerzu hörte er Stimmen, ein Ensemble himmlischer Heerscharen, die ihren Text vergessen hatten und nun Obszönitäten brabbelten, eine gegen die andere versetzt, bombastische Ferkeleien, denen aber jeglicher Tiefgang fehlte. Was auch noch fehlte, war der Dirigent, ein Mann der ewigen Dienste etwa, ein gestrenger Paradiesvogel, der Ordnung in dieses Treffen von Schweinepriestern gebracht hätte; aber niemand war zu sehen im Dunkel, keine Führungspersönlichkeit, kein extramundaner Beamter, der die Dinge in die Hand nahm, und so wütete jeder vor sich hin, mehr denn je, eine schmutzige Sentenz jagte die andere, und das zugrunde gelegte Gemurmel schwoll zu einem Chorus der Bedrohlichkeit an, der aus seinem Zimmer herausbrandete und nach oben in das Gebälk des Anstaltsdachs hinaufschlug, wo er sich, wie so viele Schweinigeleien zuvor, auf Dauer festsetzen mußte. Es regnete, ein warmer Frühlingsregen, oder war immer noch Winter; schließlich glich ein Winter dem andern, und auch die Sommer waren fade geworden, laue Freiluftveranstaltungen, weder luftig noch frei, weil alle längst taten, was getan werden mußte. Was er wußte, war, daß sie ihn gehen ließen, schweren Herzens wohl, denn er hatte sich gut geführt; wer aber würde ihn nehmen, wo es doch allein nicht mehr ging. Für Momente, langanhaltende Momente bemühte er seine Erinnerung, die ihm nicht mehr recht helfen mochte; was sie aufwarf, was sie bot, war eine eigene Geschichte, schon fernab der Bilder, die er bislang, unter Mühen, für sich aufbewahrt hatte; so also ging das, Rückzug bei lebendigem Leibe, und eine neue Welt wurde aufgetan, die unter Schmerzen und mit viel Lug und Trug der anderen, einer wohnlich gemachten und dennoch verwüsteten Welt, über jede Daseinsberechtigung hinaus verbunden blieb. Er kicherte im Schlaf, kicherte, dabei schlief er doch gar nicht, weil er sich unentwegt seine Gedanken machte. Wer also würde ihn nehmen; da blieben nur noch, stand zu befürchten, diese beiden Frauen, vor allem die eine, seine Mutter, die auch die Mutter seiner Schwester war, über die er sich noch in Basel mächtig geärgert hatte; dieses Weib mit dem Sinn für vergebliche Ordnung, dieses ständig plappernde Weib, und doch war er froh, daß es sie gab, denn ihr glaubte er trauen zu können, gerade bei jenen pikanten Gegenständen, die der strikten Verschwiegenheit bedurften, deren er sich – vorsichtshalber – bediente.

Elisabeth die Schwester. Mehr war sie nicht, eben Schwester, und in Basel hatte sie ihm für eine gewisse Zeit den Haushalt geführt. Das erschien ihm nützlich, wenn auch aufreibend, da sein Schwesterweib ein ausschließlich stummes Behagen nicht kannte, auch nicht die Diskretion; sie redete, redete gelegentlich auch mit sich selber, und manchmal sang sie sogar, was noch schlimmer war als ihre Rede. Was sie vortrug, waren einfache Küchenlieder, gelegentlich aber auch Wagnersches Musikgut, das sie intonierte, als gälte es, eine Abstrafung in Töne umzusetzen; dabei sang Elisabeth gar nicht einmal so arg falsch; ihr gelangen durchaus einige bemerkenswerte Harmonien, die aber an dem litten, was ihre Sangeskunst insgesamt kennzeichnete: eine schier unerträgliche, alles durchdringende Lautstärke, die eher aus dem Schlund einer Jerichotrompete zu stammen schien als aus einer menschlichen Kehle. Da gab es auch nichts zu bändigen, nichts abzumildern; dieser Gesang ging durch und durch und endete erst, wenn Pardon gewährt wurde, was immerhin vorkam, denn Elisabeth konnte sehr versöhnlich sein – und dann war Stille, tatsächlich Stille, die aber etwas Gespenstisches hatte, eine maschinenhafte, auf Ablehnung versessene, kaum hörbare Widerrufsschmeichelei, der man als Täter begegnen mußte, nicht aber als Herr oder Hausgast – oder gar als ewiger Patient.

»Aufstehen, Professor!« Echterding steht im Raum, er hat die Hände in die Seiten gestemmt. »Man hält es für richtig, dich zu entlassen. Ich meinerseits habe da meine Bedenken ...« Nietzsche erhebt sich; er sieht merkwürdig despotisch aus: einerseits stehen ihm die Haare zu Berge, ungebändigt wie nach einem wüsten Traum; andererseits wirkt er wie aus dem Ei gepellt, denn er hat sich am Abend zuvor bereits in seinem Ausgehanzug ins Bett gelegt, festen Willens, sich nicht unnütz zu wälzen, damit er den Morgen danach in gepflegtem Zustand beginnen kann, äußerlich schon einem vornehmen Mann ähnlich, der nur zu gut weiß, was sich gehört. Der Anzug hat tatsächlich kaum Schaden genommen, ein paar Falten vielleicht, aber die lassen sich ohnehin nicht vermeiden, wenn man gut gekleidet sein möchte und sich dennoch bewegen muß.

»Wie gesagt: Ich habe da meine Bedenken!« Echterding kratzt sich den Kopf, seinen von früh bis spät stramm einpomadisierten Schädel, auf dem die Haare anliegen wie Butterbesteck. Da kann jetzt ruhig Wind kommen, ein innerer Sturm gar; Echterdings Haupthaar klebt fest, eine Matte, die deckt, und dies für alle Zeiten. »Sieh doch mal, Professor: Es ist dir hier gutgegangen, so gut, wie schon lange nicht mehr. Ich kann das beurteilen, wo ich euch doch alle kenne, euch Eingelieferten. Ihr blüht hier förmlich auf, denn was wir mit euch veranstalten, ist ein Lebensersatz, der sich selber trägt. Ihr werdet behandelt, wie ihr's verdient – wer von den Ausgelieferten draußen kann das schon von sich behaupten?«

»Ich könnte noch bleiben, Herr Heinrich«, sagt Nietzsche. »Aber man läßt mich nicht. Sie sollen jedoch wissen –«

»Draußen geht ihr vor die Hunde, allesamt«, sagt Echterding. »Wißt ihr denn noch, wie das Leben ist, das wirkliche Leben, das jetzt modern geworden ist. Man ist jetzt modern, Professor, und was das bedeutet –«

»Verzeihung«, sagt Nietzsche. »Aber Sie sollen wissen, Herr Heinrich, daß Sie nichts Unrechtes an mir verbrochen haben. Es ging mit Ihnen, es ging, und wenn man sich an das erinnert, was kommt, dann könnte man wohl meinen: Sie haben es gut gemeint ...«

»Da draußen die Welt«, sagt Echterding und sieht sehr versonnen aus, »da draußen die Welt – eine hochmoderne Angelegenheit. Man rast nur noch umher, hechelt und hetzt; elektrische Bahnen, Reisen unter Dampf, und was die Ärzte jetzt so alles entdeckt haben, wo die hineinschauen können, da macht ihr euch keinen Begriff davon. Sogar in die Seele schauen die jetzt, in die Seele, denn die hat man bewiesen, ein großer Schacht, in dem alles aufbewahrt wird, alle Gedanken, alle Ferkeleien, ein großer Schacht ist die Seele, und in die schauen die Ärzte jetzt hinein wie in dein Herz.«

»In mein Herz?« sagt Nietzsche. »Das lasse ich nicht zu. Es gibt doch noch eine Würde, Herr Heinrich, auch wenn sie modern sein mag ...«

»Für euch Triebtäter wird's jetzt schwerer«, meint Echterding, und er freut sich an dem, was er sagt. »Einen modernen Arzt könnt ihr nicht mehr reinlegen, der sieht gleich, was euch so umtreibt, dieser ganze dunkle Wahnsinn, da muß man nicht mehr rätseln, sondern der steht euch jetzt förmlich auf die Visage geschrieben.«

»Nie gegen mein Herz«, sagt Nietzsche. »Diese Schweinehunde. Sollen sie mir in mein donnerndes Gesäß schauen, sollen sie, aber nie gegen mein Herz ...«

»Du meinst: nie in dein Herz«, sagt Echterding. »Sie können es aber, sie können in dein Herz schauen und herausreißen können sie es auch, Professor –«

»Nie gegen mein Herz!« sagt Nietzsche. »So viel Schweinernes, aber ich sterbe mit Anstand. Sollen sie doch, die Hunde, sollen sie, und ich schieße aus meinem donnernden Gesäß. Das gibt Verluste, Herr von Heinrich, moderne Verluste.«

Er hatte Elenor, die ihn fast verloren hätte, doch noch verabschiedet. Davontanzen durfte sie ihm nicht, was sie auch wohl nicht wollte, denn manches mußte ihr schon klargeworden sein; ihm gehörte sie jetzt, das war liebesüblich, zumal das Schicksal ihnen das Jawort förmlich aufgedrängt hatte. Was so zusammengefügt wird, bekommt man nur mühselig auseinander; Liebe auf Erden, Scheidung im Himmel, aber bis dahin war es noch weit. So war er, nachdem ihm eine ältere Dame, die ihn stark an eine andere ältere Dame erinnerte, wieder auf die Beine geholfen hatte, in den organisierten Frohsinn zurückgesprungen, hatte auch gleich wieder seinen Tanzschritt gefunden, kein Störenfried mehr, der ihn belästigte, kein Sternburg, kein Willi, die mußten jetzt alle selber sehen, wo sie blieben, blieben ohne ihn, der sich als ihr lichtstarkes Leitgestirn bewährt hatte; hatte er das? Natürlich, von ihm konnte man doch lernen; was er alles wußte – Gewißheiten, denen nicht einmal trittfeste Ahnungen vorweggegangen waren –, und Elenor befand sich in Reichweite, er sah sie, die Hexe, etwa zehn Meter voraus, längst wundgetänzelt, und ihre Maske, an die sich außer ihm noch keiner gewagt hatte, was nur zu begrüßen war, saß noch immer fest. Er schwitzte in seinem inzwischen verschmutzten Straßenanzug, aber das nahm man hin, denn dieses Licht stand noch immer über der Stadt – ein Licht, in dem er straffällig wurde, was nichts anderes bedeutete als die zwanghafte freie Wahl – und den Beginn einer weiteren absonderlichen Reise. Elenor drehte sich um, lachte; er sah das durch die Maske hindurch, und da hatte er sie schon wieder am Arm. »Komm«, rief er. »Jetzt ist alles zu spät!« Das sollte ein Scherz sein, denn in Wirklichkeit fing ja alles erst an; nichts war vorbei, gar nichts, weder das Leben noch die Liebe, und auch die Schmerzen blieben. Von hinten bekam er einen Stoß, so daß er nun in einen Schnelltanz geriet, einen Basler Läufer; er fegte über das alte Kopfsteinpflaster, Elenor noch immer an seiner Seite; seine Schuhe, zwar keine Tanzschuhe, aber doch stabile deutsche Gehhilfen, sprühten Funken. Sie nahmen Tempo auf, halsbrecherische Fahrt, die ein wenig, wie's schien, aus dem Ruder geriet, denn da gab es fast gar nichts mehr zu bremsen, nur noch Funken unter den Füßen und das jetzt doch ängstliche Bestreben, Kurs zu halten. Die Reihen teilten sich, einige Narren schauten schon entsetzt, aber mit der sogenannten Musik, diesem wahnwitzigen Pfeifen, wollte keiner aufhören; so jagten sie an die Spitze, ließen den Fasnachtszug alsbald mühelos zurück, und Elenor hatte Angst, das spürte er. Sie klammerte sich an ihm fest; dabei hatte er doch selber Angst, ein Mann konnte das ruhig ein- oder zweimal im Leben zugeben. Der Wind, vorher kaum spürbar, war längst zum Fahrtwind geworden, eine unnachgiebige Brise, die ihm das blanke Wasser in die Augen trieb und Elenor sogar die Maske wegriß, ohne Warnung, und da sah er sie, die er jetzt innig umfaßt hielt, wie sie war, ein junges Mädchen, eigentlich noch keine Frau, unbeschreiblich schön, und sie weinte. Er küßte ihr die Tränen von den Augen, das machte er gut, denn dabei hielt er noch Kurs mit seinem sprühenden Eisenschuhwerk, wollte, daß diese Seelenfahrt vom Unbekannten ins bekannte Terrain zurückführte, dorthin, wo er, den bisher gehegten Mutmaßungen nach, zu Hause war. Fast wären sie aus einer Kurve getragen worden, die sich zwischen zwei alten Kirchen auftat, aber eben nur fast, denn mittlerweile konnte er mit der atemberaubenden Geschwindigkeit umgehen, die machte ihm keine angst mehr; er hatte Elenor an sich gedrückt, und es war jetzt fast, als ob sie Paarlaufen übten auf dem Röckener Teich. Die Sonne stand hoch am kalten Himmel, was für ein Winter, in den sie geraten waren, ein göttlicher Winter, der sogar seine Mutter noch einmal hinter dem Ofen hervorgeholt hatte; sie stand am Ufer, winkte und schrie, kein Mensch wußte, was sie wollte. Vielleicht, bestimmt machte sie sich Sorgen; zum einen, weil man einbrechen konnte im Röckener Teich, in dem gleichwohl, seit Menschenbesinnen, kein Mensch mehr weggesackt war, aber man wußte ja nie; zum andern wohl, weil sie das Mädchen an seiner Seite störte, das sah sie gar nicht gern, ihr Fritz mit diesem herrlichen, noch so jungen Frauenzimmer, und da kam auch schon die Schwester angerannt, die durfte nicht fehlen; puterrot war sie im Gesicht, schämte sie sich etwa für das, was er tat? Vom Publikum, das sonst noch auf dem Röckener Teich zu sehen war, wurde ihnen inzwischen sogar applaudiert; kein Wunder bei der traumwandlerisch sicheren Vorführung, die sie boten; da hätten auch die seligen Herren Salehow und Rittberger ihre Freude gehabt. Noch immer gestikulierte die Mutter, und Elisabeth, einer aufgeregten Rothenne ähnlich, schimpfte, das war bis aufs Eis hinaus zu hören. Eine unbändige Freude erfaßte ihn; er wirbelte Elenor durch die Luft, fing sie wieder auf, glitt gleich darauf weiter im Rhythmus der Musik, welche vom anderen Ufer des Teichs her gespielt wurde; eine eher tölpelhafte Musik, aber passend zum Geschehen – mit dem

Hammer wurde da der Takt vorgegeben, mit dem Hammer des Herrn, und Elenor, die sehr junge Dame, noch immer an seiner Seite. Elenor strahlte; sie hatte keine Angst mehr, auch nicht vor der zeternden Schwester am Rande des Eises, diesem gluckenhaften, eifersüchtelnden Weib, das jetzt Anstalten machte, selber die Schlittschuhe zu schnüren, die sie sich flugs aus dem Haus, hoch oben vom Boden herab, geholt hatte, wo sie mindestens elf Jahre unberührt geblieben waren. Er lachte bei der Erinnerung daran, wie die Schwester, vor eben elf Jahren, in einem düsteren Winter ihren letzten Sturz getan hatte, einen wahren Bilderbuchsturz auf dem Röckener Teich: Elisabeth die Übervorsichtige war auf putzige Weise kühn geworden; sie hatte einen Axel riskiert, einfach so, einen Axel-Paulsen-Sprung, den sie natürlich gar nicht beherrschte. Der schiere Übermut war's gewesen, schwesterliche Dummheit mit anderen Worten, und sie schnellte in die trübe Winterluft hinauf, ein merkwürdiger Hopser, keineswegs elegant anzusehen, eher wie der Flattersatz einer längst zu schwer gewordenen Rothenne, und man durfte und mußte auf die Landung gespannt sein. Elisabeth kehrte aus den Lüften zurück und setzte derb auf dem Eise auf; allerdings nicht mit den Füßen, sondern mit der Sitzfläche, auf der sie, nachdem die eisige Erde sie wieder hatte, noch einige Meter dahinschlitterte. Der ganze beinhart überfrorene Teich bebte, eine solche seine Grundfesten berührende Landung hatte er in jenem Winter noch nicht mitgemacht, aber immerhin hielt das Eis, und Elisabeth, mit Tränen in den Augen, beendete ihren Flug als Fahrt auf spiegelndem Grund, welche schließlich in der bereitstehenden Uferböschung zum Erliegen kam. Das Publikum, auch damals reichlich vertreten, applaudierte nicht, sondern lachte, und die Schwester zog die Schlittschuhe aus und rannte nach Haus. Dort ließ sie ihren Tränen erst richtig den ihnen gebührenden freien Lauf, und da sie nachtragend war, verbannte Elisabeth ihre Schlittschuhe auf den Dachboden, wo sie ungenutzt blieben, trotz mancher verlockend anmutender Winter, die seither ins Land gezogen waren. Jetzt allerdings schien sie tödlich entschlossen, noch einmal rückfällig zu werden, die Schwester, denn sie hielt die Schlittschuhe bereits in der Hand; ob die ihr überhaupt noch paßten? Er hatte mittlerweile an die fünfundzwanzig Bahnen gezogen, dabei Elenor etliche Male über die Schultern geworfen und wieder aufgefangen; sie fuhr auch den Klingentaler Kreisel, bei dem sie, wie hingegeben liegend und von ihm gehalten, ihr ganzes süßes Gewicht aufs linke, anmutig ausgestreckte Bein verlagerte und eine Spur nach der anderen um ihn herumzog. Auch das sah vortrefflich aus, aber dann mußte er wohl für einen Moment unkonzentriert gewesen sein, denn er ließ sie los, gänzlich unbeabsichtigt natürlich, und sie entglitt seinen Händen. Sie versuchte sich noch zu fangen, schaffte es auch, sich halb aufzurichten, so daß sie schließlich als hockende Schönheit direkt auf jenes Ufer zufuhr, an dem Mutter und Schwester warteten. Er sah, daß nun Gefahr im Verzuge war, und er jagte ihr nach. Kurz vor der Böschung erreichte er sie, fing sie auf, konnte jedoch nicht mehr verhindern, daß sie strandeten; er stürzte, Elenor fiel direkt in seine Arme, und so lag sie, ein wenig erschrocken vielleicht, auf ihm, bis sich Elisabeth zu ihnen herabbeugte, die zornesrotwangige Schwester: »Hörst du«, zischte sie. »Nie mehr mit diesem Weib, Bruder, nie mehr. Verstehst du mich. Nie mehr – das Weib!«

»Auf, Professor!« ruft Echterding und schlägt ihm ins Kreuz. »Laß dich nicht so hängen. Was stierst du zur Erde, oben spielt die Musik.«

»Verzeihen Sie, Herr Heinrich«, sagt Nietzsche. »Ich habe Schönes gedacht; bemerkenswert – wahr und von früher her. Das kann wohl so kommen ...«

Sie erreichen den Aufenthaltsraum, und nun geht es wirklich dem hiesigen Ende zu. Alle sind da, aber im Grunde ist niemand zu sehen. So sucht er sein Auditorium, hat es schließlich fest im Blick. Echterding schiebt ihm einen Stuhl zu, auf den er steigt; da oben ist die Luft, herübergeweht noch von dem kürzlich erlebten Winter, einsam und kalt. Er schaut jetzt über alle hinweg, das muß so sein, und die anderen haben mehr davon – der Baron Friedrichsfeld, Hugendubel, der noch immer Pommerenke so elendig ähnlich sieht, Hornickel, den Heinrich der Löwe persönlich zu handhaben weiß, während sie ihm zuhören; zumindest geht er davon aus, daß sie ihm zuhören, auch wenn er keinerlei Reaktionen verspürt. Aber dafür ist vielleicht auch schon die Luft hier oben zu eisig; er steht bereit, und Mutter und Schwester haben das Ufer verlassen; sie trollen sich, seiner Not und Stärke gehorchend, denn für das, was kommen wird, fehlt ihnen das Verständnis. Was Fritz ihnen, gerade auch ihnen, zur Rede bringt, artet in Philosophie aus, in blanke, dazu noch selbstgehegte Philosophie, für die er ganz alleine verantwortlich zeichnet – und das ist unnötig komplizierend, eine erneute Einübung in die Verwirrung des Denkens und lauernd-nachstellende Begehrlichkeit.

»Ihr meine Freunde«, ruft er. »Ihr meine Freunde. Gesorgt habt ihr für mich, ohne mich je wahrzunehmen, und deswegen will ich euch danken. Ich vergelte es euch, indem ich, zum letztenmal für lange Zeit, die Früchte meines Nachdenkens unter euch bringe. Fangt sie auf, und es soll euer Schaden nicht sein. Ihr Wurstmacher, Bettnässer, ihr Schalengeschöpfe, ihr feinen verletzlichen Menschen, was hätte nur aus euch werden können, und was hat man aus euch gemacht. Lebt ihr noch, oder seid ihr längst ausgeliefert, was aber nichts anderes heißen könnte, als daß ihr noch dasein dürft und die Möglichkeit findet zur Vernichtung der einen alles umspannenden Qual. Bedenkt tatsächlich, daß dies noch möglich ist: Eines freien Morgens, nach einer der üblichen grauenvollen Nächte, springt ihr von eurem Lager auf, und ihr steht da wie Zarathustra vor seiner Höhle, glühend und froh, wie die Morgensonne, die aus den dunklen Bergen kommt. Und ihr seht diejenigen, die es gut mit euch meinen, und ihr sagt: Das sind nicht meine Gefährten, diese sogenannten höheren Menschen; Höhere als sie müssen kommen, Hochgemutere, Freiere – lachende Löwen müssen zu uns kommen, denn was geht uns all dies wunderliche kleine Elend an? Und wie der Herr Zarathustra würdet ihr weiter sagen: Wer soll der Erde Herr sein? Diese da, diese sogenannten höheren, selbsternannt-besseren Menschen wahrhaftig nicht; eher zerschlüge ich sie mit meinem Hammer, denn ich selber bin der Hammer, der Hammer des Herrn. – Und während sie vor euch zurückweichen, keineswegs mehr sicher, sondern ängstlich geworden, könntet ihr euch sagen: Lieber sollen doch böse mißratene Tiere um uns sein, Tiere, die uns ähneln, als diese zahmen Mißgeburten, und wenn wir frei sind und stolz dereinst, dann sehen wir noch einmal jene Wunder, welche die kaum glaubliche Sonne ausbrütet ...«

Er redete, sah ins Kalte über sie hinweg, aber es kam keine Resonanz; war er denn noch Professor, der seine Studenten betörte, so daß sie ihm wegschliefen unter den Worten, oder was war? So redete er weiter, da sich ja auch kein Proteststurm erhoben hatte, redete weiter und war nun wie der Prediger in der Wüste: »Die Wüste wächst«, rief er, »Wüste ist Hunger, Freunde, ihr längst gezähmten Freundfeinde, Hunger, der nach Leichen scharrt. Ob Quell und Palme sich hier Nester bauen, der Wüste Drachenzähne kauen, ja, sie kauen, denn Sand ist Zahn an Zahn, vielfräßige Pein bringt kinnladenhaft hier Stein auf Stein, reibt ewig hier, reibt ewig –« Er wußte nicht weiter, das war er wohl, der verlorene Faden, und so verbeugte er sich; ruckartig, aber da kam kein Applaus. »Du Stachel Schmerz«, sagte er noch, und zwar ein wenig kläglich, »du Stachel Schmerz, wie weit wirst du mich treiben? Schon hab' ich Himmel umgestürzt – mit neuen Himmeln«, und noch einmal verbeugte er sich, er konnte sie ja fordern, die Zustimmung, fast erzwingen, und tatsächlich rührten sich jetzt einige Hände. Heftig nickend wie ein Kakadu wollte er alsbald vom Stuhl steigen, aber da kam Echterdings Stimme: »Nicht so matt, Professor, nicht so matt. Für deinen Abgang war das zu wenig!«, und Nietzsche erinnerte sich an eine reife Leistung, die er abgeliefert hatte, wann? Er fiel zu Boden, ein nur mühsam aufgefangener Sturz, und er lag am Boden, blutete, was nicht der Rede wert war, denn er hatte ja bereits geredet, und Echterding brüllte: »Wunderbar, Wahnsinnsmensch, wunderbar, so will man dich sehn. Du machst es uns leicht, Professor, machst es uns leicht – zu deinem alle erleichternden – Abschied.«

ZWEITES BUCH

Ein Blick des Glücks

1 Gottes Garten Gernegroß

Am 24. März 1890 wurde Friedrich Nietzsche aus der Universitätsklinik Jena entlassen und in das Haus seiner Mutter nach Naumburg gegeben. Seine Entlassung galt lediglich als Beurlaubung, die, wenn es die seltsamen Krankheitsumstände erfordern sollten, rückgängig gemacht werden konnte.

So war es denn, und es ging; verlaufen hatte er sich schon lange, und nun die Heimatfront, der Krieg fernab, und die Gedanken waren schwerer geworden, wenngleich noch immer bemerkenswert kühn. Die Erinnerungen, Bilder der Seele und ihrer Scheu, Aufsässigkeiten von Trauer und Glück, sie blieben; man durfte ihn nur nicht stören, wenn er sich hingab und sie mit ihm spielten – wie die Ärzte mit Leben und Tod. Und die Schmerzen im Kopf, kaum noch zu beschwichtigen, blieben, aber war er nicht längst auch vergeßlich?

»Fritz. Es ist alles unverändert. Erkennst du dein Zimmer?«

Er wollte nicht reden, nicht jetzt, wo er sich wirklich verwirrt fühlte; so eine Orts-Verrückung, und er hatte doch fast Heimweh. Das Zimmer kam ihm vertraut vor, dies einerseits, aber es war auch eine staubige Bude, dies andererseits, eine Criminalbude, museal zugestellt, und dann so düster, als ob man davon ausginge, daß er das Licht hassen müßte, das Licht, das er angeblich nicht vertrug. Aber was war man schon ohne Licht; nichts war man, ein düsteres Schwein allenfalls, ein halberblindeter Weltenbetrachter.

»Sag doch was, Fritz. Dein Zimmer. Erkennst du es wieder? Wo ich mir solche Mühe gegeben habe ...« Nun ja, sie meinte es gut; was sie eben so meinte, und er nickte, lächelte auch, was früher immer gut angekommen war, und Franziska Nietzsche strahlte. Das Herz einer Mutter – und dann ließ sie ihn allein, vorläufig jedenfalls, nachdem sie ihn in den alten Schaukelstuhl gesetzt hatte, in dem schon seinem Vater schlecht geworden war; ruhig sollte man sitzen, nicht schaukeln, wo man doch an Land war und nicht auf dem Meer. Die Mutter sagte ihm noch, er möge rufen, sofort, ohne Umstand, wenn ihm etwas fehle, und natürlich fehlte ihm etwas, aber darüber sprach er nicht, nicht in diesem Zusammenhang, der etwas Verletzliches hatte. Das Zimmer also, ein Kinderzimmer noch, nur eben düsterer, und er hörte die Mutter in der Ferne rumoren, dort, wo vielleicht die Küche war oder der Röckener Teich, der nach dem letzten beinharten Winter sein Eis abgegeben hatte, kurzerhand, und nun in der Frühlingssonne dalag wie ein großer See; man mußte nur die Augen zusammenkneifen, dann verloren sich die umgebenden Ufer und umgaben nicht mehr, sondern wurden zu Dunst, der schließlich Himmel und Wasser zu sich heranholte und im Licht ineinandertrieb. So großartig war diese Landschaft, kaum zu glauben; warum hatte er das nicht vorher bemerkt, war er fast blind gewesen, ein halberblindeter Weltenbetrachter, aber nein, das ließ ja noch auf sich warten. Elenor hatte sich verabschiedet, vorübergehend; sie hatte zu tun, mußte ihrem Vater zur Hand gehen, diesem Dr. Wiel, dem, wie sie sagte, die Sprechstundenhilfe abhanden gekommen war. Der Abschied, ein vorübergehender Abschied, wie gesagt, sie hatten ja noch so viel vor miteinander, fiel ihr nicht leicht; zwar weinte sie nicht, aber sie war kurz davor, das sah er, der sich mannhaft gab und ihren Kummer nicht noch größer machen wollte; so küßte er sie nur, zackig, kurz und knapp, wie ein beschränkter Soldat, und dann ließ er sie gehen; keine Szene, und den Weg zum Bahnhof fand sie allein. Ihr Vater, hatte sie noch erzählt, trug sich mit Veränderungsabsichten; man hatte ihm eine Stelle als erster Badearzt in Steinabad angeboten, einem von privater Hand ins Leben beförderten Kurort im südlichen Schwarzwald, und er, Doktor Wiel, war fast schon entschlossen, dieses Angebot, das man mit einer lukrativen Dotierung verbunden hatte, anzunehmen. Noch aber praktizierte er in Lörrach, und Elenor mußte ihm helfen. Vorübergehend, ganz klar; sie würde zurückkommen, nur wann – Sie hatten nicht darüber gesprochen; er vertraute ihr, ein stillschweigendes Gewährenlassen – und zudem die Gewißheit, daß sie nirgendwo anders etwas Vergleichbares finden konnte; dieses Leben mit ihm, ein klammheimliches, nie ausgeforschtes Abenteuer.

Er schaute zum Himmel; jetzt saß sie längst im Zug, dachte an ihn und erwehrte sich der Annäherungsversuche lauernder Männer. Wie groß der Teich geworden war, sagenhaft; ein ganzes Meer war ihm zugelaufen, was bedeutete, daß man nun Tage, Wochen brauchte in der Absicht, ihn zu umrunden. Wenn es überhaupt noch Wege gab; vielleicht waren die ja mit untergegangen und verliefen nun, noch immer sichtbar für den Kenner, im sperrigen Grund des so bemerkenswert groß gewordenen Wasserareals. Er ging jetzt aber ganz einfach los, wollte wissen, wie lange er brauchte, um den Teich, der ein See geworden war, höchstpersönlich, im Gang des Geschehens, zu vermessen. Es konnte lange dauern, was ihn nicht schrecken mußte, und er hörte die Mutter in der Küche hantieren; sie bereitete das Essen vor, wahrscheinlich für den Abend, oder war es noch Vormittag; man wurde ja ganz irre in diesem bräunlich verschatteten, nichts herbeilassenden Zimmerlicht. Er stand auf, ging zum Fenster, das er öffnete – so geräuschlos, wie es ihm möglich war; die Mutter sollte nichts hören, sie kam ja immer so schnell auf dumme Gedanken, machte sich Sorgen, die sogar das gänzlich Unsinnige mit einschlossen, den Wahn nämlich, daß er sich das Leben nehmen könnte. Dabei hatte er doch nichts anderes, hatte nur sein Leben, mit dem es freilich nicht mehr so einfach war wie früher. Manchmal dachte er, daß es da eine zutiefst herrische Person gab, einen hochfahrenden Schäfer im Wolfspelz, der sich, obwohl von ihm gut aufgehoben, selbständig gemacht hatte und nun gegen ihn stand, ein Wegelagerer mit arglistig bekannten Zügen. Am Fenster spürte er frische Luft, die sich direkt in sein Zimmer wagte; er stand im Wind, der durchs Dorf blies wie eine versprengte, schwach irrlichternde Brise. Für einen Moment standen die Nachbarhäuser im Weg, aber die schob er weg, und schon war der See herangerückt, schwimmend im Dunst, jedoch bemerkenswert aufgerauht vom Wind, der richtige Wellen warf und an die jetzt sehr langgezogenen Ufer schickte. Ehe er sich's versah, marschierte er; er hielt sich auf dem einen Weg, der nun doch zu sehen war, ein bequemer Weg, der gar nichts Provisorisches hatte; eher durfte man ihn als Schneise betrachten, geschlagen schon für die vielen Touristen, die demnächst in diese Gegend ausschwärmen würden, um ihm, dem bis dahin berühmtesten Sohn des Landes, nachzusteigen. Er lachte; sie kamen, gaben sich Mühe, die meisten jedenfalls – und er war längst tot; ein nunmehr verstorbener Weltenbetrachter, der noch immer nicht abließ. Da half nur ein Museum, ein Präsentationshaus, in dem das, was von ihm übrigblieb, der identifizierbare Rest, ausgestellt wurde, und da wäre er natürlich gern Museumswärter geworden, seine eigene Aufsichtsperson, die sich dazu verpflichtet hatte, keinen Spaß mehr auszulassen.

Es war schön, daß er all das miterleben durfte; wie ein kreuzbraver Beobachter stand er neben sich und beargwöhnte das Leben, dessen Verwüstungen andere zu verantworten hatten. Er war jetzt ein wortloser Mann der Tat, saß in seinem alten Schaukelstuhl und dachte jenen Geschehnissen nach, die zu Bildern geworden waren, zu eigenen Bildern, von denen schon bald die ihn betreffende Sage ging; zu verantworten hatte er nichts mehr, man sorgte für ihn, normalen Gewissens, und er selbst mußte nur noch Sorge dafür tragen, daß die Schatten nicht länger wurden, die sich über seine Beobachtungen legten. Er kniff die Augen zusammen; so groß konnte der Himmel über dem östlichen Seeufer gar nicht sein, als daß er nur Spiegelungen hervorgebracht hätte, schimmernde Miniaturen, die im flachen Wasser neben ihm her trieben; dabei saß er ja noch im Schaukelstuhl, das Fenster noch immer geöffnet, und er hörte die Mutter in der Tiefe ihres Küchenverlieses rumoren. Vögel zogen ihm über den Kopf; früher waren das noch, wie es hieß, scheue Sänger gewesen; jetzt hatten sie sich der Neuzeit angepaßt und jegliche Menschenscheu verloren. Manchmal zuckte er unwillkürlich zusammen, wenn diese faustgroßen Flugkörper wie Steine um ihn herumschossen; er wollte den Kampf nicht, den sie ihm anboten; was sollte er mit solchen Gegnern, die er letztlich nur zu teeren und zu federn brauchte, um sie zur Ruhe zu bringen. Er hatte sich nun sehr genau im Bild, ein mittelgroßer, dunkelhaariger Mann, gewiß kein Schönling, aber ein Mensch, den man anschauen mußte, und das unentwegt. Er fand Gefallen daran, wie er diesem Mann nachging, der er war; das konnte etwas werden; auf gleiche Höhe kam er, überholte dann und sah sich von vorn; kein Zweifel, ein gutes Gesicht, und nur unter seiner vom Vater überkommenen Weste, da war er ein wenig zu dick.

Es klopfte an der Tür. Ausgerechnet jetzt, wo er alles im Blick hatte; das nahm doch seinen Lauf, und warum konnte man nicht von den ganz profanen Störungen absehen. Es war so, daß sich die Entwicklung beschleunigt hatte, ohne an Konturen zu verlieren; dabei ging nichts verloren, im Gegenteil, man konnte mit der Zeit spielen, sie aufhalten in ihrem Kreisgang und zugleich Zukünftiges bestimmen, das sich noch immer Mühe gab, vom Vergangenen loszukommen.

»Ich habe dir eine heiße Milch mit Honig gemacht, Fritz!« sagte die Mutter, die ein Tablett hereinbalancierte, das schon mächtig zitterte. Sie stellte es ab, ungefragt, auf der dunklen Kommode im dunklen Raum.

»Nein!« sagte er.

»Aber Fritz! Die Milch ist gut für dich, gut für deinen Hals, für die Nerven.«

»Dann trink du sie, Mutter«, sagte er. »Nervenmilch, dazu heiß gebrannt, wo du doch zitterst in Händen und Kopf. Und der Honig mit den Bienen, wie Sekt vielleicht, der alte Menschen enthusiasmiert, hört man doch, hört man immer wieder. Für mich jedoch nichts, danke, nur Ruhe, dann Stille, und ich weiß, du kommst wieder, Frau.«

Franziska Nietzsche schüttelte den Kopf. Was hatte sie sich da nur aufgebürdet, und es wurde nicht leichter, keineswegs; vielleicht wäre es doch besser gewesen, wenn sie den Sohn bei Professor Binswanger gelassen hätte, in der Anstalt, wo man wachsam war und seine Leute hatte, fürs Grobe, aber auch für die immer mehr um sich greifende, vom kranken Menschen ausgehende Unverständlichkeit. Das konnten die Anstaltsverwahrer doch alles viel besser – und sie, sie war nur allein; das Herz einer Mutter, und die Schwester, die mit den großen Reden, hatte sich abgesetzt, half ihr nicht, sondern umschwärmte den Mann, den sie zu lieben vorgab. All das eine Schimäre, und eine schwere dazu; einer Mutter jedoch blieben die Pflichten.

»Ich lasse dir die Milch da«, sagte Franziska Nietzsche. »Trink sie, Fritz, oder trink sie nicht.«

»Es wird nichts ändern«, sagte er. »Unter meiner Weste bin ich dick, Frau, ein Schwein, und nur deswegen wollt ihr mich schlachten.«

Das war deutlich genug, fand er, und die Mutter verließ den Raum; eine alte Frau, die Anweisungen brauchte, aber warum nur war sie so mitleiderregend, so rührselig, daß sie ihre Tränen zeigte – Er stand auf, ging ans Fenster; am Himmel jetzt Wolken, sackhafte Gebilde, aufgedunsen, fast frömmelnd herabhängend, und der Wind hatte sich gelegt. Es würde Regen geben, so sagte es die Erfahrung, mit der er sich einstmals sogar wetterkundig gemacht hatte; damals im Jahre 1875, als er kühn genug war, in die Wälder zu gehen und beispiellose Pläne zu schmieden.

Elenor hatte ihm geschrieben: »Lieber, verehrter Freund«, hatte sie geschrieben, »daß ich Sie lieben muß, wissen Sie längst, und so können Entfernungen uns nicht schrecken, zumal der Weltkreis, in welchem wir uns seit einiger Zeit bewegen, erstaunlich klein ist, überschaubar, gemessen an dem, was uns die Nachrichten aus einer vorgeblich großen weiten Welt mutmaßen lassen. Ich vermisse Sie, lieber Freund, aber ich sehe darin keinen Grund zur Trauer; die Distanzen, welche zwischen uns liegen, können wir, wäre es denn gewollt, auf das trefflichste überwinden. Manch einer hat schließlich schon das ganze Deutsche Reich zu Fuß durchmessen, und so werden Sie, das ist ein leichtes, doch mit der Bahn von Sachsen nach Lörrach fahren können, sollte es in Ihrem Herzen danach aussehen. Sie treffen mich allerdings nicht mehr so ganz lange in meiner Vaterstadt an, denn eben mein Vater hat nun die an ihn ergangene Offerte angenommen und wird sich schon bald als Bade- und Kurarzt in Steinabad niederlassen; das ist unterhalb von Bonndorf im südlichen Schwarzwald gelegen. Dort leitet er eine private Kuranstalt, die von einem in der Nähe ansässigen, wohlhabenden Sägereibesitzer begründet wurde. Mein Vater, der auch in Bonndorf selbst noch praktizieren wird, möchte, daß ich ihm bei seinen ärztlichen und therapeutischen Verrichtungen zur Hand gehe; ein Wunsch, dem ich gern entspreche, da der Umgang mit Patienten eine Angelegenheit ist, welche ich gern und geflissentlich betreibe. Wenn Sie mich, Lieber, also besuchen wollen, so sollten Sie vielleicht gleich nach Steinabad fahren, denn dort kann Ihnen geholfen werden, nicht nur von mir, der Sie mich Ihre Herzensdroge sein ließen. Man hält dort auch, wie ich höre, medikamentöse Remeduren für Magen- und Kopfleiden der Art bereit, wie sie von Ihnen gepflegt werden, seitdem wir uns kennen. –

Es ist unendlich warm hier in Lörrach, aber bald wird es gewittern, und das wohl mächtig. Ich erwarte Sie, geliebter Herr, erwarte Sie sehnlichst und grüße derweil – als Ihre sehr zartfühlende und die Zuneigung bewahrende – Elenor Wiel. –

Postscriptum: Sie erreichen das Steinabad, indem Sie von Basel aus bis zum Bahnhof Stühlingen reisen. Von dort verkehrt in regelmäßigen Abständen eine Kutsche. –«

Es war damit klar, daß er demnächst nach Steinabad mußte; die dortige Kuranstalt würde Erfolg haben, dafür sorgte schon Elenor, und er konnte sich, von einem Basler Arzt beispielsweise, eine therapeutische Maßnahme verschreiben lassen, die ihn in den südlichen Schwarzwald brachte, wo er unter heilenden Händen und ihrem liebenden Blick aufwachsen würde zur langerwünschten Besinnung. Jetzt fing es tatsächlich an zu gewittern; ein fernes Rumpeln über Teich und See, die er noch immer nicht umrundet hatte, weil er gestört wurde, ein ums andere Mal. Der flimmernde Dunst hatte sich schnell verdichtet, so daß er nun fast poetisch aussah, ein Ensemble von immer dunkler werdenden Wolkenbänken, welche sich träge ineinanderschoben. Vom Wind nichts mehr zu spüren; er lag darnieder, und fraglich war nur noch, wann die Stunde des Wasserlassens schlug. Er dachte an den ehemaligen Kollegen Burckhardt, diesen Genialität vorschützenden Welthistoriker, der nach Schweizerart über alle Grenzen hinausdachte, so daß ihm die Welt schließlich auf beträchtliche Uhrengröße zusammenschnurrte; ein Kosmos für den Taschengebrauch, und den jungen Professor wunderte es dann gar nicht mehr, daß der Kollege sich beim Wasserlassen so erschrecken ließ. Es grollte, ein Rumoren direkt über dem Dach des Altphilologischen Seminars, das die meisten Studenten heute nur deswegen nicht verließen, weil es ein Gewitter geben würde. So hörten sie ihm zu, leidgeprüft, aber noch immer hatte er kein Mitleid mit ihnen. Keiner verläßt den Saal, dachte er, das muß ausgenutzt werden. Er redete, redete auf sie herab, das waren die Vorzüge seiner Profession, eine solide Bezahlung und diese boshafte, kaum gesicherte Gelehrsamkeit, mit der er Beispiele geben konnte, an denen die anderen sich verwirren mußten.

»Blicken wir nach vorn«, sagte er, »Sie, meine Herren, und ich, und wir sehen, sehen wir nicht Jahre der Genesung, vielfältige Jahre voll bunter und schmerzlich-zauberhafter Begebnisse, von denen die Gesunden, die Vierschrötigen des Geistes, ebensowenig etwas begreifen und riechen dürften wie die Krankhaften, die Verurteilten, die zum Tode und nicht zum Leben Vorherbestimmten. Ein Sommer kommt, vielleicht der Sommer des Jahres 1875, aber bis dahin, meine Herren, haben wir uns möglicherweise noch gar nicht gefunden: Dafür jedoch bin ich tapfer unterwegs, und Sie mit mir, hoffe ich, wenn Sie denn nicht schlafen, röchelnd und grunzend vor Trägheit, und ich prüfe tausend Dinge und Menschen, an denen ich vorbeikomme, prüfe, ob sie nicht zu mir gehören oder gar etwas von mir wissen. Sie kennen das Spiel: Ich weiß etwas, was du nicht weißt, aber in Wirklichkeit ist das ja gar kein Spiel, sondern eine Schlacht, ein Gemetzel für den Stand hochfahrender Bildung. Ich werde also unterwegs sein, meine Herren, einige Jahre vielleicht, vielleicht auch Jahrzehnte; ein denkwürdiges Dasein im Freien – möchten Sie da nicht, die Sie zur Boshaftigkeit neigen, meine Herren, möchten Sie da nicht ein solches Dasein sogar mit der Freistunde des Gefangenen vergleichen, seinem Kreisgang im ummauerten Hof, über dem wie zum Hohn noch immer ein Stück Himmel zu sehen ist? Es wird jedoch Überraschungen geben, dessen bin ich mir sicher, meine Herren; Neugierde etwa, die Neugierde auf mehr, ein verwinkeltes Dasein, das sich selber erhöht; Wegzeichen des Glücks, ahnende Schauder, lachen Sie nicht! – und ein Ausruhen in der Sonne, das gewiß, dazu Zärtlichkeiten wie selbst erdacht – und zudem, oft genug und als solche bedauernswürdig, diese harte innere Stimme, welche mir wieder und wieder befiehlt: Fort von hier, Freund, Wanderer, wer auch immer du einst sein magst, fort, fort, denn es sind noch viele Meere und Länder für dich übrig, und wer weiß, wem du noch begegnen sollst. Ich weiß es jedoch, meine Herren, weiß es längst, denn wie ich Ihnen beizubringen versuchte, vergeblich wohl, wie es scheint, gibt es eine Bestimmung, eine Art Vorsehung, die das Glück nicht nur schafft, sondern am Leben erhält, und so gerate ich vorwärts, ein Mann, der heute noch zu Ihnen spricht und morgen schon verschwunden sein kann – und es wird Sommer werden, ihr unglücklichen Gestalten, Sommer, versteht ihr, Sommer, und es erheben sich keine Zweifel und Widerworte mehr, denn dann – ist ja längst alles gesagt.«

Jawohl, mußte er noch sagen, so war es, sollten sie denken, was sie wollten, und er wiederum dachte daran, daß ein Gewitter ein Gewitter war, da konnte manches passieren, einschlagende Blitze etwa, umstürzende, gar gespaltene Bäume, entfackelte Dachstühle und, nicht zu vergessen, der gute alte ohrenbetäubende Donner; danach hörte keiner mehr etwas, auch die Mutter nicht, denn die war ohnehin schwerhörig, wenn sie wollte. Sie hatte sich, Mutter, eigentlich unbemerkt von ihm, wieder herbeigeschlichen, stand nun im Zimmer, vermutete wohl, daß er schlief, aber er schlief ja nicht, dazu hatte er keine Zeit. Den See hatte er noch nicht umrundet, wußte auch nicht, ob er noch dazu kommen würde; er mußte Elenor nachfahren, in den großen Sommer hinein, den man für ihn geplant hatte, eine Mutprobe zweifellos –

und ein Wahrheitsfest für die Liebe. Sein Mütterchen schlich auf Zehenspitzen zum Fenster, als wenn er das nicht merken würde, er, der mittelgroße, noch so erfreulich junge Mann mit den schönen Augen und dem etwas derangiert wirkenden Schnauzbart, er hatte sich jetzt wieder im Blick, tadellos, hielt still in der Mitte eines einträchtigen Bildes, das er selber beherrschte, und die Mutter schloß das Fenster, während es schon anfing zu regnen und die Blitze auf angenehme Weise das Halbdunkel erhellten. Der Donner brach über das Haus hinweg, das aber schon Schlimmeres erlebt hatte, und auch der Wind, der jetzt aufkam, war nicht übertrieben beeindruckend. »Was für ein ausufernder Tag«, sagte er, als die Mutter schon fast wieder an der Tür war, »was für ein herrlicher, ruhiger, zur Besinnung einladender Tag, Frau, und man hört und sieht nichts, alles so mausestill. Wollen wir nicht im Hausgarten speisen, bei diesem Wetterchen, Frau, der Hausgarten, in dem ihr, die Schwester und du, den Vater vergraben habt; war denn im Keller kein Platz mehr für ihn, den armen, am Kopf kranken Vater, aber ich will ihn ja nicht mehr ausschachern, nicht jetzt, allenfalls nie, will das nicht mehr, bin aber da, hochgespornt, gerüstet, unbemerkt von den Schacherern, Frau, die du, wie auch mich, nicht betrügen kannst, und das bei deinem erwiesenen Geize; der Garten, Hausgarten, wir essen Schweinernes, Schweinsblasengefülltes, aber keine warme Milch mehr dazu, pfui Teufel, sondern Bier, bräunernes Bier, und ich sehe alles, denn es ist erbrochen und feist, ist mein, auch unter der Weste, meiner Hausweste, alles erbrochen und feist, ist mein, und ihr laßt ihn, laßt ihn mir doch, meinen Garten, den Gottes Garten Gernegroß.«

2 In die sehr lüsterne Hölle

Franziska Nietzsche hatte sich auf die Veranda gesetzt, nicht in die Sonne, sondern unters Schattendach, und sie schrieb einen Brief an den fernen Herrn Overbeck, der sich immer wieder, jedes Quartal gewiß, nach dem Zustand des armen Herrn Sohnes erkundigte; er war ja Theologe, und als solcher, wenn eben auch fernab residierend, in der feindseligen Schweiz, mußte er wissen, was Mitleid war. Das Herz einer Mutter, er konnte sich hineinversenken; zumindest glaubte Mutter Nietzsche das aus seinen Briefen herauslesen zu können. Der Mann meinte es gut, das war sicher, aber helfen konnte er natürlich nicht, allenfalls beten, aber ob das nützte – Zwei dicke Fliegen summten um sie herum, schwärzlich pralle, ekelhaft aufgedunsene Kreaturen, die sich auch durch fuchtige Bewegungen nicht verscheuchen ließen. Es war warm in Sachsen, besonders in Naumburg, und dann diese Trockenheit; Bürgermeister von Sternburg hatte schon öffentlich zum Wassersparen aufgerufen. Die wenigen Teiche, die es noch gab, flimmerten im Dunst; sie drohten auszutrocknen, hatte Sternburg gesagt, nun ja, ganz so schlimm war's wohl noch nicht, aber wenn man in dieser frühsommerlichen Hitze die Augen zusammenkniff, was eigentlich ganz unwillkürlich geschah, dann sahen die Teiche wie Seen aus; weit hingestreckte, meerhafte Pfützen, die aus ihrer Tümpeligkeit herauswuchsen, bis sie in den stets milchigen Himmel übergingen, aus dem kaum noch Wasser fiel; von einem Gewitter mal abgesehen, das vor Tagen, sehr überraschend, auf Naumburg herniedergegangen war und immerhin, für eine Viertelstunde etwa, Regen gebracht hatte, dazu Wind, der ein paarmal durch die Straßen blies und dann erschöpft zum Erliegen kam.

Ihr Fritz war oben im Zimmer, in seinem Zimmer, saß in

Vaters, seines Vaters Schaukelstuhl und schaute aus dem Fenster, aber genau konnte man das nicht feststellen, fand sie, denn sein Blick ging überallhin und nirgends, ein durchdringender Blick zwar, aber auch seltsam fahrig, so als ob er, das Seelentier, seinen Augen zu viel zumutete und er sie nicht mehr zu halten vermochte; einem zittrigen Schützen gleich, der nur noch mit Schrot schoß, weil er auf die Streuwirkung vertraute. Er redete nicht viel, der Fritz, redete eigentlich gar nicht, und gerade deshalb konnte sie vermuten, daß er etwas vorhatte; sie kannte ihn doch, ihren Sohn, kannte ihn von früher, aber was zählte das schon, sagte sie sich – jetzt. »Verehrter Professor Overbeck«, hatte sie geschrieben, »Sie haben sich, wie so oft schon zuvor, nach dem Befinden meines Friedrich erkundigt. Nun, sein Äußeres ist gut, ebenso sein körperliches Befinden; ich möchte fast sagen: normal zu nennen, aber sein lieber herrlicher Geist verarmt immer mehr, dabei hat doch sein ganzes Wesen etwas so Rührendes. Heute zum Beispiel, und eigentlich ist es so einen Tag um den andern, heute ist er meist still und zum Schlafen geneigt, doch wechselt auch dieses, während er morgens, von vier Uhr früh an, viel lebhafter ist, wie ein Huhn auf der Stange, und abends dann, etwa gegen halber acht, fallen ihm schon mal die Augen vor tiefer Müdigkeit zu, ja, und in seinen Äußerungen gegen mich ist er dann besonders zärtlich. Überhaupt, wenn ich ihm meine Hände auf die Stirn lege, sieht er mich dankbar an und sagt: ›Du hast eine gute Hand!‹; ebenso liegt er manchmal neben mir auf dem Sofa, wenn ich ihm am Tische vorlese, und er hält da meine rechte Hand stundenlang fast krampfhaft auf der Brust, und man fühlt, was ihm das für eine Freude und Beruhigung ist. Auch sieht man, das heißt: ich, das arme Kind mit so inniger Liebe an, sieht es doch an!, und dann sagt er, und das oft, Herr Professor: ›Meine Mutter, du hast eine gute Sache, eine gute Sache in deinen Augen ...‹«

Der Sommer des Jahres 1875, manche mußten es ja noch wissen, dachte er, war von merkwürdiger Beständigkeit. Er brachte dumpfe Hitze auf, aber auch heftige Regenfälle, nach denen die Erde dampfte. Der Wechsel zwischen kleineren Schön- und Schlechtwetterperioden, der diesen Sommer kennzeichnete, hatte etwas derart Verläßliches, daß sogar die Meteorologen, von denen es damals noch nicht so viele gab, aufmerksam wurden und zu rechnen anfingen. Besonders im südlichen Schwarzwald, einer in jenen Jahren bereits zunehmend vom Tourismus heimgesuchten Gegend, konnte man fast Wetten darauf abschließen, daß nach drei Tagen Sonnenschein eine Regenzeit von sechsundzwanzig Stunden folgte; die Meteorologen hatten das errechnet.

So war das damals, soweit der offizielle Bericht, aber jetzt durfte er sich nicht mehr stören lassen; die Mutter war nicht zu hören, gut so, und er saß in seinem Schaukelstuhl, den er kaum bewegte, keine unnötigen Bewegungen, nicht jetzt, denn er hatte ja wieder alles im Blick. Ein sehr eigenes Bild, mit einem Schimmer durchsetzt, in den Farben nicht sicher, was aber wohl am Wetter lag, an der auftreibenden Schwüle dieses Sommers.

Er sieht sich selbst, nur unwesentlich verändert; ein Mann, noch nicht beherrschend, das nicht; ein Mann, der im Rahmen bleibt, ein Fremder, den er zu kennen glaubt wie keinen zweiten. Es ist der 16. Juli 1875, gewiß, er weiß das, und am Bahnhof Stühlingen im südlichen Schwarzwald trifft, aus Basel kommend, ein Zug ein. Vier Leute steigen aus, mehr nicht; ein älteres Ehepaar, eine Dame unschätzbaren Alters und ebenjener dunkelhaarige Mann, der sich jetzt auf dem Bahnsteig reckt und streckt, so als habe er gerade eine vielstündige Reise in zu engem Behältnis hinter sich gebracht. Er schaut sich um, der Mann, geht auf und ab, während die anderen Reisenden sich auf eine bereitstehende Postkutsche zubewegen. Es ist drückend heiß; die Sonne steht hoch am Himmel, über den aschfeine Wolkenfähnchen verlaufen. Der dunkelhaarige Mann, er ist übrigens Professor und heißt Friedrich Nietzsche, könnte etwa Mitte Dreißig sein, wenn man ihn so sieht, und er sieht ihn ja; seine Haare sind mit Pomade belegt und bilden dennoch am linken Kopfrand, neben dem Scheitel, eine Art Frisierkante, die man auch schlicht als Beule bezeichnen könnte, wodurch der Mann, diesen Eindruck gewinnt man leider, etwas Unausgeschlafenes, leicht Verhocktes an sich hat. Aber das kann auch an den Reisestrapazen liegen oder an etwaigen Sorgen, die sich ihm aufs Gemüt gelegt haben. Nachdem der Mann sich auf dem kleinen Bahnhof Stühlingen die Beine vertreten hat, sucht er die Postkutsche, mit der er weiterfahren kann, um sein eigentliches Ziel zu erreichen, die private Kuranstalt Steinabad. Von einer Kutsche aber ist nichts mehr zu sehen; mit einem älteren Ehepaar und einer Dame unschätzbaren Alters an Bord rollt sie bereits über die vergleichsweise gut ausgebaute Straße in Richtung Bonndorf. Es gelingt ihm, einen Kutscher aufzutreiben, der verspricht, das Gepäck des Herrn Professors noch am gleichen Tag nach Steinabad zu expedieren; ein Ort übrigens, den man auch gut zu Fuß erreichen könne, sagt der Kutscher; für einen Professor mit ordentlichem Schuhwerk kein Problem; allenfalls fünfzehn oder sechzehn Kilometer. Nietzsche nimmt dies erfreut zur Kenntnis. Er zieht seine Jacke aus, eine auffällig grüne Jacke, die wie die Ausgehjoppe eines Försters aussieht, und macht sich auf den Weg nach Steinabad. Die Richtung ist klar: Es geht an der Steina entlang, einem kleinen Flüßchen, das auf anregende Weise vor sich hin plätschert. Er verschwindet in den Büschen; danach ist ihm noch wohler. Die Baumwipfel rauschen; von oben herab kommen ihm Sonnenstrahlen, die durch die Zweige huschen und dann wie Leitlinien glitzernd-schräg über dem Waldboden stehen. Was stört, sind nur die Mücken, die ihn umschwirren. Und eine standhafte Hitze, die schweißtreibend wirkt.

Es war warm, sehr warm auch unterm Schattendach. Franziska Nietzsche hatte den Brief geschrieben, und danach waren ihr die Augen zugefallen. Der Kopf sank ihr auf die Brust; kein Gedanken mehr, es noch ins Haus hinein zu schaffen, zum Sofa, auf das sie sich hätte rollen können wie so oft schon zur spätmittäglichen Stunde, wenn sie nur noch eine sehr alte Frau war, gestraft vom Himmel, der sie nicht beizeiten abberufen hatte wie den selig-schwierigen Gatten, dem die Vorsehung auf das ohnehin schon verwirrte Pastorenhaupt geschlagen hatte, ähnlich wuchtig wie jetzt dem Sohne, der es ihr aber noch schwerer machte, weil er es sich in den Kopf gesetzt hatte, zum Pflegefall zu werden. Franziska Nietzsche war zornig eingeschlafen; sie kannte das: In der Mittagszeit, bevor die Müdigkeit ihr wohltätigerweise zu einem Schläfchen verhalf, befiel sie oft genug eine merkwürdige Wut, die sich Bahn brach in fast rachsüchtigen Gedanken. Sie haderte dann, mit sich weniger als mit der Welt; mit dem Sohn, der jetzt im Halbschlaf sabbernd oben in seinem Schaukelstuhl hockte; mit der Tochter, die immer dicker geworden war und doch noch einen Mann gefunden hatte, diesen unangenehmen Dr. Förster, der den Mund nicht halten konnte, sogar beim Essen mußte er reden, ein Schwadroneur, bei dessen stets feuchten Tiraden es sich empfahl, einen Schirm aufzuspannen. Nein, mit ihr meinte es keiner gut, keiner; was wußten sie schon, diese Eigenverliebten, was wußten sie vom Herz einer Mutter. Sie ließen sie allein mit all ihren Plagen, dachten nur an sich selbst, auch Fritz, der machte keine Ausnahme; nicht mal Mühe gab er sich – die Mühe, gesund zu werden. Vielleicht verstellte er sich nur, der Sohn, wollte dem Zureden entgehen, das hatte er schon früher gemacht; immer hörte er nur das, was er hören wollte. Und unter seiner ganzen Liebenswürdigkeit, den vorgeblich guten Manieren, da lauerte seine Überheblichkeit, die er nicht von ihr hatte, der Mutter, auch nicht vom Vater, obwohl der nicht ganz ohne gewesen war, Karl Ludwig, ein gottesfürchtiger Nietzsche, der sich gelegentlich im Ton vergriff. Sie hatten den Jungen zu früh zum Professor gemacht, dachte Franziska Nietzsche, wo der doch gar nicht reif war, im Herzen reif, meinte sie, diese Schweizer waren entweder zu schnell, was Unreife bedeutete, nichts anderes, oder zu langsam, wofür man sie auf zweifelhafte Weise rühmte. Sie legte den Kopf auf die Arme, die etwas zu weit vorne am Tischrand lagerten; wenn sie jetzt abrutschte, würde es ein böses Erwachen geben. Aber noch schlief sie, grunzte ein wenig und sah aus wie eine alte Frau, die sich ihrer bösen Gedanken freute; warum auch nicht. Der Sohn war überheblich, gar keine Frage, und die Sache im Kopf kam von Karl Ludwig, der sich zum Lebensende hin auf ungute Weise verwirrt hatte; schließlich war er sogar fallsüchtig geworden, hatte in einer Woche drei Treppenstürze hintereinander getan, wovon der vorletzte ebenso ungefährlich wie komisch anzusehen war, eine fast elegant anmutende Niederkunft über die Stufen hinweg, ohne dieselben zu berühren, so wirkte es zumindest, und auch der Lärm des Vorgangs hielt sich in Grenzen. Alwine, die Haushälterin, eine an sich ernste Person, hatte schmunzeln müssen; wann sieht man das schon mal, einen Treppensturz als Treppenwitz, aber Karl Ludwig war dann doch liegengeblieben, er stöhnte und blutete ein wenig am Kopfe. Was sollte man da machen, der Mann war eben gefährdet, wie die Ärzte wußten; er konnte immer wieder fallen, und es blieb ihnen, den anwesenden Familienmitgliedern, nichts anderes übrig, als dem Pfarrer Nietzsche aufzuhelfen und ihm Mäßigung anzuraten, woran er sich aber nicht hielt, denn anderthalb Tage später stürzte er schon wieder, und dieses Mal blieb er liegen, so als wollte er zeigen, daß er auch zu ernsthaften Darbietungen in der Lage war. Seine Frau hatte sich damals noch keine großen Sorgen gemacht, obwohl sie von der ominösen Erbkrankheit wußte, welche die Nietzsches heimsuchte; es kam ohnehin, wie es kommen mußte, und beim Mittagsschläfchen hatte sie sich damals, nach Karl Ludwigs drittem Sturz, ausgemalt, wie er starb, ein würdiger Vorgang, und zurück blieb eine Witwe, die sich einen gerechten Zorn erlauben durfte, manchmal zumindest, einen Zorn auf Gott und die Welt. Franziska Nietzsche murmelte vor sich hin, brabbelte, knurrte; noch befanden sich Arme und Kopf in unveränderter Lage am Rande des Tisches; sie hielt ihre Stellung, blieb ruhig, ganz ruhig an dem, den sie beschimpfte. Diesen Herrn Overbeck etwa, einen vornehmtuenden Schweizer, Professor, aber was hieß das schon; Fritz war schließlich auch Professor geworden, obwohl er damals schon zu berechtigten Sorgen Anlaß gab. Professor – und es hieß auch, daß Overbeck seine Frau betrog, als Theologe wohlgemerkt, und ganz Basel wußte es und hielt dicht. Der Mann hatte zudem die Stirn gehabt, gleich seine Auslagen einzufordern, als er Fritzen nach Basel gebracht hatte; dabei besaß er doch selber genug Geld, wie alle Schweizer übrigens, die reich auf die Welt kamen und noch reicher, und meistens auch sehr alt, starben. Was wußte ein Overbeck schon von der Not einer Witwe; keine Woche wäre er mit ihrer Rente ausgekommen, der Herr Professor, und seine Geliebte wäre ihm schon nach dem zweiten Tag abhanden gekommen, weil er ihr nichts mehr hätte bieten können, dieser phantasielose Mensch, der im Alter von vierzig Jahren noch eine Ehefrau bekommen hatte, unverdienterweise, ein gutes, duldsames Weib, viel zu verzeihend, ein Weib, das eigentlich besser ihrem Fritz, ihrem dämmernden Monstrum, zu Gesichte gestanden hätte, fand sie, aber letztlich ging ja alles ohnehin nur dem Grabe zu, auch die Liebe, die keine Himmelsmacht war, sondern nur unglückliche Irrung, Triebtat, von den Sinnen verleitet, und zu schlechter Letzt war man Mutter, mit dem Herzen einer Mutter, das schon, aber dann doch auch Witwe, und es kam der Tag, an dem ihre Rechnung beglichen wurde – von wem. Franziska Nietzsche seufzte auf; dabei hob sie den Kopf ein wenig, ließ die Arme aber unverrückt, so kam noch immer keine Gefahr auf für sie, und unterm Schattendach kreisten die Fliegen, die sich abgesetzt hatten, nach oben; was sollten sie auch mit einer armen alten Frau, die ihre Pflicht tat, eisern; das konnte sich ein Herr Overbeck, den sie zudem noch als Berichterstatterin bediente, ruhig mal zum Beispiel nehmen, und dann ihre Pflege, ihre aufopferungsvolle, nicht nachlassende, zermürbende Pflege, eine unmenschliche Leistung, dachte sie des öfteren gegen den späten Mittag hin; dafür verdiente sie Belohnung, aber was gab man ihr; nicht mal ein gutes Wort. Dieser theologische Professor würde doch nicht einmal seine Frau pflegen, wenn es die körperliche Not erforderte, nie und nimmer; seine Geliebte vielleicht, aber auch nur solange dieselbe noch schön war und ansprechend für seine gierigen Blicke. Die Mutter aber pflegte den Sohn, das galt manchen Leuten als schiere Selbstverständlichkeit; dabei opferte sie sich auf, gab hin, was von ihr geblieben war, und kaum einer verstand, daß es sich dabei um eine übermenschliche Angelegenheit handelte. Denn Fritz, der Sohn, hatte ja schon längst nichts Entgegenkommendes mehr; er verschloß sich in seiner Krankheit, selbstgerecht und so unendlich maulfaul, ließ sie, das alte Pflegetier, gar nicht an sich heran. War er überhaupt krank, oder stellte er sich nur an, verstellte sich gar, um zu dem werden zu können, der er sein wollte; wer aber war ihr Sohn, nur noch das böse Kind, oder doch wahnsinnig, im Kopfe wund gemacht, verrückt in seinen Sinnen, und was konnte man noch glauben, Mutterherz – wo sie ihn doch täglich sah. Ein Donnerschlag ertönte, oder war nur etwas heruntergefallen, ein Sohn beispielsweise, der aus dem Schaukelstuhl fiel und nun nicht mehr hochkam, weil er eben doch längst auf Hilfe angewiesen war; was machte er ohne seine Mutter, nichts, nur leiden konnte er, still und böse, und im Dunkel des Zimmers funkelten seine Augen. Franziska Nietzsche reckte sich; wie gut tat ihr doch das tägliche Mittagsschläfchen, und danach hatte sie nur schöne Gedanken; ein sanfter Zuspruch, der an sie selbst erging. Fritz wartete, war ja wunderbar auf sie angewiesen; er hatte Hunger und Durst, wagte jedoch nicht zu rufen, das duldsame Kind; was hatten diese Schweizer nur mit ihm gemacht. Wäre er in ihrer Nähe geblieben, der Fritz, Herzensjunge; keine Krankheit hätte ihn erreichen können, schon gar nicht diese Kopf-Geschichte, um die gewisse Ärzte ihr Aufhebens gemacht hatten, so daß der Sohn, welcher schon immer höflich, zuvorkommend gewesen war, sich ihnen fügte; er wollte keinen Streit, schon gar nicht als Gast in einem fremden Land. Franziska Nietzsche erhob sich; sie würde dem Sohn eine warme Trinkschokolade machen und später das halbvolle Glas wieder abholen, guten Gewissens, und vielleicht hatte Fritz danach Lust, auf dem Klavier zu spielen. Für einen Moment, fast betäubend, streifte sie ein Luftzug, eine merkwürdige Brise, wie durch Wälder herbeigeweht; sie glaubte Schritte zu hören auf trockenem Tannenboden, und in der Ferne rief ein Kuckuck. Franziska Nietzsche lachte; daß gesunde Träume so nachhängen konnten, schön eigentlich, wenn man sonst nicht mehr viel hatte. Man müßte Träume studieren können, dachte sie; seine Träume – und seine Gedanken dazu.

Für einen Moment hatte er sich verlaufen, obwohl sein Bild noch stand; es verschwamm ein wenig im Sonnenlicht, kam aber nicht auf ihn herab. Der Kopf schmerzte ihm, ein insistierendes Stechen, das zu den geschlossenen Augen vordrang; sein Herz schlug, das war sicher, und doch fühlte er sich mit einemmal so unglücklich wie einer, der nicht mehr weiß, worüber er noch weinen soll. Auf dem Weg zu Elenor war er, hatte eine Kutsche verpaßt, aber noch immer seinen Traum, und jetzt wurde ihm schlecht vor Sehnsucht; war es das? Er saß in diesem unglücklichen Stuhl, warum hatte man den nicht längst entfernt, ein Möbelstück, das sich auf seine Besatzer auswirkte; der unglückliche Vater, geliebt, gestürzt, gefallen, ein Mann, der sich selber nicht mehr kannte, was für ein dummes Schicksal. Das wollte er nicht nachahmen; er kannte sich doch, wußte seinen Namen, auch wenn ihm der gelegentlich entfiel, aber das war nicht schlimm, sondern allenfalls amüsant. Schließlich mußte er sich ja nirgendwo mehr vorstellen; man hatte ihn fürsorglich versteckt, konnte auch für ihn sprechen, wenn es denn sein mußte, und es mußte wohl sein. Helfen konnten sie ihm nicht mehr, wollten es auch nicht; schließlich war auch der Vater ganz ohne Hilfe gestürzt, hatte sich zwar mehrfach noch erhoben, um dann doch liegenzubleiben, für immer; ein Gefallener, unangenehm gläubig bis zuletzt, ein Christ, der es trotz seiner mit den Jahren angesammelten Wut nie vermocht hatte, den Herrn Gott, seinen nimmermüden Peiniger, zu verfluchen. Da war der Sohn aus anderem Holze geschnitzt; er hatte dem Herrn Gott eine Anklageschrift überreicht, an der er noch immer las, an der er kaute, der alte Wiederkäuer, verständnislos vermutlich und auf Rache sinnend. Er wollte sich erheben, raus aus dem teuflischen Stuhl, aber diese Bewegung, selbst bei vorsichtigster Durchführung, hätte sein rachsüchtiger Magen, der auch, nicht mehr mitgemacht, es wäre ihm gekommen; und was würde dann wohl die Mutter sagen, altes Weib mit guten Augen, bei einer solchen Schweinerei auf dem Boden. Er hörte die Mutter auch schon, sie tappte unten im Erdgeschoß umher, ein nunmehr fröhliches altes Weib, das sich erholt hatte nach dem obligaten Mittagsschlaf; jetzt heckte sie wieder ihre Wohltaten aus, Fütterungen etwa oder die unangenehme Verabreichung heißer Schokolade, die er noch nie gemocht hatte, auch der Vater nicht; wahrscheinlich war er daran gestorben. Ganz vorsichtig stemmte er, der Sohn, sich im schaukelnden Stuhle hoch; noch hatte er es im Griff, und er schlurfte, die Füße kaum hebend, zum Fenster, das er vor Urzeiten geschlossen hatte, weil ja ständig Gewitter gingen, und nun öffnete er es, sehr, sehr behutsam, das Fenster, schaute hinaus, bei sehnsüchtig geschlossenen Augen, hielt seinen geplagten Kopf, den auch, in den Wind, der aus den Bergen herbeiwehte; Schwarzwälder Fallwind, eine Wohltat für entzündete Augen und Herzen. Sein Kopf hatte die Schwere, sicher, aber er hielt ihn oben, schaute; lachte. Alles war so treuherzig und gut; Elenor würde ihm schreiben, während er sich schon leibhaftig an sie heranmachte; seine Liebe, gekonnt – und er kam.

Die Mutter betrat den Raum, Schleicherin, und was sie sah, bereitete ihr kein Vergnügen. Der Sohn jedoch schämte sich nicht, drehte sich auch nicht um; er stand am Fenster, ein notdürftig entblößter Schurke, und als er sich dann doch zu ihr wandte, weil er ahnte, daß sie lauerte, Schleicherin, sagte er nur: »Was für eine Sache, Frau Mutter, es kommt und es geht – und wir eskamotieren uns – in die sehr lüsterne Hölle.«

3 Einmarsch, ein Marsch

»Verehrter Freund! – Es ist jetzt Anfang Juli, noch immer heiß, und ich erwarte Sie sehnlichst, obwohl ich abgelenkt bin durch die Arbeiten, die ich im Namen meines Vaters verrichte, welcher sich hier im Steinabade und auch in Bonndorf, wo er eine eigene Praxis unterhält, trefflich eingelebt hat. Es war eine richtige Entscheidung für ihn, und er ist mittlerweile wieder so voller Leben, daß er, neben den zahlreichen Pflichten, die er zu erfüllen hat, sogar darangegangen ist, mit der Niederschrift eines Buches zu beginnen, eines Diät-Ratgebers, für das, wie er glaubt, in der Zukunft ein großer Bedarf angezeigt sein wird. Mein Vater hat sich sehr auf dieses Thema geworfen; bei Besichtigung der im Steinabad residierenden Patienten ist er sogleich auf die Idee verfallen, daß falsche Ernährung einen großen Teil Schuld an den tatsächlichen oder auch nur eingebildeten Krankheiten ausmachen könnte: Sieh sie dir doch nur an, sagte er jüngst mit Blick auf eine Familie dicker Menschen, die aus Norddeutschland zur Kur angereist ist; sieh sie dir an, ein solches monströses Gebaren ist nicht angeboren, sondern angefressen, mein Kind, und wenn ich ihnen über Wochen jetzt den Saft abdrehen werde, finden sie zurück zu sich selbst, schrumpfen in ihre Ursprünge zurück, ob das nun eine Berechtigung für andere sein mag oder nicht. Mein Vater, Lieber, hat eine spezielle Diät entwickelt, die auch Ihrem Leiden guttun würde, dessen sind wir uns sicher. Ich habe ihm die Symptome geschildert, die Sie quälen, und seine Augen blitzten und leuchteten; es war eine Freude ihn anzusehen, und wenig später schrieb er mir auf, was so etwas wie der alltägliche Speiseplan sein könnte, der Sie hier erwartet. Hören Sie also, Lieber: Sie beginnen den Morgen mit einem Klistier, das Sie sich selber zu setzen haben, mein Vater meint, daß sich das leider nicht vermeiden lasse, aber das Klistier enthalte nur kaltes Wasser, und das wiederum, sagt mein Vater, sei ja frühmorgens über die Maßen erfrischend. Danach, um 7 Uhr, finden Sie sich zu Ihrem ersten Frühstück ein, das aus einem Kaffeelöffel Karlsbader Sprudelsalz besteht; eine Stunde später, um 8, gibt es 80 Gramm Beefsteak, dazu 2 Zwiebäcke. Um 12 Uhr mittags erhalten Sie 80 Gramm gebratenes Fleisch, ohne weitere Zugaben. Sie werden dann in der Lage sein, zu ruhen, mit schönen Gedanken, hoffe ich, denn ich weile ja in Ihrer Nähe; am Nachmittag, Schlag 4 Uhr, wird man Ihnen 2 rohe Eier und eine Tasse Milchkaffee servieren. Sie sollten danach spaziergehen, in den ausgedehnten Waldungen, welche Steinabad umgeben, vielleicht sogar in Begleitung, die Ihnen lieb ist. Um 8 Uhr gibt es Abendessen, das wiederum aus 80

Gramm gebratenem Fleische besteht, allerdings mit Beilage von etwas Gelee. Sowohl zum Mittag als auch zum abendlichen Mahle empfiehlt mein Vater ein Glas Bordeaux, von dem er glaubt, daß dieser, wenn er denn nur durchsäuert genug ist, oder trocken, wie man hier sagt, den Magen kaum angreife, sondern, im Gegenteil, recht angenehm berühre. Die Ernährung aller Gäste im Steinabad hat maßvoll zu sein, sagt mein Vater, und er hat auch bislang kaum Beschwerden gehabt. Die Patienten wissen, was sie an ihm haben, und mögen einige auch, zumal nach mehrwöchiger Behandlung, ausgezehrt wirken, so sind sie doch, wie mein Vater weiß, deutlich gesünder als vorher. Kommen Sie also, Lieber, kommen Sie, und es wird Ihnen geholfen werden. Ich erwarte Sie, mit Sehnlichkeit; mein Herz harrt Ihrer, und ich schaue jetzt schon jeden Morgen der täglichen Kutsche entgegen, die von Stühlingen heraufkommt. Vielleicht aber nähern Sie sich ja auch, großer Wanderer, zu Fuße, kommen durch die Wälder zu mir und stehen dann, erhofft und doch unvermutet, vor mir, gänzlichst zu meinem Vergnügen. – Es ist noch immer heiß, aber gegen Abend kommt oft Wind auf; Fallwind, und dieser Sommer spart auch nicht mit Gewittern, die oft stundenlange Regenfälle nach sich ziehen und doch dampft die Erde wieder, schnell und brütend, denn es ist große Wärme in diesem Jahr, das mir sehr bedeutungsvoll erscheint. –

Ich grüße Sie, mein Freund, innig und mit Liebe. Ihre Elenor Wiel.«

Die Botschaft hatte er noch rechtzeitig erhalten, bevor er weitergegangen war; auf eine genaue Zeit mochte er sich nicht festlegen lassen, aber die Mutter hatte ihre Schokolade abgeliefert; ekelhaftes Getränk, das er umstandslos auf die einzige Grünpflanze befördert hatte, die noch in seinem halbdunklen Zimmer stand, und danach war die Grünpflanze eben nicht mehr grün gewesen, sondern eine verkotete Frucht; Passionsblume auf morastiertem Grund. Die Gewitter, von denen Elenor ihm berichtet hatte, waren verklungen, die Sonne kam wieder zum Vorschein, das alte Zentralgestirn, dem es oblag, die Hitze jenes Jahres und mächtigen Sommers weiterzuspinnen. Er fühlte sich gut, saß im Stuhle, nahezu regungslos; das Fenster hielt er dieses Mal für einen Sehschlitz geöffnet, und vor den Scheiben summten die aufs Ganze lästigen Waldfliegen. Elenors Brief trug er bei sich, alle ihre Briefe hatte er ans Herz gedrückt; sie war so rührend, auch im Vorsatz zu plaudern; eine liebevolle Unbefangenheit, mit Zwischentönen versehen, gewiß, und aus dem, was sie schrieb, konnte man alles herauslesen. Er lächelte; ihr zuliebe würde er sich auch der Wielschen Spezialdiät unterziehen, deren Zusammensetzung ihm eher amüsierend denn heilsam erschien; aber schließlich war er kein Arzt, er hatte es nur zu einer gewissen flüchtigen Versiertheit gebracht im Verlauf seiner Krankheit, deren Symptome ihm mittlerweile so vertraut vorkamen wie das merkwürdige, keineswegs unangenehme Gesicht, das ihm jeden Morgen im Spiegel vorgehalten wurde. An das hatte er sich längst gewöhnt, und alles weitere würde sich finden.

Elenor. Liebte er die Tochter, konnte er auch dem Vater zu Willen sein; ihm durfte er vertrauen, nicht blind allerdings, denn er mußte ja die junge Frau im Auge behalten, das Mädchen, das ihm zur Hand ging. –

Noch während er, vorsichtig, er kann jetzt keine Erschütterungen mehr vertragen, den erneuten Aufbruch gewagt hat, ist er in einen langgezogenen Anstieg geraten, der es in sich hat. Der Waldweg, gar nicht mal so schmal, zieht sich enorm; er gewinnt unmerklich an Höhe, aber er läßt keine Aussichten zu; nur hohe, zum Teil kahle und angefressene Stämme, durch die das heiße Licht fällt. Seltsam unsicher kommt er sich auf diesem Weg vor, was daran liegen mag, daß seine Schritte auf moosigem Grund weitergeführt werden, auch wenn er, wie jetzt, mit einemmal stehenbleibt; der Waldboden vibriert, ein mit zahllosen Rissen versehener Untergrund, auf dem man einbrechen kann. Zudem hat er, Nietzsche, der sich längst seiner Joppe entledigen mußte, Durst; er klettert zur Steina hinab und setzt sich auf einen Rundling im Wasser. Da ihm sein Magen, sein so arg empfindlicher, geradezu kindisch reizbarer Magen, in diesem Moment keine Warnungen zukommen läßt, riskiert er es zu trinken. Er trinkt und trinkt, macht sich förmlich besoffen, und schließlich, das sieht er nun sehr genau, steckt er sogar den Kopf ins Wasser, das gerade hoch genug ist, um einmal über ihn hinwegzuschlagen, was zur Folge hat, daß seine eben noch zackige Frisur in sich zusammenfällt und strähnig wird. Er schüttelt den Kopf, durchaus erfrischt, streicht die nassen Haare zurück; warum muß er eigentlich weiter, wo es doch hier, auf diesem Weltstein, so schön ist; kein Mensch erwartet ihn, nur seine Liebe, der er sich aber, Abschied gebend, jederzeit erklären kann, gerade auch aus der Ferne. Er schaut empor zu dem Himmel, der über der Steina steht; ein feiner Himmel, der sich unmerklich bewegt, und die Sonne, ein Rad, das nicht fällt; heiliger Schein, glühend einst und jetzt kraftlos, denn er sitzt noch immer auf seinem Stein und ist längst wieder stark. Er steht dann doch wieder auf, begibt sich zurück auf den Weg, auf dem er alsbald wieder steigen muß, stetig und steil, und er verflucht seinen Entschluß, zu Fuß gegangen zu sein. Schließlich muß er sich schonen, ein angegriffener junger Professor, der bereits älter aussieht, als er ist; er schwitzt, und in seinem Magen rumort es verdächtig. Im Waldboden sind zudem Wurzeln versteckt, über die man stolpern kann; einmal ist er bereits angestoßen, hat sich jedoch noch halten können; dabei greift er nach hinten und sticht mit dem rechten Bein in die Luft, eine Bewegung zur Belustigung der ihn beäugenden Waldgeister. Da sind auch schon Schritte zu hören; ein schwerfälliges Tapsen. Äste knacken; die Vögel beginnen zu zetern. Ob es im südlichen Schwarzwald noch Bären gibt, denkt er, denn man schreibt ja das Jahr 1875, das den Auftakt bildet für bedeutende Veränderungen; und außerdem ist er Philosoph und Philologe, kein Zoologe wie der Kollege Knup in Basel, der die Tiere besser kennt als die Menschen und demzufolge seine Wohnung in der Spittalgasse mit einer Schlange, zwei sprechenden Haubensittichen und drei Bündner Hirtenhunden teilt, wofür er die ausdrückliche Genehmigung des Dekans und der übergeordneten Behörde besitzt. Ein angenehmer Kollege übrigens, dieser Professor Knup; er hat Nietzsche schon des öfteren gelobt, bei Fakultätssitzungen oder sogar in Gegenwart von Damen, die den deutschen Herrn gern am Klavier sehen, das er zu traktieren versteht wie kein zweiter, mit Phantasie eben; und doch wundert es ihn, daß Knup jetzt die Wälder um Steinabad durchstreift. Er bleibt stehen, die Augen tun ihm weh, aber er kann doch noch erkennen, daß es nur ein Förster ist, der von oben herab an ihm vorbeistapft; dabei grüßt sie nicht mal, diese uniformierte, für die Kontrolle des Waldes verantwortliche Amtsperson. Abwärts stürmt der Mann, mit wütendem Schwung; vielleicht hatte er gerade den Dienst quittiert, ein enttäuschter Oberforstrat, den es zur Umschulung drängt; verfehlte Person, im Gesicht geschminkt, das immerhin ist noch zu sehen, ehe der Waldboden zu beben beginnt.

Er hatte sich kaum bewegt in seinem Stuhl, aber dennoch war ihm das Bild verrutscht; er kam nicht mehr weiter. Zu allem Überfluß lag er auch noch auf dem Boden, der Förster hatte ihn den Abhang hinuntergestoßen. Er versuchte sich an der Truhe hochzuziehen, die neben dem Fenster stand; vergeblich; er rutschte ab und schlug sich dabei die Fäuste ins Gesicht. Jetzt hatte er die Gelegenheit, wütend zu werden, und das wurde er auch, lautlos; auf dem Boden liegend, möglicherweise blutete er wieder ein wenig, gab er dem Furor nach, das war gut, und seine Mundwinkel zuckten; er weinte, herrlich dieses in ihm aufbrandende, alles zermalmende Gelächter. Man hatte seinen Charme gewürdigt, lobte seinen Humor, der, wie sogar die Schweizer sagten, so gänzlich undeutsch war, und wenn er so etwas hörte, so viel an ungenierter Streichelei, dann erklärte er sich sogar bereit, seine Bescheidenheit zu vergessen, für langanhaltende Momente; ein großer Mann wurde nur groß, wenn er großtat. Und was sie überhaupt an ihm liebten, war seine beispiellose Musikalität, seine Improvisationskunst, die er auf dem Flügel auslebte, manchmal genügte auch ein Klavier; da war er sogar besser als dieser treudeutsche Komponist, dieser von sich so himmelhoch eingenommene sächsische Töneeintreiber, ein eigentlich zwergenhaft kleiner Mann, dessen Faszinosum aus seiner rätselhaften Ausdünstung bestand; auf ihn würde er noch zurückkommen.

Es war Abend, der Saal in der Schwyzergasse trefflich erleuchtet; wohlriechende Damen, dazu einige Herren, Professoren zumeist, intellektuelles Gelichter, Kollegen eben – und Knup, der weniger gut roch, wahrscheinlich hatte er vor Festivitätsbeginn noch seine Hausschlange kontaktiert, aber er war guter Dinge, wie so oft, der Mann kannte keine schlechte Laune, eben weil er, wie er sagte, die besten Gespräche mit seinen Tieren führte; Knup also hatte Nietzsche bei der Hand genommen und an den Flügel geleitet, wo er, nur er, das wollten alle, etwas zu Gehör bringen sollte, einen rhapsodischen Exkurs etwa, eine musikalische Reise zu den Quellen der anverwandelten Träume. Er ließ sich bitten, natürlich fühlte er sich auch geschmeichelt; man würdigte seine Talente, sogar in der Schweiz, und er faltete die Hände, nicht weil er beten wollte, sondern weil er sich damit Druck auf die Fingerpartien verschaffte; auf die Geschmeidigkeit kam es an, gerade auch bei einem Improvisationskünstler. »Meine Damen, meine Herren«, sagte er dann, »gestatten Sie mir, daß ich Sie entführe, in eine einerseits heitere, andererseits verfinsterte Welt«, und er schlug ins Klavier, markige, fast drohende Töne, so daß es im Publikum keiner mehr wagte, in ein unangebrachtes Räuspern zu verfallen. »Die ersten Takte«, rief er, das war die Stimmung, die er brauchte, »die ersten Takte, heroisch düster, führen uns den greisen Ermanarich vor, eine ernste, wilde Heldenpersönlichkeit, die auf ihre verrauschten Lebenswogen kalt herabschaut«, und er trieb das Geschehen vor sich her, eine kunstvoll bemessene Jagd in verhangenem Moll, und den beiden Damen, Professorengattinnen natürlich, die ihm am nächsten saßen, stand der Mund offen, so sollte es sein, keiner verließ den Saal. »Die nächsten sechs Takte nur, Damen und Herren«, rief er, »zeigen mehr Lebhaftigkeit und Unruhe, eine leise Freude schimmert durch, erwartet doch der alte Held, der sich noch auf eine ihm eigene Lüsternheit versteht, den Brautzug mit der wahrhaft lieblichen Swanhild, angeführt von seinem Sohn Randwe. Von ferne, hören Sie, klingen die Töne eines nationalen Marsches, der Zug kommt näher. Die Gefühle Ermanarichs steigern sich zu leidenschaftlicher Hast. Ist es Ungeduld, könnten wir fragen, oder gedenkt er, womöglich mit schamhaftem Neid, seines heißblütigen Sohnes? Was ahnt er, was fürchtet er; wir wissen es nicht, aber wir können es hören, denn ich spiele es Ihnen zu, meine Damen und Herren. Ermanarichs stürmische Gefühle verschlingt der immer machtvoller sich aufdrängende Hochzeitsmarsch voll ungarischer Glut und Wucht, hören Sie, und der Zug wogt dem Palaste zu. Swanhild, was für ein Weib, von Jungfrauen umringt, das gehört sich so, geht auf den König zu, und Sie sollten sich dazu Harfenklänge vorstellen, sanftere Töne, als ich sie im Moment produzieren kann, und dann kommt dieser eine, dieser gänzlich unvermeidliche Blick, den der greise und doch noch so leidenschaftliche König mit dem herrlich verruchten Weibe zu tauschen hat. Swanhild erschrickt; daß Liebe so weit gehen kann, und zugleich ist sie lustvoll erschüttert, ein Beben der Angst.«

Er war ins Schwitzen geraten, seine Finger glitten über die Tasten, ohne bislang auch nur einmal abgerutscht zu sein; das durfte man Virtuosität nennen, zweifellos, und er war doch, bei alldem, gar kein ausgebildeter Musikus, sondern ein Philosoph; wenn er spielte, schlug er zu, der Hammer des Herrn, nur kein Mitleid, und er wurde ruhiger, bedochtig, um dann gleich wieder hartes Tempo aufzunehmen. »Das folgende Thema«, rief er, »hören Sie es, Sie hören es; es gehört Swanhild, läßt den Gleichklang der Seelen rumoren, nicht nur anklingen; es spielt ihn aus, ins Unvermeidliche, macht ihn zerrbildnerisch, zugleich lichtvoll, ein grelles und heftiges Wallen, schmerzdurchwühlt, gramumnachtet. Randwe empfindet den Zwiespalt der Verhältnisse, stark und leidenschaftlich, die Zerrissenheit seiner Gefühle und die Liebe seines Vaters, den er in Gedanken schon mal als alten Lüstling gebrandmarkt hat, dabei, wer von uns, Damen und Herren, wer von uns ist ohne Sünde – und der Sohn spürt eine Verbitterung, unheimliche Gedanken durchzucken ihn und ziehen ihn nieder ins Tiefe, stumm fragend ...« Für einen Moment, kaum auszumachen, hielt er inne; er ließ die Hände über der Tastatur, bereit, wieder herabzustechen, und aus den Augenwinkeln sah er, hörte es auch, daß alle gebannt waren; in die Augen der ältlichen Weiber kehrte ein Leuchten zurück, und ihre verschwiemelten Männer vergaßen, daß sie Professoren waren, nur noch das Abenteuer zählte, das Abenteuer des todähnlichen, mörderischen Lebens, dem er die dröhnenden Takte vorgab.

»Weiter also«, rief er, schlug ins Klavier, »von ferne nämlich ziehen die Klänge des Hochzeitsmarsches an uns heran, hören wir sie, heiter und traurig, herb und süß, und Randwe, der Sohn, bricht nun in Wut aus, Sohnes Wut, er flucht und tobt, fast schon stilzchenhaft, wütet, also leidenschaftliche Triolen, impetuoso, meine Damen und Herren, impetuoso, und wir werden bedrängt von seiner Verzweiflung. Seine

Liebe zu Elenor, sagte ich Elenor, verzeihen Sie schon, zu Swanhild natürlich, diese Liebe peinigt ihn, umgibt ihn zugleich mit Sehnsüchtigkeit, und in seinem Zorn erlaubt er sich den Anflug einer zärtlichen, einer sehr weichen Stimmung, so etwa, aber dann geht schon wieder die Erregung mit ihm durch, die Gedanken und Gefühle, hören Sie wohl, jagen sich in ihm, sie stürmen, und noch immer keine Ruhe; ach, was ist der Mensch für ein widerborstiges, gänzlich hilfloses Wesen, wenn er im Taumel seiner Sinne steht. Näher kommt der Hochzeitsmarsch, näher, fürchterliche Klänge, wie Randwe jetzt findet; die Liebe wird zur Qual, wenn sie die Erlösung nicht findet, und Randwe stürmt in den Hochzeitssaal, reißt Swanhild an sich, eine verzweifelte Tat, aber steht sie ihm nicht zu, dem heiratswütigen Sohn; wenn da nur nicht, Damen und Herren, der Vater wäre, noch immer der Vater, kein bißchen jünger geworden, und er nimmt seinen Dolch und wirft ihn nach seinem eigen Fleisch und Blut. Der Sohn bricht zusammen, stirbt er?, wir wissen es nicht; auf jeden Fall hören wir Schreie, durch Mark und Bein gehende Schreie, und Ermanarich, dieser jähzornige Vater, schaut nur, nein, er stiert; das schiere Entsetzen, aber Sie sollten sich nicht fürchten, meine Damen und Herren, denn es ist nur ein Drama, das ich intoniere, so daß Sie hörend sehr wohl sehen können, wie schön schändlich es zugeht in unserem Leben. Außerdem geht es noch weiter, denn wir befinden uns ja im ersten Akt dieses Dramas, sagte ich das nicht, nein; Steigerungen, maliziöse Verstrickungen sind also durchaus noch zu erwarten, während wir noch immer Ermanarich sehen, diesen wie versteinert dastehenden Vater, der seinen eigenen Sohn mit dem Dolche bewarf, das tut kein Vater, sagen Sie zu Recht, und ich möchte hinzufügen: Auch ein König kann sich nicht alles erlauben.«

Seine Finger, die er bislang bewegt hatte wie Ernestino Baggio, Italiens großer Pianist, der aber in Wirklichkeit nur einen

Meter und sechzig maß, seine Finger taten ihm weh, so als zögen schon die Vorboten der gemeinen Pianistengicht durch die abgründig feinen Gelenke, und er ließ sie tänzeln, spielte mit ihnen, hoch über der Tastatur, gab ihnen zusätzliche Bewegung, während er zum erstenmal zur Seite blickte und einen Teil des Publikums ins Visier nahm – alle noch da, schauten, starrten, wunderten sich; ja, meine Herren, er war mehr als nur ein Kollege, das stand auch in den leuchtenden Augen der Gattinnen, und so machte er weiter, ließ nun ein paar perlende Tonfolgen vernehmen, seine Finger spielten wieder mit. »Hören wir«, sagte er, »hören wir, wie der Hochzeitsmarsch einsetzt, noch einmal, nunmehr sehr leise, ängstlich getragen, und es ist der Mut der Musikanten zu bewundern, die nach einer solchen Tat wieder zu spielen beginnen, ohne Zeichen, ohne Aufforderung, denn Ermanarich steht noch wie angewurzelt, aber als er die Musik hört, bricht es aus ihm hervor; er stampft mit den Füßen auf, fuchtelt mit den Armen, der König als wildgewordener Dirigent, hören Sie, und die Musiker bekommen es mit der Angst zu tun, kein Wunder; so viele Dolche gibt es noch, die man auch nach ihnen werfen könnte, und sie verlassen den Saal, sehr vorsichtig, leise, aber doch auf wackere Weise weiterspielend, so als dürften sie dem König keine, aber auch keine Handhabe gegen sie bieten, und zurück bleibt nur ein vorwitziger Geiger, ein keckes Bürschchen, das noch einmal das Hochzeitsthema aufnimmt, wehmütig, doch slawisch trotzig, was auch Ermanarich findet, der aus seiner Erstarrung erwacht ist und sich nach Swanhild umschaut, die sich jedoch abgesetzt hat, sagen wir, mit zunächst noch unbekanntem Ziel, denn es folgen ja noch die Akte zwei, drei und vier, in denen wir aufklärend wirken können; und der König findet unter seinem mausgrauen Gewand einen weiteren Dolch, den er gern auf den einzigen noch verbliebenen Geiger werfen möchte, aber bevor es dazu kommt, fällt der Vorhang, was nichts anderes bedeutet, als daß der erste Akt zu Ende ist. Ich danke Ihnen, Damen und Herren!«

Als er sich erheben wollte, um einige Verbeugungen anzudeuten, schließlich würde gleich der Beifall über ihn hereinbrechen, rutschte er ab, mehr als das: er fiel vom Hocker, auf mysteriöse Weise; warum denn ein solcher Abgang, hatte er sich schlichtweg überanstrengt auf seiner großen musikalischen Reise, oder was war geschehen. Nur noch einen halbdunklen Raum sah er, viel kleiner als zuvor, und tatsächlich lag er auf dem Boden und spürte die Ausdünstung eines alten Teppichs, auf den es ihn verschlagen hatte. Ganze Generationen von streng riechenden Pastoren waren über diesen Teppich geschlurft, an dessen Grenzen ein einsamer, nun gänzlich unberührter Schaukelstuhl stand; schräg über ihm war ein Fenster, geöffnet auf Sehschlitzgröße, und in der Ferne grollte schon wieder ein Gewitter; nahm denn das überhaupt kein Ende mit diesen Gewittern in einer immer unnatürlicher werdenden Zeit. Er lag auf dem Teppich, gar nicht mal so unbequem, er spürte den Pastorendunst, der im Grunde wie würzige Waldluft war, damals im legendären Sommer 1875 – und er ist, im Staub liegend, schnell wieder im Bild. Sein Weg führt über eine Kuppe, auf der die Bäume, seltsam gerupfte, fast krank aussehende Stämme, im Kreise stehen. Ein Totenvogel schnarrt im Gebüsch. Am Boden sind noch Feuerspuren zu sehen, kalte Asche; wer ist da verbrannt worden – und warum. Von der Kuppe schlängelt sich der Weg zurück zur Steina. Noch immer ist nichts zu sehen von Steinabad. Er überquert eine Landstraße; hoch oben in der dunkler werdenden Luft läßt sich ein Raubvogel treiben; er stürzt nicht ab, wartet nur auf Beute. Linker Hand, etwas versetzt, erhebt sich eine verfallene Burg, ein uraltes Gemäuer, das aus den Waldspitzen ragt. Er geht weiter, ist zwar müde, fühlt sich aber auch angenehm unangestrengt, was an der Schlafhaltung liegen mag, die er inzwischen auf dem Pastorenteppich eingenommen hat; den starken Marsch sieht man ihm gar nicht an, und er lächelt, auch wenn sein Bild mittlerweile verschwommener geworden ist. Letztes Stück Weg jetzt, das weiß er, nochmaliger Anstieg vor der ihm zustehenden Ankunft. Die Steina ist wieder herangerückt, die Wälder werden lichter. Im Krüppelholz lärmen Vögel, und am Himmel, der wie eine freigeschlagene Kuppel aussieht, ziehen schwärzliche Wolken auf. Der Mann, mit dem er bis hierhin gegangen ist, sein Mann im südlichen Schwarzwald, verläßt jetzt den Wald; zur Linken erstrecken sich Wiesenhänge, auf denen weißbraune Kühe grasen. Vor ihm liegt eine Brücke, ein holzbohlenbewehrter Übergang; unten, auf dem Wasser der Steina, schwimmen Enten in breiter Familienformation. Dahinter – das muß Steinabad sein, das er sich allerdings ansehnlicher vorgestellt hat. Vier oder fünf Häuser, dazwischen Spazierwege und eine Art Park, kleingeraten, aber immerhin süddeutsch-gepflegt. Es ist ruhig, erstaunlich ruhig; verschärfte Mittagsschlafatmosphäre – und zudem keiner, der sich eingefunden hätte, ihn zu begrüßen. War das so hinzunehmen? Und so blieb er auf dem Teppich, lachte, spuckte auch ein wenig dabei; er machte es allein, und bevor er seine erste Ankunft, dort, verschlief, hob er noch einmal die Stimme. »Nietzsche«, sagte er, »da bin ich. Professor Nietzsche, ich lege gar keinen Wert auf meinen Titel. Sie wollten mich kurieren, heilen, verstehen Sie. Und Elenor?, sie wird wohl noch kommen! Hier bin ich, sage ich, ihr Mann; Einmarsch, schlicht, sage ich, fast unaufdringlich, sagen Sie, ich bin also gekommen, bin da, mächtig marschiert, Damen und Herren; Einmarsch, tadellos, impetuoso, ein Ereignis, mein Einmarsch – ein Marsch.«

4 Trotz aller täuschenden Manöver

»Zucken Sie nicht. Sitzen Sie still. Bitte!«

Ein bißchen freundlicher hätte er schon sein können, der Herr Doktor Wiel; er umrundete den Herrn Professor Nietzsche, der sich zur ersten Untersuchung bei ihm eingefunden hatte; umrundete ihn, leise schlurfend, noch ein Schleicher, wie die Mutter. Besonders groß war er auch nicht, der Doktor Wiel, Josef; Nietzsche, der vor ihm auf einem Behandlungsstuhl hockte und sich um korrekte Haltung bemühte, war im Sitzen fast genauso groß wie der wuselige Medizinmann, von dem eine Unruhe ausging, die gar nicht zur Schläfrigkeit seiner Umgebung paßte. Steinabad, ein Nest; das hatte er schon festgestellt; am Tage brütete der Ort unter der Sonne, nur in der Nacht wurde es laut, kaum war Schlaf zu finden; ein unangenehmes Poltern hatte er gehört, wiederkehrend, dazu entferntes Gegröle und einige unanständige Gesänge, deren Texte er zwar nicht verstand, was aber nichts daran änderte, daß sie unanständig waren – um die Zeit zumal. Senkrecht saß der Professor im Bett, für Minuten; ein Totenkegeln, so klang's durch die Nacht, und kein Wind ging und kein Regen. Wie sollte das werden, wenn man ihm keinen Schlaf ließ; er mußte sich beschweren, und Elenor hatte er auch noch nicht gesehen.

»Ich bin kein Augenarzt«, sagte Doktor Wiel und stierte ihn an. »Kein Augenarzt, eher Diätetiker und Fachmann des Inneren. Aber – besonders gut sehen Sie nicht!«

»Ich bin halb blind«, sagte Nietzsche. »Halb blind.«

Daraufhin wurde der Arzt fröhlicher, er beendete seine Umrundung und nahm neben ihm Platz. Vertraulich legte er ihm den Arm um die Schulter. »Herr Professor«, sagte er, »so jung, wie Sie sind, und dann schon halb blind. Da entgeht Ihnen doch einiges.«

»Was zu sehen ist, sehe ich«, meinte Nietzsche. »Das Wesentliche, denken Sie nur; dafür hat man seinen Kopf.«

»Den Sie behalten sollen«, sagte Wiel, lachte, hatte auf einmal gute Laune. »Den Sie behalten sollen, ich reiße ihn nicht ab. Ich sehe die äußeren Merkmale, mein Herr, sehe sie sehr wohl, schließe aber daraus flugs auf die innere Zuständlichkeit, Sie verstehen.«

»Ich verstehe«, sagte Nietzsche. »Mein Magen.«

»Zu dem kommen wir später«, sagte Wiel. »Oder ist Ihnen jetzt schon schlecht? Das wäre ungewöhnlich; zumeist setzt die Übelkeit erst nach der Generaluntersuchung ein, die ich vornehme. Und ich bin noch am Anfang, Professor, am Anfang mit Ihnen; wenn Sie langfristig Heilung wollen, Linderung zumindest, dann müssen Sie Geduld mitbringen, auch in jungen Jahren. Und ohne Diät

»Wird es nicht gehen«, sagte Nietzsche, »ich weiß – Das schrieb mir bereits Ihre Tochter.«

»Welche Tochter?« sagte Wiel. »Wenn Sie sich jetzt bitte frei machen würden!«

In diesem stickigen Zimmer, gelegentlich auch außerhalb, verzichtete er auf eine seinem Stande gemäße Kleidung. Er saß, nur mit der fleckigen Hose bekleidet, im Schaukelstuhl, hielt eigentlich still, obwohl es ihn mächtig juckte, an unerreichbarer Stelle, auf einem rotfleckigen Quadrat zwischen den Schulterblättern. Es juckte ihn, teuflischer Zustand, dem er schon mit Hilfe eines Lineals zu Leibe gerückt war, vergeblich; das Lineal erreichte zwar die ihn quälende, neuerdings auch nässende Stelle, schnitt dort ins Fleisch, so daß der Schmerz fast die Lust überwog, aber das Jucken ließ nicht nach. Am besten ging es ihm noch, fand er, wenn er den Rücken an die Stuhllehne preßte und dazu den Atem anhielt, soweit das möglich war; zwischendurch mußte er natürlich Luft holen, japste dann, schnaufte, und dabei ging etwas in ihm vor, was ihm Sorgen bereitete. Das Herz tat ihm weh, von ebenden Gefühlen gesättigt, die er gehegt hatte, listig, im Kopf, aber sie stahlen sich davon, mit einemmal, ließen ihre Schattenbilder zurück, was einem gedachten Verrat gleichkam; und während er tatsächlich, für Augenblicke, nicht wußte, wer er war, schlug ihm der Schmerz in den Schädel hinauf; eine Breitseite. Zugleich wuchs der Druck, der auf ihm lag, diese muffige Hitze, der abgrundtiefe Gestank; das Fenster hatte er aufgestoßen, Weste und Hemd vom Leib gerissen, die Schuhe von den Füßen gestreift, wobei einer der schwarzen Treter aus dem Fenster flog und in den Garten fiel; eine Frau schrie, sie fühlte sich, wie es schien, als Zielscheibe mißbraucht. Er lachte, lustig; jetzt wußte er wieder, wer er war, alter Soldat, Schütze, Kämpfer, der sich nicht nur auf Pistole und Säbel verstand, sondern längst keinen Schmerz mehr kannte, und gleich ging's ihm besser. Wer hatte schon so wie er gedient und dabei alles ohne größere Mühen durchschaut. Als Kanonier fing er an, machte schnell Karriere; militärische Zusammenhänge durchschaute er noch schneller als philosophische, kein Wunder. Am Anfang haperte es noch mit dem Brüllen, gewiß; ein höflicher Mensch kommt schließlich nicht als Brüllaffe zur Welt, aber das kann man lernen. Auch seine Kurzsichtigkeit machte ihm keine größeren Probleme; zweimal rannte er gegen eine Stubentür, sagte zunächst leise »Verzeihung!«, war aber im Wiederholungsfall schon versiert genug, um dem unbekannten Gegner ein »Passen Sie doch auf, Sie Pferd!« entgegenzubrüllen, was zweifellos Eindruck machte, denn er wurde nicht weiter behelligt, und seine eigene, nunmehr in große Höhen erhobene Stimme klang noch lange in ihm nach. So gewöhnte er sich auch an den Geschützdonner; man mußte nur eine gewisse Phantasie aufbringen, und schon stand man mitten in der Schlacht. Was war der Frieden doch für eine langweilige Angelegenheit, und es gab doch so viele edle Tötungsabsichten, die man als einzelner ausheckte, um sie dann, allerdings nicht ganz vorstellungs- und weisungsgemäß, von rekrutierten Heerscharen in die Tat umsetzen zu lassen. Der Gefreite Nietzsche machte Ernst, damals; eisiges Lüftchen der kommenden Kriege, sehr angenehm, und er fröstelte ein wenig im muffigen halbdunklen Raum; Hemd und Hose hatte er mit dem Fuß weggeschoben, ein Schuh lag längst im Garten, und die Frau, die er getroffen hatte, krümmte sich vielleicht schon neben einem Rosenbeet, bereit, vorzeitig zu sterben. Schaden konnte das nichts, wer dran war, war dran, das galt schon immer als gutes, menschenhinterlegtes Gesetz – und leider war er dann doch noch dem Pferd über den Weg gelaufen, das er beim zweitenmal, kleines Fanal seiner Kurzsichtigkeit, touchiert und auf sehr passende Weise angebrüllt hatte.

Das Pferd erwies sich als nachtragend, und Anfang März 1868, das wußte er noch, mußte er der Heimatfront melden: »Ein schnell ausgeführter Sprung aufs Pferd, er mißriet mir, verflucht; ich traf mit der Brust hart auf den Vorderzwiesel und spürte in der linken Seite einen zuckenden Riß. Ich ritt ruhig weiter und hielt auch noch anderthalb Tage den wachsenden Schmerz aus. Am zweiten Tag abends aber kamen zwei Ohnmachten, gleich zwei, und am dritten lag ich fest, wie angenagelt unter heftigsten Schmerzen und starkem Fieber zu Bette. Es ergab sich durch ärztliche Untersuchung, die ein gewisser Doktor Wiel führte, ein kleiner, behender Mann, daß ich mir zwei Brustmuskeln zersprengt hatte! Die Folge, Ihr Lieben, war ein entzündlicher Zustand des ganzen Bändersystems im Oberkörper und eine mächtige Eiterung, verursacht durch die Blutversetzung beim Zerreißen. Als etwa nach acht Tagen ein Schnitt in die Brust gemacht wurde, kamen, ich sage Euch, gleich mehrere Tassen voll Eiter herausgestürzt! Seit jener Zeit, immerhin also seit einem Vierteljahr, hat die Eiterung nicht aufgehört; ich leide. Natürlich war ich, als ich dann doch wieder vom Bette aufstand, so erschöpft, daß ich wieder gehen lernen mußte. Das mich innerlich aufrüstende Gefühl war heroisch, mein wahrer Zustand jedoch kläglich; ich brauchte zum Aufrichten, Gehen, Niederlegen fremde Hilfe – und konnte nicht schreiben. Erst als die mich betreuende Person wechselte, wurde es wieder sonnig mit mir; zunächst nämlich hatte ein vierschrötiges Weib, eine Krankenschwester mit Dragonermanieren, nach mir gesehen, die mich anschnauzte, wie es ein Korporal kaum gewagt hätte; dann jedoch versetzte man diese Dame, die zudem noch einen Oberlippenbart trug, der mit dem meinigen durchaus konkurrieren konnte, vom Hospital in die Feldküche, und auf dem Plan erschien statt dessen ein junges Mädchen, eine wahre Schönheit, herzensgut, mit tiefen Augen und offenem Herzen, Elenor geheißen; eine Wohltat – ich lebte auf, jedesmal, wenn sie mein Zimmer betrat. Aber darüber zu berichten wäre eine andere Geschichte ... Allmählich, nicht zuletzt dank Schwester Elenors anstachelnder Gegenwart, wurde mein Befinden besser und besser; ich genoß eine stärkende Diät, ging viel spazieren, oft sogar in IHRER Begleitung – und kam wieder zu Kräften. Die Wunde jedoch, die ich mir zugezogen hatte, blieb, sie blieb offen, und die Eiterung nahm insgesamt kaum ab. Endlich ergab sich, durch eine weitere Untersuchung besagten Doktor Wiels, dem in diesem Falle sie, Elenor, assistierte, daß der Brustknochen selber verletzt war und daß hierin das *impedimentum* der Genesung liege ... Eines Abends erschien dann der erste sichere Bote dieser nunmehrigen Tatsache, ein Knöchelchen, kurios anzuschauen, welches der Eiter mit herausgeschwemmt hatte. Das hat sich seitdem einige Male wiederholt, und man empfiehlt mir nun eine Operation, zu der ich jedoch ein zwiespältiges Verhältnis hege: Ist man nämlich erst einmal unter dem Messer und der Säge der Operateure, weiß man sehr schnell, an welch dünnem Faden die Veranstaltung hängt, welche man Leben nennt ...«

Den Bericht hatte er nach Hause gemeldet, noch gar nicht so lange her, und sie hatten seine Gelassenheit gelobt und den dazugehörigen Heldenmut gepriesen. Und wer war Elenor, fragte man nach; Elenor. Er zog sich hoch, diesmal am Schaukelstuhl, der prompt umfiel und sich auf ihn legte; ein tolerables Gewicht, er drückte den Stuhl an sich, umarmte ihn förmlich, und vom Teppich – der vertraute Geruch.

Doktor Wiel hatte ihn mittlerweile mehrfach abgehört, beklopft, eine Speichelprobe genommen und sogar den direkten Blick in seine Augen gewagt; dem Blick hielt er stand, natürlich, dieses Männchen, das ihm anscheinend die Tochter vorenthalten wollte. Er machte einen weiteren Versuch: »Arbeiten Sie allein, Herr Doktor?« fragte er, eine direkte Frage, auf die er allerdings nur eine kümmerliche Antwort erhielt.

»Was denken Sie«, sagte Wiel. »Es gibt noch zwei andere Ärzte, die mir beistehen, Assistenten, wenn ich so will. Einer allein schafft das nicht; diese vielen Kurpatienten, das ganze Übergewicht, das sie mir anschleppen. Und ich als leitender Direktor der Anstalt –«

»Haben die Verantwortung«, sagte Nietzsche, »ich weiß. Aber lassen wir die Ärzte einmal beiseite.«

»Warum?« fragte Wiel. »Haben Sie etwas gegen meinen Stand, Herr Professor? Das wäre für die Erfolgsaussichten Ihrer Kur schlecht, lassen Sie mich das ganz deutlich sagen.«

»Aber Herr Doktor«, rief Nietzsche. »Was wären wir, wir alle, ohne Ärzte. Eine Gesellschaft von Lahmen und Siechen. Den Ärzten verdanken wir nicht nur die Erfindung der Krankheit, sondern auch die Logik ihrer Heilung . . .«

Wiel nickte; dabei griff er seinem Patienten in die Haare, drückte sie zur Seite und beäugte die darunterliegende Kopfhaut. »Das haben Sie schön gesagt«, meinte er. »Eine kleine Verschorfung, nicht der Rede wert. Schuppenbildung; wir werden meine bewährte Brennesseltinktur verabreichen. Und was den sonstigen Behandlungsplan angeht –«

»Ja?«

»Meine Sprechstundenhilfe wird Sie über alles unterrichten.«

»Endlich«, sagte Nietzsche. »Warum nicht gleich so? Was glauben Sie denn, warum ich zu Ihnen gekommen bin?«

»Weil mein Ruf ein exzellenter ist«, sagte Wiel. »Man kennt mich, ich kann das ohne ungünstige Übertreibungen wohl behaupten, im gesamten Deutschen Reiche. Und Sie, Herr Professor, möchte ich bitten, morgen nachmittag in meine Praxis nach Bonndorf zu kommen. Ich kann dort im Labor einige Gewebeproben analysieren, die wir gleich noch anfertigen sollten. Sie können die Kutsche nach Bonndorf nehmen, morgen, Sie können aber auch bestens zu Fuß gehen; zwei Kilometer, stetig bergauf, ein Weg, der allen meinen Patienten gutgetan hat – bis jetzt.«

Er drehte sich auf die Seite, ließ den Schaukelstuhl los; ein knappes Poltern, militärisch, die Front rückte näher. Obwohl er sich schwach fühlte, schwach auf der Brust, und noch immer ein wenig fröstelte, hatte man ihm bedeutet, daß er wiederhergestellt sei. Doktor Wiel persönlich teilte ihm seine Kriegstauglichkeit mit, und Schwester Elenor, eigentlich war sie ja gar keine Krankenschwester mehr für ihn, sondern längst seine große Liebe, schon immer seine Liebe, Elenor stand hinter dem kleingewachsenen Doktor und lächelte. Ihre Augen strahlten, was ihn für einen unbedeutenden Moment irritierte, denn sie wußte doch, daß er von nun an der Kriegsmaschinerie zur Verfügung stehen würde, was nichts anderes hieß, als daß sie sich trennen mußten; auf Zeit. Sie aber lächelte, und rechtzeitig genug fiel ihm ein, daß eine wirkliche, eine einsame und echte Liebe nichts zu fürchten hatte, am wenigsten den Krieg, der den Entbehrlichen die Köpfe wegriß, die Glückskinder jedoch schonte. – So war das, schon immer war das so gewesen, und er würde zurückkommen, hochdekoriert, legendenumwoben, und Elenor nahm ihn in die Arme, und es war Frieden. Bei dem Gedanken daran wurde ihm flau im Magen, die altbewährte Übelkeit; er salutierte, und der Arzt grüßte im Sitzen zurück. Draußen, vor der Krankenstation, ein düsterer Himmel, der aber immer wieder von Feuerstößen illuminiert wurde; dazu der Donner, die Erde bebte, eine gediegene Inszenierung, die für sich selbst sprechen konnte. Neben der Mannschaftsunterkunft wartete Wagner, sein Bewunderer und Kamerad, ein erfolgloser Militärmusiker, Komponist von über vierhundertfünfzig deutschen Märschen, die selten gespielt wurden; zumeist nur bei Schützenfesten. Er zitterte am ganzen Leib, Wagner; seine Mütze hing ihm schief über den Kopf, und er hatte den Kopf eingezogen, wodurch er noch kleiner wirkte, als er schon war. »Was hat der Arzt gesagt?« fragte er und sah ängstlich zu ihm auf.

»Ich bin tauglich«, sagte Nietzsche. »Geeignet für alle modernen Kriege. Was mir gänzlich fehlt, darüber allerdings hat der Arzt kein Wort verloren, ist der Angstfaktor. Ich kenne keine Angst. Und was die Körperlichkeit angeht, so hat sie sich, nach meinem bedauerlichen Reitunfall, vorzüglich regeneriert.«

»Vielleicht gibt es ja doch noch Friedensverhandlungen, bevor es losgeht mit dem Kriege«, sagte Wagner. Er war ein waschechter Lappen, ein Jammerlappen, konnte nur komponieren, und das nicht mal gut; wenn es ernst wurde, knickte er ein. Und dann dieser Akzent; er sächselte wie der Karussellbetreiber Popinga aus Lützen, der zu Vater Nietzsches Bekannten gezählt hatte, ein Mensch, der sich im Sprechen dehnen und winden konnte bis zur Unkenntlichkeit; kommoder Singsang, unerträglich. Das hohe Deutsch war Wagners Sache nicht; er gab sich auch gar keine Mühe, sondern schwätzte, als gereichten ihm die Worte zum Imbiß; er verschluckte seine Rede, kaum zu Gehör gegeben, kaute nicht, schwätzte nur, um sich abzufüllen, Vielfraß, und so sah er aus wie gemästet. Was Nietzsche an ihm schätzte, war sein unbedingter Hang zur Bewunderung; Wagner verehrte ihn, man konnte das so sagen, verehrte ihn über die Maßen – eine sozial verträgliche Eigenschaft. »Als Musiker werde ich nicht in den Krieg müssen«, sagte Wagner, und es klang wie eine Frage.

»Machen Sie sich keine Hoffnung«, sagte Nietzsche. »Mir wurde zugetragen, daß sie alle einziehen, auch die Kurzbeinigen und Mißgestalteten; die Krüppel, Kopfkranken –«

»Aber doch keine Musiker!« rief Wagner. »Wir sind unentbehrlich, daheim, an der Heimatfront. Wir setzen die Durchhalteparolen in Töne um, Freund, sorgen dadurch für Stimmung, die es ermöglicht, den Krieg als heiteres Ereignis zu begreifen –«

»Als Schützenfest!« sagte Nietzsche. »Haben Sie wieder einen neuen Marsch komponiert?«

»Keinen Marsch«, sagte Wagner. »Aber ich schrieb, dichtete sozusagen, brachte etwas über mein Wirken zu Papier, eine Art Arbeitsbeschreibung, ein Manifest meines Tätigseins, das ich Ihnen gerne noch vor Ausbruch des Krieges, wenn er denn tatsächlich kommen soll, vorgetragen hätte –«

»Aber Gutester«, rief Nietzsche. »Hören Sie denn nicht die Kanonen, die machtvollen Sprengsätze, die Granaten; wir sind schon im Krieg, kleiner Meister; für Ihr Geschriebenes werden wir keine Zeit mehr finden.«

»Doch«, sagte Wagner, »dafür ist immer noch Zeit. Kommen Sie mit hinter die Baracke, wir sind dort für einige letzte Momente – ungestört.«

Nietzsche folgte, unwillig; was für eine Störung, unnütze Verzögerung dazu, aber schon damals war er ja, wie er noch wußte, durch und durch höflich gewesen; ein Kamerad eben, mit Wissen und Herz. Wagner hatte ein Manuskript aus der Tasche gezogen, und unter Feuerschein und Geschützdonner las er ihm vor, was nichts anderes heißen konnte, als daß er brüllte. »Harmonie«, brüllte er, »Harmonie in der Musik, in meiner Musik – sie wächst von unten nach oben, als schnurgerade Säule aus der Zusammenfügung und Übereinanderschichtung verwandter Tonstoffe. Unaufhörlicher Wechsel solcher immer neu aufsteigender und nebeneinandergefügter Säulen macht für mich die einzige Möglichkeit absoluter harmonischer Bewegung nach der Breite zu aus. Verstehen Sie? Das Gefühl notwendiger Sorge für die Schönheit dieser Bewegung nach der Breite ist dem Wesen der absoluten Harmonie fremd; sie kennt nur die Schönheit des Farbenlichtwechsels ihrer Säulen, nicht aber die Anmut ihrer zeitlich wahrnehmbaren Anordnung – denn diese, Sie verstehen, ist das Werk des Rhythmus.«

»Schon, schon«, sagte Nietzsche, »aber finden Sie nicht, daß der Krieg in den letzten Minuten auf fast unheimliche Weise nähergerückt ist? Es könnte sein, daß wir fallen, ohne eine einzige Heldentat begangen zu haben – und nach dem Gesetz fallen Sie zuerst, Wagner, da Sie genauso breit wie hoch sind, mithin ein kompaktes Ziel bieten – Wo bleibt Ihre Angst, mein Herr?«

»Welche Angst«, flüsterte Wagner, »ich kenne doch, so wie Sie es behaupten, längst keine Angst mehr« – und schon strapazierte er wieder die Stimme, brüllte, wedelte mit den Manuskriptblättern, machte Wind; ein Männchen, dessen Gesicht im flackernden Licht der jetzt tatsächlich sehr nahen Geschützblitze deppenhaft zuckte. »Unerschöpfliche Mannigfaltigkeit«, brüllte er, »Farbenlichtwechsel – er ist der ewig ergiebige Quell, aus dem meine Musik schöpft, hören Sie wohl, mit maßlosem Selbstgefallen schöpft, das sein muß, ganz einfach muß also sein, denn ohne Selbstgefallen keine Mitteilbarkeit, keine Überzeugung und Anhängerschaft, und vermag sich daher geradezu unaufhörlich neu darzustellen; auf ewig, wenn man so will – und ich will. Der Lebenshauch, Kamerad, der diesen rastlosen, nach Willkür sich wiederum selbstbedingenden Wechsel bewegt und beseelt, verstehst du, ist das Wesen der Töne selbst, der Atem unergründlicher, allgewaltiger Herzenssehnsucht. Im Reiche der Harmonie ist daher nicht Anfang und Ende, so wie die gegenstandslose, sich selbst verzehrende Gemütsinbrunst, unkundig ihrer Quellen, nur sie selber sein kann; Verlangen, Sehnen, Stürmen, Schmachten, Kamerad – Ersterben also, das heißt Sterben, ohne in einem Gegenstande sich befriedigt zu haben, also Sterben, ohne zu sterben, somit immer wieder Rückkehr zu sich selbst!« – und Wagner zog den Kopf ein, denn nun schlug es tatsächlich ein, in unmittelbarer Nähe; ein Geschoß bohrte sich in den Boden, tiefes Geläuf, auf dem vor einer Stunde noch exerziert worden war; Schlammfontänen spritzten hoch, die Erde bebte, so wie sich's gehörte, aber die Baracken, diese windschiefen Holzverschläge, durch die der Wind pfiff, wie er wollte, blieben stehen; nur der Militärmusiker Wagner war mit einem Male verschwunden.

Nietzsche lachte, so ein Vergnügen – und das mitten im Krieg; er zog Hemd und Hose aus, es war ohnehin warm, und nachdem nun noch das Geschoß eingeschlagen und einen Krater hinterlassen hatte, wurde einem der Boden zu heiß unter den Füßen. Aus der Tiefe des Erdreichs grub sich Wagner nach oben, von einem Maulwurf nicht mehr zu unterscheiden, und er hatte noch immer einige Manuskriptblätter bei sich, die er, um besser wühlen zu können, mit den Zähnen transportierte. So kam er, zubeißend, höher und höher; Nietzsche, fürsorglich, wollte ihm, für das letzte Stück Weges an den Kraterwänden empor, schon die Hand reichen, er half ja gern, als er auf einmal abrutschte. Er fiel Wagner entgegen, flog an ihm vorbei, wobei sich der Musiker noch eilfertig duckte, und dann schlug er auf, hart, nicht zu hart, eher komfortabel. Er lag neben einem Stuhl, den er umklammert hielt, vielleicht weil er mit einemmal so jämmerlich fror, aber da war diese Frau, die jüngst noch im Garten beschossen worden war und sich nun schon wieder tapfer über ihn beugte, eine sehr bekannte Frau, die er oft genug gesehen hatte, und die Frau sagte: »Fritz?«

»Ach Mutter«, flüsterte er, »ich grüße von Wagner; die Untersuchung ist schon beendet. Doktor Wiel wußte nur Gutes zu berichten. Ich könnte gesunden, sagte er, gesunden im Kern, sollte nur aufs Gewebe achten und wahrlich nicht alles glauben, denn man würde immer wieder getäuscht, nicht nur von seinen Mitmenschen, sondern von den uns überlassenen Sinnen, die keine, gar keine Realität zustande brächten, sagte er. Und seine Tochter? Mit den Sinnen sagte er; lassen Sie sich nicht lumpen, Professor, vertrauen Sie mir, Lug und Trug auf der Welt, aber ich kann helfen, sagte er, mit den Sinnen – helfen; trotz aller täuschenden Manöver.«

5 Ein verlustreicher Handel

In der zweiten Nacht hatte er besser geschlafen. Zwar wurde noch Krieg geführt, ohne den wieder emporgekommenen Wagner, der, hinter der Front, mittlerweile an einer Schützenfest-Oper schrieb, und auch die Kegler waren noch zu hören, die ihre Totenköpfe durch die Nacht rollten, aber sie schienen gewillt, mehr Zurückhaltung zu üben; wahrscheinlich hatte es doch etwas genützt, daß er sich beschwerte – bei einem Herrn Adler, der als Verwaltungsdirektor von Steinabad amtierte. Herr Adler sah aus wie ein Adler, verwunderlich oder nicht; direkt aus den hängenden Schultern, fast ohne Halsansatz, wuchs ihm ein in den Backen etwas zu breit geratenes Raubvogelgesicht, das über einen Körper wachte, der gut im Futter stand; von den in Steinabad verabreichten Diäten hielt sich dieser Herr fern, und er schien seine Gründe dafür zu haben. Nietzsche, gerädert von der ersten schrecklichen Nacht, beschwerte sich bei Herrn Adler, lautstark; er kannte sich selbst nicht an diesem Morgen, und aus der Ferne, verbarrikadiert in seinem Stuhl, bei halbgeöffnetem Fenster, sah er nur noch einen sehr vergrätzt wirkenden Professor, mit steilem Haarbusch und einer steilen Falte über der Stirn. Herr Adler, der die an ihn gerichteten bösen Worte entgegennahm, versprach umgehende Besserung; persönlich werde er die Beteiligten um Ruhe ersuchen, aber man dürfe natürlich nicht vergessen, daß zum Kurhotel Steinabad auch die etwas abseits gelegene Bier- und Kegelhalle gehöre, in der sich speziell die jüngeren Gäste nächtens zu amüsieren pflegten, die, man müsse das so sagen, andere Erwartungen an das Leben hegten als die ältere Generation.

»Ich«, sagte Nietzsche, »bin auch noch jung, mein Herr, und ich kegle nicht in finsteren Nächten. Eine gewisse Ruhe sollte also wohl möglich sein!«

Nachdem er gefrühstückt hatte – kärglich, wie Elenor es ihm vorausgesagt hatte, wo war sie nur –, begab er sich zurück auf sein Zimmer. Die vertraute Übelkeit, eher noch mild gestimmt, setzte ihm zu; er legte sich aufs Bett, hielt die Hände über der Brust gefaltet und starrte gegen die Decke. Draußen ging leiser Regen nieder; die Wälder rauschten. Als er die Augen schloß, sie wären ihm ohnehin zugefallen, trieb es ihn gleich hinauf unter den Deckenhimmel, der sich alsbald öffnete – er gab ihn frei. Hoch hinaus ging es, er trieb über die Steina hinweg, trieb über die dort herumstehenden Anwesen, im besonderen die Bierhalle, in der schon wieder die ersten Unermüdlichen zu kegeln begonnen hatten; im Vorüberfliegen gab er ihnen nochmals sein Mißfallen bekannt, aber war er nicht eigentlich auch sehr tolerant gestimmt, ein Freigeist im Aufwind, und so sollten sie sich doch amüsieren, die Angehörigen der jüngeren Generation, aus der einmal die Heftigsten seiner Verehrer und Prediger kommen würden, um auf ihn, unerbittlich auf ihn aufmerksam zu machen; und jetzt war er schon über den Wäldern, in welche ein Landregen herunterströmte, der ihm kurioserweise gar nichts anhaben konnte; Regen und Stille, die dampfende Erde hielt den Atem an, weil alles gut war, so wie es sein sollte, eine große beispielhafte Ordnung, und er trieb über die Burgruine hin, schönes altes Gemäuer mit einer Treppe, geländergesichert, die über die Baumwipfel hinaufführte, schartige und schattige Kronen, die sich im Winde bewegten, und während er noch überlegte, ob er nicht einen kleinen Halt einlegen sollte, landete er schon auf dem Plateau der Burg, neben den verbliebenen Zinnen; er landete, sanft, geübt eben, nahm aber gleich wieder Fahrt auf, weil niemand zu sehen war, keine Feinde und Freunde, keine zu pfählenden Gäste; Zeit, um die es ging, auch wenn alles gut war, eine große, beispielhafte Ordnung; er hatte doch noch so viel vor, mußte sehen und schauen, nachkarten als wacher Träumer, und nichts, nichts gab es, was ihn aufhalten konnte, was für eine Gewißheit, beängstigend, auch das, und zwischen zwei Waldstücken, in einer Lichtung, einem mohnblumenüberwachsenen Geviert, sah er mit einemmal einen Mann, einen sehr kleinen Mann, stämmig, mit speckiger Mütze auf dem Schädel, der hin und her ging, stapfenden Schrittes, dazu bewegte er die Arme, als hätte er ein Orchester zu dirigieren; Wagner, von den Kriegswirren unberührt, weit hinter der Front, beschädigt nur im Kopfe, den er noch immer dazu benutzte, Absonderliches auszuhecken, er komponierte, so viele Straftaten, die er schon begangen hatte, und jetzt sang er noch, kaum zu glauben, er sang, tatsächlich, oder bewegte er nur die Lippen, als würde die Partie, für die er stand, von einem anderen gesungen, einem unsichtbaren und wirklichen Könner, der ihm die Stimme lieh; dabei stierte er zum Himmel hinauf, ohne zu sehen, wer da über ihm schwebte, Militärmusiker Wagner, und was er sang, war für die Ohren eines Größeren bestimmt, eines ganz Großen, große Ohren also, ein herrlicher Unfug, der über die Wälder aufstieg und süßlichen Frieden schuf.

»Allmächt'ger Vater, blick herab«, sang der kleine Mann in der Lichtung, sächselnd sogar im Gesange, das konnte er, »hör mich im Staube zu dir flehn! / Die Macht, die mir dein Wunder gab, / Laß jetzt noch nicht zugrunde gehn! / Du stärktest mich, du gabst mir Kraft, / Verliehst mir hohe Eigenschaft«, und über ihm wurde gelacht, sehr herzhaft, was er aber, noch immer, nicht hörte, und so sang er beim Ausschreiten weiter, sang: »Zu hellen den, der niedrig denkt, / Zu heben, was im Staub versenkt. / Du wandeltest des Volkes Schmach / Zu Hoheit, Glanz und Majestät – / O Gott, großer, vernichte nicht das Werk, / Das dir zum Preis errichtet steht« – was nicht stimmen konnte, denn das Werk, um das es ging, war weder errichtet noch geschrieben, zumal für das Schreiben eine andere, nämlich Seine Zuständigkeit galt; keine Zweideutigkeiten mehr also, nur noch Zustimmung – in einer beispielhaft großen Ordnung, und so konnte letztlich nur er gemeint sein, er doch, und er hörte den auf und ab schreitenden militärischen Musiker, der sich seine Mühe gab, hörte, wie er sang: »Ach, löse, Herr, die tiefe Nacht, / die noch des Menschen Seele deckt, / Schenk uns den Abglanz deiner Macht«, das würde er tun, gar kein Zweifel, auf ihn war Verlaß: »mein Herr und Vater, blick herab!«, er blickte ja herab, schon seit geraumer Zeit, und war doch nur Herr, Vater wollte er ja nie sein; an dem seinen, diesem armen, immer wieder stürzenden und auf Teppichen hingestreckten Vater hatte er mehr als genug gehabt, so daß es ein Ungenügen war, eine Gehässigkeit jeder weiteren mutmaßlichen Vaterschaft gegenüber; kein Vater also mehr, er machte es allein, und Elenor – Elenor hatte er noch immer nicht gesehen, Elenor in den Wäldern, aber herab blickte er, das schon, blickte »auf ein Geviert aus seinen Höhn«, ebendorthin, und so blieb dem kleinen Mann nur noch eine Bitte: »Mein Herr, mein Gott«, sang er, nicht schön, keineswegs, sang, krächzte: »Herr Gott, der hohe Kraft mir gab, / Erhör mein tief inbrünstig' Flehn!« – eine Bitte allerdings, über die er, hier und jetzt, nicht mehr entscheiden wollte; wohlwollende Prüfung vielleicht, die er dem Musikus Wagner zusagen mochte, unter Umständen – eine Prüfung seines Anliegens, und da es, im Moment, nichts mehr zu tun gab, auch nichts zu bereden und zudem, wie's schien, keine Gesangsdarbietungen mehr zu befürchten waren, nahm er wieder Flugfahrt auf; höher und höher stieg er, in einen dunkel gewordenen Himmel hinein, in den Regen, den er nun, rauschender Empfang, mit einemmal wundersam spürte.

Jeder Schritt wird schwer, jeder Schritt einer Mutter. Franziska Nietzsche ist zu ihrem Sohn emporgestiegen, die Dielen knarren, und draußen, ja draußen, da fällt Regen hernieder, Landregen, überraschend in diesem zähen, an Hitzewellen und trockenen Bevormundungen so reichen Sommer. Jede Bewegung macht ihr zu schaffen – seit kurzem, glaubt sie, denn bislang war doch die Gesundheit ihre Sache; sie trotzte dem Alter und seinen Beschwerden, listige Frau, aber es trifft sie nun mal alle, die Menschen, das hatte er immer wieder gesagt, der Gatte; noch am Boden, sechs Tage vor seinem endgültigen Tode, auf dem Teppich, der jetzt in Fritzens Zimmer liegt, ausgestreckt, kein bißchen gekrümmt, eher stolz – trotz seiner merkwürdigen Verwirrtheit hatte er auf jene Spielart göttlicher Gerechtigkeit verwiesen, die den meisten Menschen gar nicht als solche ins Wissen geriet: das Altern, ein herrlich gleichmäßiger Prozeß, der, ungeachtet seiner vordergründigen Unterschiedlichkeit, alle betraf, unerbittlich, gerecht eben, ein Abschiebemanöver zum Ableben hin, zum Tode, feinfühlig inszeniert, und es raffte, darüber konnte er kichern, bis zuletzt, raffte buchstäblich jeden dahin, die Reichen und die Armen, die Dummen, obwohl die, wie er behauptete, oftmals zäher waren und länger aushielten auf Erden, und die Frommen, die freiwilligen Gottesdiener, an denen, Gerechtigkeit eben, keine Ausnahmen statuiert werden konnten, warum auch, denn abgerechnet wurde ohnehin ganz zuletzt, oben, im Himmel, oder unten, in der Hölle, die sie sich wie ein riesiges, defektes Kanalisationssystem vorstellte, erbärmlich stinkend und feucht – nichts für eine rechtschaffene alte Frau, weswegen Franziska Nietzsche auch keine weiteren Gedanken an die Hölle verschwendete; sie kam in den Himmel. Der Fußboden knarrte, und es knarrten auch ihre Gelenke, schmerzten zudem; womit hatte sie das verdient. Schon wenn sie aufwachte, am taufrischen Morgen, geschlagene zwei Stunden früher als sonst, meldeten sich die Schmerzen. Da es in der Regel gerade mal vier Uhr war, vier Uhr früh, versuchte sie noch liegenzubleiben; stocksteif lag sie im Bett, die Bettdecke bis zum Kinn hochgezogen; aufgebahrt bei gerade noch lebendigem Leibe – wie er, damals im Sarge, aber er hatte eigentlich zufrieden ausgesehen, was sie nun nicht mehr war. Konnte man den Tod erwarten, sich gar freuen auf ihn, den heimlichen Erlöser, der kam, wie er wollte; oder wurde er doch von Gott geschickt, der beizeiten in seine Papiere sah und feststellte: Franziska Nietzsche wird abberufen, es ist Zeit, und dann machte sich der Tod auf den Weg, lautlos, das gehörte sich so; eine Arbeit wie die seine verlangte nach Verschwiegenheit, und wenn es geschehen war, und es geschah ja immer, denn es wurde immer und immer wieder gestorben, trösteten die Hinterbliebenen sich in vehementer Ratlosigkeit; auch das entsprach bewährter Sitte. Es war kein gutes Zeichen, wahrlich kein gutes Zeichen, dachte sie, daß ihr der Tod nun so gegenwärtig blieb; eine Zumutung, eingehaust in ihrem alten Kopfe. Dabei hatte sie vor Wochen noch keinen Gedanken an ihn verschwendet, den Tod, der da kommen würde; der Sohn, Fritz, war entlassen worden, fand die ihm zustehende Aufnahme in seinem Elternhaus, und seine Augen, erinnerte sie sich, hatten geleuchtet, so freute er sich. Auf dem Klavier hatte er gespielt, immer wieder, fromme Lieder; es war eine Freude. Sie las ihm vor, seine eigenen Schriften, die ihm weniger zusagten, und Geschichten aus der Bibel, herrliche Begebnisse, kaum zu glauben, aber eben anrührend, und die gefielen ihm, denn er hatte Tränen in seinem Blick. Auf dem Sofa lagerte er neben ihr wie ein treuer Hund; sie hielt seine Hand, und manchmal sagte er etwas, was sehr weise klang – und auf schmerzliche Weise vernünftig. In jenen Wochen, die noch gar nicht so lange zurücklagen, durfte sie guter Hoffnungen sein, bestimmt durfte sie das, keine Versündigung, wenn sie sich sogar zu der allerletzten, der großen Hoffnung verstieg, daß er, der Fritz, noch einmal gesund werden könnte. Warum sollte das nicht möglich sein; ein kleines Wunder vielleicht oder doch nur Wiedergutmachung für bereits abgeleistetes Leid; da durfte man ihn, den Vater, getrost mit hinzunehmen; was war der Mann doch geschlagen, Pastor Nietzsche, frommen Mutes stets, und dann schlug es ihm auf den Kopf, und er stürzte, stürzte und fiel. Ihr froher Mut jedoch, er hielt nicht an; eine Abstrafung begann, kaum merklich, über Tage, Wochen hinweg vollzogen. Der Sohn wurde verschlossener, fand sie, hatte kein Mienenspiel mehr, nicht mehr das familiär Heitere, sondern nur noch einen in sich versunkenen, merkwürdig strengen eigenen Willen. Auf ihre Freundlichkeiten reagierte er nicht mehr; er brabbelte vor sich hin, Unverständliches; dann schwieg er wieder, verbissen – schwer zu tolerieren die Stummheit; Jahre des Schweigens. Etwas Unberechenbares war auf den Plan getreten, eine Verselbständigung seiner Krankheit, von der sie angenommen hatte, daß es sich womöglich um gar keine Krankheit handelte, nur um ein Mißverständnis – oder war's gar ein Akt der Verstellkunst, die ihr Fritz, auch als gelehrter Bub, ja schon immer beherrschte. Er verschloß seine

Seele, das ging wohl, war erlaubt, wenn auch verwerflich, wie sie fand, und er lebte, noch lebte er ja – für sich selbst. Manchmal dachte Franziska Nietzsche, daß ihr Sohn undankbar war, ein verzogenes Kind, und sie wurde zornig und müde. Dazu seine Nachlässigkeiten; ärgerlich. Er zog sich aus, ständig und ungefragt; immer wieder riß er sich die Kleider vom Leib, nicht nur in diesem einen schweren Sommer; das hatte schon im letzten Winter begonnen. Mit nacktem Oberkörper war er ins Freie gedrungen, bei klirrender Kälte; zu den Teichen wollte er und war schon nach wenigen Metern blaugefroren. Natürlich hatte er sich dann eine kolossale Erkältung eingefangen; tagelang spuckte und schniefte er, bekam Fieber; die Mutter, wer sonst, pflegte ihn, mit heißer Honigmilch und dem Inhalationssud nach altem Familienrezept. Den Winter überstand er, ein Frühling kam, dann der Sommer, aber seine Unart hatte der Sohn nicht mehr abgelegt. Beim letztenmal schleuderte er sogar seine Schuhe aus dem Fenster; was für ein Schreck, als da etwas vom Himmel fiel, ein Geschoß, neben ihr ins Gras, und unwillkürlich hatte sie aufgeschrien; gehörte sich das denn, mit Schuhen nach ihr zu werfen, und sie spürte ihr Herz, das Herz einer Mutter. Sie brauchte Hilfe, aber wer half schon einer Mutter, der doch alles zugetraut wurde, die Liebe ohnehin und eine schier unmenschliche Geduld, was auf reine Leidensfähigkeit hinauslief, welche sie nunmehr zur Genüge besaß.

In diesem Augenblick, da sie vor dem Zimmer des Sohnes stand, war Franziska Nietzsche entschlossen, ihren Weg zu Ende zu gehen; sie hatte Tränen in den Augen und war, auf wohlgefällige, auf sehr berechtigte Weise, gerührt über sich selbst. Wenn sie keine Hilfe erhielt, würde sie Verpflichtungen aussprechen; schließlich war sie die Frau Pastor, eine Respektsperson in Naumburg, der sogar Bürgermeister Wilhelm von Sternburg, ein früherer Spielkamerad ihres Fritz, gelegentliche Aufwartung machte. Sternburg, der Wilhelm, stattlicher Herr heute, von dem damals kein Mensch hatte erwarten können, daß er einmal Bürgermeister würde; Wilhelm, den ihr Fritz nur Willi genannt hatte, weil er klein war und ihm herzlich ergeben; eine kindliche Abhängigkeit, die der Sohn ausnützte, leider, mit Kommandospielen, mit Streichen, welche zuweilen Peinlichkeiten hervorriefen; weit zurück lagen diese Jahre, halb versunken, aber es gab noch Erinnerungen, die etwas wiederaufleben ließen aus jenen Tagen, stille und lebhafte Tage, als der Sohn noch ein Junge war und er, der Herr Pastor, noch sein Dasein fristete, der Herr Pastor – gestürzter Engel. Franziska Nietzsche nahm ihr Taschentuch, wischte sich die Tränen ab und schneuzte; noch war nichts verloren, und man durfte sie nicht unterschätzen. Vor dem Zimmer ihres Friedrich stand sie, in dem sich nichts rührte; was wollte sie von ihrem Sohn, sie wußte es nicht; Pflichtbesuch, nur nach ihm sehen, immer wieder, das wurde von ihr erwartet; etwa bis alles vorbei war – Vorsichtig öffnete sie die Tür und spähte ins Halbdunkel hinein; auf dem Bett lag der Fritz, Lichtgestalt, beruhigend in diesem Augenblick, denn die wenigen Sonnenstrahlen, die sich draußen den herniedergehenden Wasserfällen widersetzt hatten und vielleicht noch für einen Regenbogen sorgten, waren, geschnürt und gebündelt, auch ins Zimmer gefallen und tanzten nun über dem Sohne, zitternd, doch stark, wachten auf seinem Herzen, und er selbst, der vollständig bekleidet war, ausgehfertig, wenn sie so wollte, hatte die Hände gefaltet, lächelte.

Nun denn, da war er also eingenickt, bei gleichmäßig niedergehendem Regen, ein wunderbares Rauschen, herrlich einschläfernd, vielleicht führte die Steina schon Hochwasser, und als wachsamer Schläfer hatte er mitbekommen, daß seine Zimmertür einen Spaltbreit geöffnet worden war; ein Weib spähte hindurch, vermutlich dem angestellten Reinigungspersonal zugehörig, er sah jedoch keine Veranlassung, sein Schläfchen zu beenden – erst wenn es an der Zeit war, wobei ihm die Frau an der Tür jetzt trotz allem bekannt vorkam; eine stille Verehrerin vielleicht, denn er war der nicht nur in Fachkreisen sehr bekannte Professor Nietzsche aus Basel, den es zur Kur in dieses Nest verschlagen hatte; Steinabad. Er hatte, noch ehe man sich an seiner Tür zu schaffen machte, Elenor gesehen; sie war aufgetaucht, etwas außer Atem, mit leicht gerötetem Gesicht und, natürlich, wunderschön. Sie redete auf ihn ein, entschuldigte sich, soweit er sie verstand, sprach davon, daß sie unverhofft viel Arbeit erhalten habe, nicht nur von ihrem Vater, sondern auch vom Fürsten selbst – Welcher Fürst, hatte er gefragt, und sie verwies auf den Fürsten von Fürstenberg, dem von Donaueschingen an fast alle Wälder gehörten, dazu Brauereien, Käsereien, von bebaubaren Ländereien ganz zu schweigen; ein König sei der Fürst in seinem Land, und zudem mehr als freundlich, ja gütig und nett – und noch jung an Jahren, das auch. Wie jung? fragte er, und diesmal stieg ihm nicht die Übelkeit hoch, sondern Übellaunigkeit, er durfte sich doch ärgern. Nun ja, sagte sie, jung eben, etwa fünfundzwanzig Jahre, kaum mehr. Zu jung! hatte er geantwortet, zu jung für Sie!, und Elenor lief davon, grußlos, mit wehendem Rock, verschwand hinter der Bier- und Kegelhalle, an der ein Weg begann, das hatte er schon herausgefunden, welcher aus dem engen Tal heraus auf die Höhen führte. Ihre Reaktion überraschte ihn, seine eigene auch; woher dieser plötzliche Ärger, der gereizte Ton – und daß sie gleich davonstürmen mußte; Elenor, wohl Mädchen noch und keine Frau. Er würde das wieder in Ordnung bringen, keine Frage, und mit dieser beruhigenden Gewißheit versehen machte er sich zum Ausgehen bereit. Der Regen hatte aufgehört, Bodennebel zogen durchs Tal. Er verließ sein Zimmer, das sich im ersten Stock des Haupthauses befand; auf der Treppe begegnete er Herrn Doktor Spiegelhalter aus Baden-Baden, der ihn, wie schon tags zuvor, ausnehmend freundlich begrüßte. Der Mann besaß tadellose Umgangsformen; er wirkte als Privatdozent, wie er erklärte, und unterzog sich einer Spezialdiät bei dem Spezialisten Doktor Wiel; bislang allerdings, er weilte bereits mehr als acht Tage im Steinabad, ohne größeren Erfolg, denn er hatte nur knappe zweihundert Gramm abgenommen.

»Ein Spaziergang, Herr Professor?« fragte Spiegelhalter.

»So ist es, Herr Kollege«, sagte Nietzsche. »Wollen Sie sich anschließen?«

»Lieber nicht«, sagte Spiegelhalter. »Jede Anstrengung wird mir zuviel. Diese Diät, verstehen Sie; sie laugt nur aus und bringt für die Ökonomie meiner Seele nichts zustande, was bedeutet –«

»Daß Sie in einem beklagenswerten Zustand sind«, sagte Nietzsche.

»Der zudem verlogen ist«, sagte Spiegelhalter. »Im Vorhof meiner Seele nämlich, ich erwähnte sie bereits, fühle ich mich ausgemergelt, dabei bin ich es nicht, wie man aus meiner für den sozialen Verkehr bestimmten Physiognomie ablesen kann.«

»Nun ja«, meinte Nietzsche. »Sie sind ein kräftiger Herr, ein Dozent mit eindrücklicher Statur.«

»Und Sie, mein Bester«, sagte Spiegelhalter, »sind ein höflicher Herr, ein Mensch alter Schule. Ich wünsche Ihnen einen angenehmen, einen ersprießlichen Spaziergang!«

»Ich danke Ihnen«, sagte Nietzsche. »Ruhen Sie wohl, wir sehen uns, so wir wollen, beim üppigen Abendmahle.«

Die Luft war angenehm, fast prickelnd, obwohl der Dunst über dem sich öffnenden Erdreich neue Wärme verhieß. An der Steina entlang ging er in einer Richtung, von der er annahm, daß sie, im groben Umriß, nach Bonndorf verweisen würde. Der Weg war schmal, verbreiterte sich aber schnell und führte schließlich in stetem, sehr erträglichem Maße bergauf. Spaziergänger kamen ihm entgegen, Kurgäste wie er, die etwas Lauerndes an sich hatten; er grüßte, das konnte nicht schaden.

Ehe er sich's versah, war er in Bonndorf angelangt; guter Marsch, alles stimmte, nur der Ort nicht, denn Bonndorf, an seiner Gemarkung durch ein verschnörkeltes Holzschild ausgewiesen, sah keineswegs einladend aus; eine lange Hauptstraße, gesäumt von grauen Häusern und Gemüsegärten. Er kam an einem Hotel vorbei, Schwarzwälder Hof nannte es sich und wurde von zwei grüngewandeten Kofferträgern bewacht, die an seiner Eingangsfront herumlungerten. Er wechselte die Straßenseite. Die Praxis des Herrn Doktor Wiel, so wurde ihm von einem Weinhändler erklärt, der die Auslagen seines Ladens prüfte, befinde sich auf der Anhöhe linker Hand; der Mann sei noch neu in Bonndorf, ob man ihn empfehlen könne, wisse er nicht. Man habe aber schon Ungutes über diesen Mediziner gehört; er verlange Mäßigung bei jeder Form der Verköstigung, auch beim Genuß des Weines, und das sei ja wohl kein guter Rat, sondern zeuge von einer gewissen Borniertheit. Schon die alten Griechen, ob der Herr die kenne, hätten sich überwiegend vom Weine ernährt, den sie durch Verharzung haltbarer machten; die modernen badischen Weine, von denen der Herr, welcher sich vermutlich als Kurgast hier befinde, gerne kosten dürfe, im Laden, hätten eine solche künstliche Konservation nicht mehr nötig; sie seien in sich rund, gehaltvoll und bemerkenswert lagerfähig. Nietzsche dankte für die Auskünfte und stieg den ihm gewiesenen Hügel empor, auf dessen Kuppe, versetzt gegen zwei baufällige Dorfgehöfte, tatsächlich ein freies Haus stand, in dem sich die Praxis des Doktor Wiel befand. Von hier oben sah man auf den Ort hinunter, der dadurch keineswegs eindrucksvoller wurde; der einzige Blickfang, der sich bot, war eine Art Schlößchen, das in einem kleinen Park auf der anderen Seite von Bonndorf lag, dort, wo man noch Wälder erkennen konnte, grauschwarze Höhenzüge, merkwürdig gestutzt vor einem mit jagenden Wolken überzogenen Himmel. Hinter Wiels Haus hingegen erbot sich ein ganz anderes Land: ausgedehnte Felder, durchsetzt von Bauernpfaden, Wegkreuzen und Baumgruppen, ein welliger Grund, knorzig und vor einen Horizont verlagert, der sich duckte unter jedem nachforschenden Blick.

In der Praxis wurde er von der Sprechstundenhilfe willkommen geheißen, einer älteren Dame, weißlockig, wettergegerbt, Frau dieses Landstrichs wohl, auf jeden Fall nicht Elenor, was ihn aber jetzt nicht mehr überraschte.

»Mein lieber Professor!« sagte Doktor Wiel. »Früh sind Sie gekommen, aber nicht zu früh. Wie fühlen wir uns?«

»Erstaunlich gut fühlen wir uns. Seit Stunden keine Übelkeit mehr, keine Schmerzen im Magen, der Kopf zudem ungewohnt frei.«

»Ein euphorischer Zustand, mein Bester«, sagte Wiel. »Sie sollten damit rechnen, daß er nicht allzulange anhält.«

»Sie machen mir Mut, Herr Doktor«, sagte Nietzsche.

»Nicht wahr? Wir werden Sie jetzt ein wenig zur Ader lassen, an dieser und jener Ihrer leiblichen Öffnungen, und die Analyse Ihrer werten Säfte wird uns zusätzliche Aufschlüsse verleihen, glauben Sie mir.«

»Ich glaube Ihnen«, sagte Nietzsche. »Aber bevor Sie und Ihre Dame dort draußen Hand an mich legen, bitte ich doch einen Gruß anzunehmen, einen herzlichen und innigen Gruß an Ihre Tochter, die Sie ja wohl, hoffen wir, schon bald wiedersehen werden.«

Wiel lachte. »Einen eigenwilligen Humor haben Sie, Herr Professor«, sagte er, »das ist mir schon gestern aufgefallen; gefällt mir, durchaus – Wenn Sie meine Tochter grüßen, müßte ich ja die Ihre grüßen, und eines wäre so wahr und einsichtig wie das andere, meinen Sie nicht? Mir scheint, Sie haben da eine Hellsichtigkeit an sich, welche auf gelegentliche Beschränkung hinausläuft; nichts Besorgniserregendes, gewiß. Sie spielen mit dem Wirklichen, Herr Professor, machen es sich leicht, bieten Imaginationen auf, wo gewöhnliche Duldsamkeit vollkommen ausreichend wäre – nun ja, kein ganz abwegiges Symptom, letzten Endes, mir sehr wohl bekannt, denn ich habe mich schon früh dazu geäußert, medizinisch, verstehen Sie, Hypokrisie des Selbstwertgefühls, im Ernstfall manisch kollusiv, dazu insistierend, aber Sie als Geisteswissenschaftler können es auch schlichter nehmen, das heißt philosophisch, was nichts anderes heißt, als daß Sie am Wahrheitssyndrom laborieren, ein Exerzitium, gewiß; wiederholbar und ein verlustreicher Handel.«

6 Lied zum Ausgleich der Lasten

»Geliebte und verehrte Elenor – drei Tage oder gar mehr bin ich schon im Steinabade, und es gefällt – Man gibt sich Mühe, ohne Zweifel, im besonderen Ihr werter Herr Vater, dem ich die Kompetenz, die er sich zuzusprechen sucht, mehr und mehr abnehme; er weiß wohl, wovon er redet. Traurig, ein wenig nur, war ich indes, als ich Sie nicht antraf, wie doch erhofft, aber dann erhielt ich, auf Umwegen, noch Ihre Botschaft, und sie setzte mich in einen Stand der Erkenntnis, der mich mittlerweile zufrieden sein läßt, nachdem zunächst eine anfängliche Beunruhigung eingetreten war, die Sie wohl gespürt haben dürften. Heute jedoch, es ist ein Tag in der ersten Woche des Augusts und noch immer das Jahr 1875, hege ich keine Befürchtungen mehr, warum auch, bin ich doch Ihr Freund und ein liebender dazu; wir werden uns sehen, bald, und bis dahin mögen Sie mit jedem Fürsten umgehen, wie Sie wollen. – Gestern habe ich einige Aufzeichnungen verfertigt, von denen ich Ihnen Kunde geben will, denn es geht darin um die Gesundheit – meine, die Ihre, wohl jede Gesundheit, aus der Großes erwächst, bis hin zur ganzen beseeligend Erfahrung. – Was ich, nahezu fieberhaft, aufs Papier warf, war in etwa dieses: Wer wissen will, schrieb ich, wie es einem Eroberer und Entdecker des Ideals zumute ist, insgleichen einem Künstler, einem Heiligen, einem Gesetzgeber, einem Weisen, einem Gelehrten, einem Frommen, einem Wahr-Sager, einem Göttlich-Abseitigen alten Stils: der hat dazu zuallererst eines nötig, die Große Gesundheit – eine solche, welche man nicht nur hat, sondern auch beständig noch erwirbt und erwerben muß, weil man sie immer wieder preisgibt, preisgeben muß! ... Und nun, meine Liebe, nachdem wir, Sie und ich und wenige andere, schon lange unterwegs waren, wir Argonauten des Ideals, mutiger vielleicht, als klug ist, und oft genug schiffbrüchig und zu Schaden gekommen, aber gesünder, als man es uns erlauben möchte, Elenor, gefährlich-gesund, immer wieder gesund will es uns scheinen, als ob wir, zum Lohn dafür, ein noch unentdecktes Land vor uns haben, dessen Grenzen noch niemand abgesehen hat, ein jenseits aller bisherigen Länder und Winkel des Ideals, eine Welt, so überreich an Schönem, Fremdem, Fragwürdigem, Furchtbarem und Göttlichem, daß unsere Neugier ebensowohl wie unser Besitzdurst außer sich geraten sind – ach, daß wir, fürchte ich, nunmehr durch nichts mehr zu ersättigen sind! Wie könnten wir uns, Teuerste, nach solchen Ausblicken und mit einem Heißhunger in Gewissen und Wissen, noch am gegenwärtigen Menschen genügen lassen? Schlimm genug, sage ich, aber es ist unvermeidlich, daß wir seinen, des gegenwärtigen Menschen, würdigsten Zielen und Hoffnungen nur mit einem mühsam aufrechterhaltenen Ernst zusehen – und vielleicht nicht einmal mehr das ... Ein anderes Ideal nämlich läuft vor uns her, ein wunderliches, versucherisches, gefahrenreiches Ideal, zu dem wir niemanden überreden möchten, weil wir niemandem auch so leicht das Recht darauf zugestehn: das Ideal eines Geistes, der naiv (Sie wissen, was das heißt!), naiv also, das heißt ungewollt und aus überströmender Fülle und Mächtigkeit mit allem spielt, was bisher heilig, gut, unberührbar, göttlich hieß; für den das Höchste, woran das Volk (dem ich im übrigen nie recht zu trauen vermag!) billigerweise sein Wertmaß hat, bereits so viel wie Gefahr, Verfall, Erniedrigung oder, zumindest, Erholung, Blindheit, zeitweiliges Selbstvergessen (ahnen Sie etwas?) bedeuten würde – ja; das Ideal eines menschlich-übermenschlichen Wohlseins und Wohlwollens, das oft genug unmenschlich erscheinen wird; zum Beispiel, wenn es sich neben den ganzen bisherigen Erden-Ernst, neben alle Art Feierlichkeit in Gebärde, Wort, Klang, Blick, Moral und Aufgabe wie deren leibhaftigste unfreiwillige Parodie hinstellt – und mit welchem, trotz alledem, vielleicht der Große Ernst erst anhebt, Liebe, das eigentliche Fragezeichen erst gesetzt wird, das Schicksal der Seele sich wendet, der Zeiger rückt, die Tragödie beginnt ... schrieb ich, Elenor, schreibe ich jetzt, und die Wälder und Wiesen glänzen noch vom letzten Regen. Steinabad ist jetzt am Morgen, nach dem gewohnten kärglichen Frühstück, wie tot, nur das Flüßchen plätschert. Alle andern, auch die Kegler der Nacht, sind entweder ausgeflogen oder liegen zu Bette, geschwächt; Sie verstehen, die Große Gesundheit, und für manchen, der sich Schwächlichkeiten leistet, wird es da bereits ernst ... Ach, Liebe, ein wunderbares Licht liegt über allem, und ich sollte jetzt sagen, was ich fühle und will, aber ich sage es nicht ... Morgen werde ich, wenn kein Regen fällt, zu jener Ruine marschieren, die ich schon bei meiner Ankunft erblickte; ein auffälliges Gemäuer, das sich aus den Wäldern erhebt, und Herr Adler, der verwaltende Direktor von Steinabad, Sie werden ihn kennen, ein kurios anzuschauender Mensch, sagte mir, daß zu dieser Ruine noch eine Treppe hinaufführe, die begehbar sei; mit einigem

Mut. – Leben Sie wohl, flüchtige Schöne, die Zeit vergeht schnell, und so darf ich hoffen, daß Sie mir gewogen bleiben –

Ach, eine Frage bewegt mich noch, eine Frage, die Sie erstaunen mag: Wie ist Ihr zweiter Name? Elenor, ja gewiß, aber wie weiter? Wir alle haben doch mehrere Namen mit auf die Welt bekommen; so heiße ich nicht nur Friedrich, sondern auch Wilhelm, nach kaiserlichem Vorbild, was nicht ohne tieferen Sinn gewesen ist, wie es mir überhaupt nützlich erscheint, daß man mehrere Namen angeschlagen bekommt. Und der Ihre? Elenor tönt schön (tönt, wie man in Basel sagt), tönt und ist schön, zweifellos, aber es kann ja noch besser kommen, meine Liebe – noch besser, und mit jedem Namen, das läßt man sich träumen, werden neue Geschichten. In diesem Sinne grüßt Sie sehr innig – Ihr Friedrich Wilhelm Nietzsche!«

Der Mann war nicht mehr der jüngste, gewiß, aber jung war auch sie nicht mehr, die Frau Pastor, alte, nunmehr längst leidgeprüfte Mutter. Sie hatte sich eine Hilfe erkoren, einen Mann, der ihr zur Hand ging – bei der immer beschwerlicher werdenden Pflege des Sohnes. Allein fühlte die Frau Pastor sich, seit Monaten schon, überfordert; denn da gab es ja nur noch sie, die Alwine, überaus treue Seele, welche genug damit zu tun hatte, die altvordere Ordnung zu erhalten; sie kochte, putzte, wusch, Alwine; von Fritz jedoch, dem Herrn Professor oben, hielt sie sich fern, obwohl sie ihn mochte, immer schon; hatte sie ihn doch einst als kleinen Jungen geschaukelt und geneckt, wie sie behaupten konnte, und jetzt war er ein kranker Mann, fehlgeleitet im Kopf, da durfte sie Angst haben – und Scheu. Und Lieschen, die Schwester, Frau Doktor Elisabeth Förster befand sich immer noch in diesem Land am Ende der Welt, Paraguay oder Uruguay, wo sie, gingen die Gerüchte, im Stile einer Königin herrschte, über eine Provinz von Deutschen, alles ergebene Untertanen und schwer arbeitend, schuftend sozusagen, und doch kamen sie, sagte man, auf keinen grünen Zweig. Es war nicht gut von der Schwester, daß sie Mutter und Bruder allein ließ, fand Alwine, aber Lieschen hatte schon immer ihren eigenen Kopf gehabt, in dem es gewiß nicht so klug zuging wie beim Herrn Professor – und doch, man unterschätzte sie, Lieschen, nahm sie, die stets gut im Futter stand, allzu leicht. Alwine war froh, daß sie selbst nicht zu Elisabeths Untertanen gehörte, dort drüben, hinter den Meeren, am abschüssigsten Teil der Erde; Lieschen nämlich verstand es zu herrschen, was mittlerweile auch wohl ihr Gatte gemerkt hatte, der Herr Doktor Förster, der ein unangenehmer Patron war, ein Salbader, ölig bis auf die Haut und wohl zu schwach, um sich gegen Lieschen zu behaupten. Und was der für Sachen sagte, der Herr Förster, ganz dumm; nicht jeden Doktor sollte man für gebildet halten, hatte inzwischen Alwine begriffen; mancher war auch wohl nur eingebildet – und jetzt also dieser alte Mann, den sich die Frau Pastor ausgeguckt hatte, einen Rentner, Tittel mit Namen, welcher insofern geeignet schien, weil er zur Miete im Haus wohnte und noch rüstig war.

»Das kommt vom Biere«, sagte Tittel. »Zwei Flaschen am Tag, starkes Bier für die Knochen, vom Arzt empfohlen.«

»Sie müssen meinen Jungen halten«, sagte die Frau Pastor. »Festhalten, wenn er nicht gut auf den Beinen ist. Dann muß er gestützt werden, braucht überhaupt Hilfe – beim An- und Auskleiden; man darf ihn nicht aus den Augen lassen, wenn er in dieser Stimmung ist, nicht wahr, Alwine.«

Alwine nickte; wußte sie doch, wovon die Rede war. Tatsächlich hatte sich der Zustand des Herrn Professors verschlechtert in letzter Zeit. Er stand nicht mehr sicher auf den Beinen, torkelte; gegen die Tür war er auch schon gerannt, und danach lachte er, sehr laut, schien richtig vergnügt zu sein, bis er, ohne Feindeinwirkung, umfiel, und als er am Boden lag, lachte er immer noch; lautlos. Er reagierte nicht; nicht auf die bewährte Anrede, überhörte, was zu hören war; sein Blick ging ins Leere. Und dann wiederum schien er ganz der alte zu sein, heiter blickte er drein, gütig; er scherzte mit ihr, Alwine, sprach davon, daß sie ein junges hübsches Mädchen sei, welches er vom Fleck weg heiraten würde, wenn er denn könnte, aber für eine solche Unternehmung betrachte er sich doch mittlerweile als zu gesetzt, zu reif an Jahren, ihm fehle es, leider, leider, bereits an der nötigen Leidenschaft, um Alwine vom Leibe her so bedrängen zu können, wie sie es zweifellos verdiene – und zum andern sei er, wie sich vielleicht herumgesprochen habe, verlobt, eine intrikate Angelegenheit, die noch ihrer Lösung harre.

»Elenor, Alwine – Sie verstehen. – Aber wie weiter, frage ich, wie weiter?«

»Wenn Sie mir helfen, mein Herr«, sagte die Frau Pastor, »dann sollten Sie besser nicht getrunken haben!«

»Zwei Flaschen am Tag«, sagte Tittel. »Starkes Bier für die Knochen, vom Arzt empfohlen.«

»Ich kann Ihnen nicht viel bezahlen«, sagte die Frau Pastor. »Eigentlich kann ich Ihnen gar nichts bezahlen. Aber ich dachte, daß ich Ihnen mit der Miete entgegenkomme. Und sind Sie nicht auch Christenmensch – so wie wir alle?«

»Bin ich«, sagte Tittel. »So wie wir alle!«

Der Handel wurde dann abgemacht, und die Frau Pastor führte den Rentner Tittel, der übrigens sehr vierschrötig war, ein derber Mensch mit glänzender Kopfplatte, welche sich aus einem Kranz grauer Haare wölbte, zum Zimmer des Herrn Professors; Alwine folgte, denn sie wußte, daß dieser Vorgang eine Art Amtseinführung war. Der Herr Professor saß im Schaukelstuhle, eingesunken, Kopf auf der Brust, aber immerhin fast vollständig bekleidet. Er schlief, jedenfalls hatte er die Augen geschlossen, und unglücklich sah er eigentlich nicht aus.

»Was soll ich mit ihm machen?« fragte Tittel. »Ausziehen und waschen?«

»Jetzt doch nicht!« entgegnete die Frau Pastor und schien verärgert, was Alwine durchaus verstehen konnte, denn der Herr Professor war ja gewaschen; jeden Morgen, in aller Mühe, rückte ihm die Mutter mit kaltem Wasser und einem großen Schwamm zu Leibe. Eine Tortur, aber mehr für die Frau Pastor als für den Herrn Professor, der gelegentlich sogar Laute des Vergnügens ausstieß; wie ein Junge kicherte er dann, schüttelte sich nach Art der Hunde, so daß die Frau Pastor naß wurde, was ihr nicht gefiel, weil sie es gerne ordentlich hatte, im Haus und mit sich selber.

»Ein Bild des Friedens«, sagte Tittel. »So gut möchte ich es auch mal haben!«

»Was reden Sie denn da«, flüsterte die Frau Pastor, und in diesem Augenblick richtete der Herr Professor sich auf, sah sie an, wie sie ihn ansahen, alle drei, und er stieß einen Schrei aus, mächtig und langgezogen. Tittel zuckte zusammen, desgleichen Alwine, obwohl sie Schreie wie diesen inzwischen kannte, aber erschreckt wurde sie immer noch; das Unvorhergesehene, Plötzliche, was einem ins Herz stach; gesund war solcher Schrecken nicht.

»Was hat er denn?« sagte Tittel. »Ich tu' ihm doch nichts! Weiß er nicht, daß ich hier wohne?«

»Begreifen Sie jetzt, was ich meine?« sagte die Frau Pastor und schloß die Tür, worauf drinnen, im Zimmer, wieder geschrien wurde, ein ums andere Mal. »Begreifen Sie jetzt? Krankheit – mein Sohn ist krank, aber es versteht keiner, was ihn da quält, und deswegen ist es so schwer, ihn zu pflegen. Es gibt nichts Berechenbares mehr an ihm, Herr Tittel, nur noch Überraschungen; Gott hat etwas mit ihm, meinem Sohn, eine Strafe womöglich, und mir – wächst es über den Kopf.«

Nach ein paar Tagen, Regen und Sonne wechselten sich ab, begab er sich wiederum zu Doktor Wiel in die Praxis; unangemeldet. Es gab keine Überraschung, Elenor war noch immer nicht da, statt dessen hantierte jene andere Sprechstundenhilfe hinter einem Tableau, das sie, wenn, wie jetzt, wichtige Amtsgeschäfte drohten, aufklappen konnte, um sich zu den Gerätschaften zu bewegen, die sie gerade benötigte. Es war wieder Mittagszeit, eine schläfrige Atmosphäre, in der ganz Bonndorf, dieses ohnehin öde Städtchen, wie taub und abgesunken dalag. Einen Mann hatte er gesehen auf dem Wege zum Doktor, einen hemdsärmeligen, wettergegerbten Menschen, der an seinem Gartentor stand und ihn nicht grüßte.

»Lachen Sie nicht, Herr Doktor«, sagte Nietzsche, »ich bitte Sie sehr, aber ich leide unter einem strengen Schluckauf, der so insistent ist, daß er mir wie mit Messern durch den Innenbauch fährt. Man möchte fast schreien bei diesen Schmerzen.«

»Sind Sie nervös?« fragte Wiel. »Angespannt – über die Maßen?«

»So könnte man sagen«, rief Nietzsche. »Ich trage gewisse Pläne mit mir herum, hochgesteckte Ziele, Erwartungen, wenn Sie verstehen. Große Entscheidungen stehen an, aber ich glaube nicht, daß sie –«

»Guter Mann«, sagte Wiel. »Was wissen denn Sie! Die Seele treibt ihre Spiele mit dem Leib, der sich ohnehin gern in merkwürdige Manöver flüchtet, für die unsere reinen, von der Schule der Medizin verantworteten Erklärungen nicht mehr hinreichen. Das scheint mir auch bei Ihnen der Fall zu sein. Ich könnte Ihnen die bewährten Dragees nach Gastberger und Soth verschreiben, aber ich glaube, wir sollten lieber auf psychogen deprezierende Maßnahmen setzen. Mit anderen Worten: Entspannen Sie sich – sofort. Denken Sie an das Schöne dieser Welt, eine junge Frau etwa, der Sie sich nähern, ein großes Werk, das Sie schreiben. Oder –«

In diesem Augenblick, er hatte nur genickt, oder war er nicht sogar ganz ruhig geblieben, durchfuhr es ihn, ein Schmerz bis in den Schlund hinauf, und er schrie. Nicht sehr laut, wie er fand, da war ihm schon anderes entwichen, aber doch laut genug, daß der Herr Doktor Wiel vorübergehend die Rede verlor und die Sprechstundenhilfe in der Tür stand, die ihm, eher stumm und ängstlich, ihren Beistand anbot.

Er hatte sich dann verabschiedet, der Doktor sah ihn etwas merkwürdig an, desgleichen die Frau, die sich wieder hinter ihr Tableau zurückzog; man konnte ja nie wissen. Wiel versprach Abhilfe; so viel Gutes habe er bereits geleistet, da könne er nicht vor einem lächerlichen Schluckauf kapitulieren, obwohl, das müsse man ja nun festhalten, die auftretenden Symptome seltsam seien, um nicht zu sagen abartig. Er werde über geringfügige Änderungen im Diätplan des Herrn Professors nachdenken; vielleicht produziere die streng dosierte Fleischkost in Tateinheit mit dem Quantum Bordeauxwein, das er seinen Patienten nun mal gestatte, zuviel Magensäure, die sich auf natürlichem Wege keine Erleichterung mehr verschaffen könne und deswegen, konvulsivisch aufsteigend, jenen von seltsamen Schmerzen und einem ebenso seltsamen Geräuschbeiwerk begleiteten, insgesamt doch wohl abartigen Schluckauf hervorbringe.

»Seltsam, seltsam«, hatte Wiel noch gesagt und dabei ein bedenkliches Gesicht aufgesetzt. »Wir werden nach doppelter Strategie vorgehen, Herr Professor. Zum einen verabreiche ich Ihnen nun doch die Dragees nach Gastberger und Soth, welche als solche so bewährt sind, daß sie auf gar keinen Fall schaden können. Ich bringe sie Ihnen mit, wenn ich morgen wieder nach Steinabad herunterkomme. Zum andern verpflichte ich Sie zu den erwähnten Entspannungsübungen; meditatives Gehen, wenn Sie so wollen. Lange Spaziergänge, junger Mann, starke Märsche gleichsam, begleitet nur vom Zuspruch guter Gedanken. Alles, was dabei in Ihnen hochsteigt, wird umstandslos unterdrückt – verstehen Sie. Tun Sie etwas für Ihre Seele, Herr Professor, und Ihr Leib, der womöglich doch auf moderne Weise verzärtelt war, wird es Ihnen danken.«

Er hatte sich dann nochmals verabschiedet, schließlich war er ein höflicher Mensch, und der Herr Doktor sah ihn an, weniger merkwürdig als beim Abschied zuvor; er schien erleichtert, daß man doch noch zu einer Therapie gelangt war, die er für empfehlenswert hielt. Vor der Praxis des Herrn Wiel, Josef, schaute Nietzsche ins Land: Was für ein Strich, Striche gar, diese geduckten Hügel zur Rechten, davor wogende Kornfelder und in der Ferne, noch immer zur Rechten, gradlinig blaue Anhöhen, auf die ein Rauhvogelpaar zuschwebte, Seite an Seite; abschüssig dafür, zur Linken, eingelagert und nicht mehr beweglich, dieses Bonndorf, eine wirkliche tote Stadt, in der sich nichts regte, und nur auf der gegenüberliegenden Kuppe, gleich hinter dem läppischen, in der müden Sonne rotglänzenden Schlößchen, bewegte sich etwas, ein streunender Hund vielleicht, eine Katze oder ein vorwitziges Reh. Er ging den Weg hinunter, niemand zu sehen, dafür Essensdüfte in der Luft, es roch nach schwerem Braten, und ihm fiel seine Diät ein; gern hätte er jetzt gesündigt. Durch den menschenleeren Ort ging er zurück, an der Straße entlang, am Hotel vorbei, auch die Kofferträger waren verschwunden; in den Wald hinein, wo es tatsächlich lebendiger wurde, weil immerhin Vögel zu hören waren, Vögel und ein gelegentliches Knacken im unteren Holz. Er ging, ging eigentlich ohne Schmerzen; lag es daran, weil er Gutes dachte, ganz streng; mit jedem zweiten Schritt gönnte er sich einen milden Gedanken, was fad war, und so wechselte er ins Fach der großen Erfolge, seine Welt also, die er aufriß, Fenster zum Leben, hier und jetzt; Drahtzieher der Zukunft; er, der Meister, und es war ja so leicht, mit dem wirklich Großartigen umzugehen. –

Er geht, läßt nicht nach, die Landschaft verschiebt sich, unmerklich, wird größer und größer, mächtiger; über den Wäldern bauen sich Felsen auf, Ungetüme aus Stein, die im Schnee verschwinden, und das Licht wechselt jetzt, hat nicht mehr das Versöhnlerische; keine milchhelle Anschmiegsamkeit mehr, sondern klare Konturen, die kennt er doch schon – woher? Und er geht, ein wiederhergestellter, beschwingter Professor, sehr jung noch, gewiß, doch schon unglaublich weise, ohne Schmerzen, in diesem großen Augenblick, ohne Schmerzen, dafür seltsam, sagt der Doktor, seltsam hochgestimmt, und er geht – geht auf grünem weichen Grund, im Königreich des Tanzes, könnte man meinen – Gab es je, sagt er, sagt er sich, gab es je eine bessere Stunde, um fröhlich zu sein? Wer singt ein Lied, er doch, ein Vormittags- oder Mittags- oder Nachmittagslied, so sonnig, so leicht, so flügge, daß es die Grillen nicht verscheucht, vielmehr einlädt, mitzusingen, zu tanzen, aber wer kommt – Und lieber noch, sagt er, sagt er sich, summt schon dazu, lieber noch einen höchst einfältigen bäurischen Dudelsack hören als die bekannt geheimnisvollen Laute, solche Unkenrufe, Grabesstimmen, Murmeltierpfiffe, mit denen sie mich, den werten Herrn Einsiedler, in meiner Wildnis regaliert haben. – Gefällt es euch so, meine zahllosen unbekannten Freunde? Gefällt es? Nun gut, dann soll es erklingen, rauhkehlig, heiser, schließlich sind wir schon belastet, sind, wenn ich nicht alle täusche, im Wald, im Gebirge, und ich bin frei, sagt er, sagt er sich, ruft es hinaus, ohne Echo, was gar nichts macht, denn er braucht keinen Widerhall, dazu hat er die eigenen Stimmen, singt es, sein Lied, keiner will's hören, was nichts anderes bedeutet, als daß er, jetzt und hier, Selbsthilfe betreibt, grundlos, erheiternd, insgesamt schön; Selbsthilfe also, sein Lied, seltsam, seltsam, sagt der Doktor, und Elenor, Elenor nickt, lächelt auch, insgesamt schön; seltsam, seltsam, sein Lied – zum Ausgleich der Lasten.

7 Aus gegebenem Anlaß

Tittel hatte ihn angekleidet, der Herr Tittel, dieser freundliche, gelegentlich etwas unbeholfene, dann auch leicht grobe ältere Herr, der jetzt der Mutter zu Diensten stand und in dieser Eigenschaft, Eigenheit wohl, an ihm herumfingerte, dabei keuchte, ächzte, weil ihm die Feinarbeit Mühe bereitete; das Zuknöpfen von Weste und Jackett beispielsweise, da zitterten die gichtigen Finger des armen Herrn Tittel – ach ja, das Alter kostete Qualen, und er, er war froh, daß er nicht alt wurde. Einmal am Tag begleitete ihn Tittel auf einen Spaziergang, die Mutter wollte das so; frische Luft brauchte der Fritz, und da sie aus einem Grund, den er zumindest ahnte, mit ihm nicht mehr so ganz zufrieden war, hatte sie dem Herrn Tittel den Auftrag erteilt, weit mit ihm zu gehen, zum Naumburger Wäldchen etwa oder zum Weiher, in dem, angeblich, noch immer der steinalte Karpfen schwamm, der sich allen Versuchen, seines bemoosten und schuppigen Körpers habhaft zu werden, erfolgreich widersetzt hatte. Weit hinaus mußte es gehen, mit ihm und dem Herrn Tittel, weil er sich, soviel war zu verstehen, ungebührlich verhielt, zu laut war, weil er röhrte und schrie, aber er röhrte doch nicht, und er schrie nur, wenn ihn der seltsame Schluckauf wieder plagte, dieser schneidende Schmerz, Bauchmaschine, ein wahrhaft sündiges Geschehen, das auch der Herr Doktor Wiel noch nicht in den Griff bekommen hatte; Doktor Wiel, Josef, der ihm Dragees verabreichte, welche aber nicht halfen, so daß nur das meditative Gehen blieb; starke entspannende Märsche, die jedoch auch ihre Zweifel verdienten, denn wer hatte schon so viele arglistige und dazu noch so befeuernde Gedanken; seltsam, seltsam, sagte der Doktor – Der Herr Tittel setzte ihm einen Hut auf, einen protestantischen Hut, abgewetzt, schäbig in der Krempe; den Hut kannte er gar nicht, er trug überhaupt keine Hüte, wegen seines Kopfes, so daß er ihm den Hut gleich wieder herunterfegte, dem Herrn Tittel, vor die Füße, und der wußte, daß er nun in Diensten stand, weswegen er auch den Hut gleich wieder aufhob; er deutete eine Verbeugung an, der Herr Tittel, ulkig, weil ihm dabei die Knochen knackten, sehr hörbar, ein Signal, Aufbruch also, nur keine Diskussionen, und so ließ er sich von dem alten Mann vor die Tür bringen, in den Sonnenschein hinein, die Hitze; kein Wind ging, nur er, mit dem Alten an der Seite, der ihn viel zu warm angezogen hatte, was bedeutete, daß er sich wieder seiner Kleider entledigen mußte, im Gehen, das machte er mit Eleganz, warf die Jacke ab, die darunter befestigte Weste, und der Herr Tittel, alter Mann, sprang wie ein Junger, um gleich wieder einzusammeln, was ihm da zugeworfen wurde. Dabei schimpfte er, dachte wohl, daß ihm ohnehin keiner mehr zuhörte, wie es sich für sein Leben gehörte, welches ein einziger Dienst gewesen war, ohne nennenswerte Entlohnung. Das machte Freude; er ließ den Alten springen, gab ihm dazu einige ermunternde Rufe, und die Leute, denen sie begegneten, wichen ihnen aus, recht so; man mußte sie nur ein wenig anschreien, besten Gewissens, und sie machten Platz, gedrungene Gestalten mit dummen Gesichtern und ewig wackelnden Köpfen. Tittel beeilte sich, trieb ihn an; er wollte fort aus diesem noch ungünstig belebten Gelände, zur Einsamkeit; wollte ins Wäldchen, zum Weiher, wie's ihm die Frau Pastor gewiesen. Und so gingen sie, hetzten, verließen den Ort, Naumburg, weithin gefürchtetes Nest; tatsächlich sah es so aus, als ob sie auf der Flucht wären vor einer Bande von Gläubigern; wohl Schulden gemacht, und nun, zahlungsunfähig, aber hören Sie doch: Nichts ist für die Ewigkeit, alles Wiederkunft, Wiederkunft des Ewig Gleichen – und er, er erinnerte sich, schamlos, was ihn dazu brachte, daß er, während der Herr Tittel im Erdboden versank, brüllen mußte vor seinem Lachen.

»Lieber verehrungswürdiger Freund – ich bin in Eile, sollte es aber gar nicht sein, denn ich möchte Sie sehen, wiedersehen, endlich, nach annähernd viereinhalb Monaten, die Tage, Wochen gezählt ... Es ist Dienstag, mein Freund, noch immer August, die Sonne strahlt vom Himmel, auch hier in Donaueschingen, unweit der dritten Residenz des Fürsten, der mich, nun ja, in Beschlag genommen hat, darf ich es so – sagen. Ab morgen aber stellt er mich frei für meine früheren Aufgaben, und so werde ich nach Steinabad zurückkehren, mit dem Zuge, was bedeutet, daß Sie mich abholen können, wenn Sie mögen; Stühlingen, elf Uhr vierundfünfzig. – Mein Vater hat mir berichtet, daß Sie gute Fortschritte machen, auch seine Anweisungen befolgen, die Diät betreffend, und sogar Zeit und Muße finden für kleine Scherze, die durchaus hintergründig seien, meint der Vater, um nicht zu sagen seltsam; er mag es, wenn seine Patienten guter Dinge sind und nicht nur ihre Leiden kultivieren. – Lassen Sie mich noch etwas zum Himmel sagen: Er ist so frei, wie ich es bin; keine Wolken mehr, ein glänzendes weitgespanntes Dach – so wie Sie es mögen, mein Freund. Ich erinnere mich sehr wohl, daß Sie den Trieb der Wolken verabscheuen; er macht Ihnen Schmerzen im Kopf, von dem, sagt der Vater, so vieles abhängig ist. Ich wünsche Ihnen, mein Lieber, daß dieser Himmel bis ins Steinabad herabreicht, so daß er auch morgen noch Bestand hat, wenn Sie mich, hoffe ich sehr, zur angegebenen Zeit am Bahnhof holen. Es wird sein, wie es ist, guter Freund, und wir dürfen noch allerschönste Erwartungen hegen. Keine übertriebenen freilich, darauf will ich verweisen, denn wir, Sie und ich, haben unsere Pflichten, wobei die meinen mehr praktischer Art sind, während Sie sich in den Weltinnenräumen bewegen, dort, wo der Geist nistet, welcher sehr wohl auch krankheitsverursachend sein kann, sagt der Vater, was ich aber nicht ohne weiteres auf Sie beziehen möchte, lieber Nietzsche. Sie sind Dichter und Denker, eine gar nicht einmal so seltene Kombination, in der sich das Dichten gelegentlich mit dem Denken in die Quere kommt, das Denken wohl auch mit dem Dichten, welches erstere, sagt der Vater, zu einer gewissen Genauigkeit angehalten werden sollte, will man überhaupt etwas zustande bringen, und da beginnt denn schon das Leiden, sagt der Vater, jener im inneren Seelenwerk verlaufende, grenzenlos empfindsame Monolog, der eine Person, einen Patienten umtreibt und bei kompliziertester Laune hält – in ihn, in dieses endlose Selbstgespräch hineinzuhören sei ungemein schwierig, sagt der Vater, der den Lauschangriff auf die ihm Anvertrauten jedoch weit besser versteht als die meisten seiner Kollegen – meine ich als seine ihm sehr verbundene Tochter. Verzeihen Sie meine Abschweifung, Freund, was einem eben so in den Sinn kommt, und ich will auch im Moment schließen; was treiben Sie gerade, darf ich noch fragen; vermutlich dichten oder denken Sie oder versuchen sich, mal wieder, an einer Kombination dieser beiden bemerkenswerten Talente, welche mir, von gelegentlichen kuriosen Höhenflügen abgesehen, leider fast gänzlich vorenthalten sind. Wenn ich komme, möchte ich also wieder etwas von Ihnen hören, ein Gedicht beispielsweise oder auch eine schöne Betrachtung wie die mir zuletzt überreichte, die ich mit Interesse gelesen habe (Sie sind ein Dichter!), aber nicht in allen Punkten verstand (was möglicherweise am Denken gelegen haben kann, an dem Ihrigen oder auch nur an meinem –, welches alles in allem jedoch nichts daran zu ändern vermag, daß ich diese Schrift als Ihre Freundin las, die begierig darauf ist, mehr und mehr zu erfahren – aus Ihrer Gedankenwelt. Leben Sie wohl, bis morgen vielleicht – Ich freue mich. Seien Sie herzlich gegrüßt von Ihrer sehr ergebenen – – – Elenor̂ Louise Wiel! – – Nun wissen Sie's also: der zweite Name; denken und dichten Sie dazu, was Sie wollen!!«

»Nein!« sagte der Herr Privatdozent Doktor Spiegelhalter. »Zum Bahnhof Stühlingen gehe ich mit Ihnen – nicht.«

»Aber ich erwarte doch Besuch«, sagte Nietzsche. »Und allein fühle ich mich, im besonderen diesem Besuche gegenüber, etwas unbehaglich. Wir waren lange getrennt, verstehen Sie.«

»Eine Frau also«, sagte Spiegelhalter. »Da kann ich Ihnen nicht helfen.«

Sie befanden sich auf einem Spaziergang, waren die Steina entlanggegangen, die auf einmal verschwand, irgendwo im Schwarzwälder Dickicht, vielleicht war sie auch ausgetrocknet, über den Tag, der wieder mächtige Hitze aufgebracht hatte, eine dumpfe schweißtreibende Schwüle, die den Privatdozenten ächzen ließ und den Professor dazu veranlaßte, sich seiner Ausgehjoppe zu entledigen.

»Sollten wir nicht lieber umkehren?« fragte Spiegelhalter. »Ich meine, eh' wir uns endgültig verlaufen in diesen unheilvollen Wäldern – Außerdem, Kollege: Was können wir schon sehen? Ein paar alte Gemäuer, mehr nicht.«

»Die Roggenbacher Schlösser«, sagte Nietzsche, »sind mehr als nur alte Gemäuer, Herr Kollege. Ich habe mich kundig gemacht. Die verschiedenen, aus knorzigem Wald herausragenden Ruinen gelten in diesem Landstrich als Kulturgut; sie zeugen von einem glanzvollen, sehr schnell zu Ende gegangenen Historienstück, in dem Raubritter, geknechtete Bauern und eine ungute Schicksalsentwicklung den Bühnenverlauf bestimmen. Damals, im zwölften Jahrhundert –«

»Keine Einzelheiten bitte«, sagte Spiegelhalter. »Ich bin zur Kur hier.«

»Gerade als Kurgast«, sagte Nietzsche, »sollten Sie sich für das kulturelle Erbe interessieren, das man hierzulande hegt und bewahrt.«

»Ach was«, rief Spiegelhalter und wischte sich den Schweiß

aus der Stirn, »Ach was, Kultur! Eine Schimäre, in dieser dummbrüterischen, verflucht herzlosen Gegend allzumal. Wer hierherkommt, ist krank, auf eine schleppende, kräftezehrende Weise krank, ich weiß, wovon ich rede, Herr Kollege, denn ich kenne Sie, und ich kenne mich – und zudem habe ich erst im letzten Jahre ein Traktat veröffentlicht mit dem Titel ›Langsame Kuren‹, in dem es um die Macht der Gewohnheit geht, welche uns Kranke beeinflußt. Sie also, ein noch junger und doch schon verdammt kranker Mensch, ein Kurgast wie ich, sollten wissen, daß alle chronischen Krankheiten, des Leibes sowohl wie der Seele, meine ich, aber lassen wir das – alle Krankheiten, sag' ich und schrieb es natürlich auch, entstehen sehr selten oder eigentlich nie durch einmalige grobe Vergehungen gegen die verbliebene Vernunft von Leib und Seele, sondern gewöhnlich durch zahllose, unbemerkte kleine Nachlässigkeiten. – Wollen Sie ein Beispiel hören?«

»Nein!« sagte Nietzsche.

»Wer denn, Herr Kollege«, sagte Spiegelhalter, »und damit komme ich zu dem Beispiel, das Sie hören wollen, wer Tag für Tag um einen noch so unbedeutenden Grad zu schwach atmet und zuwenig Luft in die Lunge nimmt, so daß sie als Ganzes nicht hinreichend angestrengt und geübt wird, trägt schließlich ein chronisches Lungenleiden davon ...«

»Verzeihen Sie«, rief Nietzsche, »aber das ist doch wohl der pure Unsinn!«

»In einem solchen Falle«, sagte Spiegelhalter, »kann die Heilung auf keinem anderen Wege erfolgen, als daß wiederum zahllose kleine Übungen des Gegenteils vorgenommen und unvermerkt andere Gewohnheiten gepflegt werden – zum Beispiel, schrieb ich, wenn man es sich zur Regel macht, alle Viertelstunden des Tages einmal stark und tief aufzuatmen, womöglich platt am Boden liegend, eine Uhr, welche die Viertelstunden schlägt, muß dabei zur Lebensgefährtin gewählt werden; Lebensgefährtin sagte ich, merken Sie es wohl, Herr Kollege; kann es etwas Verläßlicheres in der Liebe geben als eine alles überwachende, streng schlagende Uhr?«

»Und was folgern wir aus alledem?« fragte Nietzsche.

»Langsam und kleinlich sind alle Kuren«, sagte Spiegelhalter, »das sollten wir folgern, Herr Professor Nietzsche, sollten wir, und auch wer seine Seele heilen will, muß über die Veränderung der kleinsten Gewohnheiten nachdenken. Mancher nämlich sagt zehnmal des Tages ein böses kaltes Wort an seine Umgebung und denkt sich wenig dabei, namentlich nicht, daß er nach einigen Jahren ein Gesetz der Gewohnheit geschaffen hat, welches ihn nunmehr nötigt, zehnmal jeden Tag seine Umgebung zu verstimmen.« Spiegelhalter, dessen Gesicht mittlerweile bemerkenswert rot angelaufen war, blieb stehen. »Was ist denn das für ein häßliches Gemäuer, das da vor uns aus der Schonung wächst?« rief er, und Nietzsche, der sich bereitgehalten hatte, antwortete ihm, stehenden Fußes, kannte er doch diese Wälder längst, vom Hörensagen.

»Eines der Roggenbacher Schlösser«, rief er, »gewiß, wenngleich nicht sehr gut erhalten, was mir jedoch endlich, Herr Kollege, endlich, denn ich wurde ja ständig unterbrochen, die Gelegenheit gibt, mit meiner die hiesige Kulturgeschichte sachlich heraufbeschwörenden Rede fortzufahren; endlich also. Damals nämlich, damals, Herr Spiegelhalter, damals – im zwölften Jahrhundert –«

Die Nachricht hatte ihr gutgetan, diese herübergebrachte Botschaft, von weither, daß die Tochter zurückkam, Lieschen, Frau Dr. Förster-Nietzsche, die nun verwitwet war und längst keine Königin mehr über dem Meer, aber sie zog es nach Haus; dachte sie, die Tochter, Lieschen, endlich an ihre eigentliche Aufgabe? Die Nachricht hatte ihr gutgetan, für ein paar Stunden; ihr Herz war zur Ruhe gekommen, das Herz einer Mutter, und die Schmerzen, welche sie insistierend plagten, seit langen Monaten schon, ließen sich besänftigen – für ein paar Stunden. Franziska Nietzsche quälte sich, der Unterleib tat ihr weh, eine gelegentlich höllische Prozedur, für die man sich versündigen konnte in Gedanken, denn sie hatte das nicht verdient, fand sie; keineswegs, wo sie doch im Alter noch mehr ihre gute Pflicht tat als ohnehin schon im Leben, das der Herr Gott ihr nunmehr zur Prüfung auslegte, unbegreiflicherweise. Doktor Gutjahr, der getreue Hausarzt, ein Kämpe der Medizin, dem sein christlicher Glauben mehr am Herzen lag als die seit neuestem propagierten Zwänge zur Fortbildung, welche in Ärztekreisen nunmehr befürwortet wurde, hatte auf anhaltende Darmkoliken erkannt, deren Schmerzen er in herkömmlicher Weise zu lindern suchte, was nicht viel einbrachte, aber er verstand es zu trösten, immerhin; an ihm ging ein Prediger verloren, tagtäglich, ein Umstand, welcher schon dem seligen Gatten aufgefallen war. Der hatte dem Doktor Gutjahr, zu Zeiten des seligen Herrn Pastor noch vergleichsweise ein Jüngling, gern und zufrieden gelauscht, immer wieder; es war unerheblich dabei, was er sagte. Gutjahr, schon der Name sprach für sich, veranlaßte Besserung, indem er das jeweilige Übel herunterredete; er tat dies im Brustton der Überzeugung, und wer Ohren hatte zu hören, dem konnte nicht entgehen, daß dieser Arzt Gott auf seiner Seite wußte, ein Glaube, der auch durch einige wenige Fehlschläge, die ihm vom Standpunkt der Medizin her unterlaufen waren, nicht erschüttert werden konnte. Franziska Nietzsche hatte Vertrauen zu ihm, unbedingt; kein anderer Doktor also mehr, der bei ihr vorsprechen durfte, allenfalls noch der über den Zweifel erhabene Professor Binswanger, welcher sich zweimal höchstpersönlich um sie bemüht hatte, aber er war natürlich nicht an der Mutter interessiert, sondern an dem Sohn, dessen Fortschritte er lobte – und tatsächlich war Fritz mit guten Tagen gesegnet gewesen, als der Herr Professor ihn in Augenschein nahm; er lächelte, grüßte sogar, schrie nicht, behielt die Kleider an, kurzum, es war wie schon lange nicht mehr, und die Mutter hegte, für Momente, den Verdacht, daß der Sohn sich lustig machen wollte – über den Professor, dem er schließlich, zum Abschied, ein Buch hinterherwarf, ein eigenes, was der Herr Binswanger als freundschaftliche Geste auslegte, so daß der Besuch insgesamt sehr zufriedenstellend ausklang. Es bleibt die Hoffnung, Gnädigste, sagte Binswanger, als er ging; Hoffnung – für Sie und für ihn. Und er lachte, auf eigenartige Weise, bevor er ging und Fritz, kurze Zeit später, in seinem Zimmer zu johlen anfing. Binswanger ging, schaute sich nicht um, warum auch, obwohl er doch eigentlich hören mußte, was da nun ausbrach, erneut, die bewährten Unsitten, längst eingeübter Lärm; Schreie eben, die Franziska Nietzsche an diesem Tag schließlich auf eine fast ekelerregende Weise zuwider wurden. Sie legte sich ins Bett, früh am Abend schon; Alwine sollte wachen über ihre Last, und zur Not konnte ja auch noch Tittel herbeigerufen werden, der ohnehin seine Müh und Not mit dem Sohn hatte. Franziska Nietzsche, im Halbdunkel liegend, fror; die Glieder taten ihr weh, und bevor sie schlief, wie nur die rechtmäßig Erschöpften schlafen können, weinte sie noch, heftig, und sie schämte sich, weil da nicht nur Trauer war in ihr, sondern Zorn auf Gott und die Welt. Der Himmel senkte sich auf sie herab, zorngeschwärzt; er breitete sich über ihr aus, ein unendlich schweres Leichentuch, sank nieder im Zimmer, in ihrem Zimmer, wohlgemerkt, und das fand sie denn doch haarsträubend ungerecht; sie richtete sich auf, Mutter, wollte Widerworte riskieren, eine anklagende Predigt gar, hatte sie nicht ihm, dem stürzenden Gatten, immer ehrlichen Herzens zugehört, und dann noch der Fritz, der besonders, keiner hatte doch Worte gefunden wie er; gelacht also fast, wenn nicht auch etwas bei ihr hängengeblieben wäre, tapfere Mutter, aber alles, was sie sagen wollte, blieb ungehört, denn an einem sich hinziehenden Verfahren schienen die höheren Herrschaften nicht interessiert, es konnte ja auch so alles gegen sie verwendet werden, sogar ihre geheimen, an diesem Abend leidenschaftlich erzürnten Gedanken – und dann legte man endgültig das unendlich schwere Leichentuch über sie, hüllte sie ein, fürsorglich, und während sie ihre großartige Rede zu vergessen drohte, vorläufiges Ersticken einer Mutter, schlief sie ein; Strafe wohl – und erneute Bewährung.

Spiegelhalter hatte sich verabschiedet, halb im Scherz und doch sehr ernst äugend. »Bei Ihren Liebesdingen lasse ich Sie allein!« erklärte er und rammte seinen provisorischen Spazierstock in den Boden. »Sie werden sehen, daß es gut so ist, und an Ihnen selber bleibt es ja ohnehin hängen, ob Sie in der Lage sind, Klarheit zu gewinnen.«

»Nur ein Stück Weges«, sagte Nietzsche. »Bis zum Bahnhof Stühlingen. Wollen Sie nun ein Freund sein – oder nicht?«

»Oder nicht«, sagte Spiegelhalter. »Zur Freundschaft gehört Gegenwart, Herr Kollege, schrieb ich vor etwa einem Jahr, Gegenwart, sonst tritt an ihre Stelle der Kultus der Erinnerung. Und ich – ich bin schon weg; wir sehen uns, so alle Beteiligten es wollen, im Steinabade. Und grüßen Sie, unbekannterweise, die Dame, wer auch immer sie letztlich sein mag.«

Spiegelhalter atmete tief durch, wischte sich, so als könnte es das letzte Mal sein, den Schweiß von der Stirn und hastete dann, an der nächsten Weggabelung die von ihm vermutete Fährte aufnehmend, davon; komisch sah er aus, dachte Nietzsche, ein dickes fußelndes Tier, welches, je mehr man ihm nachstierte, zu glänzen anfing und sich schließlich in kaum glaublicher Geschwindigkeit verflüchtigte. So war denn der Tag gekommen, sein Tag wiederum, und er mußte tun, was man von ihm erwartete. Elenor war bereit für die Liebe, Elenor Louise, die er auch Lou nennen durfte, vertraut, wie sie miteinander waren, und trotz dieses zweifelsfreien und sehr innigen Wissens schlug ihm das Herz bis zum Halse; lächerlich eigentlich, doch wohl schön – und den Gerüchten entsprechend, die über die Liebe im Umlauf waren. Kurios nur, fast besorgniserregend, daß sich, zu gegebener Zeit und aus ebensolchem Anlaß, das Weltmännische, all das sorgfältig gehegte Gehabe, diese ganze geisterhaft gestärkte Erfahrung verlor und er zurückblieb, einem Schulbuben gleich, der noch rot wurde beim Vergegenwärtigen seiner allerersten verschämten und zugleich ferkelhaften Gedichte. Er ging an der Steina entlang, bachabwärts, auf bekanntem Untergrund – wie es überhaupt keine Überraschungen mehr gab, nicht hier in den Wäldern, in denen bereits an jedem zweiten Baum frühherbstliche Spinnennetze ausgespannt waren, zarte Gebilde, schön für den Tod, und auch anderswo hatte sich das Bekannte eingeschlichen; feine Wiedererkennungsmuster, welche bis in die Herzensangelegenheiten hinein wirkten und für Verläßlichkeit sorgten. Er schwitzte, nicht so heftig wie der so verläßlich verschwundene Spiegelhalter, aber doch spürbar, und während er seinen Schritt mäßigte, dachte er, daß er sich zwar erhitzen durfte, später, in den Regularien ihrer Leidenschaft, aber zuvor sollte er sich doch nicht allzusehr derangieren; ein liebender Mann, lange Wege gehend, durfte nicht riechen wie ein Iltis, da hatte man Vorsorge zu treffen, noch bevor es zum ersten harmlosen Schulterschluß kam. Würde er sie wiedererkennen, Elenor Lou; schließlich war sie lange weg gewesen, und er doch auch, was nichts anderes bedeutete, als daß man einiges schon wieder vergessen durfte; Ansichten, kleine Ereignisse, die für die Erinnerung so wenig zählten, daß sie schließlich gar nicht stattgefunden hatten. Dafür heckte der Liebende Neues aus, unentwegt, er pflegte seine Eingebungen, schürte Versorgung und Nachschub, seiner eigenen Not nur zu gern gehorchend; sehnsüchtig wurde nur, wer es immer schon war, wußte er doch längst, und so sah er sie jetzt, Elenor, auf seinem Wege, folgerichtig, eine junge Frau, größer geworden, schien es ihm, in dieser Zeit, mit nunmehr rötlich glänzendem Haar, das sie verführerisch offen trug, prächtig, prächtig demnach, und herrlich auch noch immer ihre Augen, wenngleich nicht recht einsehbar, leider; Elenor, Lou, recht besehen, war kein Mädchen mehr, eher schon das mächtig gereifte, bilderbuchhaft schöne Weib, welches mittlerweile, Zusatzgeschäft, sogar die zweideutigen Gedanken auf sich zog, diese vor allem, und auch die Lüsternheit machte ja die Liebe, wie es hieß, obwohl er der, Vorgriff auf dezent abgelebte Zeiten, noch immer nicht traute. Immerhin war die Gelegenheit zu nutzen, jetzt; warum warten, bis der Bahnhof in Sicht kam, Stühlingen, wo er sich, unter Umständen, noch geniert hätte ein wenig, wegen der anderen Reisenden vielleicht, oder weil der uniformierte Bahnhofsvorsteher sich nicht mit der Abwicklung des spärlichen Zugverkehrs beschäftigte, sondern auf sie starrte, sie beide, Elenor und ihn. Jetzt also, und er nahm sie in die Arme, auf dem Waldweg, nicht mehr gefackelt; er küßte sie, und Elenor, seine Lou, trug es mit Fassung. Sie war überrascht, schließlich hatte sie sich ganz auf eine Begrüßung am Bahnhof eingestellt, schöne Szene, mit Publikum, dem man die Intensität eines Gefühls präsentieren konnte, für das bereits einiges getan worden war, welches jedoch gleichwohl der weiteren Ausmalung bedurfte. Und nun hatte er sie überrumpelt, hielt sie fest, wobei er sich, wie immer, männlicher gab, als er war; seine alte Schüchternheit, die sie so mochte, wurde er nicht los; gut so, sie machte sich los, schob ihn, kaum merklich, zur Seite, lächelte. Er sah sie an, versonnen, und über seine rechte Gesichtshälfte tanzte ein Sonnenstrahl, fast quälerisch; er, der Professor, ihr Nietzsche, von dem sie glaubte, daß er sich gerne entzog, versuchte dem Licht auszuweichen; er grimassierte, Clown im Walde, stechen lassen wollte er sich nicht, nicht hier, nicht vom Licht, für das er sich Besseres ausgedacht hatte, und so nahm er ihre Hand, selbst die Schüchternheit vergessen, nahm sie, und während sie weitergingen, am rauschenden Bach entlang, der sich fügte, zupfte er sie am Ohrläppchen – eine kühne, eine ungewöhnliche Geste. »Verzeihen Sie«, sagte er, »ich bin Ihnen zuvorgekommen, ein Spaß, Elenor Louise. Daraus läßt sich einiges schließen, kennen Sie doch noch, wäre zu denken, die alten Märchen vom Glück. Ich liebe Sie, mehr denn je, ein beispiellos Genesender, und was ich tat, Elenor Lou, darf ich so sagen, hier und jetzt, im Künftigen zudem, tat ich aus gegebenem Anlaß.«

8 Was alles vorgeht in der Welt

Es war gut. Für den Moment war es gut: Doktor Wiel, aus Bonndorf heruntergeeilt ins Steinabad, hatte ihn gelobt – nach einem tiefen Blick in die Augen und einem festen Griff ans Kinn, das er drückte, als wollte er dem Herrn Professor eine ganz besondere Liebe zeigen; er pries seine Konstitution, überschwenglich, sprach davon, daß er den Diätplan wiederum geändert habe, noch weniger Fleisch jetzt, eine wohltuende Reduktion, wie sich herausstellen werde, eine vorbeugende Maßnahme, die sich günstig, bestimmt günstig auf die einmal diagnostizierte Erweiterung des Magens und die immense Säurebildung auswirken müsse – er werde sehen. Und tatsächlich sah er, daß Wiel sich selber erstaunlich ungesund präsentierte; der kleine Mann schwitzte, seine Augen schienen entzündet, und die rechte Hand, mit der er ihm ans Kinn faßte, zitterte, ein ungutes Gefühl, das ihm in den Kopf hinaufschlug, mit dem er doch genug Arbeit hatte. »Ich bin zufrieden mit Ihnen, Herr Professor«, sagte

Wiel, »hören Sie das wohl, was Sie jedoch nicht von Ihren täglichen Pflichten entbindet. Gehen Sie hinaus in die Wälder, Sie wissen doch, starke, gedankenfördernde Märsche, die sind wichtig für Sie, und wenn Ihnen die Wälder zum Halse heraushängen, dann kommen Sie nach Bonndorf zum Kurkonzert, das in dieser Woche von einem Gastdirigenten bestritten wird, auf den viele Musikfreunde, wie ich mir habe sagen lassen, große Stücke halten. Wäre das nichts, Herr Professor, eine willkommene Abwechslung doch gewiß, und es gibt frisches Bier aus der benachbarten, in ganz Deutschland bekannten Rothaus-Brauerei, die einen vorzüglichen, weitgehend naturbelassenen Gerstensaft herstellt, von dem ich Ihnen erlaube, drei oder vier Gläser zu trinken.« Noch immer hielt der rotäugige Doktor Wiel ihn am Kinn fest, mit zittriger Hand, die ihm Schmerzen bereitete, ungünstige Vibrationen; er drehte den Kopf, entzog sich dem Griff des Badearztes, der wohl keinen guten Tag hatte; womöglich schlug schon sein letztes Stündchen, armer Mensch, und er mußte sich, wie zur Strafe, nun selber in medizinische Behandlung begeben. Nietzsche lachte, stand auf; der Herr Doktor Wiel wandte sich zur Tür. »Wie schön«, sagte er, »Ihre gute Laune, die sich trotz Ihres Befindens hält; ungewöhnlich dies, aber es spricht für Sie, Herr Professor, spricht für Sie. So sehen wir uns denn, wenn ich Ihren zufriedenen Blick recht deute, heute nachmittag, beim Kurkonzert und beim Biere und bis dahin gehaben Sie sich wohl!« Er ging, ein gebeugter kleiner Mann, um den man sich Sorgen machen durfte. Nietzsche trat hinaus auf den Balkon. Es war noch früh, ein kühler, mit ein paar Windböen trefflich eingewehter Vormittag, den er zu nutzen gedachte, mit einem Bad etwa, im Freien; hatte er doch, in den Tagen zuvor, ein Schwimmbassin entdeckt, ein kleines, mit grünem Wasser gefülltes Becken, das versteckt hinter der vermaledeiten Bier- und Kegelhalle lag, kaum einsehbar unter Bäumen.

War das eine Freude gewesen für ihn; sein eigenes Privatbad, das er gleich in Beschlag nahm, am frühen Nachmittag. Er achtete gar nicht auf die anderen Gäste; sollten sie ihr Schläfchen halten oder spazierengehen; die Wälder waren groß genug. Er entledigte sich seiner Kleider, wer mochte ihn schon sehen, und dann schlug das Wasser über ihm zusammen, eiskalt, daß ihm fast der Atem wegblieb. Er planschte sich frei, japste, keuchte; mit wilden Armbewegungen ruderte er auf seiner Bahn, die durchs ganze Bassin führte. Als ihm halbwegs warm geworden war, stieß er an; erste Wende, er drehte sich auf den Rücken, lag nun, toter Mann, auf dem grünen Wasser, und über sich, in großer Kopfhöhe, sah er seinen Himmel, ein ganzes Schelmengebilde, das ihn bedingungslos unterstützte. Er trieb dahin, langsam, unmerklich fast, ein Reisender in der Zeit, und nur ein aufdringliches Bussardpärchen, das über ihm, in seinem Himmel, kreiste, erinnerte ihn an die gewesene Zeit. So hätte er sterben mögen, auf der Stelle, herrlich lebloser Professor, aber da waren noch die Abbilder, die ihn begleiteten, geschönte Reminiszenzen, Andeutungen, für die er, noch immer, persönliche Haftung übernommen hätte; Doktor Wiel, nur mehr ein Schatten seiner selbst, war dabei, desgleichen Elenor Lou, sichtbar gealtert, dazu Mutter und Schwester, beide gut im Futter stehend, der Vater, hingestreckt, wie sich's für ihn gehörte, ferner etliche Bekannte mit verschwimmenden Gesichtern und eine unbekannte Frau, jung, hoch aufgeschossen, die er nicht recht einordnen konnte in seinem Himmel, der sich schlagartig hob, als er wieder anstieß; zweite Wende also, und jetzt nahm er Fahrt auf, war er nicht ein guter Schwimmer gewesen; Arme und Beine bewegte er gleichzeitig, so war's ihm beigebracht worden vor mehr als zwanzig Jahren. Wellen kamen ihm entgegen, die er selbst aufgetrieben hatte; er schluckte Wasser, rülpste, gut war das nicht für den Magen, aber auch nicht schlecht, und so konnte er eigentlich tauchen; Kopf unter Wasser, die Gedanken im Eis, und fürs erste glich dieses Exempel nur einer leichten Amputation, die ihn nicht mehr als die Frisur auf dem Kopfe kosten würde. Er riß die Augen auf, sah den Grund, einen grünen, moosbehafteten Grund, der sich immer mehr absenkte, bis er zu einem Schlund wurde, der ihn zu verschlingen drohte, was aber nur lächerlich war, denn er trieb, unberührt, die Arme weit ausgebreitet; er gefiel sich als Steinabads erste und ranghöchste Wasserleiche, hörte auch schon Stimmen, von oben, aus seinem Himmel, wahrscheinlich suchte man schon nach ihm. Er hielt dies nicht für überzeugend genug, um sich im Auftauchen zu beweisen; zwar fror er ein wenig, genau befühlt, aber andererseits war sein Bad doch, insgesamt, wie ein meisterhaft stiller Flug. Es trägt mich dahin, dachte er, trägt mich, ich bin ein großartig genesender, toter Dichter; Tagwerk um Tagwerk, wer soll der Erde Herr sein? Darüber ließe sich reden, der Mond ist kühl, und der Wind schweigt. Flog ich denn schon hoch genug, weit; die andern tanzen, aber ein Bein ist noch lange kein Flügel. Ihr guten Tänzer, rief er, gurgelte dabei, denn er sprach ja direkt ins Wasser hinein, ihr guten Tänzer, nun ist alle Lust vorbei, Wein ward Hefe, die Becher sind mürbe, und die Gräber stammeln. Ein schiefes Bild, dachte er noch, seit wann können Gräber stammeln; da kam der Philologe in ihm durch, Rechthaberei sogar unter Wasser, aber es ging um Inhalte, um Leichname demnach; weckt sie, prustete er, weckt sie auf, warum ist lange, so lange Nacht, macht uns der Mond trunken, der vielleicht auch die Sonne ist; Erlösung, prustete er, frierender Mensch im immer kälter werdenden Wasser, Erlösung, was gräbt noch der Wurm, gurgelte, schluckte, Erlösung – und es naht, endlich, die Stunde, naht, schnarrt noch mein Herz und gräbt, tief unter allen Wassern, der Wurm, Holzwurm und Herzenswurm – und dann zogen sie ihn an Land, hilfreiche harte Hände, und aus seinem Himmel beugte sich Herr Adler herab, ordnender

Vogel. »Daß Sie immer übertreiben müssen, Herr Professor«, krächzte er. »So lange im kalten Wasser!« Nietzsche, der auf dem kleinen Rasenstück neben dem Schwimmbassin lag und nun tatsächlich wie ein Schneider fror, richtete sich auf; er deutete eine Verbeugung an. »Ich danke Ihnen, Herr Adler«, sagte er. »Sie sind ein hilfreicher Wurm, in der Tat, aber zur Sorge besteht kein Anlaß.«

Die Tochter hatte zugelegt an Gewicht, fand die Mutter; Elisabeth war dicker geworden, vielleicht auch nur, wie so oft, ungünstig gekleidet, das mochte man als Entschuldigung gelten lassen; die Sorgen sah man ihr jedenfalls nicht an im runden, wohlgenährten Gesicht, in dem die Augen noch funkelten, so wie früher, wenn das Lieschen, ganz gegen die Meinungen, welche über sie im Umlauf waren, einen abwegigen Plan ausheckte, den sie, fast immer, erfolgreich in die Tat umsetzte. Die Tochter wurde gern unterschätzt, damals wie heute, und sie verstand es, bis ins Boshafte hinein, sich zu wehren. Das hatte sich nicht geändert, im Gegenteil; die Tochter verfügte über eine Kommandostimme jetzt, sie schien entschlossen, sich des Bruders anzunehmen, nach ihrem Gutdünken. Der Mutter hatte sie nur erklärt, daß man die Lage ausnützen müsse; Fritz sei bereit für die Ewigkeit, ein großer, göttlich umnachteter Denker, den man nun, in der denkenden Welt, Tag für Tag mehr zu würdigen beginne, so wie er's schon des längeren verdiene, eigentlich – und an diesem Verdienst solle gerechterweise auch die Familie partizipieren. Mit dem armen Fritz konnte man also noch Geld machen, soviel verstand Franziska Nietzsche; eine empörende Vorstellung, einerseits, die jedoch auch etwas Verführerisches an sich hatte, andererseits; schließlich konnte sie Geld gebrauchen, arme Mutter, der die früheren Mieteinnahmen fehlten, weil es, nun ja, gerade wegen Fritz keine Mieter mehr gab, er hatte sie, wenn man so wollte, aus dem Hause getrieben, mit all seiner zur

Krankheit gehörenden Hemmungslosigkeit; nur noch Tittel blieb, der seinen Mietzins aber, so hatten sie es ja, leider, vereinbart, mehr schlecht als recht durch seine Verrichtungen am Sohne abarbeitete. Ein paar zusätzliche Einkünfte konnte sie gut vertragen, keine Frage, und warum sollte das nicht auf dem Umwege über Fritz bewerkstelligt werden; schließlich war er es, natürlich ohne es zu wollen, der das Leid ins Haus gebracht hatte; eine versöhnliche Fügung, letztlich, wenn er nun doch noch mit dazu beitrug, daß sein Schicksal für die ihn betreuenden Lieben finanziell erträglicher gestaltet werden konnte – zumal aus der Schweiz noch ein Gerücht herübergedrungen war, daß man an der Universität Basel den Plan gefaßt habe, die Pension des Herrn Professor Nietzsche, welche dreitausend Franken jährlich betrug und bislang anstandslos gezahlt worden war, unter dem Diktat willfähriger Sparmaßnahmen auf immer zu streichen; eine, wenn sie denn wahr werden sollte, entsetzliche, ihrem bisherigen Leben den Krieg erklärende Maßnahme, fand die Mutter und spürte, wie so oft in den vergangenen Wochen, ihre Sorgen als quälenden, sie schonungslos niederdrückenden Schmerz. Die Tochter jedoch schien's nichts anzugehen; sie stand in der Tür, seiner Tür, und im Zwielicht, das den Fritz umgab, wirkte sie wie eine auf Handgreiflichkeiten sinnende, etwas zu stattliche Dame. Der Sohn saß im Stuhle, unbewegt; er war vollständig bekleidet, dies immerhin, obwohl er die Augen geschlossen hielt, schien er zu wissen, was vorging. Elisabeth ging näher heran, wobei sie sich Mühe gab, leise zu sein; es knarrte gleichwohl, vom teppichbelegten Boden zur Decke, in diesem Raum konnte nur einer für Ruhe sorgen, er, der die Stille so einrichtete, wie er sie brauchte. Fritz sah nicht unglücklich aus, soweit man das in diesem Licht sehen konnte; er atmete hörbar, fast war's ein dezentes Schnarchen, zuckte auch im Gesicht, wenn der kuriose Sonnenstrahl kam, einzelner Gänger, der des öfteren, nachmittags, in seinem Zimmer umherstrich, anhänglich und lästig, sich auf den Herrn Professor konzentrierte, so als ginge es um die Übermittlung eines Lichtspruchs; wiederholte Botschaft für ihn, der sich weigerte zu verstehen, oder hatte er längst alles verstanden? Das war's wohl, aber daraus ließ sich nichts mehr gewinnen; er schwieg oder schlief, und wenn sie ihn hinausfuhren in die Welt, schrie er; eine Unverschämtheit dies, die Franziska Nietzsche, es ging auf den frühen Nachmittag zu, zornig werden ließ auf das ihr übertragene Leid.

»Er sieht so friedlich aus«, flüsterte Elisabeth; beugte sich zu dem Bruder herab, berührte seine Hand.

»Jetzt ist er friedlich«, sagte die Mutter. »Aber ich kenne ihn auch anders!« Sie ärgerte sich; was wußte Lieschen schon von diesem Kranken, um den sich Frau Doktor Förster in ihrer fernen Kolonie doch nie recht gekümmert hatte. Die war zurückgekehrt, rundliches Weib, Tochter, zur Witwe gereift; tat so, als wäre sie nie weg gewesen – Königin, gescheitert nur einmal und bereit für ein zweites, diesmalig sehr erfolgreiches Regiment. Der Bruder würde den Hofstaat bilden, er wollte, konnte sich ja nicht wehren, wozu auch, wahrscheinlich war alles, sogar die ihn beeinträchtigenden Verfügungen, zu seinem Besten; wie man's auslegte eben, und die Mutter, als arbeitendes liebes Tier in Ehren, ganz in Ehren gealtert, zählte nicht mehr, der Tod, wenn er denn kam, gottgewollt, rechnete bereits mit ihr, das war der natürliche Lauf der Dinge. Franziska Nietzsche dachte an den armen Förster, diesen wirren Geist, der sich so aufspreizen konnte, daß man geneigt war, ihn für bedeutend zu halten. Große Reden hatte er geschwungen, ungefragt zumeist; er verbreitete sich über deutschen Lebensraum, den er für stark erweiterungsbedürftig hielt, weswegen er, mit Lieschen, dann auch nach Übersee ausgewichen war, in dieses Land mit dem schwer aussprechbaren Namen, welches, so Förster, nur darauf warte, von tüchtigen Deutschen kolonisiert zu werden, und die Tochter bewegte sich damals ganz auf seiner Seite. Fast unterwürfig begleitete sie Försters Tiraden mit angestrengtem Kopfnicken, was lächerlich aussah, wie Fritz fand, der den Herrn Doktor Förster nicht ausstehen konnte; ein Dummkopf, sagte er, Antisemit dazu, welch unheilvolle Kombination. Der Sohn hätte es lieber gesehen, wenn die Schwester Junggesellin geblieben wäre; ehrbarer Stand, sagte er, was man an mir sieht, und warum muß ein Frauenzimmer, selbst wenn sie beschränkten Geistesgaben unterliegt, wie es bei unserm Lieschen der Fall ist, unbedingt heiraten, nur weil sich, allem Anschein nach, eine allerletzte Gelegenheit bietet; dann doch lieber in Ehren allein sein, ein Zustand, aus dem auch ein Weib, sagte er, seinen Nutzen ziehen kann. Lieschen war betrübt, daß Fritz den auserwählten Gatten nicht mochte; seine Ablehnung, die er, ungeachtet seiner Höflichkeit, recht deutlich zu machen verstand, schien ihre Zweifel zu verstärken; sie zeigte sich kritischer dem Herrn Doktor Förster gegenüber, wagte Widerworte, die, in aller Schicklichkeit, bis zur reinen Opposition führten. Ein stiller Machtwechsel bahnte sich an; Nationalist Förster, schwadronierender Großmannsfreund der germanischen Rasse, geriet zusehends ins Hintertreffen, was ihn, merkwürdigerweise, nicht sonderlich störte – fast nahm er's mit Erleichterung. Es war gut, eine starke Frau an der Seite zu wissen, dachte er wohl; eine starke Frau in beschwerlichen Zeiten. Lieschen spielte ihre neue Rolle mit Geschick, das mußten Mutter und Bruder zugeben; er, der Fritz, lobte die Schwester, immer wenn die's nicht erwartete, tadelte sie jedoch auch, heftigst, weil sie sich nicht scheute, des Herrn Försters dreiste Kolonialpläne zu übernehmen, als wären die ihren eigenen, mit Stolz ausgebrüteten Ideen entsprungen. Schließlich schrieb sie, zur Verwunderung vieler, sogar ein Büchlein über die mit ihrem Gatten betriebene Unternehmung, welches *Die Bernhard Förstersche Kolonie*

Neu-Germania in Paraguay hieß und besser verkauft wurde als einige Bücher des Bruders, der damals ja noch gesund war. War er das? War er je gesund, der lausige Bub? Franziska Nietzsche hatte ihre Zweifel; ihren Mittagsschlaf brauchte sie, brauchte ihn wohl, und sie sah, wie die Schwester dem Bruder über die Haare strich, worauf dieser, unmerklich fast, aber einer Mutter entgingen die Feinheiten doch nicht, zusammenzuckte und sich im Stuhle kleiner machte; dabei öffnete er ein Auge, blitzendschnell, registrierte seine Umgebung, nichts verändert, oder doch, nur für ihn; sah aus, der Sohn, wie ein wachsamer Uhu, so daß Lieschen beschloß, den Rückzug anzutreten; sie richtete sich auf, leise seufzend, Frau Doktor Förster hatte es wohl schon im Kreuz, das ungesunde Überseeklima wirkte nach, recht so, dachte die Mutter, der es in diesem Moment wahrlich nichts ausmachte, wenn alle Kolonisten mit unheilbaren Krankheiten bestraft worden wären. »Der gute Fritz«, flüsterte Elisabeth, tappte, auf knarrenden Sohlen, zur Tür, in der die Mutter stand; wischte sich eine Träne ab, Lieschen – ein guter Abgang. Kein Wunder, dachte Franziska Nietzsche, nun hemmungslos boshaft in ihren Gedanken, was sie natürlich wußte – hemmungslos; kein Wunder, daß der arme Förster sich das Leben genommen hatte, bei dieser Frau. War das denn auszuhalten, ihre Tochter, rundgewirkt, als Eheweib dieses im Grunde doch erbarmungswürdigen Spintiseurs, dazu die Schulden, kein Geld demnach, davon konnte auch eine treusorgende Mutter ihr Liedchen singen, aber das interessierte ja keinen; das Kolonistenpack, vermutlich Gescheiterte, Strauch- und Tagediebe allesamt – und das ferne, ferne Land, von dem es hieß, es berge heimtückische Sümpfe in sich, Räuber und Raubtiere, elendige Krankheiten, welche alles dahinrafften, was nicht auf verläßliche Weise zum Widerstand fähig, also evangelisch war. Der arme Förster; rechtzeitig hatte er sich noch befreien können von seinem Weib, aber er blieb ein Dummkopf, zweifellos, und selbiges würde man ihm auch noch im Jenseits strafmindernd anrechnen, denn mit den Idioten, hieß es, war Gott, also auch mit ihrem Fritz, und sie erschrak; was ging denn da vor in ihr, Sünde, Versündigung, weil doch der Sohn, wieder und wieder gesagt, über allen stand; ein Idiot war der nicht, ganz im Gegenteil, ein genialer, bald weltberühmter Professor, wenn man dem Lieschen Glauben schenken durfte, die jetzt leise die Tür schloß: ein Professor auf Abwegen. »Ich muß ruhen«, sagte Franziska Nietzsche zu ihrer Tochter. »Schlafen! Du machst ja doch, was du willst –«

»Meine liebe Mutter und Schwester. – Fast ist's mir, als sähe ich Euch vor mir, leibeshaftig, die Mutter im Hintergrund, ein wenig erschöpft aussehend (achte auf Dich, Mütterchen, achte wohl!), und Lisbeth neben ihr, so könnte ich Euch festhalten, als Bild, aber was läßt sich schon halten, nichts, in diesem Leben, und so entschwindet Ihr mir schon mit dem Schreiben – Ich sitze hier im Steinabad, in meinem Zimmer, draußen fällt Landregen, mit beruhigendem Rauschen, in das sich noch das Plätschern des Flüßchens mischt, der Steina, die diesem Orte ihren Namen gab. Beruhigend also, wo ich ohnehin sehr ruhig geworden bin, in diesen Tagen; ruhiggestellt an Leib und an Seele. Mir geht es besser, im innern Befinden, nur da; ich baute mir ein seelisches Wohlbehagen auf, willentlich, da meine nun mehr über Wochen in Anspruch genommene Nachdenklichkeit – allmählich Früchte trägt; gute Früchte, Ihr Lieben, aus denen ich mir eine Vorratswirtschaft für die Zukunft anlegen möchte. Die reinen medizinischen Fakten hingegen erscheinen unverändert; nach seiner letzten Untersuchung hat Doktor Wiel festgestellt, daß mein Übel, die Magenerweiterung, abgenommen habe, in bescheidenem Maße; versehen mit diesem Befund durfte ich mir, für Stunden, einbilden, ich sei endgültig auf dem Wege der Genesung; und die dazugehörige Überzeugung, daß ich nämlich, schon bald, mit Macht wiederauferstehen werde, hält sich seither; an ihr lasse ich gar nicht rütteln. So finde ich mich weit besser mit den unvermeidlichen Rückschlägen ab, dem penetranten Magenkatarrh etwa, welcher sich durch schlechten Geschmack im Mund, besonders vormittags, und ein regelmäßiges Gefühl der Ermattung zu erkennen gibt; hinzu kommt häufige Appetitlosigkeit, aus der Doktor Wiel geschlossen hat, daß meine Diät immer noch zu fleischhaltig sei, woraufhin er eine Reduktion vornahm, die, sage ich, weder viel nützte noch Schaden anrichtete. Das innere Befinden, lernte ich längst, hat nur wenig mit den medizinischen Umständen zu tun; auf seelisches Eigengewicht kommt es an, und da kann man sich, aller Malaisen ungeachtet, gar nicht genug mästen.

Ich bin viel unterwegs, in den Wäldern, unterhalte mich dabei ausgezeichnet, so daß ich noch keine langweilige Stunde hatte; ausdenkend, überdenkend, hoffend, vertrauend, bald in der Vergangenheit und noch viel mehr in der Zukunft, so lebe ich und erhole mich. – Gestern war ein besonders schöner Tag; nahezu ohne Beschwerden, von Leiden ganz zu schweigen. Ich fühlte mich fast gesund, stark dazu, ja übermütig; zunächst warf ich mich, früh des Morgens, in mein Schwimmbad, das ich als mein ureignes Terrain ansehe, obwohl es zum Steinabad gehört und allen Patienten zur Verfügung steht. Für die andern aber, scheint es, ist es zu kalt; auf jeden Fall bin ich immer allein im Wasser, am Morgen, wie gesagt, aber auch am Nachmittag, wenn die andern Gäste dem dumpfen Mittagsschlafe verfallen oder, bewegungslos in den Fauteuils hockend, ihre jeweiligen Diäten wiederkäuen. Nach dem Bade, gestern, ging ich spazieren; ich schweifte in unglaublich schönen Forsten und verborgenen Tälern herum, gewiß stundenlang, bis der Abend kam, und während ich ging, spann ich an allem, wirklich allem Hoffnungsvollen der Zukunft herum, es war ein Blick des

Glücks, den ich lange nicht erhascht hatte. Wozu ist man noch aufgespart, dachte ich, und dabei trug ich, leicht wie ein eignes Gespinst, den Korb voller Arbeit mit mir, den ich für die nächsten sieben und mehr Jahre gepackt hatte; ach, wird mir wohl zumute, wenn ich dran denke, sogar heute, wo alles wieder gewöhnlicher, das heißt düsterer geworden ist und mir Magen und Kopf, unverschämt wie eh und je, dreinreden; letztlich, scheint mir, ohne jedes kommode Erbarmen. –

Ehe mich und Euch aber, Ihr treuen Seelen, der trübe Sinn wieder einzuholen beginnt, möchte ich lieber noch vom Kurkonzert berichten, dem beizuwohnen ich kürzlich, an einem Sonntag, das zweifelhafte Vergnügen hatte. Dieses Konzert fand im nahen Bonndorf statt, ein Ereignis, das dieses verschlafene Nest förmlich mobilisierte: Die Bürger des Ortes, kantige, maulfaule Schwarzwälder allesamt, rückten aus den Häusern in ihre davorliegenden Gärten; dort saßen sie und lauschten den vom Wind verteilten Klängen. Das Kurkonzert fand demnach zwar an einem Platze statt, dem sogenannten Kurpark, der sich hinter dem sogenannten Bonndorfer Schloß auftut, aber das Ereignis als solches wurde in alle Häuser und Gärten übertragen, dank besagten gehässigen Windes, der die Klänge des Orchesters mitleidlos über das ganze Städtchen hin verstreute. Wen wundert's, daß dazu auch kräftig Bier ausgeschenkt wurde, ein gutes einheimisches Bier, dem ich, es sei freimütig eingestanden, ebenfalls kräftig zusprach, was mir allerdings von Doktor Wiel ausdrücklich zugestanden worden war. Was die Musik angeht, so handelte es sich dabei um schier folternde Klangfolgen; ich habe so etwas nie zuvor gehört, nicht Marsch, nicht Tanz, sondern ein altmodisches hundsgemeines Gedudel, mit dem man empfindsame Gemüter ohne weiteres ins vorzeitige Grab bringen kann. Diese Klänge waren tatsächlich nur mit viel Bier zu ertragen, aber als ich dann den Dirigenten sah, der für diese Kompositionen verantwortlich zeichnete, wurde mir einiges klar ... Ich hatte zuvor nur gehört, daß ein auswärtiger Gastmusiker verpflichtet worden sei, ein Dirigent, so Doktor Wiel, auf den die Fachleute mittlerweile große Stücke hielten, was sich allerdings als grausamer Scherz herausstellte. Bei diesem Musiker nämlich handelte es sich um – Wagner, ja, Ihr hört wohl; Wagner, der Militärmusiker, von dem ich Euch schon früher erzählt habe. Dieser unglückselige Mensch, von der äußeren Statur unserer preußischen Standardhaubitze ähnlich, hat sich nun gänzlich in seine fatalen Ambitionen verstrickt; er fühlt sich zu Höherem berufen, und von seinen früheren Werken, den Schützenfest-Opern, die man wenigstens noch für die psychologische Kriegsführung verwenden konnte, will er nichts mehr wissen. – Ich nahm ihn persönlich in Augenschein; kein Zweifel, es war – Wagner; er dirigierte das Bonndorfer Kurorchester, erkannte mich sogar, als ich vor seinem Podium entlangschlich, zwinkerte mir zu, als wären wir alte Kumpane, und dann machte ich mich davon, schweren Schrittes, was nicht nur an dem Kulturereignis lag, dem ich beiwohnen mußte, sondern auch am Bier, welches mich dazu veranlaßte, auf dem Wege zurück ins Steinabad einige Male anzuhalten und mir hinter Bäumen Erleichterung zu verschaffen, wobei ich kuriosen bis schwermütigen Gedanken nachhing, von denen ich bis heute nicht weiß, ob sie zur Wahrheit taugen.

Wagner also; von Bonndorf aus erobert er die musikalisch verbildete Welt; kaum zu glauben – und doch wohl sehr treffend! Ich grüße Euch herzlich, Ihr Lieben, und hoffe, bald wieder von Euch zu hören. – Seltsam, seltsam, wie mein Doktor Wiel zu sagen pflegt; seltsam – was alles vorgeht in der Welt.«

9 Ein Meer angenehmer Tränen

Was wollten sie denn. Herr Tittel, auf Anweisung gewiß, hatte ihn in einen Rollstuhl gesetzt, in dem er nun saß wie ein gelähmter Artist; dabei ging doch noch alles, laufen konnte er noch, gehen ohnehin, auch kriechen, krabbeln und schreien; er hielt Ruhe, wenn ihm danach war, und er setzte sich, nur mit dem Nötigsten bekleidet, der ihm zuwehenden Weltluft aus; so einen verläßlichen Professorenmenschen wie ihn sollten sie mal suchen. Statt dessen der Rollstuhl, ein bedächtig quietschendes Vehikulum, Überzeugungsgefährt, in dem man ihn ins Hüllenhafte karrte, jenen so komisch abgedunkelten Bereich, dem er gerade in diesen Tagen entkommen war; Doktor Wiel hatte eine letzte abschließende Untersuchung angekündigt und dabei, verschmitzt lächelnd, bereits angedeutet, daß der Herr Professor in Gänze geheilt werden könnte, vorbereitend in Steinabad, wo das Wesentliche getan worden war, und ergänzend, in Form einer Nachbehandlung, anderswo, in Basel etwa, wohin er zurückmußte, an die leidige Universität, oder in einem anderen Badeort, Marienbad beispielsweise, auf welches der Herr Wiel große Stücke hielt, weil es nicht nur traditionsreich und teuer sei, sondern auch medizinisch kompetente Betreuung bieten könne. Bei diesen Aussichten war ihm warm geworden ums Herz, inmitten des wie gewohnt herniedergehenden Landregens, der in sein Schwimmbecken prasselte; er lag auf dem Rücken, diesmal mit offenen Augen, bewegte sich gemächlich vorwärts, wie ein Ochsenfrosch; über ihm der Himmel, ein Schlachtfeld mit Wolken, und es war so still, wie er es wollte; keine Lärmbelästigung, von Wagner inszeniert, den es nach Beendigung seines denkwürdigen Kurkonzerts weitergezogen hatte, ins Bayrische, wo man ihm, wie er noch mitteilen ließ, eine Generalmusikdirektorenstelle offenhielt, angeblich, was aber lachhaft war, denn Wagner, ein Mann, dem man als Schüler, aufgrund seiner quadratischen Physiognomie, den Spitznamen »das laufende Meter« angeheftet hatte, konnte nur Unheil herbeidirigieren; mit seinem Stöckchen stach er in die Luft, und der Himmel verfinsterte sich – so wie jetzt, aber das war ohne Herrn Wagner bewerkstelligt worden; einfache Tagesdüsternis, still rauschender Regen, dazu Wind, nur für ihn, der sich, berechtigterweise, so wohl fühlte wie schon lange nicht mehr.

Da durften sie ihm nicht mit diesem Rollstuhl kommen, mit Herrn Tittel, mit der ganzen Bagage. Die Schwester war auch wieder dabei; er hatte sie gesehen, Lisbeth, im Schatten, so gut genährt allerdings, daß man sie getrost neben dem Musiker Wagner ausstellen konnte; als Vitrine, an die sich der Halt suchende Töneverwerter lehnte. Die Schwester brachte Unruhe in sein verschlossenes Leben, das fühlte er; durch die Wände hindurch konnte er ihr verschwörerisches Gebrabbel vernehmen. Sie schmiedete Pläne, Ränke besser gesagt, über seinen Kopf hinweg, was insofern rechtens war, da er sich verweigerte, krankheitshalber. Er ließ längst geschehen, was mit ihm vorgehen sollte, und für die Vorgänge erklärte sich nun Lisbeth zuständig, listige Person, der die Gedanken rühriger Nächstenliebe so vertraut waren wie die Sorge ums eigene Wohl. Die Mutter, gute alte Mutter, konnte da nicht mehr mithalten, wollte es auch wohl nicht; sie ergab sich dem Alter, leidgeprüft, wie sie glaubte, die Kräfte waren ihr geschwunden, worauf sie fast stolz war, der Rest wurde vom Herrn Gott besorgt, der an die Familie Nietzsche dachte; sehr verläßlich. Lisbeth sorgte nun für alles, auf ihre Art, und er, er fühlte sich gestört. Gerade hatte er sich doch zu weitreichenden Plänen durchgerungen, im Zuge der bemerkenswerten Genesung, die Doktor Wiel und seine Tochter mit ihm inszenierten; zwei, drei Tage noch, und sie hätten ihn entlassen, eine Maßnahme, die ihm zur Freude

Anlaß bot, auch wenn er Steinabad gar nicht so gerne verließ; schließlich ging es zurück nach Basel, zu den Schweizer Pfahlbürgern, er hatte wieder Dienst zu schieben in den verdüsterten Hörsälen der Universität, deren Ordnungskräfte wachsam genug sein würden, seinem großen Vorhaben genügend kleine Steine in den Weg zu legen. Steinabad hingegen hatte etwas merkwürdig Idyllisches an sich gehabt; hier war er, unter Schmerzen und bedenklicher Übelkeit, seiner selbst inne geworden, ein Mann in den besten Jahren, noch immer, vorzüglicher Geist zudem, der sich dazu entschließen durfte, über Leichen zu gehen. Er lachte, aufgebahrt im Wasser, über das der Regen trieb, dem einige zusätzliche Windböen zu mehr Beweglichkeit verhalfen; feine Dunstschleier tanzten auf seinem Bassin, das er verteidigt hatte, seitdem es von ihm, ohne Vorankündigung, in Besitz genommen worden war. Steinabad würde er vermissen, vom Tage der Heimkehr an, was nichts anderes bedeutete, als daß er jetzt schon seiner Wehmut auf die Sprünge helfen konnte; der Aufenthalt hier, zusammengesetzt aus ruhigen, wohlausgedachten Tagen, hatte eine große Bereinigung seines Kopfes bewirkt, eine maliziöse Besinnung, die er weiterverfolgen würde in Basel, dort ohnehin, aber auch anderswo, denn natürlich stand ihm, noch immer, die ganze sogenannte Welt offen, sie wartete darauf, daß er ihre Hallen betrat, grußlos, mitleidlos, Hammer des Herrn. Es war ihm, als dürfte er weinen, schon jetzt, glücklich weinen, mit geschlossenen Augen, mit all den Regentropfen, die wahllos über sein Gesicht strichen, seinen Tränen, unter denen er sah, was er, leichtes Erinnerungs- und Sturmgepäck, mitzunehmen hatte: zunächst Steinabad als Ganzes, diese mehr putzige denn eindrucksvolle Kuranstalt, die einzelnen Gebäude, das Hotel, die ehemaligen Stallungen, in denen Bedienstete hausten, Bier- und Kegelhalle nicht zu vergessen, wo er seine Zurückhaltung überwunden und lautstark um Ruhe gebrüllt hatte; schließlich die Steina, angenehmes Flüßchen, auf dem die Enten schwammen, seine Wege, wunderbare gottverlassene Wege, Lichtungen, auf denen er gesessen hatte wie ein staunendes Kind, die Roggenbacher Schlösser, ansehnliche Ruinen, deren höchsten, natürlich gefährlich baufälligen Turm er erstieg, begleitet von Kollege Spiegelhalters warnenden Rufen, der es nicht über sich brachte, ihm auf dem kühnen Weg nach oben Gefolgschaft zu leisten, und statt dessen unten, am Fuße des Gemäuers, wartete, wo er seinen Befürchtungen Ausdruck verlieh, ein zeternder Privatdozent, der auf dem Wege zurück davon sprach, daß die längst angebrochene Moderne unentwegt Abenteuer schaffe, künstliche Ereignisse, deren Wert sie, noch vor ihrem Gelingen, heftig in Frage stellen müsse; es sei dies der Nachweis einer letztendlich in Detailwelten verlorenen Daseinsberechtigung, die sich ausschließlich aus negativer Begriffsbestimmung herleite, ob er, Nietzsche, der nach der lebensgefährlichen Besteigung dieses einen verfallenen Roggenbacher Turmes ja geradezu einfältig vor sich hin grinse, er möge verzeihen, ob er das jemals bedacht habe; wahrscheinlich doch wohl nicht – . Ach was, hatte Nietzsche gerufen, Sie sind ängstlich, viel zu ängstlich, Herr Kollege, und so haben Sie, dort oben, einen Himmel verpaßt, wie er nie, nie zuvor zu sehen war.

Glauben Sie, sagte Spiegelhalter mißmutig, aber wie sollte er auch wissen, um was es ging; er war unten geblieben, ein dicker gutmütiger Mensch, der es verstand, seine Ängste zu kultivieren. Konnte man ihm mitteilen, in trefflichen Worten, was man gesehen hatte? Eigentlich nicht. Der Himmel über der Ruine nämlich war gar kein Himmel gewesen, sondern ein Stück seiner selbst; keine Höhe mehr, keine unnütze Weite, sondern nur noch ein verlängertes Atemfeld, zusätzlicher Spielgrund demnach, auf dem die alten Dimensionen, die ein-, zwei- und dreifältigen, nicht mehr galten. Die Landschaft zu seinen Füßen, verfilzter, fahler Wald mit eingewebtem Gestrüpp, hatte demzufolge als beschlagnahmtes Terrain zu gelten, es handelte sich um Kopfgewächse, fremd noch, doch traditionsreich, und der einzige, der nicht in die zusehends vertrauter werdende Szenerie paßte, war Spiegelhalter; er fußelte am Treppenaufgang des Turms umher, wie vom Insekt gestochen. Nietzsche hörte ihn schimpfen. Ich kann kein Blut sehen, rief Spiegelhalter, im besonderen kein Philosophenblut, und wenn Sie fallen, Herr Kollege, ein Mensch wie Sie muß ganz einfach fallen, dann fallen Sie, bei dem bekannten Pech, das ich habe, mir direkt auf den Kopf, was bedeuten könnte, daß Sie überleben und ich nicht. Kommen Sie also, in des großen Kurdirektors Namen, kommen Sie herunter, vorsichtig, sehr vorsichtig, denn die Fehltritte, die man auf dem Rückzug begeht, sind die allerdümmsten, aber er kam nicht, noch nicht; so ein Bild, in dem die ursprüngliche Ordnung wiederhergestellt war, kein Subjekt mehr, kein Objekt, nur noch ein einziges ruhendes Sehen, so ein Bild gab es nicht alle Tage, das ahnte er immerhin, und diese Ahnung mußte wohl, höheren Ortes, als unzulässige Kritik empfunden worden sein, denn sein Bild zerfiel, zerfiel in unendlich viele Wahrnehmungen, die ebenso unscheinbar wie verstörend wirkten, so daß ihm schließlich der Himmelskopf brummte und er sich doch noch an den Abstieg machte; Wolken waren aufgezogen, schwere hängende Wolken, die über die Ruine hinwegzogen wie himmlische Schlachtschiffe, denen man nun wieder die bekannten Feindseligkeiten zutrauen konnte – gegen ihn; er stieg ab, vorsichtig, wie's ihm empfohlen worden war, und auf dem Weg hinunter dachte er daran, daß ihm die Freiheit blieb, die Freiheit, immerhin, auf sich selbst zurückgeworfen zu werden; von der Erinnerung an das, was ihm widerfahren war, ganz zu schweigen. So schwieg er denn auch zunächst, als der noch immer zappelige Spiegelhalter ihn unten in Empfang nahm; der Mann war ganz rot im Gesicht, eine ungesunde Gesichtsfarbe, die auf extreme Schlagflußgefährdung verwies, wie auch Doktor Wiel schon des öfteren betont hatte, aber es war auch zu sehen, daß er sich freute, und auf dem Heimweg nach Steinabad, es begann wieder mächtig zu regnen, hakte er sich bei Nietzsche ein, während er, unter anderem, über die Dummdreistigkeiten und Kalamitäten der zeitgenössischen Philosophie sprach.

Elisabeth Förster, nunmehr wieder mit der Angelegenheit Nietzsche befaßt, machte von sich reden, es war, als ob sie nie ausgelastet gewesen wäre; und nach ihrer Rückkehr aus Paraguay, die sich ja, folgte man dem Bericht eines hiesigen Schreiberlings, keineswegs ruhmreich vollzogen hatte, schien sie einem kurzfristig ausgeheckten Lebensplan zu folgen, der vor allem eines versprach: Erfolg für die Hinterbliebenen. Dabei war noch niemand gestorben, im besonderen nicht der Bruder, dem Lisbeths zweifelhafter Tatendrang galt; sterben würde zudem eher die Mutter, die mehr denn je kränkelte, was einer Art Feigheit vor dem Feind Krankheit gleichkam, wie Doktor Gutjahr beklagte, dessen Visiten, wortreich abgewickelt wie eh und je, längst nicht mehr den gewünschten Erfolg zeigten. Der als Arzt praktizierende Gottesmann mußte die offensichtliche Resignation seiner Patientin erleben, der man auch durch die bewährten Ansprachen nicht mehr recht beikommen konnte; Franziska Nietzsche fehlte die Kraft, um sich, über ihren eigentlichen Stand hinaus, aufzulehnen. Mit ihrem Leben ging es zügig zu Ende; an dieser Einschätzung hielt sie, allen Einreden zum Trotz, mit fast boshaft zu nennender Genugtuung fest. Doktor Gutjahrs Hinweise darauf, daß der Herrgott noch viel mit ihr vorhabe, wenn sie denn wolle, auf Erden wohlgemerkt, nicht im Jenseits, quittierte Franziska Nietzsche mit müdem Lächeln; er gab sich Mühe, der Doktor, bis zuletzt, das rechnete sie ihm an, aber der Mann konnte dem Schicksal so wenig entgegenwirken wie andere Ärzte auch; vergebliche Liebesmüh'. Vor dem Sohn starb die Mutter, das war gewiß, und am Ende blieb nur Lieschen übrig, die sich in die Lage versetzt sah, das ihr gemäße Leben zu führen. Die Vorbereitungen dafür traf sie schon jetzt; der Bruder mußte zur Unsterblichkeit geführt werden, auch wenn er noch lebte. Eine solche Unternehmung bedurfte der unermüdlichen Zuwendung, die sich, klaglos, wenn möglich, an dem Umstand zu orientieren hatte, daß einem mutmaßlich wahnsinnigen Denker seine Genialität abgekauft werden konnte, nicht aber einem außerordentlichen Professor, von dem gesagt wurde, er pflege ohnehin nur seine Neigung, der eigenen Unpäßlichkeit nachzugeben.

»Jetzt ist Fritz von Nutzen, Mama«, hatte Elisabeth gesagt, in Gegenwart des Bruders, der im Stuhle saß und freundlich nickte. Es sah so aus, kurioserweise, als verstünde er alles, auch die guten Absichten der Schwester, die zur Vermehrung seines einsetzenden Ruhmes angetreten war. Hatte er nicht, in jenen langwierigen Zeiten, als es ihm schlechtging und er nichts weiter als ein einfacher Kranker war, des öfteren, eher beiläufig allerdings, über seinen Erfolg gesprochen, der sich abzeichnete wie ein unabdingbarer Wetterumschwung; in seinen Briefen hatte er ihn zudem, im Tonfall heiterer Entschlossenheit, beschworen, und jetzt geriet er ihm, späte leidvolle Versöhnung, doch noch zur Wahrheit, eine Geschichte besonderer Art, der Franziska Nietzsche, müde, wie sie war, nur noch die Berechtigung des späten Gelingens zusprechen mochte, auch wenn das Mißtrauen der Tochter gegenüber blieb, von der sie wußte, daß selbige die Kunst beherrschte, in die eigene Tasche zu wirtschaften. Genickt hatte er, tatsächlich; der gute Fritz, er schien sich zu amüsieren, und sein Frohsinn nahm noch zu, als ihm Lieschen von ihrem Plan erzählte, ein Nietzsche-Archiv zu errichten, welches all die kostbaren Ausstellungsstücke enthalten sollte, die von seinem Leben und Wirken kündeten, Reliquien eines gewaltigen Denkers, der ja tatsächlich noch lebte, ein, wie die Tochter fand, das Interesse verschärfender Umstand, denn die sonstigen Archive waren ja Toten gewidmet, die sich nicht mehr wehren konnten, und auch Fritz wollte sich wohl nicht wehren; er machte gar keine Anstalten dazu, lachte nur, krümmte sich im Stuhle vor Vergnügen, bis ihm die Tränen herunterliefen, worauf Mutter und Tochter leise sein Zimmer verließen. Franziska Nietzsche kam das Vorhaben der Tochter merkwürdig vor, allerdings verstand sie auch nicht so recht, was Lieschen vorhatte; ihr Haus sollte zum Museum werden, vermutete sie, zum Museum, das Eintritt verlangen durfte, ein Entgelt immerhin von zahllosen Besuchern, die sich flüsternd durch die eigens renovierten Räumlichkeiten schoben, in denen der Geist des Sohnes gepflegt wurde, ihres Fritz', der, als Museumswärter verkleidet, in einer Ecke saß, neben sich seinen Rollstuhl, und freundlich lächelnd darauf wartete, angesprochen zu werden, um sich gleich darauf die Kleider vom Leib zu reißen und jeden Besucher einzeln anzubrüllen.

Elisabeth hatte es eilig, soviel war klar. Am Bruder wollte sie nachholen, was sträflich versäumt worden war: die Pflege seines Werkes, von der sie inzwischen glaubte, daß sie dringlicher sei, vor allem auch lukrativer als die Pflege seiner noch vorhandenen Leiblichkeit, für die ohnehin die Mutter zuständig war, dazu Alwine und Tittel; Frau Doktor Förster wurde da nicht benötigt, und so hielt sie es nur für billig, wenn sie sich selbst für höhere Aufgaben freistellte, zu denen auch die Versammlung einer Werkausgabe gehörte. Fritz, mit seinem eigenen kleinen Museum geehrt, sollte seine Schriften verbreitet wissen, eine Information, die ihm Elisabeth vorab schon hatte zuteil werden lassen; Franziska Nietzsche erinnerte sich. Die Tochter hatte dem Bruder vorgelesen, am Tage, nachdem sie ihn von ihrem Plan in Kenntnis setzte, ein Nietzsche-Archiv begründen zu wollen, und wieder brach der merkwürdige Frohsinn bei ihm aus, überraschend, da er der Lesung der Schwester, sie brachte seine angeblichen Lieblingsstellen aus dem Zarathustra zu Gehör, noch mit verbiesterter Miene gefolgt war; plötzlich also wieder dieses Vergnügen, er lachte, lachte immer mehr, bis er eine Art Schluckauf bekam, der ihm jedoch Schmerzen zu verursachen schien, denn er preßte die Hände auf den Bauch, als wollte er aufhalten, was sich von dort aus auf den Weg hoch zum Kopf gemacht hatte. Elisabeth beugte sich über ihn, legte ihm die Hand auf die Schulter; Fritz nickte, heftigst, lachte; wollte er nicht mehr wissen von allem? Und so redete die Schwester auf ihn ein, redete von oben herab über ihre den Philosophen Nietzsche betreffenden Pläne, die auf ein Gerechtigkeitswerk hinausliefen, eine grandiose Wiedergutmachung an einem lange und schmählich verkannten Denker, Nietzsche nämlich, der noch lebte und lachte, und jetzt nickte auch die Mutter, die sich, wie immer, wenn Lieschen dem Bruder vorlas, im Hintergrund aufhielt, nickte, unwillkürlich, denn das alles klang schön, geradezu überzeugend, ein Gerechtigkeitswerk also, der Versuch einer wissenschaftlichen Seligsprechung noch zu Lebzeiten des Geehrten, und Fritz, der Leid brachte und Freude schaffen konnte, er hörte zu, ließ die Worte der Schwester über sich ergehen, lächelte, leiser geworden, lächelte, geradeheraus, wurde am Ende vielleicht doch noch alles gut, eine nicht mehr erwartete große Genesung, einhergehend mit der Versammlung seiner Werke, welche von der stolzen und unermüdlichen Schwester präsentiert wurden, die dem Bruder noch mitteilte, daß sie bereits einen Redakteur gefunden habe, der die geplante Edition zuverlässig betreuen könne, Doktor Fritz Kögel, ein noch junger, dennoch ungemein befähigter Mensch, der sich als ausgewiesener Philologe sogar einen Namen in den Führungskreisen der deutschen Schwerindustrie gemacht habe; wirklich und wahrhaftig.

Einige Tage später brachte Lieschen dann das Wundertier mit, Doktor Kögel; mit federndem Schritt marschierte er ein, küßte Franziska Nietzsche die Hand, was der Mutter gar nicht recht war, denn sie hatte sich, zusammen mit Alwine, gerade in der Küche betätigt, so daß sie eine Geruchsbelästigung befürchtete, welche dem energischen jungen Mann zusetzen könnte, aber der hatte Wichtigeres vor; sprach auch davon, wenn ihm Frau Förster das Wort erteilte, sprach von dem Wichtigsten, das den gebildeten Ständen in diesem ausgehenden Jahrhundert noch zugemutet werden müsse, unbedingt, ein Hammerschlag des Denkens, niedergehend auf alle geduckten und hochmütig gereckten Köpfe, der versammelte Wahnsinn nämlich, Nietzsches Werke, und da hatte er sich natürlich nur versprochen, Doktor Kögel, denn er meinte nicht Wahnsinn, sondern Tiefsinn, oder wollte er nur, eher schlicht, von der Philosophie sprechen, Nietzsches Philosophie; auf jeden Fall war der forsche Herr in seiner Rede etwas ins Stocken geraten, und so mußte Elisabeth eingreifen, die Kögel zurechtwies, freundlich, aber bestimmt, und wie sie das machte, nötigte Franziska Nietzsche Respekt ab; Lieschen wuchs mit ihren Aufgaben, tadellos, und sie konnte mit Männern umgehen, den hochgelehrten zumal, welchen sie wohl Angst einflößte; so sah es aus. Beide, Frau Förster und Herr Kögel, statteten Fritz dann einen Besuch ab; sie gingen in sein Zimmer, wo der Denker, dem ihre Aufwartung galt, wieder im Stuhle saß und einen guten Tag erwischt zu haben schien, denn er lächelte, lauernd vielleicht, wie die Mutter fand, welche der Tochter und ihrem neuen Adlatus gefolgt war, lauernd, der Fritz, auf jeden Fall nicht so merkwürdig übermütig wie in den Tagen zuvor, und er gab dem Herrn Redakteur, der in Zukunft die Herausgabe seiner Werke betreuen sollte, die Hand, nickte brav, wiegte den Kopf, wobei er den ehrfurchtsvoll zurücktretenden Kögel, eine lange und dünne, vergleichsweise formlose Gestalt, wie jetzt im Zimmerlicht zu sehen war, anschaute, vom Kopf bis zu den länglichen Füßen; musterte ihn, den Herrn Kögel, und sagte dann, deutlich vernehmbar: »Röhre. Sie sind eine große und gute Röhre!«

Elisabeth hielt es daraufhin für besser, den Rückzug anzutreten, fürchtete sie doch, daß sich die Laune des Bruders wieder ins Boshafte wenden könnte. Doktor Kögel aber, der ihr unauffällig folgte, strahlte; was für ein Erlebnis, das ihm da zuteil geworden war, und später bei Kaffee und Kuchen, dem er in bemerkenswerter Weise zusprach, erklärte er: »Ein wirklicher Großer, der Herr Professor Nietzsche. Mit einem Blick erfaßt er das Wesentliche und spricht es aus.«

»Nun ja«, meinte Elisabeth.

»Er wußte sogar«, sagte Kögel versonnen, »er wußte sogar, daß ich bei Mannesmann war, dem reichsgrößten Röhrenfabrikanten, den ich, in aller Bescheidenheit sei's erwähnt, von Grund auf sanierte, so daß diese bedeutende Firma nun, Röhre für Röhre, in die Rentabilität heimgefunden hat.«

Die Sonne war noch einmal hervorgekommen, Augustsonne, hatte den Himmel frei gemacht, der nun trügerisch leuchtete, durch verschlissene Wolken hindurch, die sich, das wußte der Wetterkundler in dieser Gegend, am Abend, spätestens, wieder zusammenrotten würden, um neuen Regen abzulassen. An all das hatte er sich wunderbar gewöhnt; Wetterkundler war er selbst längst geworden, und der Regen – strich er ihm nicht übers Gemüt, wenn er vor der geöffneten Balkontür seiner Steinabader Behausung herniederging, dieser ländliche Regen, unter dem die Wälder aufatmeten und die Menschen – ach ja. Dagegen das staubtrockene Basel, in das er morgen wieder zurück mußte; Schweizer Luft, wie geschaffen zum Geldzählen, und keine Wälder mehr, sondern nur Gassen, Türme und Häuser, aus denen mißgünstige freie Bürger äugten. Seine Koffer hatte er bereits gepackt, planlos, die Bekleidungsstücke nur hineingestopft; jetzt stand sein Gepäck schon abholbereit in einer Ecke. Morgen würde man es zur Kutsche bringen, die hinunterrollte zum Bahnhof Stühlingen, den er, hatte er sich vorgenommen, noch einmal zu Fuß erreichen wollte, auf dem Weg zurück, den er gekommen war, damals, vor Wochen, die ihm jetzt wie Jahre vorkamen. Von seinem Schwimmbad hatte er sich verabschiedet, noch einmal im grünen Wasser, in dem schon erste herbstliche Blätter schwammen; es war alles in Ordnung, beängstigend fast, man kannte ja die Gefahr beständiger Rückschläge. Durfte es ihm denn so gutgehen, war das nicht reine Kraftmeierei, und auch die Diagnose des Doktor Wiel, die einer vorweggenommenen Würdigung künftiger Verdienste gleichkam, hatte etwas Trügerisches an sich; zugegeben. Wiel hatte ihm einen Diätplan mitgegeben, für den Hausgebrauch; ausgesuchte Ernährungsvorschriften, an die sich der Herr Professor, der doch so bemerkenswerte Fortschritte gemacht habe, bitte schön halten möge; er solle wenig essen, dafür konzentriert, und die Speisen, dies sei sehr wichtig, dürften nur in Emaillegeschirr zubereitet werden, wegen der Nährstoffkontaminationen. Bei Befolgung aller Anweisungen könne der Herr Professor neunzig Jahre alt werden, sagte Wiel. Warum nicht hundert, hatte Nietzsche gefragt, und der Badearzt lachte; dieser stille, gleichsam versteckte Humor des Professors, er werde ihm fehlen. Es kommt bestimmt wieder ein anderer Professor, sagte Nietzsche; von denen gebe es mittlerweile ja sehr viele, so daß der Doktor, in der nächsten und übernächsten Saison, auf weitere ihn belustigende Beiträge rechnen dürfe. Wiel verabschiedete sich daraufhin, klopfte ihm auf die Schulter; man werde sich wiedersehen, erklärte er, wenn nicht in Steinabad, dann in einem anderen Bad, bestimmt. Beim Abendessen schließlich hatte ihm Spiegelhalter Lebewohl gesagt, wie immer mit hochrotem Kopf; er müsse den eigentlichen Abschied vorziehen, sagte er, da ihn die nächsten beiden Tage mit äußerstem Unwohlsein strafen würden, das fühle er schon jetzt; intensive Qualen bereiteten sich in ihm vor, heimtückische Übelkeitsgeschwüre, die ihn fast besinnungslos ans Bett fesseln dürften, es sei ein Grauen. Und dazu die Gewißheit, daß ihm der einzige halbwegs vernünftige Mensch abhanden komme, ein Grauen, wie gesagt, und nicht auszuhalten.

Spiegelhalter nahm sein Weinglas und prostete Nietzsche zu. »Mein Bester«, sagte er, »Sie gehen, während ich bleibe, eine Gelegenheit zweifellos, Ihnen noch einen guten Rat mit auf den Weg zu geben. Werden Sie moralischer –«

»Das sagen Sie«, meinte Nietzsche, »ausgerechnet Sie.«

»Das sage ich – ja. Und weiß, wovon ich rede«, rief Spiegelhalter. »Werden Sie – moralischer! Denken Sie nur, was für ein Meer angenehmer Tränen schon bei Erzählungen von edlen, großmütigen Handlungen geflossen ist! Dieser Reiz des Lebens würde doch schwinden, wenn der moderne Glaube an die völlige Unverantwortlichkeit überhandnähme.«

Nietzsche lachte. »Sie sind ein zu guter Mensch, Herr Kollege«, sagte er. »Und Ihrer schlüpfrigen Gedanken sollten Sie sich nicht schämen, auch wenn Ihr rotes Gesicht anderes vermuten läßt. Ich werde Sie vermissen, mein Freund, gründlich vermissen. Dennoch fühl' ich mich blendend, ein denkwürdiges Wohlbehagen, leider, müssen Sie wissen, vor jeder Moralität. Aber wie sagten Sie doch so treffend? Ein Meer angenehmer Tränen – in dem beweg' ich mich ja bereits, ein Genesender, der ich bin, kein Gesundheitsapostel, wenn Sie wüßten – Das ist es nämlich geworden, mein Leben, ohne mein Zutun: ein Meer angenehmer Tränen.«

10 Der unsichtbare Zuschauer

Lieschen hatte einen Brief nach Basel geschrieben, ein vehementes Schriftstück, gerichtet an den Basler Professor Von der Mühll, der als Vorsitzender des sogenannten Heuslerschen Vermächtnisfonds für die Auszahlung der Pension zuständig war, die Fritz bislang bekommen hatte; nun waren sie, Mutter und Tochter, gefragt worden, ob sie nicht gegebenenfalls auf diese Alimentierung verzichten könnten; die Zeiten seien schwer, gerade in der Schweiz, die ihre ehrwürdigsten Institutionen, zu welchen auch die Universität Basel zähle, mit rigorosen Sparzwängen belege, und außerdem habe sich der Herr Professor Nietzsche, den man bei dieser Gelegenheit zu grüßen bitte, mittlerweile ja als ruhmestüchtig erwiesen; er sei zu einem bekannten Mann geworden, könne man wohl sagen, dessen Bücher gelesen würden, sogar von philosophischen Laien und ähnlichen Zeitgenossen. Franziska Nietzsche hatte sich über diese Anfrage aufgeregt; richtiges Herzflattern hatte sie bekommen, an einem Tag, der ihr ohnehin wieder mit Schmerzen im Unterbauch zusetzte; Schmerzen, gegen die Doktor Gutjahrs Predigten und auch die Dragees, welche er verabreichen ließ, nicht mehr halfen. Eine solche Anfrage, beschämend, sie lief auf Armut hinaus, ganz gewiß; arme Mutter, dachte sie, und oben lärmte der, um den's eigentlich ging, Fritz, der den nörgelnden Herrn Tittel mit Gegenständen bewarf. Da war sie doch froh gewesen, daß es Lieschen gab; die ließ sich nichts gefallen, jetzt nicht mehr, wo sie sich des Bruders angenommen hatte, der Modell sitzen mußte für ihre wohlmeinenden Pläne. Lieschen schimpfte, zeigte, wie immer, wenn sie ernstlich erzürnt war, ihre bleichen Flecken im ansonsten erfreulich rosigen Gesicht, und sie kündigte an, den Basler Herren die Meinung sagen zu wollen, im besonderen Von der Mühll, was das überhaupt für ein komischer Name sei, degenerierter Schweizer Adel vermutlich; schreiben werde sie dem Mann, umgehend, die Mutter jedoch, Mamachen, bitte sehr, möge zu Bett gehen, so schlecht, wie sie aussehe, Mutter, da müsse man sich ja noch zusätzliche Sorgen machen. Oder etwa nicht – Franziska Nietzsche hatte sich dann wirklich zur Ruhe begeben, am hellichten Tag; sie lag angezogen im Bett, spürte die Schmerzen in den lästigen Eingeweiden, die im Liegen aber erträglich waren, und sie dachte, eigentlich zum ersten Mal, daß ihr mit dem Sterben vielleicht sogar eine Vergünstigung widerfuhr, eine hartnäckige Einladung zum Schlaf, die man nicht ausschlagen durfte; auf jeden Fall konnte sie abtreten, alte Mutter, jetzt gerechtfertigterweise, denn die Tochter, kraftversessen, machte für sie weiter, lohnender, als es die Mutter je vermocht hätte.

Franziska Nietzsche, auf der Seite liegend, fiel in einen tiefen Schlaf; sie hörte sich noch röcheln, dann wurde sie hinweggehoben, in dieses eine wohltuende Dunkel, welches, vor der jenseitigen Abrechnung, für eine Art ausgleichende Gerechtigkeit sorgte. Elisabeth Förster, mittlerweile ruhiger geworden, schrieb derweil an den Herrn Von der Mühll. »Sehr geehrter Herr«, schrieb sie, »wie Sie wohl wissen sollten, besteht unsere kleine Familie aus meiner Mutter, meinem Bruder und mir selbst. Die bescheidenen Einnahmen meiner Mutter und die meinigen erlöschen fast sämtlich mit unserem Tode oder gehen in andere Hände über. Solange wir zusammenleben und eins für das andere sorgt, so vermindern sich die Ausgaben für unsern teuren Kranken ganz bedeutend; nun könnte es aber doch sein, daß wir beide vor unserm geliebten Pflegling sterben (Hölderlin ist 74 Jahre alt geworden!): Dann müßte er wieder in eine Anstalt gebracht werden, und von was sollte dann der für seine Stellung nötige Unterhalt bezahlt werden? – Mein Bruder besitzt zur Zeit etwa 1075 Mark an Zinsen; wenn er auch noch durchaus ein wenig Kapital dazuerhielte, so könnte er doch kaum in einer guten Anstalt zweiter oder dritter Klasse untergebracht werden – ein wahrhaft entsetzlicher Gedanke für unsere liebenden Herzen! – Sie werden nun vielleicht gehört haben, daß mein Bruder dabei sei, durch seine Bücher gute Einnahmen zu erzielen; das ist zwar richtig, ist aber oben auch das Kapital, das für ihn angelegt wurde und von dem er jetzt besagte 1075 Mark Zinsen hat. Bedenken Sie: Als mein – Bruder erkrankte, besaß er ungefähr noch 12000 Mark Kapital, aber durch jahrelange Kuren und besonders durch das Selbstdruckenlassen seiner Bücher war eben sein kleines Vermögen auf dieses Minimum zurückgegangen. Die Nietzsche-Gesamtausgabe, welche wir, mühevoll genug, veranstalten, läßt sich ordentlich an, aber es ist zu bezweifeln, ob nach ihrer endgültigen Fertigstellung überhaupt noch größere Einnahmen mit Nietzsches Werken zu erstreiten sind; wer kauft in Deutschland philosophische Bücher, zumal die Bücher meines Bruders nicht für die Menge bestimmt sind, was mich sagen läßt: Ginge es nach mir, dürften diese Schriften nur an ganz wenige, die ihn verstehen, verkauft werden, weshalb der jetzige, beträchtlich teure Preis ganz recht genannt werden kann ...

Aus alldem sollten Sie, werter Herr, das Folgende vernehmen, ich sag' es in klarer Sprache: Daß man meinem armen Bruder Friedrich überhaupt seine Pension nehmen kann, und zwar ganz und gar, das scheint mir, in einer Zeit, wo bereits einer allgemeinen Pflegeversicherung das Wort geredet und für jeden schlichten Tagelöhner in den Jahren seiner Krankheit und Hilflosigkeit gesorgt wird – scheint mir als etwas ganz Unglaubliches. – Die Basler Universität mutet also einem ihrer berühmtesten ehemaligen Mitglieder zu, von einem Einkommen von eintausend Mark zu leben. Soviel kostet aber bereits ein Wärter, der sich kümmern muß, wenn die mutmaßliche Lähmung und die Schwerfälligkeit des Kranken noch zunehmen, was, leider, zu erwarten ist. Ein Mann von der fraglosen Bedeutung meines Bruders, Nietzsche also, in seiner schweren Krankheit und Hilflosigkeit, kann doch nicht der Unterstützung seiner so unvermögenden Anverwandten anheimfallen! Ich bitte Sie, Herr Professor, dieses sich wohlwollend merken zu wollen und den entsprechenden Schritt zu veranlassen; wir, mein Bruder, meine Mutter und ich, keine Bittsteller fürwahr, bleiben auf die Basler Pension angewiesen; so ist es nun mal.

Es grüßt Sie freundlich – Dr. Elisabeth Förster-Nietzsche.«

In der Nacht hatte er schlecht geschlafen, warum das; seine letzte Nacht, er lag ja schon auf gepackten Koffern, ein Mann, genesen innerhalb langer Wochen, und im Kopf hatte er alles längst verarbeitet, dazu vorbereitet die Zeiten, die jetzt kamen. Warum also die alte, unnütze Quälerei; sein Magen zog sich zusammen, rhythmisch, und während er zum Abtritt schlich, hörte er durchs geöffnete Fenster die Kegler, die sich noch einmal hervorgewagt hatten; in der Bierhalle standen sie, mit Getränken versorgt, und warfen die toten Köpfe. Er übergab sich, mehrere Male, dann war sein Magen leer und überreizt; jede Bewegung konnte nun schaden. Seine Krankheit hatte er nicht verlernt in der Genesung, ließ sich dies nicht, versöhnlerisch betrachtet, als beruhigende Botschaft für die Zukunft begreifen, seine Zukunft, die er anders ausmalte; ein Schlachtengemälde, versehen mit allen Farben der Welt – ein Stilleben, dargeboten als listige, die Wirklichkeit dekuvrierende Inszenierung, und er lag auf dem Bett, frösteInd, doch nahezu bewegungsunfähig; nicht mal zum Fenster wollte er, um es zu schließen; nicht mal hinaus in die Nacht konnte er, um den Rabauken ein letztes Mal heimzuleuchten. Tatsächlich leuchteten die Wälder, das sah er, unbewegt, von seiner Bettstatt aus; ein Glanz hatte sich erhoben, einschmeichelndes Licht, das zwischen den Baumstämmen zu verharren schien, Wind ging dazu, der ihn, wohlmeinend, an das erinnerte, was er sich, hier unten im Tale, zurechtgelegt hatte. War das nicht eine fast feierliche Stimmung, die man sogar mit Tränen begrüßen durfte, Tränen der Einsichten und der Gewißheit, eine erhebende Stimmung, schon ging's ihm besser; das Vergangene blieb ja, blieb gegenwärtig, und die Zukunftsmusik, sie wurde wieder und wieder gespielt, ein nicht totzukriegendes Rührstück, an dem so viele Herzen hingen; er lachte, mußte lachen, auch wenn das seinem Magen mißfiel, lachte, denn die Kegelbrüder schienen etwas von der feierlichen Stimmung mitbekommen zu haben; sie hielten inne, eine Kugel fiel noch, eine Flasche, die am Boden der guten alten Bierhalle zerbrach, sie waren doch seine Freunde, kegelnde Männer aus deutschen Landen, die begriffen, was ihm widerfuhr – in der Schönheit dieser Nacht. So weinte er denn, gänzlich unberührt, glücklich, durfte man sagen, glücklich, und er dachte an Elenor, Lou, die sich nicht in die von ihm erkämpfte Ruhe hatte hineinzwängen lassen, sie war verschwunden, nach einem ordnungsgemäßen Abschied immerhin, nach ein paar Tränen, die aber leicht zu beschwichtigen waren, fand er; sie würde ihn wiedersehen, hatte sie gesagt, da sei sie sicher, schließlich bedeute auch ihr der Gedanke sehr viel, daß sie, trotz aller Distanzen und Streiche, füreinander bestimmt sein könnten. Ihm war aufgefallen, wie sehr sie sich mit jeder Bewegung veränderte, fast konnte man meinen, daß sie den Wünschen genehm sein wollte, die er mit ihr verband; sie schmiegte sich an unter seinen prüfenden Blicken, und wenn er Angst bekam, Angst vor der eigenen Stärke, wich sie zurück, ging ein in die geheimnisträchtige Welt ihrer Pflichten. So blieb gewährleistet, daß ihre Liebe etwas Unwirkliches behielt – ein sehnsüchtiges Spiel, ausgerichtet für Diebe, die ihre Gelegenheiten bekamen. Schon hatte er wieder Mühe, sich ihr Bild vor Augen zu rufen; er sah eine junge Frau, die sich vor seinen

Blicken verbarg, so als wüßte sie längst, daß er es nicht ernst meinen konnte, jetzt, wo ihm neue Aufgaben gestellt worden waren, weltbewegende Aufgaben, die für eine verspielte Liebe keinen Raum mehr ließen; sie verschwand, die junge Frau, wer mochte es ihr verdenken, verschwand in den Wäldern, die noch immer glänzten; ihre Schritte hörte er noch, es war ja still, nur der Wind rauschte, und über dem gewöhnlichen Himmel, der nun aufgerissen war, tat sich ein zweiter Himmel auf, sternenübersät, ein wahrhaftiges Firmament, mächtig aufgedonnert, so daß man die alten Gedanken nach einer soliden Ewigkeit wieder auflegen konnte; Fliehkraft, eine kosmische oder eher komische Reise, das Universum, so nannte man es wohl, war ja, wie es hieß, ewig auf Trab, öde Vorstellung eigentlich, eine zersplitterte und doch unglücklich zusammengehaltene Welt, die sich ständig dehnte und streckte, eine schlecht ausgeschlafene Schöpfung demnach, und wo war der verschlafene Schöpfer; er lachte, der Schöpfer, erhob sich vom Bett, vorzüglich ging's ihm wieder, dem Schöpfer, danke der vereinzelten Nachfrage; er verließ den Raum, bekleidet nur für diese eine Nacht, das reichte; die Treppe ging er hinunter, öffnete die Tür, die der Herr Adler, welcher übrigens, wie er kürzlich erst festgestellt hatte, nicht nur wie ein Adler aussah, sondern im Körperbau einer sparsam bewirtschafteten Röhre glich, in der Regel unverschlossen ließ, der Herr Adler, gut so, man mußte schließlich, Genesender oder nicht, davonkönnen, und unten, jetzt unten vor dem Gästehaus, büßte der Himmel bereits etwas von seiner Großartigkeit ein, desgleichen der Glanz, der nun eher zum Abglanz wurde, egal; hoch war er noch immer, der Himmel, ein rauschendes, quergelegtes Unendlichkeitssegel, in welches der Wind sich mit einbegeben hatte, so daß immerhin jene Einheitlichkeit verbürgt schien, an der die Wahrnehmungen auf jeden Firlefanz verzichten konnten; keine Objektivität mehr, keine Subjektivität, wie gehabt, wie gesehen, auf dem Dach der Ruinen etwa hatte er's gefühlt, aber eine solche in sich geschlossene Gewißheit ließ sich ja nicht halten, er mußte das wissen; was zusammengehörte, brach auseinander, immer wieder und wieder, so wollte es die Erkenntnismaschine, und er ging unter seinem Himmel einher, der über ihn hinwegzog, Unruhe-Geist, dort oben, uralter Maschinist, längst überfordert mit dem an ihn gerichteten Ansinnen, in den Ruhestand zu treten oder aber, gefälligst, sich zu offenbaren.

Er kam an seinem Schwimmbassin vorbei, dessen Wasser vom Wind aufgerauht war; natürlich wäre er jetzt gerne hineingesprungen, aber das konnte er auch noch auf dem Rückweg tun; es sollte ja kein langer und schon gar kein starker Marsch werden, den er ablieferte, eher ein Spaziergang, verstohlen, nach aufmüpfiger Rentnerart, eine allerletzte Verabschiedung, Elenor, Lou nach, die sich in die Wälder geflüchtet hatte, von denen es hieß, sie gehörten, bis auf den letzten Fuchsbau, dem Fürsten von und zu Fürstenberg, den man, dachte er, auch wohl als Fuchs titulieren durfte, denn hatte er nicht längst in seinem Revier gewildert und ihm, dem Professor Nietzsche, Elenor abspenstig gemacht, so ein Fuchs; er aber, er blieb der Liebhaber – auf Abruf stand er bereit, ihr Liebhaber, ein Verläßlicher, groß und breit stand er in ihrem Weg, so daß sie eigentlich nicht mehr an ihm vorbeikonnte, nie mehr, während sie sich mühte mit ihrem Leben, nie mehr, womit sich Anfang und Ende wieder gefunden hätten, Kreisgang also, mitten im Leben, und da sprachen andere doch schon vom Tod. Eine wunderbare Nacht war dies, eine Nacht zum Sterben; wer durfte sich glücklich schätzen in dieser Nacht, wer starb, eine alte Frau etwa, ein Greis, dazu ein paar Kinder, allesamt beweint von den Hinterbliebenen, die sich nicht trösten lassen wollten, was nur bewies, daß sie Dummköpfe waren; am Leben hing, wer das Sterben noch nicht kannte, und er, er kannte es längst. Um die alte Frau tat es ihm leid, in dieser Nacht; fast konnte man meinen, daß er sie kannte, eine Vertraute aus versunknen schönen Tagen; ihr Gesicht war ihm, für Augenblicke, merkwürdig gewärtig, ein liebes altes Gesicht, in dem die Augen ständig zufielen, so als würde dort, in diesem Gesicht, ein letzter Kampf gegen die Müdigkeit geführt, mit welcher der Tod durch die Lande zog; sie ging ihm zur Hand, Müdigkeit, unverzichtbare Gefährtin, täglich bereitete sie seine Geschäfte vor, schöne Person, noch immer, wenn auch schon deutlich angejahrt; verführerisch war sie, die Müdigkeit, wo er, der stets grau in grau gekleidete Herr Tod, sich unangenehm schroff gab, verführerisch, mußte wohl sein so, und die alte Frau, die ihn, er sah sie ja noch, an seine Jahrhunderte zurückliegende Kindheit erinnerte, starb; ihre Zeit war gekommen. Er kehrte um; verfehlte, vielleicht auch verlorene Stimmung, sein Gespür. Immerhin tat der Himmel ein übriges, er gab nach, noch in dieser, nicht mehr so ganz feierlichen Nacht gab er nach, machte sich flach, vor der eigenen Größe flach; kannte man schon, und das Rauschen des Winds wurde zum zögernden, fast lachhaften Wimmern.

Die Schmerzen hatten zugenommen, und Doktor Gutjahr war gerufen worden. Der stand nun am Bett von Franziska Nietzsche und gab Anzeichen von Ratlosigkeit zu erkennen; nach einer weiteren aufmunternden Predigt war ihm nicht mehr zumute, er hatte ja alles gesagt. Die Frau Pastor schwieg; sie schien sich mit dem abgefunden zu haben, was ihr auferlegt worden war, und so gab es, tatsächlich, nichts mehr zu bereden, eine für den Prediger Gutjahr ungewohnte Situation; er hätte gehen können, durch die rauschende Nacht zurück auf sein Lager, die Angelegenheit war geregelt, ein Fall für den himmlischen Beistandsdienst. Franziska Nietzsche, gekrümmt auf der Seite liegend, lächelte; der arme Gutjahr, er gähnte, unentwegt, beneidete die Frau Pastor um ihr Bett, das sie nicht mehr verlassen mußte. Auf der Seite lag sie, rührte sich nicht, diese Haltung war erprobt worden in den Nächten zuvor; so ließen sich die Schmerzen besänftigen. Sie hörte das Rauschen des Windes, der ums Haus tänzelte, eine rauschende Nacht, wahrhaftig, eine Ballnacht, und ihr Liebhaber kam, sehr bald schon, um sie zu holen. Die Tochter war erschienen, Lieschen, auf Zehenspitzen ging sie, putzig sah das aus, die Frau Doktor Förster, zu gewichtig an sich, um auf Zehenspitzen zu gehen, da knickte sie doch ein, mit jedem zweiten Schritt, und so ging sie auch nur bis ans Bett, Lieschen, vorsichtig, setzte sich dort neben die Mutter, die sich noch mehr einkrümmte, unwillkürlich, was einem Ducken gleichkam – vor der Tochter; das alles war zu sehen, klar und deutlich im trüben Licht, bevor der Mutter die Augen zufielen; sie hörte noch, wie Elisabeth mit dem Doktor flüsterte, und der schien in seiner Ratlosigkeit schon zu kondolieren. Franziska Nietzsche war es, als stünde die Tür noch offen; natürlich, einer fehlte ja noch, der Sohn, und der kam, wie sie wußte, um sich in aller Liebe zu verabschieden; Fritz, er beugte sich über sie, berührte ihre Wange, sprach auf sie ein, ein fast zärtliches Gebrabbel, dem sie nicht widerstehen konnte, nicht wollte; war er etwa vom Liebhaber geschickt worden als Vorhut, der Sohn, so blieben sie am Ende doch noch beisammen, die ganze Familie, liebend beisammen; höheren Orts nur, eine Liegenschaft mit ungeahnten Aussichten, von der aus sie zuschauen durften, endlich, nur zuschauen, und Franziska Nietzsche hörte den Sohn wiederholen, was er ihr einst geschrieben hatte, als Trost in verwilderten Zeiten, die von der Mutter beklagt worden waren, nahezu jämmerlich: »Die Vorteile, tot zu sein, Mama«, flüsterte er, »sie sind beträchtlich. Keiner kümmert sich mehr um uns, keiner. So einfach geht das: Sich wegdenken aus der Menschheit, die Begehrungen aller Art verlernen – und den Überschuß an Kraft auf das Zuschauen verwenden! Eine herrliche Friedfertige wirst du sein, Mama, auf immer und ewig, nichts entgeht dir, denk nur; du bist – und bleibst – der unsichtbare Zuschauer.«

DRITTES BUCH

Von Zeit zu Zeit

1 Ein Friedrich Dampf in allen Gassen

Es hatte sich einiges verändert, war ihm gesagt worden; schonend. Der Tod seiner Mutter, er berührte ihn sehr, obwohl er weiterhin ungerührt im Stuhle saß, so sah's aus, aber hatte er nicht längst die Trauer gefühlt, mächtige, dazu heimlichtuerische Trauer, welche sich förmlich heranschlich, während er nichtsahnend im nächtlichen Wald ging; und da er sie spürte, die Trauer, mit einem Male und hinterrücks, ahnte er auch das Ereignis, dem sie galt, fernab, an seinem anderen unverrückbaren Wohn-Sitz. Als es dann wirklich geschehen war, die Mutter also tot und die Schwester aufgelöst in den Tränen, welche sie für die veränderte Lage herbeibringen konnte, blieb er ruhig, natürlich, man sagte ihm ja nichts Neues; Lieschen flüsterte auf ihn ein, eine traurig rundliche Person, die mit ihrem Bericht sehr schnell wieder abbrach, weil sie glaubte, der Bruder höre ihr gar nicht zu; er verstand ja, dachte sie wohl, verstand ja längst nicht mehr, was ihm mitgeteilt wurde, aber da lachte er dann doch, Fritz, angenehm leise, wohlerzogen, dezent, dem traurigen Ereignis angemessen, das aber gar nicht so traurig war, wie er fand, denn es kam einer guten Erlösung gleich; er lachte, weil es sich um eine naheliegende, dazu landläufige Fehleinschätzung handelte, die sich an der Physiognomie orientierte, die er den zu ihm vordringenden Besuchern bot; er saß zumeist eingefallen im Stuhle, rührte sich nicht, redete kaum, den Speichel ließ er, das machte Spaß, ungehemmt vom Munde abtropfen, dazu zuckten, wenn er wollte, die Glieder, auch konnte er sich, dem eigenen Nachdenken gemäß, aufs gemütlichste totstellen. Was er hören wollte, zudem, hörte er, aber da es sich in der Regel um Nichtigkeiten handelte, hatte er sich gern daran gewöhnt, den ihm eigenen Dämmerzustand als komfortable Realität hinzunehmen. Ein entfernter Besucher, der ihm auf nutzlose Weise bekannt vorkam, hatte, in seiner Gegenwart, der Schwester zugewispert, daß er erschüttert sei über den ihm vorgeführten Fall geistiger Verödung, ein genialer Kopf wie der Professor Nietzsche, schrecklich, und er meinte damit wohl, daß es sich bei dem im Stuhle Sitzenden um einen Idioten handeln müsse, und da hatte Fritz, zum Mißvergnügen der Schwester, einmal kräftig ausgespuckt, dem Herrn Besucher vor die Füße, worauf Lieschen diesen entbehrlichen Mann, eine Entschuldigung murmelnd, zur Tür und in Sicherheit brachte. Als sie verschwunden waren, erhob er sich, sehr langsam; er ging zum Fenster, das er öffnete, obwohl ein zorniger Wind vor dem Naumburger Haus stand und an ihm rüttelte. Er streckte den Kopf hinaus, in den Wind, der ein wenig näßte, wobei er, Bruder Nietzsche, ordentlich, wie er war, die Fensterflügel festhielt, auf daß sie ihm nicht gegen die Ohren schlugen; so lugte er hinunter auf die Straße wie ein Rentner, es fehlte nur noch ein Kissen, das er sich unter die Arme gelegt hätte, um es bequemer zu haben bei den zu erwartenden Manövern der Sicht. Es bereitete ihm Mühe zu gehen, zweifellos, das merkte er schon wieder bei den drei Schritten, die er zum Fenster hin tat; war wohl der Pflegestand schuld, in dem er sich befand, gemäß seines einstmaligen freien Willens, der die jetzigen Zwänge mit verursacht hatte, konnte man sagen; ein auslösendes Moment, und wer kannte schon die Folgewirkungen, die so vielfältig waren wie die Lebensäußerungen selbst, hoch angesiedelt über den Ordnungsbemühungen des nur noch nach eigenen Gesetzen funktionierenden Bewußtseins. Er hatte einiges verlernt, unter anderem das Gehen, Laufen, Schreiten; mangelnde Übung, nicht mehr, verstärkt durch die albernen Versuche, ihn mit dem Rollstuhl in die Welt hinauszukarren – das war nichts für ihn, und wenn er ein Arzt gewesen wäre, der es gut meinte mit Bruder Nietzsche, dem Herrn Professor, dann hätte er ihm Bewegung verordnet, erbarmungslos, stramme Märsche, die in wohltuende Erschöpfung mündeten – wie damals, lang war's noch nicht her, im Steinabade; ach ja. Aber es hatte Veränderungen gegeben, leider; unnötige Unruhe, ausgelöst von der wieseligen Schwester, die sich schier allgegenwärtig gab, mit ihrer aufdringlichen Zuneigung, in welche sie auch wildfremde Besucher einbezog, zwielichtige, zum Teil fast ganovenhafte Gestalten, die ungehindert zu ihm vordrangen, so daß er den Wunsch verspürte, einen Rausschmeißer zu haben, seinen eigenen Berserker, der ihn, auf Fingerzeig hin, von dem Geschmeiß befreite. Die Schwester war überall, leider auch an Stelle der Mutter, und so fühlte er sich in diesen Tagen tatsächlich nur als der Bruder; Bruder Nietzsche war er, kein guter Mensch, denn er hatte den Zorn in sich – den Zorn des unerhört Gerechten. Er verweigerte die Rede, dies schon länger, obwohl er hätte reden können, noch immer, allen aufgetürmten Zwängen zum Trotz; von seinem Befinden hätte er reden können, in knappen Worten, denn sein Befinden, im Innern des Leibes, war keine Angelegenheit des öffentlichen Interesses, da konnte er sich, in wohltuender Bescheidenheit, auf das Wesentliche beschränken; danke, es geht mir gut, hätte er sagen können, danke, ich leide, so vorbildlich, daß ich es längst nicht mehr weiß, und dann hätte er sich den großen Themen zuwenden können, für die er ja eigentlich zuständig war; eine große Rede hätte er begonnen, über die Köpfe der Zuhörer hinweg, und ohne es zu wollen, womöglich, wäre er dann doch zu seiner inneren Befindlichkeit zurückgekehrt, bescheidener Mann, der er war; meine nicht sehr verehrten Damen und Herren, hätte er sagen können, ihr ärmlich erbärmlichen Zuhörer, ist es nicht längst so: Der Anblick gewisser Umgebungen erschüttert uns, die Umgebungen unserer Kindheit beispielsweise, Damen und Herren, die Sie vielleicht auch einmal jung waren, obwohl Ihnen, verzeihen Sie, dem Augenschein nach jegliche Jugendlichkeit abhanden gekommen sein muß; Anblicke, Visionen – das Gartenhaus etwa, die Kirche, umgeben von gemeindeeigenen Gräbern, der Teich und der Wald, dies sehen wir nur als Leidende wieder. Mitleid mit uns selber ergreift uns, denn was haben wir doch seitdem alles durchlitten! Und hier, an diesem kindlichen Ort, steht jegliches noch so still, noch so ewig da, impertinent, sind wir denn so anders geworden, so bewegt; selbst etliche noch lebende Menschen finden wir wieder, an welchen die Zeit, dreisterweise, nicht inniger ihren gelblichen Zahn gewetzt hat als an einem uralten Eichenbaume; Bauern, Fischer, Waldbewohner, wettergegerbte Gestalten – sie sind dieselben geblieben. Die Erschütterung, hätte er behaupten können in seiner Rede, die Erschütterung, dazu das Selbstmitleid im Angesicht der niederen Kultur setzen ein Zeichen, vielleicht, ihrer höhergedachten Spielart, eine Vermutung, für die er auch den Kollegen Spiegelhalter haftbar machen konnte, den er aber, leider, schon länger nicht mehr gesehen hatte, was er bedauerlich fand, denn er mochte ihn ja, Spiegelhalter, dessen Gesundheit, er sah das freundlich glühende Ballongesicht vor sich, noch viel gefährdeter war als die seine, womöglich würde daran das beiderseits erwünschte Wiedersehen scheitern, und so hätte er seine Rede beschlossen, leiser geworden, ein wenig traurig, war es nicht so, daß er vermutlich alle überleben würde, alle, sie starben ihm weg, vor den Augen, und er hätte noch darauf hingewiesen, daß die sogenannte höhere Kultur nicht imstande sei, das Glück, das menschenmögliche, zu vermehren; wer

Glück und Behagen vom Leben ernten wolle, hätte er gesagt, solle sich tunlichst von dieser Art Kultur fernhalten, ein gutgemeinter Ratschlag, den keiner der Zuhörer begriff, weswegen er auch, nun erst recht, einschlafen konnte; sein Zorn auf die wieselige Schwester war verraucht, behaglich fühlte er sich, heimgeholt in die ihm überlassene Ruhe.

Elisabeth Förster-Nietzsche, die sich schon seit geraumer Zeit nicht mehr wie ein Förster, sondern wie ein Nietzsche fühlte, spürte den hohen Druck des Blutes, der ihr immer dann zu schaffen machte, wenn ihr die Dinge, ungerechtfertigterweise, über den Kopf zu wachsen drohten. Das Blut stieg ihr ins Gesicht, dorthin vor allem; im Bauch wurde es leer, dafür floß unangenehme Wärme in den Kopf, vom Blut wohl forciert, und sie merkte, peinliche Angelegenheit, die Verfärbung ihrer Gesichtsfarbe, die vom leichten Rosa ins Puterrote changierte, wie sie glaubte, obwohl sie es, seit einiger Zeit schon, vermied, allzu innig in den Spiegel zu schauen, mit dessen Bilderdienst sie nicht mehr zufrieden sein konnte. Am Morgen vermeldete er ihr bereits, daß sie keine junge Frau mehr war, längst nicht mehr, und als attraktive Person ging sie nur noch durch, wenn ihr jene innere Zufriedenheit zur Verfügung stand, die sie aus dem Bewußtsein bezog, den Anforderungen des Wirklichen gewachsen, ja sogar überlegen zu sein. Ein solches Bewußtsein war, leider, nicht sehr stetig, es bedurfte fürsorglicher Pflege und der ständigen, fördernd einredenden Komplizenschaft, was bedeutete, daß Elisabeth Nietzsche im Einvernehmen mit sich selber bleiben mußte, allen Widerständen und Zumutungen zum Trotz. Sie hatte es sich daher zur Angewohnheit gemacht, den störenden Einflüssen mit Gleichgültigkeit zu begegnen, was, wie sich herausstellte, auch als Charakterstärke ausgelegt werden konnte, als Souveränität und Selbstsicherheit im Angesicht hochgerüsteter Feinde. Für die eigenen Schwächen blieb da kein Platz mehr; sie wurden zu dem, was sie schon immer waren – zum reinen und doch sehr beleidigenden Privatvergnügen, welches dazu diente, der Resistenz mancher Erwartungshaltung die passenden Zweifel entgegenzusetzen. Dabei durfte Elisabeth Nietzsche durchaus ihre Erwartungen hegen; sie waren gegeben, dank des Bruders, von dem einige wesentliche Meinungsführer in der deutschen Welt behaupteten, er sei nicht nur Genie, sondern auch Widerspruchsgeist, Verhängnis für die auf Gewohnheitsrecht bauenden Machthaber der alltäglichen Schande.

Er saß im Stuhl, wo sonst, der Widerspruchsgeist, hielt sich ruhig, wie eigentlich immer in den letzten Wochen; keine Ausbrüche mehr, keine Possen. Wenn das Wort an ihn gerichtet wurde, reagierte er nicht; früher hatte er immerhin gelegentlich noch seine Verständigungsbereitschaft zu erkennen gegeben, ein Nicken, ein Lächeln, dazu, wenn's ihm in den Sinn kam, das überschießende Gelächter und seine Streiche, die er mit seltsamem Bedacht anstellte. Jetzt aber – fast schien es, als müßte er leiden, wobei es nicht die Schmerzen sein konnten, die ihm in gewohnter Weise zu Kopf stiegen, deren Symptome nämlich kannte die Schwester, all die Zuckungen, das Eingekrümmte des Leibes, die unbedachten, für den Außenstehenden an einen reißerischen Schluckauf gemahnenden Artikulationen, Rufe nach Hilfe, wenn man so wollte, Hilfe, die ihm keiner mehr geben konnte, auch der legendäre Professor Binswanger nicht, den Fritz, wie sich die Mama vor ihrem Tode noch erinnerte, ihr herzenslieber Fritz, mit Büchern beworfen hatte; Elisabeth wischte sich eine Träne aus den Augen, diese merkwürdige Rührung in den letzten Tagen, unnütz, denn es gab ja noch so viel Wichtiges zu tun, unnütz, und sie hätte weinen mögen, durchaus; vielleicht war es das, was dem Bruder zu schaffen machte, Mamas Tod, ein Ereignis, das von ihm ferngehalten worden war, und vordergründig hatte diese Diskretion ja ihren Zweck erfüllt, denn er fragte nicht, fragte kein einziges Mal nach der Mutter, aber er litt, war er also nicht doch traurig über ihr Fehlen? Elisabeth nahm ihr Taschentuch zur Hand, ein vergleichsweise großflächiges, nicht geblümtes und nicht besticktes Stück Tuch, wie es der vornehme Mann verwendete, aber sie war kein Mann, und wenn sie sich schneuzte, so wie jetzt, war sie auch nicht vornehm, keineswegs; sie blies einiges in ihr Tuch, ächzte und prustete dabei, und den Rest wischte sie mit der Hand beiseite – eine unglückliche Angewohnheit, ganz sicher nicht damenhaft, was von der Mutter auch oft genug gerügt worden war. Wenn man es recht besah, fehlte sie ihnen beiden, die Mama; Bruder und Schwester waren ärmer geworden, dachte Elisabeth, die sich gewünscht hätte, noch einmal einen Tag mit der Mutter zu verleben, nur so, aus Anhänglichkeit, aber vielleicht auch, um sich noch einmal über sie zu ärgern, ihre Begriffsstutzigkeit, Weinerlichkeit, ihr Ungeschick, das sie für Ungemach hielt; ihr bis ins Blödsinnige hineinführendes Gottvertrauen. Sie stand in der Tür, Elisabeth Nietzsche, lehnte am Türpfosten und spähte, kaum atmend, in das Zimmer des Bruders hinein. Schemenhaft hockte er im Stuhle, einem Sack ähnlich, fand die Schwester; er rührte sich nicht, obwohl sie sicher war, daß er ihre Gegenwart spürte. Das ungute Licht stand im Raum, trübes, gar nichts recht ausleuchtendes Funzellicht, in welches sich die Trübnis des Tages mischte; sogar der einzelne, neckisch umhersuchende Sonnenstrahl, der sich zuletzt immer auf den Herrn Professor gestürzt hatte, war verschwunden. Es ging in die Dunkelheit vor, ganze Welten hatte man verhängt, und das alles kam vom Tode her; wo waren die Verstorbenen, saßen sie oben im Himmel, über einer aus Eigennutz verdeckten Erde, graubrauner Planet, und dort, dort oben amüsierten sie sich. Nicht aber die Mutter, da war sich Elisabeth sicher; Mama hatte keinen Hang zur Schadenfreude, dazu war sie, immer schon, zu gutherzig und auch zu wehleidig gewesen.

Elisabeth nahm wieder ihr Taschentuch, drehte es um, suchte nach einer unbenutzten Stelle, in die sie noch einiges hineinschneuzen konnte; dann legte sie los, dieses Mal klang's wie eine mit der Trompete vermittelte Order, und noch immer rührte er sich nicht, Bruder Fritz, der nichts hören und nichts sehen wollte, nicht die Schwester, dachte sie, wischte sich die Reste von der Nase und trocknete danach gleich die Tränen, die ihr in die Augen geschossen waren. Eine unmögliche Traurigkeit, fand sie, unmöglich und unnötig, und daß sie, Elisabeth Nietzsche, die im Wald der großen Männer längst nicht mehr pfeifen mußte, um sich Mut zu machen, keine Gegenwehr fand, um eine so gänzlich unnötige Traurigkeit zum Erliegen zu bringen, noch bevor dieselbe Schaden anrichten konnte, also Herzschmerz und Tränen verbreitete, ärgerte sie über die Maßen. Aber er, der Bruder, hatte doch auch seine Schuld; war es denn zuviel verlangt, wenn sie, noch immer, auf seine Zuneigung hoffte, auf einige wenige Zeichen noch seiner Teilnahme an dem nun von ihr verantworteten Geschehen. Einmal nur, ein einziges Mal hätte er sie doch anreden können, Schwesterherz; dazu ein Lächeln, angedeutet nur und wirksam, wie alles, was aus ihm hervorging für die zum Warten verpflichtete Welt, wirksam für die Ewigkeit. Statt dessen blieb er stumm, verweigerte sich, tat so, als ob ihn das alles nichts mehr anginge. Ein einziges Mal, vor anderthalb Wochen etwa, hatte er sich noch gegeben wie eh und je. Da war Elisabeth mit Herrn Doktor Knötzlein im Zimmer des Bruders erschienen; sehr korrekt, ja ausführlich hatte sie ihren Gast vorgestellt, einen bekannten sächsischen Journalisten, der belesener war als sonst seinesgleichen und zudem den Herrn Professor noch von früher her kannte, denn er erinnerte sich, in launigen Worten, an den Kommilitonen Friedrich Nietzsche, von dem man damals wohl eher den einen oder anderen studentischen Streich erwarten mochte als große philologische Taten, wie man sich doch täuschen konnte, und dann eben diese – Karriere; Knötzlein wisperte Elisabeth etwas zu, beugte sich dann zu Fritz herab, berührte ihn vertrauensselig an der herabhängenden Schulter, worauf der Bruder, zum Entsetzen seiner dabeistehenden Schwester, ein schnarrendes Geräusch ausstieß, sie kannte das schon: Aus dem Schlund drückte er den Speichel empor, bis der sich, schußbereit, auf seiner Zunge versammelte, und während Knötzlein zwei Schritte zurückwich, es mußte ihm ja so vorkommen, als sei er von einem aufgestörten Reptil verwarnt worden, nahm Fritz Maß, und er spuckte seinem Besucher vor die Füße, haarscharf. Der Zeitungsschreiber geriet darüber in Verwirrung; arglos war er erschienen, wohlmeinend, mit freundschaftlichen Gefühlen versehen, und nun wurde er bespuckt, ein Affront zweifellos, aber man wußte ja immerhin, wer da spuckte, ein Wahnsinniger, der seines Verstandes beraubte angebliche Philosoph Friedrich Nietzsche, eine schillernde, eine höchst umstrittene Persönlichkeit schon zu jenen seiner Lebzeiten, als er noch für einen Wissenschaftler mit normaler, das heißt eher ein wenig beschränkter Befähigung gehalten wurde; ein unmöglicher Mensch, ungezogen, was er bereits als verlotterter Student bewiesen hatte – und was sollte da das ganze Gerede von angeblicher Genialität, lachhaft, wenn man doch, ohne ein schuldhaftes Betragen, bespuckt wurde. Er, Doktor Knötzlein, hatte allerdings vorbildlich Haltung bewahrt, das mußte Elisabeth zugeben; er deutete eine knappe Verbeugung vor dem Bruder an und ließ sich dann von ihr aus dem Zimmer vor die Tür geleiten, erwähnte den ihm widerfahrenen Tort mit keinem Wort und verwies statt dessen auf die Tragik, daß man den Verfall eines solch gewaltigen Geistes miterleben müsse; traurig, traurig, und Frau Doktor Förster sei um ihre Aufgabe wahrlich nicht zu beneiden. Nach jenem Vorfall, über den sich Fritz noch auf seine Weise amüsieren konnte, war er immer stummer geworden; er schwieg beharrlich, und die Schwester haderte mit dem ihr zugemuteten trüben Empfinden. Traurigkeit aber war nutzlos, wußte sie, eine hinderliche Stimmung den Aufgaben des Daseins gegenüber; noch einmal schneuzte Elisabeth Nietzsche in ihr mannhaftes Tuch. Sie ließ die Tür seines Zimmers ins Schloß fallen, laut und vernehmlich. Man mußte andere Saiten bei ihm aufziehen, überlegte sie; einige Verfügungen waren zu treffen, die das Wohl dieses Bruders, den gegebenen Umständen entsprechend, festschrieben.

Für einen Moment dachte er daran, welch große Geister bereits in Marienbad abgestiegen waren, kaum zu zählen, aber nun kam er, und es galt, für die verbliebenen Buchhalter, eine neue Rangordnung aufzustellen. Wen duldete er noch, da war er generös, nachsichtig eben, und er fuhr in Marienbad ein, bei strömendem Regen, und keiner war gekommen, ihn in Empfang zu nehmen. Der Zug hielt, Dampf stieg auf und mischte sich mit den Nebelschwaden, die durch dieses Tal zogen, das er bislang nur vom Hörensagen kannte. Dabei erinnerte es ihn an Steinabad, frappanterweise; vielleicht lag es an der vermuteten Ähnlichkeit, die er erst noch bestätigt finden mußte, möglicherweise aber hatte es auch nur mit seinen Erinnerungen zu tun, die ihn nicht verließen – von Zeit zu Zeit. Immerhin wußte er, daß fünf Jahre vergangen waren, Jahre, die ihren Wert hatten, anderweitig; man schrieb also wohl 1880, eine runde, seriös auftretende Zahl, 1880, aber noch immer war Sommer, der sich hier in Marienbad unter einem penetranten Landregen verbarg; das gleiche Rauschen wie damals im Steinabad – seine letzten Tage –,und während er den Zug verließ und einem bereitstehenden Gepäckträger seine Koffer übergab, sah er, ein Bild im Kopf und – welch kuriose Heimsuchung – den Kollegen Spiegelhalter vor sich, wie der, aufgepumpt und rotgesichtig, im Schwimmbassin trieb, der tote Herr Privatdozent, der nun endlich seinen längst eingeforderten Frieden gefunden hatte. Wie kam er nur auf Spiegelhalter, hier in Marienbad, das nun mit einemmal doch deutlich anders wurde; keine Ähnlichkeit mehr mit seinem Steinabad, statt dessen, vor dem Bahnhofsgebäude, fast großstädtische Manieren; Reisende liefen durcheinander, vornehme Stromer, dazu Dienstboten, die ihre überteuerten Dienste leisten wollten, lauernde Einheimische, welche, so wie sie aussahen mit ihren räuberischen Visagen, keine Auskunft gaben, ohne ein Entgelt dafür zu verlangen. Er aber benötigte eine Auskunft; er mußte wissen, wo die Waldpension Eremitage lag, in der er sich ein Zimmer hatte reservieren lassen. Das Etablissement war ihm von dem erfolglosen bayerischen Dichter Irenäus Höflehner empfohlen worden, den er im letzten Jahr kennengelernt hatte; Höflehner, wie Nietzsche ein Mann, der aufs Reisen angewiesen war, weil ihm die Seßhaftigkeit Probleme bereitete, hatte die Eremitage gelobt, da diese, wie er sagte, für Marienbader Verhältnisse erstaunlich preisgünstig sei und zudem eine gewisse Geheimnishaftigkeit biete, die aus früheren kriminalistischen Vorfällen herrühre, welche innerhalb des Hauses stattgefunden hätten und bis auf den heutigen Tag ungelöst geblieben seien.

»Zur Eremitage wollen Sie?« fragte der Gepäckträger, nachdem er die Koffer zu einer Droschke gebracht hatte, auf deren Bock ein Kutscher hockte, der dem Gepäckträger erstaunlich ähnlich sah.

»Ja«, sagte Nietzsche. »Waldpension Eremitage. Können Sie mir freundlicherweise sagen, wie ich dort hinkomme?«

»Mein Bruder wird Sie fahren«, erklärte der Gepäckträger. »Dafür läßt er sich bezahlen. Er ist nicht teurer als die andern, fährt aber schneller.«

»Danke«, sagte Nietzsche. »Ich gehe lieber zu Fuß. Ihr werter Herr Bruder kann mein Gepäck transportieren.«

»Auch dafür läßt er sich bezahlen«, sagte der Gepäckträger.

»Aber wenn Sie sich das zumuten wollen: es sind zweieinhalb Stunden zu Fuß. Gehen Sie geradeaus, an Kreuzbrunnen und Ferdinandsquelle vorbei, bis Sie den Wald erreichen. Alles andere findet sich dann von selbst.«

»Verbindlichsten Dank«, sagte Nietzsche. »Es wäre schön, wenn ich mein Gepäck bei meiner Ankunft vorfinden würde.«

»An uns soll's nicht liegen«, sagte der Gepäckträger, und sein Bruder nickte, »wir tun, was wir können. Wenn Sie jedoch später als erwartet in der Eremitage eintreffen, empfehlen wir Ihnen, besser gleich nachzuschauen, ob Ihre Koffer noch das enthalten, was Sie hineingepackt haben.«

»Heißt das«, sagte Nietzsche, »daß in diesem Hause Vorsicht geboten ist?«

»Das heißt, daß man nie vorsichtig genug sein kann«, sagte der Kutscher, stieg vom Bock und wuchtete das Gepäck auf sein Gefährt.

»Sie wissen doch«, sagte sein Bruder, »im Wald, da sind die Räuber. In diesem Sinne, mein Herr. Unsere guten Wünsche begleiten Sie.«

»Ich danke Ihnen, meine Herren«, sagte Nietzsche. »Aber seien Sie versichert, daß ich guten Mutes bin. Es ist schön, wenn auf einen wie mich noch Abenteuer der derberen Art warten. Leben Sie wohl.«

Er ging den ihm gewiesenen Weg; noch immer regnete es, aber das vom Himmel stürzende Wasser war dünn, es kümmerte ihn nicht, obwohl er naß wurde bis auf die Haut. Die Haare, die er seit letztem Jahr länger trug, vor allem im Nacken, was ihm, wie er glaubte, einen deutlich gereiften Eindruck verlieh, klebten ihm am Kopfe; saß er nicht längst wieder auf einem Rundling inmitten der Steina, und seine große Genesung hatte erneut begonnen. Bei einem entgegenkommenden Passanten, der unter einem großen gepunkteten Schirm einherschritt, erkundigte er sich, welchen Monat man schreibe, jetzt hier in Marienbad, und der Mann sah ihn an, mitleidig, bequemte sich aber immerhin zu der Antwort, daß es Juli sei; schönste und wärmste Zeit des Jahres, wie man am Wetterchen absehen könne. Er dankte für die Auskunft; Juli also, wunderbar, und in einem Juli war er auch nach Steinabad gekommen, damals, vor ein paar erwähnenswerten Jahren, die ihm Genugtuung brachten und einige Befürchtungen, welche auf Vergeblichkeit zielten – Vergeblichkeit nicht nur der ungeschützten Liebe, sondern auch jener Gedanken, die sich einer kunstvoll gehätschelten Originalität verdankten. Damit war tatsächlich nicht viel Staat zu machen, fürchtete er in diesen Jahren, und es tröstete ihn nur wenig, daß er danach seine eigene Zurechtweisung betrieb und, mit kleiner rhetorischer Volte, behaupten konnte, er habe sich doch nie und nimmer für einen Staat stark gemacht, von dem es zu Recht hieß, ein solches künstlich zusammengehaltenes Institut des gesellschaftlichen Zusammenlebens sei doch wohl, in allen seinen bislang auf den Plan getretenen Exemplaren, nur verlogen, schieflastig und auf gänzlich humorlose Weise autoritätshörig gewesen. Juli also – der zweiten Genesung einen Monat voraus, aber dafür regnete es mehr als damals, gleichmäßiger; von oben und von unten regnete es, denn die in Stein gefaßten heilenden Wasser, mit vornehm goldigen Schildern ausgewiesen als Ferdinandsquelle und Kreuzbrunnen, an denen er jetzt vorbeikam, fingen den Regen auf, wie's schien, und schickten ihn von unten gleich wieder nach oben; so ging nichts verloren in dieser wasserreichen Gegend, die sich all das, was sie für gute Gaben hielt, doppelt und dreifach bezahlen ließ. Wie damals also, aber doch wohl mehr seinem Gefühle nach, und wieder dachte er an den Kollegen Spiegelhalter, den er nicht mehr leibhaftig gesehen hatte seit der erinnerungsträchtigen Kur im Sommer des Jahres 1875, von dem er aber, zweieinhalb Jahre mochte es her sein, einen Aufsatz in der »Zeitschrift für angewandte Philosophie« lesen konnte, der ihn auf merkwürdige Weise sehnsüchtig stimmte, was nichts mit der Brillanz des Geschriebenen zu tun hatte, denn Spiegelhalters Arbeit war keinesfalls brillant, wie er sich gleich nach der Lektüre sagte, sondern sprach nur jene unentwegt wiederkehrenden, gefühlsseligen, leider jedoch ärgerlich unscharfen Ressentiments an, die das Leben des einzelnen umkreisen wie Sommergeschmeiß den tapferen Marschierer. Er marschierte also, längst hatte er seinen altbewährten Schritt angenommen, der ihm soviel Geschwindigkeit verlieh, daß er sich einbilden konnte, der Regen hätte nachgelassen, wäre nur noch mild brodelnde Feuchtigkeit, die ihn vom Erdreich her begleitete; er verließ den Ort, eine Großstadt war Marienbad nun wirklich nicht, eher ein Dorf mit Anmaßung, mondän möglicherweise, aber wie gibt man sich mondän, wenn alle Baulichkeiten im Landregen verschwinden und die Leute von Welt, die man hier vermuten soll, in ebendiesen Baulichkeiten hocken, bibbernd vor sommerlicher Kühle, und somit auch verschwunden sind, noch ehe man feststellen kann, im einmal wieder aufgehellten Tageslicht, daß sie nichts darstellen, rein gar nichts.

Er geht, hat nunmehr den Wald erreicht, der an sich dunkel ist, mittlerweile jedoch, ganz passend, von ein paar Sonnenstrahlen erhellt wird, die mit ihm wandern; er streicht die Haare aus der Stirn, hinter der es, denkt er mal so, tausendfach glüht, Auftakt des wirklichen Sommers; er hat wieder alles bei sich, das große Sturmgepäck, das niemand sieht, da können sie sich schon wundern, wie wirklich frei er daherkommt. Spiegelhalter, schon wieder der, hatte geschrieben, daran erinnert er sich, daß aus den Leidenschaften Meinungen wachsen, die durch die Trägheit des Geistes zu Überzeugungen werden, was einer Erstarrung gleichkomme. Gar nicht so dumm, wenn auch überzogen, wie es Spiegelhalters Art war, mit dem er in diesem Leben gern noch mal ein Glas Wein getrunken hätte; der gute rotgesichtige Mann, ob er sich noch überhaupt in diesem Leben befindet; bei einer solchen allseits bedrohlichen Schlagflußgefährdung – Geschrieben hatte er, Spiegelhalter, noch, mit altmodisch anmaßendem Pathos, auch das war ihm im Gedächtnis geblieben, daß es der Geist sei, der uns rette, Verbrüderung also, nun sind alle gemeint, auf daß wir nicht ganz verglühen und verkohlen; er, der Herr Geist, reißt uns fort vom Opferaltar der Gerechtigkeit, oder er hüllt uns ein in ein Gespinst aus Asbest. Vom Feuer erlöst, hatte Spiegelhalter seine insgesamt doch recht eindrucksvolle Abhandlung beschlossen, vom Feuer erlöst, schreiten wir dann, durch den Geist getrieben, von Meinung zu Meinung, durch den Wechsel der Parteien, als edle Verräter aller Dinge, die überhaupt verraten werden können – und dennoch ohne ein Gefühl von Schuld.

Jetzt hat es aber wirklich aufgehört zu regnen, nur noch dampfender Waldboden, der die Nebel aufstehen läßt zu den Spitzen der Bäume, welche, genauer betrachtet, etwas Ungesundes an sich haben; die Wipfel, dazu das hinaufführende Zweigwerk sind angefressen – wie von einem ständigen Durchzug stark übersäuerter Schwaden. Über die Waldluft jedoch kann er nicht klagen, sie kommt ihm frisch vor und würzig, gute Schwarzwälder Luft, und er hört jetzt sogar ein Rauschen, das aus einer kleinen, keineswegs bedrohlich anmutenden Schlucht heraufdringt, die sich an den Hängen unterhalb des an Höhe zulegenden Weges aufgetan hat; es gibt sogar einen Bach für ihn, ein Flüßchen, ein beruhigend rauschender Strom – wie damals alles, wie damals. Er sieht Elenor vor sich, Lou; natürlich ist sie nicht da, aber er darf doch wieder an sie denken, und so könnte er Wetten darauf abschließen, daß sie wiederkommt, geheimnisvoll wie damals, alles wie damals, und er würde sie lieben, auch das dürfte er, und nun sogar mit der Reife des Alters, denn immerhin ist er fünf Jahre älter geworden, was für eine als echt ausgegebene Leidenschaft nicht zählt, heißt es, und da lacht er, der Kollege Spiegelhalter, lacht so heftig und blödsinnig, daß es schmerzhaft nachklingt in des Marschierers Kopf. Elenor, Lou, wahrscheinlich ist sie geschwächt mittlerweile von den Gunstbezeigungen einiger kleiner Fürsten, die das Dienstverhältnis mit einer schönen jungen Frau gerne als Verhältnis ausklingen lassen, man kennt das ja; und überhaupt, wer weiß, ob sie noch jung ist, dazu schön, Elenor, Lou, fünf Jahre mehr wiegen schwerer bei einer Frau, die oft genug nicht die Kraft hat, sich den ständigen Belästigungen des Alters zu widersetzen, einem Mann kann es da einfacher zumute sein, er kennt sich aus.

Der Weg verläuft jetzt in sanftem Bogen über eine Anhöhe, auf der die am wenigsten kränklichen Bäume nur noch Spalier stehen; die andern sind längst gefällt, liegen am Boden. Bergab geht's danach, geradeaus durch den gleich wieder dichter werdenden Wald, der nun allerhand querstehendes Unterholz zu bieten hat; düsterer wird es, aber ehe man sich noch Gedanken machen muß über ein mögliches Wiedereinsetzen des Marienbader Regens, endet der Weg an einer künstlichen, aus mehreren mutmaßlichen Schneisen abgezogenen Lichtung, auf der ein graubraunes Haus steht, die Eremitage, ausgewiesen sogar durch ein verwittertes Schild. Er öffnet die Tür und tritt ein; gefälliges Halbdunkel, knarrende Dielen, und noch ehe er richtig grüßen kann, ins gefällige Halbdunkel hinein, wird ihm Licht gemacht, eine Funzel brennt, in deren Leuchtkreis er einen bärtigen, ungemein vierschrötigen Herrn entdeckt, der ihn mit starrem Blick willkommen heißt.

»Guten Tag«, sagt Nietzsche. »Sehr schön haben Sie's hier, alles so freundlich und hell.«

»Sie wünschen?« fragt der Mann hinter der Funzel; seine Stimme klingt, als wollte er das Knarren der Dielen nachmachen.

»Ich hatte ein Zimmer bestellt«, sagt Nietzsche. »Und denken Sie nur: Mir geht es so gut, seitdem ich auf dem Weg bin, geht es mir gut!«

»Schön für Sie«, sagt der Mann, »und dann noch diese unangenehm gute Laune. Aber haben Sie auch einen Namen?«

»Gewiß doch«, sagt Nietzsche. »Ich bin Professor, dazu Menschheitslehrer; seit Jahren. Nietzsche, Friedrich, sehr angenehm!«

»Also der Lehrer Nietzsche«, sagt der Mann. »Sie sind mir aber nicht bekannt, und in meinen Vorankündigungsakten finde ich Sie auch nicht, bezeichnenderweise.«

»Guter Mann«, sagt Nietzsche und lacht. »Was reden Sie denn da? Kennenlernen müssen Sie mich, und zwar mehr, als ich Ihnen lieb sein kann. Ich bin nämlich gefürchtet, mein Herr, weithin, ein Unverstandener, verstehen Sie, dazu volkstümlich – ein Friedrich Dampf in allen Gassen.«

2 Grabhügel der Menschheit

Sie hielt sich, da die Zeit zum knappen Gut geworden war, nur noch tatkräftig an das Nötigste, Frau Doktor Elisabeth Förster-Nietzsche, die sich an den Herrn Förster schon gar nicht mehr recht erinnern konnte; armer Tropf – und letztlich ein Feigling vor dem Feind, ihr Bernhard Förster, der, nach seinem unnützen Tod, der hinterbliebenen Gattin nur noch zweimal im Traume erschienen war, wobei er das neue Kräfteverhältnis auf Erden kurz und knapp bestätigte: Er grüßte die Witwe, sprach ihr Mut zu, den er wohl eher selber zu benötigen schien, denn er sah erbärmlich hohlwangig aus, der Herr Förster, dazu wirkte er ungepflegt, derangiert, so daß sein Gastspiel im ersten der beiden Träume insgesamt kein gutes Licht auf seinen jetzigen Aufenthaltsort warf. Wenn es der Himmel war, hatte Elisabeth am nächsten Morgen gedacht, als sie sich mühte, die Reste des Traums für den Tag zu bewahren, wenn es der Himmel war, in dem sich der Gatte befand, dann mußte man schlußfolgern, daß dieser Ort möglicherweise längst heruntergekommen war, ohne daß es die Menschen, welche weiterhin mit ihren bewährten Illusionen umgehen mußten, bemerkt hätten; vielleicht aber war der gute Bernhard, wegen erwiesener Schwäche, auch nur im Zwischenreich gelandet, dort, wo knorziges Aufsichtspersonal im Auftrag höherer Mächte bestimmte Prüfungsmaßnahmen an zweifelhaften Kandidaten vornahm, über deren späteres Schicksal noch entschieden werden mußte. Daß der Gatte auf direktem Wege in die Hölle gekommen wäre, wagte Elisabeth zu bezweifeln; dazu fehlte ihm, wie sie inzwischen glaubte, jedwede diabolische Befähigung – eine Vermutung, die durch Bernhards zweiten Traumauftritt bestärkt wurde, der noch kürzer und verhuschter geriet: Von rechts war Herr Doktor Förster ins Bild getreten, hatte sich einmal zur Witwe hin verbeugt, die ja in aller Breite säuselnd unter ihm lag, und war dann, ohne sich auf ein Gespräch mit der ehemaligen Ehepartnerin einzulassen, zur Linken wieder aus dem Traumbild verschwunden, ein militärisch zackiger Abgang, den Elisabeth, in der Nacht noch, kurzfristig bedauert hatte, da sie doch ganz gern das Wort an den Gatten gerichtet hätte, der den einen oder andern Ratschlag sicher gut gebrauchen konnte. Bernhard aber blieb verschwunden, seit jener Nacht, und das war gut so.

Elisabeth nämlich hatte zu tun; ihre eigentliche Lebensaufgabe stand an: die Regulierung und Abwicklung aller Daseinsäußerungen des Bruders, der einerseits ja auf eine inzwischen mehr stille denn ungehemmte Weise noch lebte, dem andererseits aber auch schon ein Ruhm beschieden war, welcher aus der Geheimnisträchtigkeit der unterschiedlichen Personenbeschreibungen resultierte, mit denen man Fritz Nietzsche bedachte; als Denker im Halbschatten, als Meister einer unglückseligen Existenz, die, über das tägliche Verlöschen hinaus, stabilen Halt für die Ewigkeit gewann, mußte der Bruder in Pflege gehalten werden, eine wahre Jahrhunderttat, für welche die Mutter zu kleingeistig und zu ängstlich gewesen war, so daß diese Pflicht nun, wie selbstverständlich, der Schwester anheimfiel, die sich für derartig weitreichende Unternehmungen längst gewappnet fühlte. Die Werke des Bruders zu versammeln und in standesgemäßer Form darzubieten durfte als ein zwar kühnes, doch kalkulierbares Projekt gelten, für das man finanzielle Mittel und einige willige Herausgeberfiguren benötigte, mehr nicht; die anschließende Verbreitung der Werke erforderte dann nur noch Geschick und eine gewisse propagandistische Hartnäckigkeit, über die sie erwiesenermaßen verfügte. Allerdings war, wie sich Elisabeth eingestand, in diesem Zusammenhang auch eine dramatisch vertiefte Anteilnahme am tatsächlichen Seelenschicksal ihres lieben Fritz gefragt; sie mußte verstehen lernen, was in ihm vorging, damals wie heute und jenseits aller monströs anmutenden Vordergründigkeiten; wollte sie den Bruder groß halten, hatte sie sich selber an seiner Größe zu messen, was bedeutete, daß ihr die Schuldigkeit zugemutet wurde, sich sehr viel inniger, bemühter zudem, als es ihren natürlichen Fähigkeiten entsprechen konnte, in seinem Werke einzuhausen; es war ihr aufgetragen, als seine Seelenvertraute, als einzig verbliebene Freundin zu wirken, der durch den Zuspruch des Herzens eine Deutung seines Denkens gelang, wie sie von den prätentiösen und überbildeten Schreiberlingen der philosophischen Zunft gar nicht geleistet werden konnte. So hatte Elisabeth denn zu schreiben begonnen, eine Tätigkeit, die ihr anfänglich einige Mühen bereitete, im Verlauf weiterer Tage jedoch bereits sorgenfrei von der Hand ging, so daß sie sich dabei vorbehaltlos dem wärmenden Gedanken hingeben konnte, ihrem Bruder näher zu sein als je zuvor; sie, die fleißig Seite um Seite füllte, bewegte sich auf ihn zu, und er – er war längst zu schwach, um ihr als Leibhaftiger noch davonzukönnen.

»Ich werde oft gefragt«, hatte Elisabeth mutig geschrieben, »welche Ursachen ich selber für Friedrichs Erkrankung annehme. Ehe ich aber diese Frage beantworte, möchte ich hervorheben, daß weder wir noch irgendeiner von meines Bruders Freunden oder Bekannten vor dieser Erkrankung jemals auch nur den leisesten Schatten einer geistigen Verwirrung bei ihm bemerkt haben. Gedankenlose mißgünstige Leute äußerten unlängst, daß die geistige Erkrankung meines Bruders das natürliche Ende seiner Entwicklung sei, und sie versuchen, von seinen Schriften und seiner Persönlichkeit ein vollständig falsches Bild zu geben. Es stecken zumeist unerfreuliche Motive hinter solchen Äußerungen. Man darf jedoch nur, behaupte ich, den Unbefangenen glauben, die längere Zeit mit ihm zusammengewesen sind. Ich denke dabei, zum Beispiel, an die Baronin Plänkner-Seckendorff, welche in den Wintern zwischen 1886 und 1888 mit meinem Bruder in einer Pension in Nizza weilte. Er hatte sie, wie alle Frauen, von denen er annahm, daß sie dem Christentume besonders anhingen, gebeten, nicht nach seinen Büchern zu fragen und sie vor allem nicht zu lesen. Als die Baronin nun später, nach diesem gemeinschaftlichen Aufenthalt in Nizza, in einer Zeitschrift las, daß ein gewisser Professor Nietzsche geistig erkrankt sei und im gleichen Atemzuge seine Bücher ungemein gerühmt wurden, habe sie, so ihre eigenen Worte, ausgerufen: ›Himmel und Erde, ist das am Ende der Professor Nietzsche, den ich kannte?‹ In der gleichen Zeitschrift konnte man nämlich noch lesen, daß der Verfasser jener bewunderten Bücher ›schwächlich, kränklich und überspannt‹ gewesen sei. Am Nachmittag, so die Baronin weiter, habe sie dann ein literarischer Freund aufgesucht, der sie auf ihren Nizza-Aufenthalt und das Zusammensein mit einem mittlerweile weithin bekannten Professor Nietzsche ansprach. ›Ach nein‹, erwiderte da die Baronin, ›der Nietzsche, den ich kannte, war weder schwächlich noch kränklich, sondern von einem merkwürdigen Gleichmaß an Stimmung. Er hatte eigentlich immer, zumindest seinem äußeren Anschein nach, eine blendende Laune, und so konnte es nicht verwundern, daß gerade die Damen unter den Pensionsgästen in Nizza oftmals um die Tischecke stritten, in der Nietzsche zu sitzen pflegte, da es dort regelmäßige und herrlich heitere Gespräche gab.‹ Dies also das Zeugnis der Baronin Plänkner-Seckendorff, die keine zu euphorischen Gefühlsbekundungen neigende Dame ist, sondern eher als patente Person gilt, so daß es keinen Anlaß gibt, an ihren Mitteilungen irgendwelchen Zweifel zu hegen.«

Elisabeth schrieb, und eigentlich war es wunderbar still im Haus, eine geradezu erinnerungswütige Ruhe, wenn da nicht auf einmal Geräusche aus dem Zimmer des Bruders zu vernehmen gewesen wären; er meldet sich wieder, dachte die Schwester, endlich, er lebt also noch, keine Erstarrung mehr, aber was sie hörte, war wohl ein Weinen, ein Schluchzen, kaum unterdrückt, so daß es sich, nach der schnellen Gewöhnung, anhörte, als habe der Herr Professor zurückgefunden in seine einstmals so sehr gerühmte todtraurige Heiterkeit.

Der Mann, er heißt Martinek und scheint der Eigentümer dieses Etablissements zu sein, hat ihn auf sein Zimmer gebracht, das im ersten Stock liegt und einen Balkon bieten kann; immerhin. Sein Gepäck sei bereits eingetroffen, ist ihm mitgeteilt worden, er müsse es nur noch nach oben transportieren.

»Gibt es denn keinen Gepäckträger?«

»Nein! Müssen schon selber Hand anlegen, Lehrer Nietzsche. Sind doch noch halbwegs jung, Sie, und nicht behindert; werden ja wohl Ihre eigenen Koffer tragen können.«

Er hat es daraufhin vorgezogen, Martinek kein Trinkgeld zu geben; so ein patziger Kerl, Finsterling zudem mit buschigen Augenbrauen, wie man sie wuchernder nie sah. Der Mann lauert, er lauert auf Fehler seiner Gäste; vielleicht raubt er sie auch aus, nächtens, wenn bleierne Stille herrscht in Marienbad und alle Gendarmen schlafen.

»Sie sind nicht sehr liebenswürdig«, sagt Nietzsche und öffnet die Balkontür. Er tritt hinaus, der Regen rauscht direkt an ihm vorbei, ohne ihn zu erwischen; was er sieht, ist wie damals, die ersichtlichen Unterschiede gleich mit hinzugerechnet: ein von Waldzonen bedrängtes, nicht sehr stabil wirkendes Haus, der Holzboden des Balkons zittert bei jedem Schritt, davor eine Art Garten, in dem noch drei oder vier Liegestühle stehen, angrenzend die Lichtung, die an einer Wand von gerupften, im Wind ächzenden Bäumen endet. Steinabad hatte mehr zu bieten, gewiß; eine Bierhalle zum Beispiel, aber auch sein persönliches Schwimmbad, in dem er trieb, toter zufriedener Mann, dem Himmel zugewandt, dann wieder hinabstarrend in seine heimliche Tiefe – und immer allein. War nicht auch mehr Platz gewesen, dort; vom Zimmer angefangen über die sonstigen Räumlichkeiten bis hin zu den umgebenden Wäldern, die doch nun wirklich nicht so dicht gewesen waren und düster, nicht so krank; er muß das in Kauf nehmen, ohne sich von seiner guten Stimmung etwas abhandeln zu lassen. Er geht wieder hinein, schließt die Tür; dieser Martinek ist immer noch da, man muß ihn entfernen. »Mein Herr«, sagt Nietzsche. »Sie haben Leichen im Keller, das sieht jeder. Trotzdem bleibe ich gern. In Ihrem Haus werde ich an vergangene Zeiten erinnert, an herrliche, wenngleich nur spärlich bemessene Zeiten, die wie ein Geschenk waren, lachen Sie nicht, Sie können nicht lachen, mit dieser Ihrer Visage. Ein einsamer Mensch hin ich, Herr Wirt, Sie sind doch der Wirt, ein einsamer Mensch, aber ich habe unendlich viele Freunde, in aller Welt, so daß Sie, Wirt, besser gehen sollten, schnell, und seien Sie, bitte, sehr auf der Hut.« Das hat er nun doch verstanden, Martinek, er geht tatsächlich, nicht ohne seinem neuen Gast noch einen unguten Blick zugeworfen zu haben, den dieser erwidert; ist er nicht wirklich stark geworden in den letzten Jahren, genesen von all den eingebildeten Schwächen, die ihn auf unnütze Weise behinderten; geblieben sind nur noch Krankheitsbilder, von denen er längst weiß, daß sie, je nach seiner Befindlichkeit, wie Gebrechen behandelt werden können oder aber, in der Wiederkehr, als Erinnerungen dienen, die sich der Wehmut, dem Glück auch verschreiben. Er hört, wie die Tür ins Schloß fällt, womit der Zeitpunkt gekommen scheint, sich die Kleider vom Leibe zu reißen; schließlich ist er stundenlang durch den Regen gelaufen, eine an sich selbstverständliche Unternehmung, die jedoch nach einer Belohnung verlangt. Er wirft sich aufs Bett, kriecht unter die Decke, nackter Mann, ganz allein, wird kleiner und kleiner im Laken, ist schließlich nur noch ein Kind, das sich krümmt, sicher gefangen in seiner Höhle, dunkel und warm, sehr warm sogar, so daß die Luft sich erhitzt, glühender wird wie in einer freundlich verfinsterten Wüste, und er, nackter Mann im Kind, ist wieder der Reisende, der mit blitzenden Augen sieht, wohin es ihn, auf seiner Reise um die Welt, verschlagen hat; alles sieht er jetzt, die Dunkelheit tut nichts zur Sache, denn sie ist gewöhnungsbedürftig wie das geheimnisträchtige Licht, und er, der Reisende, unterwegs nach einem letzten Ziel, das es nicht gibt, was aber jedermann weiß – beim jetzigen Stand der Dinge; wehender Wind, er sieht sich als Rätseldeuter, dem leider die Kundschaft abhanden gekommen ist, alle wissen längst alles, und so darf er ungestraft, hier wie dort, vor sich hin brabbeln, nackter Narr im Mann, altkluges Kind, ewiger Wundertäter, der Gutes erweist, ob er nun sanften Herzens oder arglistig handelt, erstaunliche Ausnahme eben, das Übertier, Sinn der Schöpfung, weil nicht nur Herr, sondern fast schon Gott, das Nichtmehrhinwegzudenkende, Lösungswort des kosmisch-komischen Rätsels, bedeutender Herrscher über eine ängstlicher werdende Natur, deswegen auch Verächter derselben, das Wesen, kurzum, das seine Geschichte Welt-Geschichte nennt, und da ist's ihm nun genug, er taucht wieder auf aus der Wüste, strampelt sich frei – er lugt über den Bettdeckenrand und sieht das ganze schemenhafte Marienbad in seinem Zimmer, verschämt, während er, immerhin, die ganze Zeit über Mensch geblieben ist. Seltsam, seltsam, sagt er, wie Doktor Wiel, von dem er annehmen muß, daß er ihn wiedersehen wird, wie auch seine noch immer schöne Tochter, weiß er's denn, seltsam; in diesem Zimmer darf man getrost zu sich selber sprechen, seltsam, es müßte doch wohl geistigere Geschöpfe geben, als es die Menschen sind, bloß um den Humor auszukosten, der darin liegt, daß der Mensch sich für den Zweck des ganzen Weltendaseins ansieht und die Menschheit sich ernstlich nur mit der Aussicht auf Welten-Missionen zufriedengibt. Hat ein Gott die Welt geschaffen, sagt er, will es auch aufschreiben, wenn er wieder bekleidet ist, er muß sich das merken, ein Gott also, möglicherweise, Gedankenspiel, hat die Welt geschaffen, und den Menschen schuf er sich zu seinem Affen, als ständig gegebenen Anlaß zur Vergnügung in seinen allzu langen Ewigkeiten. Die Sphärenmusik um die Erde herum, sagt er, wäre dann wohl das Spottgelächter aller übrigen Geschöpfe um den Menschen herum, und er springt auf, stapft jetzt durchs Zimmer, in dem ihm warm geworden ist, Wüstenfahrt, unter der Decke gehalten, am Fenster noch immer der Regen, warum sollte er sich da nicht einmal kurz auf dem Balkon zeigen, nackter großer Mann, und er tritt hinaus, grüßt zum Waldesrand hinüber, wo aber niemand ist, denn sein freundlicher Gruß wird nicht erwidert, so daß er es vorzieht, in die Stube zurückzukehren; auf und ab geht er dort, spricht, hat sich, aus Gründen anfallender Dezenz, nunmehr die Bettdecke um die Hüften geschlungen, an denen er, soll wohl so sein, ein wenig fülliger geworden ist seit letztem Jahr; er könnte sich auch setzen – jetzt, sein Schreibzeug zur Hand nehmen, um zu notieren, was sich da aufgedrängt hat, aber das Schreiben ist mühsam, weiß er doch aus Erfahrung; einfacher und schöner wird's, wenn er den Gedanken Raum läßt, so als wären sie Gäste, freie Ankömmlinge, die herzlichst zu begrüßen sind an dem ihnen zugedachten Ort. Der gelangweilte Unsterbliche, sagt er, schaut zum graufarbenen Zimmerhimmel empor, der gelangweilte Unsterbliche heckte den Schmerz aus, um damit sein Lieblingstier zu kitzeln, auf daß er sich an den tragisch-stolzen Gebärden, den Auslegungen seiner Leiden und überhaupt an der geistigen Empfindsamkeit dieses eitelsten seiner Geschöpfe vergnügen könne; das ist wohl der Humor, bleibt es auch, sagt er, der dem gelangweilten Unsterblichen, Erfinder des kleinen Erfinders, zur Verfügung steht, eine andere, höhere Form der irdischen Schadenfreude. Unsere, der Menschen Eitelkeit spielt ständig Streiche, sagt er, kichert, unsere Einzigartigkeit in der Welt, an die wir nach wie vor sehr artig glauben, ist eine gar zu unwahrscheinliche Sache, so daß wir lieber auf manche aufgeklärten Astronomen hören sollten, die, als Betrachter wirklicher erdentrückter Gesichtskreise, uns zu verstehen geben, daß der Tropfen Leben in der Welt für den gesamten Charakter des ungeheuren Ozeans von Werden und Vergehen ohne Bedeutung ist; daß ungezählte Gestirne ähnliche Bedingungen zur Erzeugung des Lebens haben wie die Erde, freilich kaum eine Handvoll im Vergleich zu den unendlich vielen, welche den lebenden Ausschlag nie gehabt haben oder von ihm längst genesen sind, die große Genesung, ruft er, lacht, er weiß ja, was eine Genesung bedeutet, weiß, daß demnach das Leben auf jedem dieser Gestirne, gemessen an der Zeitdauer seiner Existenz, ein Augenblick, ein Aufflackern gewesen ist, mit langen, langen Zeiträumen hinterdrein, woraus zu folgern wäre, sagt er, daß des Menschen unerwartet zäh, ja seltsam langwierig sich gestaltendes Dasein keineswegs das Ziel und die letzte Absicht des lebenden

Ausschlags gewesen sein kann. Noch einmal geht er hinaus, zeigt sich, dort auf dem Balkon, der nun berührt wird vom Licht; es hat aufgehört zu regnen, und über sumpfiger Erde wabert der schon weit hinaufreichende Nebel, der sich später in Glanz auflösen wird. Vielleicht, ruft er zu den stock- und steifstehenden Bäumen hinüber, vielleicht bildet sich die Ameise bei euch im Walde ja ebenso inständig ein, daß sie Ziel und Absicht der Existenz des Waldes ist, wie wir dies tun, wenn wir an den Untergang der Menschheit in unserer Phantasie, fast unwillkürlich, den Erduntergang knüpfen; ja, wir sind noch bescheiden, sagt er, wenn wir dabei stehenbleiben und nicht zur Leichenfeier des letzten Menschen gehen, der ein Mensch nach meinem Bilde sein könnte, und lacht; in aller Bescheidenheit hat er jetzt geredet, zwanglos, er will sich ja nicht lustig machen, auf seinem Balkon über dem Nebel; bescheiden wär's, fügt er hinzu, unaufgefordert, wenn wir zur Leichenfeier des letzten, mir geradezu unerbittlich nachempfundenen Menschen nicht eine allgemeine Welt- und Götterdämmerung veranstalteten – lustig wird das, ein Betriebsausflug in die Zukunftsgeschichte, sagt er, fröstelt mit einem Male, weil auch die Sonne, so schnell wie sie ihren Schein ahnen ließ, wieder verschwunden ist hinter den Bäumen, und der Nebel, der jetzt vom Hause, von dieser Eremitage aus in den Wald hinüberzicht, deutet eine geschlossene Bewegung an; seltsam. So geht er wiederum hinein, läßt die Decke fallen, legt sich, müde geworden vom Sprechtanz und der damit verbundenen Erregung, auf sein Bett; können wir denn, sagt er noch leise, können wir denn die Erde ohne Leben anders empfinden – als den bis zuletzt leuchtenden und schwebenden Grabhügel der Menschheit.

3 Sehr ungestört durch das Leben

Er war wieder aufgetaucht aus seiner Erstarrung, der Bruder, und darüber mußte man sich wohl freuen, dachte sie. Zuerst hatte Elisabeth ihn nur gehört, er lachte, weinte, kicherte, sehr gedämpft, also von weit her, aber dann wurde er lauter, frecher zudem, er riß sich die Kleider vom Leib und rannte splitternackt, einige Unverständlichkeiten von sich gebend, durchs Zimmer, bis er zu frieren begann und sich eine Decke um die Hüften wickelte. Ihr Eintreten bemerkte er nicht, er äugte auf einen Punkt an der Wand, erging sich in Zuckungen, grimassierte; schließlich stürzte er aufs Bett, was wie ein Unfall aussah, und dort lag er dann, schwer atmend, friedfertig wie ein Leichenbitter, und starrte zur Decke. So geht es nicht weiter, hatte Elisabeth gedacht, diese Unordnung, der Schmutz, dazu wiederkehrende, gänzlich unnütze Anfälle, die ein schlechtes Licht auf das von ihr mit aller Sorgfalt geführte Regiment warfen. Eine Änderung mußte her, ein Ortswechsel auch, zu dem sie bereits alle wesentlichen Vorbereitungen getroffen hatte. Elisabeth Nietzsche würde umziehen, mit all ihrer Habe, dem Bruder vor allem, der ihrer Aufsicht unterstand, und seinem Archiv, das bereits zu einem kleinen Museum angeschwollen war. Sie hatte ein Haus in Weimar erstanden, ungemein günstig, wie ihr jedermann bestätigen konnte, was aber ausschließlich ihrem unermüdlichen und auch mit einigen Listen betriebenen Einsatz zu verdanken war; die Villa Silberblick, so wurde das Haus genannt, lag in der Luisenstraße, in vornehmer Umgebung, etwas versetzt im Hang über der Ilm, auf deren anderer Seite sich das Goethe- und Schiller-Archiv befand, so daß nunmehr von dem Denker Friedrich Nietzsche und seiner ihn besorgenden Schwester erstmalig eine standesgemäße Unterkunft bezogen werden konnte. Der Umzug stand kurz bevor, und sie hatte Fritz auch bereits ordnungsgemäß davon in Kenntnis gesetzt, ohne daß dieser eine sonderliche Reaktion zeigte; ein von seiner Schwester in die Wege geleiteter Ortswechsel, durfte sie durchaus folgern, war dem Herrn Professor Nietzsche herzlich egal.

So lag denn, einmal mehr, alles in Elisabeths Händen, und sie freute sich; das neue Haus würde endlich die passenden Räumlichkeiten bieten; Gäste konnten empfangen werden, wichtige Gäste, Menschen mit Anstand, Würde und Geld, welche dem Bruder, für den sich Elisabeth bereits eine dem neuen Domizil entsprechende Hausordnung ausgedacht hatte, mit jenem nachhaltigen Interesse begegneten, aus dem sich, oft genug, Lohnendes ableiten ließ. Nietzsches Werk war auf Förderer angewiesen, das wußte Elisabeth nur zu gut, und sie kannte die Spielregeln, die für eine Inanspruchnahme möglicher Wohltäter galten; natürlich mußten selbige hofiert werden, was aber nicht plump wirken durfte oder gar aufdringlich; es galt, eine gewisse Dezenz zu wahren, die, so lauteten ja die allgemeinen Mutmaßungen, von dem passenden Selbstbewußtsein zeugte, das die Schwester aus dem Einsatz für den Genius des Bruders bezog und, auf durchaus respektheischende Weise, auch für sich selber zu nutzen verstand. Es genügte allerdings nicht mehr, glaubte Elisabeth zu wissen, daß besagter Genius, im Vertrauen auf seine visionäre Stärke, allein gelassen blieb. Man mußte nachhelfen, immer wieder, werben für die gemeinsame Sache, dies gehörte längst zu den in Mode gekommenen neuen Gepflogenheiten; für sich nämlich war der von innen aufstrahlende Glanz nicht mehr lebensfähig, er bedurfte der Unterstützung, einer schier unermüdlichen, an praktischer Verwertbarkeit ausgerichteten Einschmeichelei, welche keine Rücksichten mehr nahm auf die abgelebten Regularien der Solidität, über die man allenfalls noch im Kreise umständlicher Wissenschaftskrämer ein lobendes Wort verlor.

Was die Pflege des Bruders anging, so ließ sich diese ebenfalls in die veränderte Lage der Dinge mit einbeziehen; Fritz war, was keiner, der ihn zu kennen glaubte, bestreiten wollte, deutlich hinfälliger geworden, ja, er war verlottert, wie Elisabeth feststellen mußte, die sich dafür jedoch nicht schuldig sprechen mochte; konnte sie etwas dafür, daß der Herr Professor sich gehenließ, seinen Wahnsinnsspielraum mehr ausnutzte, als es die Schicklichkeit erlaubte – wobei man gerade an die Förderer und Gönner zu denken hatte, die sich leicht indigniert zeigten und deshalb mit zusätzlichen vertrauenerhaltenden Maßnahmen bedacht werden wollten. Der Zustand einer gewissen Verwahrlosung, welcher die Lebensbemühungen des genialen Philosophen Friedrich Fritz Nietzsche seit einiger Zeit kennzeichnete, war, das mußte einmal so deutlich gesagt werden, auf die mangelnde Sorgfaltspflicht zurückzuführen, die sich ihre gemeinsame Mutter, ohne ein wissentliches Zutun, hatte zuschulden kommen lassen; milder gesprochen, auch liebevoller, im stillen Gedenken: Die Mutter war nicht mehr streng genug gewesen mit dem Sohn, der seine Krankheit dazu benutzte, einer bis zuletzt fürsorglich bemühten alten Dame auf dem Kopfe herumzutanzen; so war es doch wohl. Aber das würde jetzt anders werden, wußte Elisabeth; dafür sorgte die neue Ordnung im neuen Hause, auf deren zweckmäßige Einhaltung sie, die Frau Doktor Werk- und Wesensverwalterin Nietzsche, höchstpersönlich zu achten hatte. Die neue Ordnung sah vor, daß Fritz sich nicht mehr so gehenlassen durfte, zumindest nicht in Gegenwart von hochgestellten Persönlichkeiten, die ja nun immer häufiger kamen; die Schwester wollte zudem darauf achten, daß wieder mehr Aufmerksamkeit auf seine Körperpflege gerichtet wurde, wofür sie selber sorgen mußte, da Alwine, getreue Haushälterin, es mit der Hygiene nicht mehr so genau nahm, mit der eigenen nicht und schon gar nicht mit der des Herrn Professors, von dem sie wohl noch immer befürchtete, daß er sie wieder, wie in alten Zeiten, mit Wasser bespritzen könnte. Tittel, ohnehin unzuverlässig und ein Gefährdeter des Alkohols, war entlassen worden; so blieben die wesentlichen Pflichten tatsächlich bei der Schwester, die sich entschlossen zeigte, dem Bruder mit liebevoller Strenge zu begegnen. Seine Kopf-Krankheit rechtfertigte keine unsinnigen Exzesse mehr, zumal der Weg einer grundlegend umgestalteten Weltauffassung, den seine Philosophie gewiesen hatte, bei weitem nicht durchschritten war; noch ging es darum, daß der große Philosoph selbst, er existierte ja noch, auf die ausgesuchten Herrschaften, die zu ihm vorgelassen wurden, einen guten Eindruck machte; das war nicht zuviel verlangt, auch von einem Kranken nicht, dessen Krankheit ohnehin und leider etwas merkwürdig Trügerisches besaß, das sich nicht hinwegdisputieren ließ, wie die bislang vorliegenden ärztlichen Bulletins verrieten, die allesamt von einer gewissen Ratlosigkeit zeugten. Elisabeth mußte den Bruder dazu bringen, daß er die für ihn vorgesehenen Maßnahmen als stille Wohltaten nahm, was sich durch inniges, fast beschwörendes Zureden erreichen ließ, wie sie noch immer glaubte, selbst wenn sein nach außen abgesichertes Schweigen, als Reaktion auf alle Bemühungen der Einrede, etwas anderes vermuten ließ. Er hatte sich ins Unvermeidliche zu fügen, ihr Fritz; auch ein Kranker, der sich abnutzte im Windmühlenkampf mit den ihn obsedierenden Qualen, konnte noch begreifen, fand sie, daß es mit seinem Wohlbefinden, dem von Körper und Seele, besser bestellt war, wenn er sich sauber und adrett präsentierte; Siechtum, das geheimnisvolle ohnehin, mußte nicht zwangsläufig in Schmuddeligkeit enden. So würde sich die Schwester auch um die Kleidung des Bruders kümmern; es ging nicht mehr an, daß der teure Kranke im billigen Schlafanzug und verschlissenen Hausmantel auf dem Kanapee herumlungerte, während gutbetuchte Besucher, mit Blick auf die offensichtlichen Beeinträchtigungen seiner Präsenz, sich flüsternd über die Tragik des Schicksals und das niederschmetternd Unabänderliche im göttlichen Ratschluß ausließen. Elisabeth dachte daran, den Bruder, seinem Stande nach, neu einzukleiden; etwas Besonders sollte es sein, eine Gewandung, die auf Größe und Schlichtheit verwies und ebenso einem Heiligen gehören konnte wie einem abgestraften Genie.

Er schlief gut, wie es ihm nachher vorkam, in dieser ersten Nacht; Regen, der gegen Abend wieder eingesetzt hatte und dann heftiger geworden war, sorgte für anhaltende Ermüdung, die er auskostete, als müßte er Kraft schöpfen aus einer künstlich hinausgezögerten Ruhe. In seinem Bett lag er denn auch wie ein Sack, bewegungsunfähig; er lauschte auf die herniedergehenden Wasserfälle vor seinem Fenster und erbaute sich an der Schlafähnlichkeit, die seine träge Wahrnehmung bestimmte. Ab und zu hörte er ein deutliches Knacken im Gebälk, dem ein Zittern folgte, das bis in sein Bett hinaufschlug; danach meinte er jedesmal Schritte zu vernehmen, ein eiliges Trippeln zunächst, dann das Schlurfen eines hinkenden Schwergewichts über eine steile Treppe herab, aber er beschloß, daß es sich dabei um Einbildungen handeln müsse; eigentlich konnte er ja gar nichts hören, bei diesem unbeirrbaren Regen, der sich später noch von lärmigen Winden aufwiegeln ließ, die zwischen Dach und Erde hin- und herfuhren und, kraftprobenhaft, an den Festen des Hauses rüttelten. Er wußte bald schon nicht mehr, ob er noch wach war oder längst schlief; es mochte auch ein Wachtraum sein, in dem er sich befand, eine eigene Wirklichkeit, die sich, berechtigterweise, um die ihr geltenden Auffassungsunterschiede nicht mehr kümmern mußte; Welt, geronnen auf Kindskopfgröße und erhellt nur noch zu einem einzigen, fast behaglich zu nennenden Dämmerstand. Schließlich schlief er dann doch, tief und fest, und er wurde erst wieder wach, als er einen Schnarchlaut ausstieß, der sich wie ein drohendes Grunzen anhörte. Er schreckte auf, blickte sich um in dieser noch fremden Umgebung, ein wenig ängstlich, man wußte ja nie, dieser Martinek zum Beispiel, vielleicht stand er längst im Raum, aber dann sah er, daß sein Zimmer geheimnisvoll ausgeleuchtet war; ein von draußen hereinströmendes Himmelslicht, nicht sehr hell, doch ungemein vertrauenerweckend, so daß er sich beruhigt in sein Kissen zurückfallen ließ; er sah, was zu sehen war.

Am nächsten Morgen fühlte er sich erfrischt, wenn auch ein wenig schwach auf der Brust; ihm fiel ein, daß er einen Tag lang nichts gegessen hatte, was seinem noch immer arg empfindlichen Magen gut bekommen war. Als er auf den Balkon hinaustrat, empfing ihn strahlender Sonnenschein; der Himmel war freigeräumt, keine Wolke zu sehen. Die Erde dampfte wie nach einem glücklich zum Erliegen gekommenen Feuer, die Luft roch faulig und frisch. Im Garten erblickte er den zwielichtigen Martinek, der sich an einem Staudengewächs zu schaffen machte, er sah gewohnt grimmig aus und blickte nicht hoch. Die im Regen der vergangenen Nacht eingenäßten Liegestühle schienen schon wieder trocken zu sein, denn sie wurden bereits von einigen Gästen in Anspruch genommen; ältere Herren lagerten dort, die faltigen Gesichter der prallen Sonne zugewandt, dazu eine Dame von beträchtlicher Leibesfülle. »Guten Morgen!« rief er von seinem Balkon herunter, aber sein Gruß wurde nicht erwidert. Er kleidete sich an, der jetzt ausgebrochenen warmen Jahreszeit entsprechend, strich sich die Haare zurecht, die er, wie gewohnt, mit ein wenig englischer Pomade in Form brachte; sein Blick in den Spiegel fiel versöhnlicher aus. Gut sah er aus, Mann in den allerbesten Jahren, offensichtlich; jede, eine jede innere Zufriedenheit belebte das äußere Gehabe, bis in die sich verfestigende Physiognomie hinein, darauf hatte er bereits in einer frühen Schrift hingewiesen – wer mit sich im reinen war, strahlte Genugtuung aus, die, bei anhaltendem

Wohlbefinden, auch die verstecktesten Winkel eines Gesichtes heimsuchen konnte, so als gäbe es doch eine Möglichkeit, dem nagenden Zugriff des Alters, über den gelungenen Tag hinaus, zu trotzen. Vom Alter verstand er damals, als er dies niedergeschrieben hatte, sowenig wie von der Jugend; er ahnte nur, was Wahrheit, als herrische, dazu grundsätzliche Zumutung jedes Bedenkens, einfordern konnte, und damit hatte er, für sich ganz allein, den Grundstein zu einer Wissenschaftlichkeit gelegt, die nicht bei bloßer Tatsachenbeschreibung stehenblieb, sondern zum Wesen der Dinge vordrang; der deutende, ja, der traumwandlerisch sicher vollzogene Gang im Freien, Aneignung alles Geschehens nach seiner Vollendung, die Vorwegnahme der Gegenwart durch eine eigenmächtig veränderte Zukunft. Er sah sein Gesicht, keine Belastungen; er bleckte die Zähne – keine Befürchtungen hier, keine Scheu – für den Publikumsverkehr. So ging er hinunter zum Frühstück, das in einem kleinen, unweit der Rezeption gelegenen Raum gegeben wurde; er war, neben einem Herrn mittleren Alters, der einzige Gast, der noch zu frühstücken begehrte – die anderen Gäste hätten sich, teilte ihm eine Frau Martinek mit, allesamt beizeiten aus ihren Betten bequemt und seien bereits mit ihren jeweiligen Tagesvergnügungen befaßt. Über diese Frau Martinek, Gattin wohl des Finsterlings von Wirt, staunte er nicht schlecht: Sie war, ganz ohne Zweifel, eine Schönheit; eine Frau, wie er sie hier nicht erwartet hatte, mit ebenmäßigem, leicht übernächtigt wirkendem Gesicht, leuchtenden Augen, einem sündhaften Mund und eigenartig herbstfarbenen Haaren, die nur zum Schein zu einer Andeutung von Frisur eingebändigt waren; er staunte, staunte nicht schlecht, starrte die Frau an, gegen seine sonstigen, auf Zurückhaltung bedachten Gewohnheiten. Ein Strahlen ging von ihr aus, ein in Maßen irritierender Glanz, der sich, keine Kunst, in den düsteren Räumlichkeiten der Eremitage, die vom Lichteinfall, von der Einflußnahme der Sonne nahezu unberührt blieben, besonders eindeutig bemerkbar machte.

»Der Herr Lehrer Nietzsche!« sagte Frau Martinek, und ihre Stimme klang sogleich in ihm nach; was für ein Weib, dachte er nur, mit dieser Stimme kann sie mir alles erzählen. Er lächelte, wobei es ihm vorkam, daß er sich im Gesicht ein wenig gerötet hätte, vielleicht die gute alte Schüchternheit, die er längst überwunden glaubte. Auch der andere Herr im Frühstücksraum lächelte; er sah ihn an und im gleichen Maße Frau Martinek, die Schönheit, was darauf schließen ließ, daß er schielte.

»Ich hoffe, Sie hatten eine gute Nacht?«

»Ja«, sagte er. »Obgleich diese Regenfälle, Sie verstehen –« Er merkte, daß er auf dumme Weise ins Stottern geriet, kaum zu glauben; nun grinste der schielende Herr am Nebentisch, aber es war keine Schadenfreude, die er zeigte, sondern schlichtes Einverständnis; er schien die Vorgänge zu kennen, nur zu gut, die von der verführerischen Frau Martinek ausgelöst wurden.

»Das war der letzte Regen für lange Zeit«, sagte sie, und es hörte sich an wie eine Liebeserklärung.

»Hoffentlich«, rief der Herr am Nebentisch, »hoffentlich«, und als er merkte, daß man ihn erstaunt ansah, erhob er sich, deutete eine Verbeugung an und sagte: »Gestatten Sie, daß ich mich unserem neuen Gast vorstelle: Lobemich, Doktor Hermann Friedrich Lobemich, Privatdozent an der Universität Erlangen.«

Noch ein Privatdozent, dachte Nietzsche, bald schon wird es zum Vorzug gereichen, wenn man keinen Titel sein eigen nennt.

»Herr Doktor Lobemich ist einer unserer Stammgäste«, sagte Frau Martinek. »Er kommt jedes Jahr –«

»Seit Jahren« sagte der Privatdozent. »Jedes Jahr seit Jahren, und ich komme nur wegen Ihnen, Vera, Sie wissen es!«

Vera also, die schöne Frau hieß Vera, ein Name, der sich bald einreihte in eine Bereitschaft, die längst bestand – Elenor, Lou, der Klang war's, welcher überwinterte, und nun kam Vera hinzu, die schöne junge Frau, die er zu hüten hatte – mit den andern. Sie stand vor ihm, in diesem Augenblick, war ihm nah, sehr nah, berührte ihn fast, wobei er feststellen mußte, daß sie wohl doch so ganz jung nicht mehr war; eine gewisse Lebenserfahrung zeichnete sie aus, die feinen Linien in ihrem Gesicht, und die Augen hatten auch schon Trauer gesehen, Feuer und Trauer und Lebensunglück; kein Wunder, dachte er grimmig, wenn sie, aus welchen uneinsichtigen Gründen auch immer, mit diesem Herrn Martinek zusammenblieb, einem Galgenvogel, wie doch jedermann wußte.

»Sie müssen wissen«, sagte Lobemich und nahm an seinem Tisch Platz, »erlauben Sie, danke, Sie müssen wissen, Vera ist nicht nur die einzige blühende Blume in diesem Hause, sondern auch die gute Seele; ihr Mann hingegen, Herr Lech Martinek, aus Polen stammend, vermag weniger für sich einzunehmen, ich sage das in aller gebotenen Zurückhaltung ...«

»Mein Mann ist besser als sein Ruf«, sagte Vera und setzte sich zu ihnen. »Sie sollten wissen, meine Herren, daß nicht der äußere Anschein zählt, sondern das Wesen. Der Charakter, das Herz, die Seele, was immer Sie wollen ...«

»Demnach hat der glückliche Herr Martinek einen tadellosen Charakter, ein gutes Herz und ist eine Seele von Mensch?« fragte Nietzsche.

»Hätte ich ihn sonst geheiratet?« flüsterte Vera, und die beiden Herren schwiegen. Der Schlag einer Standuhr war zu hören, die Zeit stand, sehr brav, still. Liebe ist wiederholbar, dachte er, sie müht sich ewig, ohne Ansehen der Person. Er sah Vera an, von der Seite, dezent, wie sich's gehörte; eine Haarsträhne fiel ihr ins Gesicht, die sie wegstrich in dieser Stille. Vera war Elenor, eine Lou für die Wochen, die vor ihm lagen; herrliches Gespinst, und er verstand es schon wieder, ungeachtet der gewaltigen Fortschritte, die er erzielt hatte, verstand es zu träumen. So andächtig war's am Tisch, daß er es nicht wagte zu frühstücken, die häßlichen Geräusche, auch bei einer aufs Notwendigste beschränkten Nahrungsaufnahme, hätten alles zerstört. Erstaunlicherweise hielt sich auch dieser Lobemich an das Abkommen der Stille, er schwieg, blickte versonnen auf die Tischdecke; ab und zu allerdings riskierte er einen Blick und schielte verstohlen zur neben ihm sitzenden Wirtin, der es schließlich dann doch zu andächtig wurde; sie fing an zu erzählen, geschäftsmäßig, keine Rede von ihrer Schönheit, auch nicht von der Visage ihres Mannes, sie berichtete von den Sehenswürdigkeiten, die sie empfehlen könne in Marienbad, das, leider, nicht mehr ganz so ansehnlich sei wie in seinen noch nicht sehr lange zurückliegenden Glanztagen; zum Genuß des Heilwassers jedoch dürfe sie noch immer raten, bedenkenlos, da habe sich nichts, seit Beginn des Jahrhunderts, nichts zum Nachteiligen verändert; auch die in Marienbad tätigen Ärzte erfreuten sich in der Regel eines ordentlichen Rufes, sie seien sogar mit den zahllosen, neu hinzugekommenen modernen Krankheiten vertraut; im besonderen könne sie einen Doktor Wiel empfehlen, einen aus Süddeutschland zugezogenen Mediziner, der jetzt als Badearzt praktiziere und bemerkenswerte Erfolge zu verzeichnen habe, wie man des öfteren höre.

»Wiel«, sagte Nietzsche. »Doktor Joseph Wiel?«

Was ihm mitgeteilt wurde, überraschte ihn nicht. Er wußte, daß ein Wiedersehen bevorstand; eine Beschwörung glorreicher Stunden, die kein Ende fanden. Und Elenor, Lou, was war mit Elenor? Nun, da gab es jetzt Vera, die er nur anschauen mußte, um seine Sehnsucht gesichert zu wähnen; nichts also ging verloren, alle Namen, alle kunstvoll ineinandergefügten Gedanken, die auf den Weg gebracht worden waren, alle Einsichten – sie blieben erhalten.

»Ich muß an die Arbeit«, sagte Vera Martinek und erhob sich. »Die Herren mögen mich entschuldigen. Ich wünsche noch einen schönen Tag!«

»Was für eine Frau!« seufzte Lobemich, als die Wirtin gegangen war. »Verstehen Sie jetzt, warum ich hier zum Stammgast werden mußte?«

»Ich kann's Ihnen nachfühlen, Herr Löblich«, sagte Nietzsche. »Es ist die Liebe, die Sie zwackt, da kenn' ich mich aus. Aber seien Sie versichert: Auch Liebe ist heilbar! Mitunter genügt schon eine stärkere Brille, um den Verliebten zu heilen; und wer die Kraft der Einbildung hätte, um ein Gesicht, eine Gestalt sich zwanzig Jahre älter vorzustellen, Herr Löblich – der ginge vielleicht sehr ungestört durch das Leben!«

4 Ein Mensch der wohlwollendsten Gesinnung

Er hatte sich besser angelassen als befürchtet, der große Umzug; die Möbelpacker, allesamt vierschrötige Herren, wie sich's gehörte, packten an, wobei sie Elisabeths Ersuchen um vorsichtige Behandlung der diversen Kostbarkeiten ernst nahmen, erstaunlicherweise. Vielleicht hatten sie gehört, daß mit der Dame, die alles im Blick behielt, nicht gut Kirschen essen war; ein solcher Ruf eilte ihr, nach einigen Auseinandersetzungen, die sie geführt hatte, bis nach Weimar voraus. So ging denn beim großen Umzug zunächst nichts zu Bruch – außer einer strenggemusterten Vase, die ohnehin zu lange im Familienbesitz gestanden hatte, und einigen Teetassen, die man für mißglückte Chinoiserien halten konnte; kurzum, die Unternehmung schien erfolgreich zu verlaufen, zumal Elisabeth, gegen ihre sonstigen Gewohnheiten, sich nicht geizig zeigte und Bier für die Herren Packer ausgab, was zu einer insgesamt entspannten Arbeitsatmosphäre beitrug. Auch der Bruder mochte sich da nicht querstellen; er legte gute Laune an den Tag, gab sich interessiert an den Vorgängen, die um ihn herum veranstaltet wurden; der Herr Professor, von den Möbelpackern respektvoll als solcher angesprochen, begriff wohl, daß es sich bei dem ihm vorgeführten Geschehen um eine Auflösung handelte, die ohne ernste Folgen bleiben würde; man baute etwas ab, und er hegte sogleich die Vermutung, daß notwendigerweise an anderer Stelle wieder etwas aufgebaut werden mußte, keine Verluste also; das Alte im neuen Gewande, was immer komisch anmutet, so daß er lachte, lachte auf eine derart ansteckende Weise, daß die Möbelpacker kurzfristig mit einstimmten, bis sie Elisabeth, ohne laut zu werden, zur Ordnung rief und die Arbeit fortgesetzt werden mußte. Fritz beobachtete die Herren, er lächelte, gab Zeichen, die als Aufmunterung gedeutet werden konnten oder als Andeutungen eines hilfreichen Nacheiferns; er sagte nichts, stieß jedoch, als die freundliche Atmosphäre überhandzunehmen drohte, einen Schrei aus, welcher einen der Packer so erschreckte, daß er eine Kiste fallen ließ, die er sich gerade zur Brust genommen hatte; es tat einen dumpfen Schlag, Elisabeth trat hinzu, die jedoch feststellen durfte, daß kein weiterer Sachschaden entstanden war. Sie nahm den Bruder zur Seite, redete auf ihn ein; er möge sich bitte zurückhalten, die Möbelpacker hätten zu arbeiten und seien als Objekte seiner Streiche ungeeignet. Fritz nickte heftig, dabei grinste er, was ihm immer jenen besorgniserregenden Gesichtsausdruck verlieh, der darauf hinwies, daß er, wieder mal, Unsinniges im Schilde führte; sie legte den Arm um seine Schulter, führte ihn in eine Ecke, flüsterte mit ihm, suchte ihn zu beruhigen, aber er war ja ungemein ruhig. Er sah die Schwester an, mit einem langen, durchdringenden Blick, den er so unvermittelt auf sie richtete, daß sie förmlich zusammenzuckte; wie eine gewaltsame Wiederzuwendung war's, eine Resurrektion ihrer verfallenen Beziehung, plötzlich vollzogen – und schweigend natürlich, denn das unvermittelte Eindringen seines Blicks bedurfte keiner begleitenden Lautmalerei. Für einen Moment war Ruhe; die Packer, angesteckt, rührten sich nicht, die Schwester stand still, und der Herr Professor verharrte auf dem Fleck, an den er geführt worden war; dann, alle erleichternd, löste sich der ungemütliche Stillstand auf, es wurde wieder zugepackt, Elisabeth fußelte in die Küche, und Fritz rührte sich vorsichtig berechnend von der Stelle. Er sah, daß man daranging, sein Kanapee abzutransportieren; die Vorbereitungen dazu verstand er als Aufforderung, und noch ehe die beiden Packer, die das bewährte Stück zu tragen gedachten, dasselbe anheben konnten, hatte er einen Satz getan und war auf seiner Tagesschlafstatt gelandet – der Länge nach, so wie er dort eben zu liegen pflegte. Die Männer, die ihn trugen, sahen einander verdutzt an, über das Kanapee und den Herrn Professor hinweg, der es sich zunächst in seiner Besinnungshaltung bequem machte; auf dem Rücken liegend, den rechten Arm unter den Hinterkopf geschoben, den linken starr an den Leib gelegt, die Augen geöffnet, doch mit deutlich glasiger werdendem Blick, in den alsbald, das wußte zumindest die Schwester, die Müdigkeit geraten würde; danach kam der Schlummer, fast immer – und die beiden Möbelpacker, nun ja, sie hielten der zusätzlichen Beschwerung stand. Es kam kein Zeichen, daß sie die Last etwa wieder absetzen sollten, und so trugen sie das Kanapee mitsamt dem obenauf liegenden Professor zur Verladung; Elisabeth sah's mit mildem Schrecken, aber da sie froh war, daß ihr Fritz, von dem sie fürchtete, er könnte noch einen anderen, schwerwiegenderen Unfug beginnen, beiseite geschafft wurde, auf daß er nicht mehr störe, fühlte sie sich nicht bemüßigt, einzugreifen. Der Bruder schien seinen Abtransport überdies zu genießen; er lächelte beseligt, glich, wie die Schwester fand, dem früheren Kinde auf der stillstehenden Schaukel, das unter einem weiten und durchsichtigen Himmel innehielt mit seinem bisherigen Leben – allein saß es unter der Sonne und bemerkte zum ersten Male, daß es lebte, auf eine ungeheure Weise, die weiteres, am unerbittlichen Älterwerden sich festschreibendes Nachdenken erforderte. Während er weggetragen wurde, formte er Worte, er bewegte den Mund, redete, aber nichts war zu hören – seine Rede, auch wenn sie vernehmbar gewesen wäre, hätte ohnehin wohl niemanden interessiert, die Packer nicht, denen ihre Last nun doch merklich zu schaffen machte, sie ächzten und keuchten und äußerten dabei einige Unfreundlichkeiten; die Schwester nicht, der eingefallen war, daß sie ein paar wichtige Utensilien vergessen hatte, die noch in einer Umzugskiste versenkt werden mußten; so daß er letztlich, wie immer, durfte er sagen, allein blieb mit seiner Rede, über dem Boden schwebend, Kind auf der langsam wieder in Bewegung versetzten Schaukel, allein, was auch bedeutete, daß es gealtert war, das Kind, unmerklich, aber die Zeit hatte sich ja längst verfangen, in dem von weit oben herabgespannten, im Grunde unsichtbaren Netz, das ihn gefangenhielt jetzt, einzig mögliche Liebkosung für den so traurig heiteren Einzelgänger; man sieht den Schatten, flüsterte er, man hört und liest so vieles, festgezwängt in den Schriften eines Einsiedlers, denen immer auch etwas vom Widerhall der Öde, vom gewisperten Unsagbaren, vom scheuen Umsichblicken der Einsamkeit anhaftet, ja; aus seinen stärksten Worten, aus seinem Schrei klingt noch eine neue und gefährlichere Art des Schweigens, Verschweigens heraus: Wer jahrein, jahraus und tags und nachts allein mit seiner Seele im vertraulichen Zwist und Zwiegespräch zusammengesessen hat, wer in seiner Höhle, sie kann ein Labyrinth, aber auch ein Goldschacht sein, zum Höhlenbär oder Schatzgräber oder Schatzwächter und Drachen wurde: dessen Begriffe erhalten zuletzt eine eigene Zwielichtfarbe, einen Geruch ebensosehr der Tiefe als des Moders, etwas Unmitteilsames und Widerwilliges, das jeden Vorübergehenden kalt anbläst – und die Männer, auf der Straße angekommen, stellten ihn ab; sie kehrten um, neue Lasten zu holen, und er lag dort in der Sonne jetzt, die er zuvor gar nicht bemerkt hatte, und es konnte keine Rede mehr davon sein, daß man fror, die Welt war gesellig geworden, längst, es wurde geforscht, nach Wahrheit und Liebe – nach der einen Gewißheit, die alles enthielt.

Nach dem Frühstück, noch mit dem Bild von Vera vor Augen, ist er in den Garten gegangen, und die Hitze fällt ihn an; die älteren Herrschaften, versengt und verbrannt, lagern noch in den Liegestühlen, sie haben die Augen zusammengekniffen, und ihre Lippen zittern. Martinek ist verschwunden, vielleicht auf immer; er läßt seine Frau zurück, ganz reizend, und nur der Lehrer Nietzsche kommt als Tröster in Frage. Hat er sich nicht längst mit der Ewigkeit eingelassen, kein Spiel, und so wäre eine solche Aufgabe, eine weitere Frau seines Herzens nicht nur zu finden, sondern auch am Leben zu halten, im Grunde kaum mehr als eine Pflichtübung, ein leichtes für ihn, der die großen Gefühle beherrscht, weil er genesen ist wie ein Schausteller, dem, nach mehrmaligem unbeabsichtigten Scheitern und einer geradezu wundersamen Auferstehung, nun sogar die Totgesagten applaudieren; er lächelt, verzieht das Gesicht, nickt, die korpulente Dame nämlich hat ihn inzwischen gegrüßt, zärtlich – nun ja, er kennt das schon. Martinek also ist verschwunden, in den Wäldern möglicherweise, wo er einer Bande von Räubern vorsteht, die sich in ihren Beutezügen mittlerweile auf neu angekommene Kurgäste beschränkt, und er schaut sich noch einmal um, Vera nicht zu sehen, schade, sehr schade, und dann verschwimmen ihm die Dinge vor Augen in dieser Hitze, die sich wie ein zu großer und zudem noch verfilzter Hut über seinen Schädel legt. Er macht auf dem Absatz kehrt, soviel Richtungsgefühl hat er noch, und auch das Haus, die so herrlich kühle Eremitage, findet er noch; die Sonne brennt vom Himmel herab, eigentlich doch verehrungswürdiges Gestirn, dem er die Vermittlung klarsichtigster Erkenntnisse, grandioser Ahnungen zugeschrieben hat; Helle des Mittags, aber es ist ja noch nicht Mittag, verbrannter Morgen, und an solche Abartigkeiten, wie sie wohl auch von der Sonne veranstaltet werden können, muß er sich erst gewöhnen. Er tritt über die Schwelle, gezeichnet, wie er glaubt, von der Glut, und nun darf er durchatmen, sanfte Kühle; ihn umgibt gleich der Halbschatten, das mühsam erhellte Dunkel, das nun alle Wohltaten zu bergen scheint; über knarrende Treppen steigt er empor zu seinem Zimmer, in dem, könnte doch sein, Vera auf ihn wartet, die mitsamt ihrer Liebe nicht mehr warten mag. Leider jedoch ist sie verhindert, Vera, und so läßt er sich auf sein Bett fallen, schwer atmend, allein gelassen in seinem Zimmer, das zu nah am Dachgebälk liegt, um die Hitze in einem Maße abhalten zu können, wie es in den unten gelegenen Räumlichkeiten geschieht; trotzdem ist es auszuhalten, kein Vergleich zu der Wüstenei vor dem Haus.

Ein wenig ruhen nur möchte er, bevor das aus den Fugen geratene Klima sich wieder beruhigt; besser als eine solche Erwärmung der Erdatmosphäre, die von Marienbad ihren Ausgang nimmt, um sich dann über die ganze vermessene Welt zu verbreiten, wären dann doch wohl wieder die unendlichen Regenfälle, denkt er; dabei ließe sich auch wieder schlafen, Tag und Nacht, was in der Hitze jetzt verhindert wird; wach liegt er, wach, und obwohl er sich nicht zu rühren wagt, um der herbeigewünschten Müdigkeit keine Hemmnisse in den Weg zu legen, stehen ihm kleine veränderungswütige Schweißperlen auf der Stirn. Er schließt die Augen, und ohne weitere inkriminierende Vorwarnung kommt's ihm so vor, als würde er hinweggetragen; zwei vierschrötige Herren sind es, gekleidet wie Umzügler, die ihn mitsamt seiner Bettstatt anheben und hinaustragen in die Wüste. Er hat noch versucht, sie von ihrem Tun abzuhalten, weiß aber nicht so recht, ob sie ihn überhaupt gehört haben, entschlossen wie die aussehen, überzeugt davon, daß alles seine Richtigkeit hat; sie führen nur aus, was ihnen aufgetragen wurde, Umzügler in gestohlener Arbeitskleidung, in Wahrheit hundsgemeine Räuber, normale Ganoven bei der frühen Ausübung ihres Tagesgeschäfts. Sie werden ihn in den Wald bringen, wo sich der Chef selbst seiner annimmt, Martinek, ein Folterer, der keine Lichtgestalten mag. Vielleicht jedoch, und er schlägt blitzschnell die Augen auf, alles noch am Platze, das Bett an der Wand, das Zimmer, und er, er ist noch da, vielleicht kommt alles gar nicht so schlimm, sondern wächst sich im Gegenteil zum unerwarteten Vergnügen aus; die Herren nämlich könnten auch von Vera geschickt worden sein, der wunderschönen Wirtin, die ihn ganz für sich haben will, weswegen sie auch nicht hier im Zimmer auf ihn gewartet hat, Vera, ein gar zu eindeutiger, plumper Vorgang wär' das gewesen; statt dessen beauftragte sie ein bewährtes Entführungskommando, das gewohnt ist, schnell und diskret zu arbeiten, und so haben sie ihn nun und tragen ihn hinauf in schwindelerregende Höhen; Glückswelt, und er, nur er ist das Opfer. Die Herren meinen es jedoch zu gut, wie sich herausstellt; sie bekommen zittrige Hände, eine unerklärliche Nervosität erfaßt sie, so daß der Untergrund, auf dem er liegt und getragen wird, zu schwanken begonnen hat, seekrank könnte er werden bei dieser Schaukelei. Er versucht es mit Geduld, vielleicht geht ja alles schnell wieder vorüber, und man ist ohnehin gleich am Ziel, kann ihn sinken lassen, Vera direkt in die Arme, aber dann quälen sie ihn doch, strapazieren seine Geduld, die er zu verstärken sucht, indem er sich, steif wie ein bühnenerfahrener Toter, auf die Bettstatt preßt, oder ist es ein Kanapee, ein Möbel wie im seligen Elternhaus, weitab, weit, er kann das nicht mehr unterscheiden, wo ihn jetzt auch die stickige Luft überfällt, sich auf ihn legt, als müßte eine besondere Form der Verhüllung eingeübt werden, die Hitze also frißt sich durchs Gebälk, von oben, von unten, folgert er, noch immer mit geschlossenen Augen und die Zähne zusammengebissen, Bettstatt oder Kanapee, er weiß es nicht mehr, auf jeden Fall schaukelnd, und er hört Stimmen, die Männer fluchen; wissen sie denn noch, wen sie da tragen. Die Schweißperlen auf seiner Stirn sind in Bewegung geraten, sie rutschen ab, eingefallene Wangen hinunter, in, die Halsbeuge hinein, oberhalb einer pochenden Brust, der von der anderen Seite die Hitze zusetzt; Feuer wird ihm gemacht, von der Leibesmitte her, und es ist ihm so übel, daß er den Notausgang wählen muß; los reißt er sich, eine gewaltsame Bewegung, mit der seine Träger natürlich nicht rechnen können, sie geraten ins Straucheln, fallen, stürzen, werden unter dem Möbelstück begraben, was ihn aber jetzt nicht mehr beeinträchtigen muß, denn er ist noch rechtzeitig davongekommen, hat sich emporstemmen können, eine gewaltsame Bewegung, wie gesagt, aber nun steht er, schwankend, aber er steht, und es geht nur noch darum, sich Erleichterung zu verschaffen, trügerische und im Grunde gänzlich unnütze Entleerung, die für vorübergehende Linderung sorgt, mehr nicht, ein auf den Körper bezogener Mechanismus, der wohl wertlos wäre, wenn er nicht angeleitet würde durch seine vom Kopf besorgte Genesung, großes Geschick, und er schafft es, da hat er ja seit jüngsten Mannesjahren die Übung, schafft es bis ins nahe Notdurft-Kabinett, wo es ihn überwältigt mit der gewohnten Macht und er sich erschrickt, immer noch, über die Mächtigkeit der ihm abgepreßten, leidmalenden Laute. Danach richtet er sich auf, eine ausgiebige Waschung nimmt er vor, und es geht ihm natürlich besser; nicht mehr im Zimmer will er bleiben, nicht mehr liegen, ausgedehnte Ruhe wäre jetzt verräterisch, und so stürmt er hinaus, in die Hitze, die er jedoch herabbändigt auf ein erträgliches Maß, man kann das, wenn man nur will.

»Als Ursache der Erkrankung meines Bruders«, schrieb Elisabeth. Nietzsche, sie hatte den Umzug nach Weimar mit Bravour hinter sich gebracht und die Villa Silberblick bezogen, welche ihr bereits so vertraut vorkam, als hätte es für sie nie ein anderes Domizil gegeben, »als Ursache nehme ich die ungeheure Übermüdung seines Geistes und seiner so überaus kurzsichtigen Augen an. Ich habe schon mehrfach darauf hingewiesen, welche unbeschreibliche Arbeitslast er, beispielsweise in den letzten sechs Monaten des Jahres 1888, bewältigt hatte. Man fragt sich, ich frage mich, wenn man die Vorarbeiten und die Druckmanuskripte sieht und dabei bedenkt, wie sorgfältig er Korrekturen las, um wieder zu verbessern; man fragt sich, ich frage mich, wie es überhaupt möglich gewesen ist, daß er solche Arbeiten in dieser Zeit fertiggebracht hat. Wer nicht (wie ich) in hohem Maße kurzsichtig ist, kann gar nicht begreifen, wie unbeschreiblich ermüdend das Schreiben bei einem solchen Augenzustand ist. Die gebückte Haltung, der vorgeneigte Kopf wirken bei längerer Dauer ungünstig auf Magen- und Kopfnerven. Es gibt keine Brillennummer, die einem erlauben würde, den Kopf geradezuhalten, denn die Numero 3, die mein Bruder eigentlich hätte tragen müssen, verkleinert die Schrift wiederum so sehr, daß sie nichts nützt. Die Übermüdung der Augen und des Nackenwirbels betrachte ich daher als eine der Ursachen seiner schließlichen Erkrankung. Hinzu kam noch eine üble Influenza, die er sich mit den alljährlichen Wetterstürmen im oberen Engadin bei den Schweizern holte; sie quälte ihn wochenlang und brachte seinen allgemeinen Zustand sehr herunter. Es blieb davon, nach Diagnose des Arztes Doktor Brettschneider, eine ›absurde Insomnie‹ zurück, die ihn wieder zu Schlafmitteln greifen ließ. Vor allem – ich scheue mich nicht, das öffentlich zu machen – bringe ich das Schlafmittel Chloral und ein javanisches Beruhigungsmittel, dessen Namen mir leider entfallen ist, für seine endgültige Geisteslähmung zur Verantwortung. Mein Bruder hatte eine wirkliche Zuneigung für Chloral, und zwar hauptsächlich deshalb, weil es am anderen Morgen keine erschlaffende Wirkung ausübte, sondern ihm zu arbeiten gestattete. Er schrieb darüber an mich: ›Ich habe eine so ungeheure Aufgabe vor mir, Schwesterherz, daß ich keine Stunde verlieren darf und zu allen Mitteln greifen muß, die mir das Arbeiten erleichtern.‹ Er, Fritz, täuschte sich nicht über die Gefährlichkeit dieses Schlafmittels und hat sogar eine ganz merkwürdige Wirkung konstatiert, die vielleicht ganz individuell war, trotzdem aber die Ärzte interessieren sollte. Im Winter 1882/83 hat er dieses Schlafmittel zum ersten Male regelmäßig in größeren Dosen gebraucht und war von der Wirkung so unangenehm berührt, daß er es sich mit aller Kraft im Frühjahr 1883 wieder abzugewöhnen suchte. Er behauptete nämlich, daß er im Winter, unter der Wirkung dieses Mittels, Briefe geschrieben habe, die ihm hinterher als vollkommen falsch erschienen seien; das Chloral, vor dem Schlafengehen eingenommen, habe am andern Morgen nach dem Erwachen einen eigentümlich erregten Zustand hinterlassen, der ihm Menschen und Dinge in einem ganz falschen Licht zeigte. Gegen Mittag sei dann dieser Zustand verschwunden, und es kehrten die ›menschenfreundlicheren Gefühle‹ wieder. Infolgedessen war mein Bruder vorsichtig geworden, obgleich der durch das Mittel hervorgerufene Schlaf, seiner Schilderung nach, angenehm gewesen sein muß – nicht schwer und dumpf, sondern mit heiteren Träumen durchzogen. In den sich anschließenden arbeitsreichen Zeiten und nach etlichen ihn doch sehr molestierenden Erlebnissen griff er dann wiederum nach Chloral; mit der zarten Verletzlichkeit seiner Seele auch noch während der dunklen schlaflosen Nacht alle Leiden und Vernachlässigungen doppelt zu fühlen war zu schwer für ihn. So schreibt er gegen Ende des Jahres 1884 von einem unangenehmen Vorkommnis: ›Es war mir gräßlich und peinlich, – schließlich nehme ich doch wieder das alte Mittel. – Ich schlafe gut, aber es folgt darauf, wie gehabt, Menschenhaß und Reue, und ich bin doch sonst ein Mensch der wohlwollendsten Gesinnung.‹«

5 Auf glückliche Zeiten

Wie man sich doch an alles gewöhnen konnte: sein Leben zwar, geführt wie bisher, getragen von der großen Genesung, aber doch eine andere Umgebung, fremde Menschen, Orte, die Zeit – vergangen, und da nützten gelegentlich alle wohltätigen Erinnerungen nichts, er war fremd und blieb fremd; eine Einsicht, auf die er sich, sein eigener Trost, etwas einbilden konnte. Aufkommende Verlorenheit jedoch hielt sich keineswegs lange, dazu ging's ihm zu gut, in Marienbad, wo man mehr Geld benötigte, als er es besaß, um die Existenz eines hervorgehobenen Kurgastes führen zu dürfen, und in der dunklen Eremitage, die sich längst erhellt hatte, weil es Vera gab, die ein für ihn sehr wohltuendes Regiment führte, ihr inniger Blick am Morgen genügte schon, um ihm den Tag zu retten, und der Gatte, Martinek der Zwielichtige, hielt sich zurück, was bedeutete, daß er kaum gesehen wurde. Ab und zu tauchte er auf, wobei er in der Regel recht verwirrt wirkte; mal schien er direkt aus dem Keller zu kommen, mit merkwürdig eingeschwärzten Händen, die er, einem verschlagenen Druckergesellen ähnlich, ineinander verschränkte, so als wollte er beten um unirdische Säubernis; mal hatte es ihn wohl direkt aus den Wäldern zurück in sein Haus getrieben, er war außer Atem, blickte sich um nach irgendwelchen Verfolgern, und dann nahm ihn Vera mit in die Küche, wo sie auf ihn einredete, eine Strafpredigt vermutlich, die aber leider nicht zu verstehen war, weil sie zum einen auf polnisch abgehalten wurde, zum anderen nicht die gewünschte Lautstärke besaß, welche sich die vor der Küchentür lauschenden

Herren Lobemich und Nietzsche gewünscht hätten, um endlich zu hören, was sie längst hören wollten: Vera Martinek gab ihrem gänzlich mißratenen Mann den Laufpaß, ein für allemal, sie warf ihn hinaus, und beide, Nietzsche wie Lobemich, konnten sich doch, ohne weiteres, vorstellen, ein Leben an der Seite dieser großartigen Frau zu verbringen – was war schließlich dabei, eine Waldpension in Marienbad zu führen, darauf verstanden sich auch ein Privatdozent und ein Lehrer, zumal die eigentliche Arbeit, nach wie vor, von Vera getan wurde; die Herren standen ihr zur Seite und versorgten sie mit der Verehrung, die sie verdiente.

An dem Konkurrenten Lobemich mißfiel Nietzsche einiges; er schwadronierte und schmatzte beim Frühstück, er war, bei aller offensichtlichen Belesenheit, doch ein eher beschränkter Kopf, der sich, verschmockte Bescheidenheit vortäuschend, über Gebühr wichtig nahm; bewundern an ihm mußte man allerdings die Hartnäckigkeit, mit der er Vera nachstellte, eine Unternehmung, die sich schon Jahre hinzog und eines Tages, stand zu befürchten, vielleicht doch noch mit dem gewünschten Erfolg bedacht würde. Wenn es allein nach der äußeren Schönheit gegangen wäre, auch nach der Genialität, die aus den Worten aufblitzte, hätte Vera sich nur für ihn, Nietzsche, entscheiden können; er stand in der Blüte seiner Jahre, seine Augen leuchteten, und wenn er sich reckte und streckte, was immer von einem reinen und innerlichen Anschub ausging, war er weit mehr als mittelgroß. Dagegen der unglückliche Lobemich, der, wertfrei betrachtet, schon einen merkwürdigen Schatten warf; nicht nur daß er auf bemerkenswerte Weise schielte: Um die Hüften herum hatte er Speck angesammelt, einen förmlichen Ring, der jedoch zu der farblosen Schmalheit seines Gesichtes und einem staksigen Beingestell kontrastierte, auf dem er sich mühte, durchs Leben zu kommen; zudem litt er, wenn man so wollte, unter einem Sprachfehler, er lispelte, kaum hörbar, gewiß, aber einem wie Nietzsche entging das nicht, da Lobemich beim Sprechen mit der Zugabe von reichlich bemessenem Speichel arbeitete, eine Angewohnheit, die selbst im Sommer, wenn es die üblichen Hitzeperioden gab, störend wirkte. Das Frühstück mit diesem Herrn, der davon auszugehen schien, daß Nietzsche erfreut sein durfte, wenn er sich ihm bereits bei der ersten Mahlzeit des Tages unaufgefordert hinzugesellte, war ein feuchtes und zweifelhaftes Vergnügen; der Privatdozent redete, was eben auch ein am Tisch verteiltes Nässen bedeutete, und der angebliche Lehrer Nietzsche zog den Kopf ein. Gern hätte er inzwischen darauf hingewiesen, daß er Professor war, einfach so; es ärgerte ihn, wie Lobemich mit seinem Titel als Privatdozent kokettierte, so als bürge derselbe für ein Besitztum an noch weiseren Weisheiten, zu welchen, das ließ er anklingen, der gemeine Lehrer ohnehin keinen rechten Zugang finde. Nietzsche sah sich gezwungen, bei der einmal gewählten Berufsbezeichnung zu bleiben; was hätte es für einen Eindruck gemacht, wenn er nun, sehr verspätet, mit einer Korrektur seiner Angaben vorstellig geworden wäre, die ein spöttisch lächelnder Lobemich leichterhand als Aufschneiderei hätte denunzieren können; sehen Sie, Vera, hätte er gesagt, wie weit unglücklich Liebende gehen können: von einem einfachen Lehrerlein werfen sie sich zum Professor auf, nur um der Frau zu gefallen, welche sie blindwütig und ohne jegliche Aussicht auf die Gewährung von Gunst verehren. Lobemichs Äuglein, zusammengekniffene Sehschlitze, die einen zusätzlichen Eindruck von Verschlagenheit erweckten, blitzten, und Vera lachte; es war eine ungute Situation und doch nicht ohne Reiz, denn alles, was Herr Doktor Lobemich äußerte, konnte letztlich wieder gegen ihn verwendet werden. Es ging darum, gute Miene zu einem Spiel zu machen, das ausschließlich von dieser Frau bestimmt wurde, sie genoß es, beiden Herren als reizendes Objekt dienen zu können, wobei die Mittel, die sie einsetzte, bekannt und bewährt waren; ihre Gegenwart genügte, davon konnte sie ausgehen, Freude allein schon bei ihrer bloßen Anwesenheit, und wenn sie ein leicht verschärftes Vorgehen für erforderlich hielt, dann reichte es allemal, einem der Verehrer leibhaftig näher zu treten – sie setzte sich neben ihn, in der Bewegung sehr unbeabsichtigt und dafür um so stärker eine Berührung aufbietend, von der sie vermuten durfte, daß ihr der Verehrer anheimfiel wie ein aufs Träumen versessener Stundensucher. Vera hatte es, ganz gerecht, schon mit beiden versucht; Lobemich erwischte sie mitten im Gespräch, als sie seine Hand berührte, ein sekundenschneller Affront, der dem Herrn Privatdozent den unansehnlichen Kopf rötete, sofort, was sein Kontrahent, der im Raum mit zugegen war, sehr wohl bemerkte; beim Lehrer Nietzsche hingegen ging sie noch überraschender vor und rückte ihm, als der noch frühstückte, mit einemmal an die Seite; sie setzte sich neben ihn, einfach so, berührte seinen hilflosen Leib mit dem ihren, indem sie sich an ihn lehnte, welch eine Last, wobei er, durchaus beglückt, dennoch versuchte, sich geradezuhalten; sie lächelte, schaute ihn an, Vera, von der Seite, was er sehr wohl sah, mit einem nach innen gewandten Auge, während er zugleich, noch immer auf sein Gleichgewicht achtend, zum nächsten Tisch hinüberstarrte, an dem der sichtlich irritierte Lobemich Platz genommen hatte, der ihm wenig später, als Vera sich wieder zurückgezogen hatte, zurief: Wenn Sie bedrängt werden, Herr Lehrer, schielen Sie – fast so wie ich, und er lachte, alberner Lobemich, lachte, daß ihm die Tränen in seine zu klein geratenen Augen stiegen, lachte, laut und dumm, bis Vera noch einmal erschien und sich nach dem Grund ihrer Heiterkeit erkundigte. Fragen Sie ihn! sagte Nietzsche und begab sich auf sein Zimmer.

Sie hatte die Absicht, ihn zu waschen, eigenhändig; eine Tortur, zugegeben, denn der Bruder war wasserscheu geworden, er gestikulierte, schrie, als sie ihm mit dem guten alten Familienschwamm kam, und da waren nun nicht nur Beschwichtigungsversuche gefragt, sondern auch jene diplomatischen Künste, auf die sie sich gleichfalls verstand. Zuerst sah es so aus, als wollte er fliehen, er schaute sich um, derbe Angst in den Augen, aber dann dämmerte ihm wohl, daß ja ein Ortswechsel vollzogen worden war; er befand sich im neuen Haus, das noch sehr neu roch, und so verharrte er im Bad wie einer, der nicht mehr fliehen mag, weil er der Irrwege längst alle durchlaufen hat; stocksteif stand er da, mit notdürftig bekleidetem Oberkörper, zu mehr hatte er sich noch nicht überreden lassen, und während die Schwester, beruhigende Worte murmelnd, ihm zu Leibe rückte, gesellte sich Alwine hinzu, die Elisabeth als Verstärkung angefordert hatte. Fritz legte die Arme an den Körper, er nahm Haltung an, allerdings fürchtete Alwine, daß es sich letztlich nur um eine schabernackhafte Abwehrhaltung handeln könnte; er brachte es fertig, der Herr Professor, seine Angst nur auf das listigste vorzuschieben, um dann der Schwester, im Handstreich, doch noch den Schwamm zu entreißen und damit nach Alwine zu werfen, die der geplanten Säuberungsaktion ohnehin ablehnend gegenüberstand, denn der Herr Professor war keineswegs schmuddeliger als sonst, fand sie, und er roch so gut und so streng, wie er immer roch. Die parfümierte Schwester jedoch ließ es nicht gelten, sie hatte es sich in den Kopf gesetzt, daß der Bruder einer ausgiebigen Grundreinigung unterzogen werden mußte, damit er anschließend in die neuen Gewänder schlüpfen konnte, welche für ihn ausgesucht worden waren; Besucher hatten sich angesagt, und Elisabeth wollte, daß der Herr Professor als reiner Mensch vor ihnen lagerte. Sie berührte ihn mit dem Schwamm, der mit kaltem Wasser getränkt war, was erfrischend wirken sollte; Fritz zuckte zusammen, er stellte sich auf die Zehenspitzen, zitterte, seine Augen füllten sich mit Tränen – ein Bild des Jammers, das sogar der gestrengen

Schwester naheging. Wieder redete sie auf ihn ein, mit aller Sanftheit, die ihr zur Verfügung stand, während Alwine, ohne sich einzumengen, im Hintergrund des neuen Badezimmers verharrte. Schließlich schlug Elisabeth vor, daß er ja auch die Badewanne besteigen könne, das mache ihm vielleicht mehr Spaß, als im Stehen gewaschen zu werden, er könne im Wasser hocken, solange er wolle, planschen; Fritz das Kind, erinnerte die Schwester mit liebenswürdigem Augenaufschlag, habe doch immer gern gebadet, ob er das noch wisse, Herzbruder, Guter, und der nickte mit einemmal, lächelte, begann, sich die restlichen Kleider vom Leibe zu reißen. Elisabeth fiel ihm in den Arm; es müsse doch erst heißes Wasser beigebracht werden, rief sie, bis dahin dürfe sich Fritz durchaus noch gedulden, mithin auch die Kleider anbehalten, zumal er sich ja, wie die Erfahrung lehre, oft genug verkühlt habe und unter einer jeden Erkältung leide wie ein gestrafter Hund, und da nahm er sie, nur noch mit der Unterhose angetan, in die Arme, tanzte mit ihr durch das Bad, bis er ausrutschte auf dem neuen Grund – und fiel. Alwine verließ fluchtartig den Raum; es kam ihren Nerven nicht mehr gut an, wenn diese Unberechenbarkeiten losgingen: überschießende Fröhlichkeit, dumpfes Brüten, dazu die aus tiefstem Herzen aufsteigenden Laute der Qual und, immer wieder, die unvermittelten Schreie, welche jeden, der sie zu hören bekam, nachhaltig erschreckten, ja: erschütterten. Wahrscheinlich war die blendende Laune des Herrn Professors mit seinem Sturz ohnehin wieder vorbei, dachte sie noch, und tatsächlich lag er auf dem Boden, alle viere von sich gestreckt, und rührte sich nicht. Elisabeth, noch außer Atem, versuchte ihm aufzuhelfen, aber er machte sich schwer; kein Tanzen mehr, jetzt, keine Freude am Leben, nur Niedergeschlagenheit, und er hörte, wie die Tür ging, und zwei Weiber, beide zu klein geraten, dort draußen in angestrengtes Flüstern verfielen. Lebte er denn noch, war er nicht gerade in diesem sehr gedehnten Moment barsch an sein Ende gefallen, mußte wohl sein, nicht überraschend, man rechnete ja mit allem, und so befand er sich nun, möglicherweise, bereits im Reiche des Zufalls, der Zufälle, und gefallen war er selbst, hinein in dieses mächtige Reich der kosmisch komischen Dummheit, von dem man glaubt, daß es in die scheinbar bekannte andere Welt hineinfällt wie ein Ziegelstein vom Dache und uns einen der schönen Zwecke totschlägt; wir klugen Zwerge, er lachte still, was er ja durfte, lag er doch freiwillig wie ein gutes Stück Vieh auf kaltem Stein hingestreckt, und er spuckte ein wenig, auch das ganz zulässig, lebte er also noch, wir klugen Zwerge, sagte er, was aber nicht zu hören war, mit unserem Willen und unsern Zwecken werden wir durch die dummen, erzdummen Riesen, die Zufälle, belästigt, über den Haufen gerannt, oft totgetreten, trotz allem jedoch möchten wir nicht ohne die schauerliche Poesie dieser Nachbarschaft sein, denn jene Untiere, sagte er, drückte dabei mit der Leibesmitte gegen den Boden, was ein angenehmes Gefühl brachte, sie kommen oft, wenn uns das Leben im Spinnennetz der Zwecke zu langweilig oder zu ängstlich geworden ist und geben ein erhabenes Spiel zum besten, indem ihre Hand einmal das ganze Netz zerreißt, beiläufig, ungewollt, ein Spaß eben, er lachte, aber ihre groben Knochenhände greifen durch unser Netz hindurch, als wenn's Luft wäre – und nun waren die beiden Weiber zurückgekommen, sie rüttelten an ihm, zerrten, weg mit dem angenehmen Gefühl, und eine unangenehm schrille Stimme, etwas hart Aufschreckendes hatte sie, verkündete, daß er nun ins Wasser müsse, es sei alles gerichtet, was nichts anderes bedeuten konnte, als daß sie ihn richten würden, ein weiterer Tod für ihn, dieses Mal durch zuvorkommendes Ersäufen.

Es war eine Schande, wie er sich manchmal gehenließ, Fritz, sie konnte die Mutter inzwischen nur zu gut verstehen; ärgerlich, wenn ein Mensch sich nur noch als Last darbot. Elisabeth hatte ihn bei den Füßen gepackt, und sie zog, hochroten Kopfes, brachte ihn jedoch nur unwesentlich voran, was auch daran liegen mochte, daß die ungeschickte Alwine am anderen Ende des Philosophen zerrte, der inzwischen den neuen Fußboden benäßte; noch immer lag er auf dem Bauch, den Kopf seitlich weggedreht, so als gehörte der nicht mehr zu ihm, und aus seinem Mund, einem Karpfenmaul, sabberte er, ein deprimierender Anblick. Wenn er ihr wenigstens ein Stückweit entgegengekommen wäre, sich aufgerichtet hätte, aber er ließ alles mit sich geschehen, vorbei die einst göttliche Willenhaftigkeit, die diesen unglücklichen Mann ausgezeichnet hatte; er war nur noch ein Wrack, das mußte man sich doch längst eingestehen. Er taugte noch zum Pflegefall, und daß die Traurigkeit seines bemerkenswerten Schicksals aufgehellt wurde, verdankte er nur ihr, seiner Schwester; sie glaubte an ihn, sah den Nutzen, den er ihr und der Welt brachte, und da durfte sie sich das Recht herausnehmen, ihn zu verfluchen, wo er ihr, zum wiederholten Male, mehr der unseligen Mühen bereitete als ein Toter. Elisabeth schwitzte; sie wischte sich den Schweiß ab mit Hilfe ihres mächtigen Taschentuchs, und dann ging sie noch einmal daran, ihn aufzurichten; sie bedeutete Alwine, den Herrn Professor kurz anzuheben, am oberen Körper, und während dieser Anweisung Folge geleistet wurde, versetzte die Schwester den Bruder in eine zusätzliche Drehung, so daß er mit einemmal vor der Badewanne zu sitzen kam. Der Kopf fiel ihm auf die Brust, die Augen hielt er noch geschlossen, und er wäre wohl gleich wieder zur Seite hin weggesackt, wenn Elisabeth ihn nicht, mit aller Grobheit, die ihr zur Verfügung stand, gleichsam begradigt hätte; sie drückte ihn nach hinten, wo er sich anlehnen konnte, eine prekäre Haltung zwar, für einen Menschen zudem, der offensichtlich nicht ganz bei sich war, jederzeit konnte er wieder umfallen, aber die Ausrichtung, die seine Schwester an ihm vorgenommen hatte, hielt, er saß vor der Wanne, in welche Alwine nun vorsichtig, so als sei jede Erschütterung zu vermeiden, das angewärmte Wasser beförderte. Elisabeth dachte an das seltsam Menschenhafte im Genie; wie er da so hockte, am gewiß sauberen Boden, der Herr Professor Nietzsche, den man zum großen Denker ausgerufen hatte, dank ihrer gütigen Mitwirkung, glich er nur noch einem vorrätigen Sack, der Kopf auf die Brust gesunken, die Augen geschlossen, die Mundwinkel nahezu blöde herabhängend, und seine mit den Jahren massiger gewordene Körperlichkeit formte eine einzige Falte, die vom Kinn bis zu den Knien reichte, sah so ein Genie aus? Im Kopfe vollzog sich das Wertvolle, sagte sie sich, während sie mit dem Finger die Temperatur des Wassers prüfte; im Kopfe, aber da schien auch nichts mehr zu lauern, keine großen Gedanken zumindest, allenfalls noch ein paar alberne Streiche, Aufsässigkeiten, die so entbehrlich waren wie der Wunsch, etwas anderes zu finden als das dem Menschengeschlecht überlassene Leben; er hatte sich verausgabt, Fritz, und sie wirkte mühselig restaurierend nur noch an einer Ruine. In diesem Moment schlug er die Augen auf, sah sie an, sein ganzer, nie vergessener, herrlicher Blick, er strafte sie ab, war es nicht so wie früher, nur sie, dumme Gans, versündigte sich an ihm, immer wieder, tat ihm bitteres Unrecht, ach, sie wußte doch, daß Gedanken viel mehr verletzen konnten als jede landläufige Züchtigung, und so warf sie sich vor dem großen Bruder auf den Boden, fiel auf die Knie, wodurch sie immerhin auf eine annähernd gleiche Größe mit ihm kam; über die Haare strich sie ihm, sprach davon, daß sie es nur gut meine mit ihm, er möge verzeihen, wenn sie je grob geworden sei, zu ihm, einem Engel auf Erden, der die Menschen beschenkt habe wie kein zweiter, und er lächelte so mild und wissend, daß Elisabeth schließlich in Tränen ausbrach, sehr zu Alwines Verwunderung, die den Streichen des Herrn Professors, wenn die denn schon sein mußten, noch immer mehr abgewinnen konnte als den theatralischen Ausbrüchen seiner Schwester. Man konnte in diesem, dem neuen Haus, auf Ehrlichkeit nicht mehr rechnen, das hatte sich schon in Naumburg angedeutet, nach Elisabeths Rückkehr und ihrer Übernahme der Geschäfte; man war nicht mehr darauf aus, das von Gott auferlegte Dasein zu fristen, sondern lauerte auf Effekte; die große Welt, mit der sich Elisabeth auf einschmeichelnde Weise vertraut gemacht hatte, wartete vor der Tür, zwielichtige Figuren allesamt, falsche Bewunderer, Gauner im Geiste, die der Herr Professor, bei klarem Verstand, längst hinwegkomplimentiert hätte. Der arme Mensch, und während Alwine, die ihre Aufgabe, das Wasser zu besorgen, erfüllt sah, die Tür hinter sich schloß, saß die Schwester nun unmittelbar neben dem Bruder; sie lehnte den Kopf an seine Schulter, ein Liebespaar waren sie, waren es immer gewesen, durch so viele schwere Zeiten hindurch, keine Frau hatte ihm geben können, was sie ihm gab, unentgeltlich, denn sie liebte ihn, war die Verwalterin seiner Größe, sie umhegte ihn, den Genius in der Ruine, und wenn er gebadet hatte und gesalbt worden war, würde sie ihn in die eigens erwählten hellen und luftigen Gewänder hüllen, und dann konnten sie kommen, die Abgesandten der Welt, und ihn, den inzwischen wieder gänzlich unverdorbenen und reinen Menschen, bewundern. Fritz hatte die Augen wieder geschlossen, er säuselte, was auf bevorstehenden Schlummer verwies, und Elisabeth gestand sich ein, daß sie glücklich war, ein Seelenfunke, der aufglühte in ihr, mehr nicht; es hatte schon seine Ordnung, und kein Glück konnte von Dauer sein, was er stets wußte; das Schicksal der Menschen ist auf glückliche Augenblicke eingerichtet, hatte er ihr einmal geschrieben, auf glückliche Augenblicke, jedes Leben hat solche, aber nicht auf glückliche Zeiten.

6 Von den traurigen Gewißheiten des Daseins

Der Herr Doktor Lobemich, Privatdozent aus Erlangen, schlug einen anderen Tonfall an; er bat den Lehrer Nietzsche um Verzeihung, der es doch ohnehin schwer habe: seine Verehrung der Frau Wirtin gegenüber sei anhaltend erfolglos, und zudem drohe ihm das Los, nach Beendigung des Marienbader Kuraufenthalts in den preußischen Schuldienst zurückzumüssen, was er, Lobemich, der sich des Privilegs erfreue, über seine der Wissenschaft geweihten Tage frei verfügen zu können, als eine doch trübsinnig stimmende Form der Lebensgestaltung empfinde; man wisse schließlich, wie die moderne Jugend sei, nämlich nichtsnutzig und bereits angekränkelt von elementaren Schwächlichkeiten. Er, Lobemich, halte es daher für angebracht, mit Nietzsche nur noch auf freundschaftlichem Fuße zu verkehren; diese Offerte unterbreite er übrigens auch auf Wunsch von Vera, der an einer Entspannung der Atmosphäre gelegen sei, die sich zwischen den beiden Herren aufgebaut habe. An mir soll es nicht liegen, erklärte Nietzsche, der aber gar nicht wußte, wie er zu der zweifelhaften Ehre kam, von Herrn Lobemich mit einem Friedensangebot eingedeckt zu werden; er sah den Mann nicht als Konkurrenten, wozu auch, schließlich war er ihm bei weitem über, und die Stunde, in der er Vera in seinen Armen halten würde, stand ohnehin kurz bevor. Er hatte in den letzten Jahren alles für seine Heimholung in die Zukunft vorbereitet; das große Werk konnte beginnen. Seine Gefühle stimmten, sein Kopf war klar, es stand nur noch eine Routineuntersuchung an, zu der er sich bei Doktor Wiel angemeldet hatte, den er in den nächsten Tagen aufsuchen mußte. Wiel würde ihm bestätigen, daß er gänzlich genesen war; welch bemerkenswerte Fortschritte hatte er gemacht seit Steinabad, sein Leben – eine gänzlich unbeeinträchtigte

Zwangsveranstaltung, die er abwickelte nach den selbstgeheckten höheren Gesetzen. Es lag nun an ihm, auch die über ihn ergangenen Liebesepisoden zu komplettieren und zu einem zählbaren Ganzen zu formen; Vera, die noch immer von ihrem Glück nichts zu ahnen schien, stand dafür bereit, aber auch, mit früher erteilten Ansprüchen, Elenor, Lou und, wenn er sich recht besann, einige weitere Damen, deren werte Namen ihm, aus Gründen einer tieferreichenden Dezenz, leider schon wieder entfallen waren. Die Zeit der Bewältigung nahte, die Zeit eines blinden und deswegen auch unerhört freien Willens, in der jede Leidenschaft nur den Auftakt bildete zu einer wirklich glutvollen Existenz über den Wolken, und wolkig war's immer, was der Lobemich redete, er gab ihm die Hand, noch einmal der Hinweis auf die schöne Versöhnung, und der Herr Lehrer Nietzsche möge ihn doch begleiten in das römische Bad am Ferdinandsbrunnen, dort, in Dampf und Doria, könne man entspannen wie nirgendwo sonst in diesem Marienstädtchen. Vera schaute aus der Küche herein, sie lächelte, es war gut, daß die Herren sich jetzt, bis auf weiteres, vertrugen, sie rückten enger zusammen, wurden schlagkräftiger, möglicherweise, auch als Verehrer. Kurz darauf gingen sie, hatten sich ausgehfertig gemacht und zudem mit Badesachen versorgt; Vera schaute ihnen nach, und als ob sie's ahnten, drehten sie sich um, gleichzeitig, und grüßten zum dunklen Haus zurück. Die Hitze der letzten Tage war wieder verflogen, angenehm temperiert, dazu vorbildlich grün präsentierte sich der Wald, und Nietzsche stellte zu seinem Vergnügen fest, daß der Privatdozent Lobemich ein wenig hinkte; tatsächlich, er zog, kaum merklich, das rechte Bein nach, was wohl nur deswegen noch nicht aufgefallen war, weil man Lobemich in der Eremitage vorwiegend nur sitzend zu Gesicht bekam, zudem redend natürlich, was er auch jetzt tat, vom Schweigen im Walde hielt er nichts; er verbreitete sich über seine akademische Karriere, die er atemberaubend nannte von ihren Anfängen her, wenngleich sie in letzter Zeit, leider, leider, aufgrund einiger bürokratischer Hemmnisse etwas ins Stocken geraten sei. Nietzsche nickte; sie standen ja nun auf gutem Fuße miteinander, und da sie ein längeres Stück Weges zusammen zurücklegen mußten, erforderte es die Höflichkeit, öfter zu nicken, etwa bei jedem zwölften Schritt, wobei es sich gut machte, wenn er dabei auch mal zur Seite blickte und den hinkenden Herrn Lobemich belächelte.

»Entschuldigen Sie«, sagte Nietzsche, »vergessen Sie Ihre Rede nicht, aber haben Sie etwas mit dem Fuße?«

»Warum?« fragte Lobemich und sah ärgerlich aus.

»Weil Sie hinken«, sagte Nietzsche. »Weiß Gott, Sie hinken, Herr Löblich, und das tut mir so leid.«

»Nur eine Blase«, sagte Lobemich, »nur eine Blase. Und außerdem heiße ich Lobemich, nicht Löblich, Herr Lehrer, Lobemich, verstehen Sie.«

»Keine Frage«, sagte Nietzsche. »Aber ich lobe Sie nicht. Erst müssen Sie mich durch Leistungen überzeugen!«

So gingen sie denn durch den Wald, mal bergauf, mal bergab, und nachdem Herr Lobemich sich etwa eine halbe Minute verstimmt gezeigt hatte und nur hinkte und nicht sprach, wurde es ihm wieder zu ungemütlich; er ergriff das Wort und setzte seinen Vortrag über die ihm widerfahrene akademische Karriere fort, den er nun mit einer allgemeinen Schmähung der Studentenschaft verband, die vor allem deswegen nichts tauge, weil sie von Lehrern vorbereitet werde, die ihrem Beruf, ihrer Berufung längst nicht gewachsen seien. Den Studenten gebreche es mittlerweile an den elementarsten Voraussetzungen; ihre schriftlichen Verlautbarungen glichen oftmals den Bekundungen von Lern- und Gehörgeschädigten, und auch im mündlichen Ausdruck fehle es, bedingt durch einen kaum vorhandenen Wortschatz, an allen Ecken und Enden, was die Herren allerdings nicht weiter störe, da sie in der Regel über eine gehörige Portion Frechheit verfügten; so machten sie durch Dreistigkeit wett, was ihnen an Begabung fehle. »Chuzpe, verstehen Sie«, rief Lobemich. »Chuzpe! Sie sind alle infiziert vom jiddischen Bazillus.«

»Ach was«, sagte Nietzsche. »Sie faseln, Herr Löblich.« Er verschärfte das Tempo, was zur Folge hatte, daß Lobemich tatsächlich ein wenig aus dem Tritt geriet; er stapfte hinterdrein, das lädierte Bein nun heftiger nachziehend, aber sein Redefluß ließ sich dadurch nicht stoppen, im Gegenteil, er schwoll weiter an, eine Verfolgungsrede, die mit gehöriger Lautstärke versehen dem voranlaufenden Nietzsche hinterherschwappte, dem dies alsbald wie ein kleines Martyrium vorkam, so daß er es vorzog, Friedfertigkeit zu zeigen; er ließ sich zurückfallen, kam wieder auf Lobemichs Höhe, der alsbald befriedigt in einen Gleichschritt mit seinem Begleiter verfiel; es fehlte nur noch, daß er gesungen hätte, was aber, dachte Nietzsche, unter Umständen noch wohltuender gewesen wäre als das schier unermüdliche Erzählen, dem er sich ausgesetzt sah. Nach seiner Generalabfertigung der studentischen Jugend war der Herr Privatdozent inzwischen bei dem Spannungsverhältnis angelangt, das zwischen einer aufstrebenden Geisteswissenschaft, wie er sie betreibe, und den Mechanismen der Beschränkung, die in einer Provinzstadt wie Erlangen an der Tagesordnung seien, herrsche, ja: zwangsläufig herrschen müsse. »Dabei gibt man sich Mühe«, rief Lobemich und wäre fast über eine im Weg versteckte Baumwurzel gestolpert. »Mühe, wirkliche Mühe, und glauben Sie, Nietzsche, ich weiß das, trotz gelegentlicher Verzweiflungsanfälle, durchaus noch zu würdigen.«

Sie erreichten Marienbad. Lobemich wurde nun stiller, er spähte umher, grüßte den einen oder anderen verstört wirkenden Kurgast, der ihnen entgegenkam. Das römische Bad, ein massiver graubrauner Bau, machte Eindruck; aus seinen Mauern strömten Dämpfe, die sich um die Grundfesten verteilten und dort als fein wabernder Nebel verharrten. Nietzsche fiel der Militärmusiker Wagner ein, der seine Schützenfest-Opern gerne mit Nebelkerzen bestückte, er fand das geheimnisvoll, vielleicht auch wohltuend, weil die von ihm ersonnenen Klänge dann, behauptete er, etwas Suchendes bekamen, das Orchester, einem malträtierten Schiffskörper gleich und von wiederkehrenden Warnhornstößen angeleitet, trieb durch künstlich erhelltes Dunkel, in dem der Nebel alle wehrhaften Konturen verwischte; wohin es ihn selbst wohl verschlagen hatte, den stämmigen Herrn Wagner, auf seiner weltweiten Wanderung – vielleicht leitete er mittlerweile das Kurorchester von Marienbad, was bedeutete, daß noch immer Vorsicht geboten war. Im Innern des römischen Bades wurden sie von zwei Damen, die eine deutlich zu alt, die andere jünger, aber nicht sehr hübsch, in Empfang genommen und zu den Kabinen geleitet; eine mörderische Hitze lag in den Hallen. Jede Bewegung verursachte hier eine Belastung; man atmete nur noch das Nötigste. Schließlich waren sie doch im Wasser, Lobemich zuerst, der sich die empfohlene Vorreinigung schenkte und gleich in das große Bassin eintauchte, in dem schon etliche erschöpfte Herren trieben. Nietzsche folgte ihm in gebührendem Abstand; er warf sich auf den Rücken, trieb, vom kleinen Wellenschlag begleitet, einige Meter am Beckenrand hin, bis er an einen regungslos im Wasser kauernden Dickwanst stieß, der dort seine Notdurft zu verrichten schien. Er murmelte eine Entschuldigung, drehte sich auf den Bauch und schwamm in anderer Richtung davon; ehe er sich's versah, hatte er einmal das Becken durchquert, wobei er bemerkte, daß sich eigentlich niemand außer ihm schwimmend betätigte; die anderen standen im Wasser, jeweils gegen den Beckenrand gelehnt, und beäugten ihn bei seinen Bemühungen. Das mußte er als unbehaglich empfinden, und so reihte er sich, an einer freien Stelle, in die Reihe der unbewegten Badegäste ein, von denen einige immerhin, gänzlich leidenschaftslos, miteinander plauderten. Unter dem Beckenrand waren Haltegriffe wie auf einem Seitpferd angebracht; an ihnen ließen sich einige Dehn- und Streckübungen verrichten, die mittlere Stemmspreize etwa, bei gewaltsam verlängertem oder militärisch eingeknicktem Leibe, dazu Andeutungen von Klimmzügen, die über die Wasseroberfläche hinausführten. Lobemich stieß hinzu, er durfte nicht fehlen; das Wasser durchpflügte er wie ein alternder Wundertäter.

»Mein Lieber«, rief er. »Ich geselle mich zu Ihnen.«

»Es muß nicht sein«, sagte Nietzsche, »es muß wirklich nicht sein.«

»Wirklich«, sagte Lobemich, »was ist schon wirklich, haben Sie das je überlegt, Herr Lehrer? Dies scheint eine Wasserwelt zu sein, in der wir uns bewegen –«

»Man bewegt sich hier wenig«, sagte Nietzsche.

»Eine Wasserwelt«, sagte Lobemich. »Aber wie steht sie zur realen Welt, die wir zu kennen glauben? Haben Sie da eine Ahnung, Nietzsche. Ich frage Sie, nicht ohne Tücke, da ich Sie für einen Träumer halte, einen vergleichsweise unrealistischen Menschen, während ich, ich darf das so sagen, ein nüchterner, ja ein eiserner Realist bin; ich glaube an die Notwendigkeit eines gleichsam ehernen Wirklichen, das den uns gegebenen Menschenverstand prägt –«

»Ein nüchterner Mensch sind Sie, Herr Löblich«, sagte Nietzsche, »und ein armes Schwein dazu, verzeihen Sie schön. Sie haben sich, mit all Ihren ungezählten Kollegen, gegen Leidenschaft und Phantasterei gewappnet und möchten gern eine Zier aus der Leere machen, in der Sie hausen; Realisten nennt ihr euch und deutet an, so wie euch die Welt erscheine, so sei sie wirklich beschaffen: vor euch allein, sagt ihr, stehe die Wirklichkeit entschleiert, und ihr selber glaubt, der vielleicht beste Teil von ihr zu sein – Aber seid nicht sogar ihr, ärmliche Kreaturen und Brüter, seid nicht sogar ihr, in eurem entschleiertsten Zustand, noch leidenschaftliche und dunkle Wesen, verglichen mit den Fischen, und immer noch einem verliebten Künstler ähnlich, ich weiß wohl, wovon ich rede. Und was ist für einen verliebten Künstler Wirklichkeit?«

»Ich bin gespannt«, sagte Lobemich. »Belehren Sie mich.«

»Hören Sie«, sagte Nietzsche, der sich über die Unterbrechung des Realisten Lobemich ärgerte; eine Rede, eine gelungene zudem, durfte man nicht aufstören. »Hören Sie, Mann, Ihnen mangelt es doch wohl an allem, an Eignem zumal, höchst bedauernswert seid ihr, ein realistisches Gesindel. Immer noch tragt ihr die Schätzungen der Dinge mit euch herum, die in den Leidenschaften und Verliebtheiten früherer Jahrhunderte ihren Ursprung haben.«

»Verliebt sind nur Sie, Herr Lehrer, ein flüchtiges Gefühlchen, mehr nicht«, sagte Lobemich. »Ich für meine Person liebe – und werde wiedergeliebt. Wollen Sie wissen, von wem?«

»Nein«, sagte Nietzsche. »Will ich nicht. Ich kann mir auch nicht vorstellen, daß irgend jemand Sie lieben könnte. Haben Sie denn nie in den Spiegel geschaut, bedauernswerter Mann? – Aber bleiben wir bei eurer heftigen Zuneigung zur sogenannten Wirklichkeit: Auf angebliche Nüchternheit setzt ihr, denn ihr seid ja Realisten, wie man hört; ich aber behaupte, daß sich diese Nüchternheit in ihr Gegenteil verkehrt: Trunkenheit wird sie, geheime, unvertilgbare Trunkenheit, und eure Wirklichkeitsliebe ist alt, ist uralt. In jeder Empfindung nämlich, Herr Löblich, in jedem Sinneseindruck steckt ein Stück dieser sehr alten Liebe, und ebensosehr hat irgendeine Phantasterei, ein Vorurteil, eine Unvernunft, eine Furcht und was sonst noch alles daran gewebt und gearbeitet ...«

»Aha«, sagte Lobemich. »Jetzt spielen Sie den Denker. Ich weiß allerdings nicht, ob Ihnen diese Rolle überhaupt liegt ...«

»Ein Dummkopf ist ein Dummkopf nur«, sagte Nietzsche. »Das äußerte schon der Kollege Schopenhauer über Leute Ihres Schlages. Nehmen Sie diese Hallen, die Badenden dazu, den Dampf und die beiden merkwürdigen Weiber, welche uns begrüßten, nehmen Sie, wenn gewünscht, noch ganz Marienbad hinzu und alle Halsabschneider dieses Ortes: Was ist daran wirklich? Zieht, ihr einfältigen Realisten, doch nur das Phantasma und die ganzen menschlichen Zutaten davon ab, wenn ihr könnt. Aber könnt ihr das denn – eure Herkunft, Vergangenheit, Zwerg- und Vorschule vergessen, eure gesamte Menschheit und Tierheit, besonders letztere? Es gibt für uns keine Wirklichkeit, Herr Löblich, auch für euch nicht, ihr eingebildeten Nüchternen; wir sind einander lange nicht so fremd, wie ihr meint, und vielleicht ist unser guter Wille, ein wahrer Träumer-Wille, ebenso achtbar wie euer störrischer Glaube, der Trunkenheit überhaupt unfähig zu sein.«

»Was für eine Rede«, rief Lobemich. »Wir alle in dieser nur vorgestellten Welt haben Sie sträflich unterschätzt, Herr Lehrer. Aber sagen Sie: Sie sprechen so oft von der Trunkenheit; sind Sie am Ende gar ein heimlichtuender Alkoholiker?«

»Ihnen ist nicht zu helfen«, sagte Nietzsche und ließ sich ins Wasser zurückgleiten. »Ein aufs kärglichste akademisierter Idiot sind Sie, Herr Löblich, und glauben Sie mir: über diese Wirklichkeit läßt sich nicht streiten!«

Er schwamm seine Bahn, ließ nicht mehr mit sich reden; ab und zu stieß er an, gewiß, aber was machte das schon, er bewegte sich unterirdisch, die Wasseroberfläche, an der die Kretins lauerten, war nicht mehr sein Terrain. Luft hatte er genug, für Jahre; er rammte den Beckenrand, kein Schmerz, er traf einen der hockenden Badegäste im weichen Teil, Ausruf des Zorns, auch der Demütigung, von weit her – ein großer Fisch war er jetzt, den Menschen unendlich überlegen, und was auf ihn wartete, konnten nur die zusammengefaßten Weltmeere sein, welche zur Bewegungslosigkeit gerannen vor der Verkündigung der Schrift, in der sie, von Zeit zu Zeit, festgehalten und gebändigt worden waren. Es ließ jetzt schon nach, das Proben mit der ihm allein überlassenen Bewegung; langsamer und langsamer wurde er, verharrte schließlich, Kopf unter Wasser, in der bequemen Lage des toten Mannes, alles wie damals, recht so, im Steinabade; Ruhe kehrte ein, die Gespräche verstummten, jetzt trollten sie sich, alle Badenden, gegen ihn kamen sie nicht an; nichts hörte er mehr, nichts, aber nein, ganz ohne Beeinflussung ging's denn doch nicht, was er wußte, schon immer, der Mensch ein Sinnen-Tier, das ohne Zumutungen von außen erbärmlich schnell zugrunde ging, er war letztlich zu einfältig, der Mensch, sich sein Weltprogramm selbst zu besorgen, auf Dauer gesehen; Reize mußten her, immer wieder, und so hörte er denn doch etwas, ein leises Summen zunächst, das sich zu einem Stimmengefüge auswuchs, einem Ensemble, vergangenheitsträchtig, denn als er jetzt die Augen aufschlug, unter Wasser noch immer und toter Mann, das machte gar keine Schwierigkeiten, sah er die dazugehörigen Gestalten, die ihm ihre Aufwartung machten; was war los, wollten sie ihm ein Ständchen bringen, zu seinem Geburtstag oder Todestag, diese Herrschaften, die er alle, fast alle erkannte, sie schwammen in breiter Front auf ihn zu, aufgequollen vom Wasserdruck, doch unbestreitbar feierlich die Gesichter, umkreisten ihn, in respektvollstem Abstand, keiner drängte sich vor, so daß er noch einmal darauf schloß, es müsse sich um eine längst überfällige Ehrung handeln, die Gesichter, wie gesagt, die erkannte er alle, überhaupt sah er nur Gesichter, körpergroß allesamt, und wie sie ihn ansahen: ehrfürchtig, aber es mochte auch abschätzig sein, wer wollte das entscheiden, immerhin hatte er sie lange nicht gesehen. Willi zunächst, Wilhelm von Sternburg, der, so als sei er aufgerufen worden, die Reihe verließ, einen Meter etwa nach vorne schwamm und ihm zunickte, sehr freundlich, seinem Gesicht nach zu urteilen ging's ihm gut, er hatte zugelegt, aus den Bäckchen waren dicke Backen geworden, und es gab keinen Zweifel darüber, daß er sich zu einem erfolgreichen Regionalpolitiker aufgeschwungen hatte, er traf Entscheidungen zum Wohle der Nichtbetroffenen; dann kamen Schnabel und Deussen, wobei über letzteren nicht viel zu sagen war, das sah man gleich: Deussen hatte es zum Professor gebracht, zu einem ordentlichen Professor, sein Gesicht war ernst und von wissenschaftlichen Sorgen gefurcht, der Mann war sein Geld wert – heiter hingegen, fast verschlagen der alte Schnabel, er grinste, als er die Front verließ und den ehemaligen Freund Nietzsche begrüßte, das Leben meinte es gut mit ihm offensichtlich, dicker war auch er geworden, und es gehörten ihm, wie sich alsbald herausstellte, etliche Immobilien, darunter ein ländliches Puff in Mittelsachsen, das er als Ballettschule tarnte; er schwamm näher heran, Schnabel, flüsterte ihm zu, daß Nietzsche, treuloser Kumpan, doch vorbeikommen möge, jederzeit, er habe viele feine Weiberchen für ihn, die man ihm zum Freundschaftspreis anbieten könne; danach wurde Spiegelhalter vorstellig, im Gesicht noch immer rot, er atmete schwer unter Wasser, so daß er dicke Blasen aufwarf, aber er freute sich, das war unschwer festzustellen, eine innige Freude, er rückte an ihn heran, flüsterte, daß er nicht mehr lange zu leben habe, seit Jahren stehe diese Diagnose ja fest, sie sei seinerzeit, wie Nietzsche sicher noch wisse, in Steinabad bereits gefällt worden, eine vernichtende Diagnose, welche aber für die Hoffnung noch jeden Spielraum lasse, Freund, er dürfe ihn doch noch als seinen Freund bezeichnen, auch wenn die paar Jahre seither eine Trennung aufgebaut hätten, die jedoch, letztendlich, nicht zähle, da der schmerzhafte Gleichklang der Seelen bleibe, jawohl, und er wisse doch, der Herr Kollege, dem von seinen neuen Bekannten, wie man höre, nicht so sehr viel Gutes widerfahren sei, er wisse doch, daß einer wie Spiegelhalter, ein unendlich gefährdeter Mensch, zu den Dingen reden müsse, zu lange nämlich sei er allein gewesen und ohne Zwiegespräch, seit Nietzsches Zeiten, leider, auch er, und so habe er nur die legitime Absicht, Vortreffliches auszusagen, von den Dingen, vom Leben und, zur Not, auch von den Menschen. Spiegelhalter hatte wohl etwas überzogen mit seiner Unterwasserrede, auf jeden Fall kam Unruhe auf an der Front; er schwamm zurück, armer Kerl, seine Absichten wurden so oft mißverstanden; andere drängten nun nach vorn, aber die vorher mustergültige Ordnung war dahin: ein wüstes Gedränge entstand, in dem sich Professor Binswanger und der vierschrötige Doktor Ziehen besonders hervortaten, sie drückten einige mißliebige Gesichter zur Seite, darunter Overbeck, der eine merkwürdig angeschwollene Nase hatte, möglicherweise war er zuvor von einem Insekt gestochen worden, ebenso den Herrn Adler aus Steinabad und einen entsetzlich abgemagerten Pommerenke, welcher gar nicht mehr wie seine eigene Schweinebacke, sondern eher schon wie der Baron Friedrichsfeld aussah, seltsam, seltsam; und die beiden Ärzte verließen nun die Anstands- und Sicherheitszone, kamen direkt auf ihn zu, wahre Häscher-Gesichter, die einer niemals wiederkehrenden Gelegenheit entsprechen wollten und ihn einzufangen suchten, ihn, einen wahrhaftigen Großen, und während er noch überlegte, ob er fliehen oder den Kampf aufnehmen sollte, hatte er nicht auch das Schlagen und Treten gelernt, fiel ihm auf, daß unter den ihn Beehrenden nicht nur alte Bekannte gewesen waren, sondern auch Verfallene, denen seine Erinnerung bereits Namen und Gunst entzogen hatte; wer zudem ganz fehlte, waren die Frauen, die Front wurde von Männern beherrscht, ein Vorgang, der ihn im gleichen Augenblick bedenklich stimmte, da er sich zur schnellen Flucht entschloß, weil Binswanger, von nahem nun als abschreckend gedunsene Visage auszumachen, und sein unvermeidlicher Ziehen bereits auf Zugriffweite herangekommen waren – er nahm Tempo auf, ein guter Schwimmer wie er würde doch zwei Ärzten davonkönnen, aber er geriet, wie in früheren schlechten Träumen, nicht recht vom Fleck, strampelte sich ab auf der Stelle, kam denn niemand, ihn zu retten, unter Wasser, wo ihm mit einemmal auch die Luft fehlte, er japste und ächzte, er wedelte mit den Armen, und dann wurde ihm doch noch geholfen, eine Frau war es, die einzige Frau weit und breit, keine Schönheit, aber herrlich vertraut inzwischen, Lisbeth die Schwester – sie zog ihn aus dem Wasser, gerade noch zur rechten Zeit, und seine Häscher griffen ins Leere.

Er wurde gebadet, mit aller Vorsicht zunächst, denn bei Fritz wußte man ja nie; er gab sich jedoch friedlich, lag still im Wasser, das vielleicht etwas zu heiß geraten war. Elisabeth führte den Schwamm, Alwine stand daneben, um gleich mit anzupacken, falls der Herr Professor in Panik geraten würde, was bei seinem letzten Badewannenaufenthalt geschehen war, als er mit einemmal einen Schrei ausstieß und auf die Tür zeigte, in der er wohl einen Verfolger vermutete, welcher die Gelegenheit nutzen wollte, ihn loszuwerden; in der Badewanne und für immer. Er hatte sich aufgerichtet, damals, und dabei aus reiner Ängstlichkeit, wie's schien, zu schaukeln begonnen, so daß ganze Wassermassen überliefen und sich im Badezimmer verbreiteten. Der Herr Professor war nur schwer zu beruhigen gewesen, aber heute zeigte er sich verdächtig gelassen, fand Alwine; allerdings ging die Schwester auch pfleglich mit ihm um, das mußte man konzedieren, sie wusch den Bruder wie ein Kleinkind, sprach auf ihn ein während der Verrichtung – fehlte nur noch, daß sie gesungen hätte –, und so verlief eigentlich alles in friedfertiger Atmosphäre, bis Friedrich sich, ohne Vorwarnung, zum Abtauchen entschloß; er ging unter, einfach so, lag auf dem Wannengrund, wobei er nach kurzer Zeit schon die Arme aus dem Wasser streckte und eine Bewegung andeutete, als wollte er sich selber wieder in die Höhe ziehen, was aber nicht geschah. Er blieb unter Wasser, beängstigend lange blieb er dort; ein Mensch, ein Kranker zudem, konnte doch nicht so lange ohne Luft sein, dachte Alwine, die den Herrn Professor unterhalb grünlicher Schaumreste liegen sah, sein Gesicht verzerrt, vielleicht aber auch nur grinsend; auf jeden Fall mußte man etwas tun. Elisabeth hingegen zeigte keine Aufregung, sie beobachtete den Bruder, strich ihm sogar über den Kopf unter Wasser, wobei sie wieder auf ihn einsprach – ein fruchtloses Unterfangen, denn als Taucher konnte er sie ja wohl noch weniger verstehen als sonst. Mit einemmal fing der Professor jedoch an zu zucken; Leben kam in seine Gliedmaßen, er schlug mit den Füßen aus, wobei er den Wannenrand traf, mehrfach, er bewegte heftigst die Arme, was man für ein Winken halten konnte, ein Herbeiwinken von Hilfe, und die Schwester fühlte sich nun bemüßigt, einzuschreiten. Sie griff ins Wasser und zerrte den Bruder zurück an die Oberfläche; er keuchte, zeigte weit aufgerissene Augen, in denen man, wenn man wollte, Ängste erkennen konnte, aber dann, als er ruhiger geworden war, sah er die Schwester an wie ein vergeßlicher Liebhaber, dem die Gunst widerfährt, immer wieder neu beginnen zu dürfen. Später, er schlief nun fast schon im Stehen, wurde er sorgfältig abgetrocknet und in jene hellen Gewänder gehüllt, welche Elisabeth eigens für den Herrn Professor ausgesucht und erworben hatte; sie brachten ihn auf sein Zimmer, das im neuen Hause zugänglicher war als im alten; wer ihn sehen wollte, konnte ihn hier sehen, dafür sorgte die Schwester, und auf seinem Kanapee eingerollt, verfiel er in seinen gewöhnlichen Schlummer. Daß er vorgeführt wurde, wenig später, merkte er nicht; ein Doktor Knötzlein, Schreiberling seines Zeichens, war zum wiederholten Mal erschienen, und er betrachtete den Schlafenden, flankiert von der Schwester, die ihm ins Ohr flüsterte. Über diesen Besuch, welcher dem »inzwischen weithin gerühmten Philosophen Professor Doktor Friedrich Nietzsche« galt, berichtete Knötzlein, eitler Geselle übrigens, Alwine bemerkte das sofort an der Tür und auch an der Art, wie er sich seines zu kurzen Mantels entledigte, wenige Tage später im »Sächsischen Intelligenz-Anzeiger«, einer Zeitung, die sie nicht sehr gerne oder eigentlich gar nicht las, weil das Blatt ihr entschieden zu unhandlich, zu hochtrabend und zu langweilig war, welches sie nun aber lesen mußte, da Elisabeth es ihr förmlich aufgetragen hatte.

»Beim Eintritt in das geräumige, von zwei Seiten erhellte Zimmer«, stand dort zu lesen, »finde ich es leer. Doch nein – da, in der Ecke, auf dem Sofa hinter dem dicht herangeschobenen Tisch, ruht im ungewöhnlichen Gewand eine etwas zusammengezogene Gestalt. – Er schläft, der Kranke schläft in langen ruhigen Atemzügen. – Tiefliegende, krankhaft zusammengekniffene Augen, blasse, auf der Brust ruhende Hände. Die Unterhaltung mit der Schwester geht derweil im Flüstertone weiter. Wir gehen zurück in die Bibliothek. – Nach einiger Zeit betrete ich das Wohnzimmer des Kranken nochmals. Er hat sich jetzt vom süßen Schlaf erhoben und hockt auf einem Stuhl am Fenster. Die breiten Schultern sind niedergebeugt auf ein dickes Buch, das er scheinbar liest, obgleich er es verkehrt in der Hand hält. Große lebhafte Augen funkeln mir entgegen: Es ist, als fange er an, in seinen Erinnerungen zu suchen, wer wohl der fremde Mann da vor ihm sein mag. Dann aber neigt er sich wieder über das Buch, ohne von der Schwester oder mir weiter Notiz zu nehmen. – Manchmal stößt er wie im Selbstgespräch einige Worte hervor: ›In diesem Hause wohnen lauter gute Menschen‹ und später: ›Ich habe viele schöne Sachen geschrieben!‹ – Es wird ihm ein Stückchen Kuchen gereicht; anscheinend schmeckt es ihm. ›Das ist ein schönes Buch‹, meint er ernst. Nicht wie Lenau, der erregt tobte, nein – wie einst Hölderlin wird Friedrich Nietzsche von einer Art elegischen Wahnsinn umnachtet; er ist ruhig, stellt sich sanft, aber freud- und leidlos. Völlig zerstört liegt seine seelische Tätigkeit darnieder: erloschen sein Gedächtnis, erloschen die Urteilskraft, erloschen die Phantasie; verstumpft der sonst himmelansteigende Springquell des Geistes, einstmals in herrlichster Regenbogenpracht in der Sonne funkelnd, die blauen, in geistiger Dämmernis flimmernden Augen, wer sie einmal sah, wird sie nie vergessen – Augen, alles durchdringend und doch so leidvoll infiziert von den traurigen Gewißheiten des Daseins.«

7 Unter dem fehlfarbenen Himmel

Was für ein Tag. Etwas Großartiges hatte sich angebahnt, in seinem Kopfe und doch von weit her kommend zugleich; er hatte es gefühlt, Stunde um Stunde, ohne sich Rechenschaft darüber ablegen zu können, noch nicht, dazu war dann manches noch zu unverständlich, und überdies meldeten sich wieder die Schmerzen, die ihn behelligten, aufmüpfig wie eh und je, und was nützte es da, daß er sie längst ausgestanden glaubte. Trotzdem ergab sich alles nach einem zugrunde liegenden Gesetz, das namhaft zu machen nicht lohnte, auch wenn es eine uralte Sehnsucht blieb, die Wahrheit für alle nur denkbaren Fälle zu haben, ein Wort nur, das jedes Dasein erhellte. Am Morgen, als er schon fühlte, daß sich die besonderen Gegebenheiten formierten, hatte er noch mit Vera und Lobemich zusammen gefrühstückt; zu dritt saßen sie am Tisch, ganz friedlich, es gab keine Sticheleien, nur einen friedfertigen Gedankenaustausch, an dem der Herr Privatdozent sich beteiligte wie ein besinnlich gewordener Militärseelsorger – er sprach von der Vergeblichkeit jeder Liebesmüh' und der verzögerten Sterblichkeit moderner Menschen, der er, mit Blick auf die Ewigkeit, von der er noch in der vergangenen Nacht geträumt habe, nicht viel Gutes abgewinnen könne. Gewiß, die heutige Medizin mache immense Fortschritte, aber laufe all das nicht auf eine Art Körper-Klempnerei hinaus, bei der das seelische Wohlbehagen auf der Strecke bleibe, und die Seele gehöre doch noch zum Menschen – oder etwa nicht.

»Oder etwa nicht«, sagte Nietzsche, gedankenverloren, und er fügte hinzu: »Eine Seele hab' ich noch nicht gesichtet, aber das viele Gefühl in mir –«

»Jeder Mensch hat eine Seele«, sagte Vera. »Das lass' ich mir gar nicht abstreiten.«

»Auch Ihr Gatte, der Herr Martinek?« fragte Lobemich. »Hat ein Mensch wie der etwa auch eine Seele? Das wäre dann wohl der Extremfall – und überhaupt: Wo befindet er sich denn, der Allerwerteste?«

»Er geht seinen Geschäften nach«, sagte Vera, und wer ihr so innig zuhörte wie die beiden Herren am Tisch, mußte feststellen, daß sie traurig war, unendlich traurig; wer wollte sie da nicht trösten, sie lieben mit zarter Gewalt, ein ums andere Mal. – Beschützer und Gott sein, dachte Nietzsche, und ein mächtiges Licht flutete in den Raum, woher es kam, wußte man nicht, denn die äußere Welt hatte keine Anzeichen für eine solche Erleuchtung geboten; der Morgen war mit Düsternis angebrochen, tiefhängende Wolken zogen über die Wälder, und es war, bei darniederliegendem Wind, empfindlich kühl. Nun aber dieses fast märchenhafte Licht, das bei allem Glanz auch auf das sonst Unbemerkte verwies: winzige Schwaden stiegen empor, sammelten sich, fahnengleich, über den Tischen.

»Meinen Sie nicht, daß Sie mal wieder Staub wischen müßten, meine Liebe?« fragte Lobemich.

»Was für ein Staub«, sagte Vera, »könnte es nicht auch der Kalk sein, der Ihnen aus den Ohrwascheln rieselt?«

Sie saßen beieinander; schwiegen. Die Standuhr am anderen Ende des Frühstücksraums schlug, und im gleichen Augenblick erhob sich eine einzelne schwerfällige Stubenfliege und begann über dem Frühstückstisch zu kreisen.

»Jaja«, sagte Lobemich, »es geht alles vorbei.« Er lächelte –

einfältig zweifellos; was diesem Mann nur durch den Kopf ging, sah er endlich die ihm auferlegten Beschränkungen, seine Grenzen, die auf Resignation verwiesen, auf unbedingte Bescheidung – gerade auch in der Liebe?

»Sie sind heute so anders«, sagte Vera.

»Ja«, sagte Nietzsche. »Ganz anders. Man registriert es mit Wohlgefallen.«

»So loben Sie mich denn«, sagte Lobemich. »Aber die Dinge entwickeln sich, verstehen Sie. Ein Traum über Nacht genügt, und man sieht alles neu. Weltbilder wanken, Gedankenreiche stürzen, und es bleibt, nach einer endlosen Sekunde beispielloser Angst, nur der Schlag eines fremden Herzens. Ich bin nicht mehr der jüngste, wissen Sie.«

»Sie haben gestern abend«, sagte Vera, »ich erinnere mich sehr wohl, vier meiner hausgemachten Klöße gegessen. Das war zuviel, und so leiden Sie möglicherweise unter einer verschleppten Unpäßlichkeit, die Sie wirr reden läßt.«

»Auch ich erinnere mich sehr wohl«, sagte Lobemich. »Ihre Klöße waren gut, wenngleich eine Spur zu mehlig. Sie sind überhaupt eine gute Frau, Vera, attraktiv bis auf die Knochen. Schade nur, daß Sie mit so einem Halunken verheiratet sind. Aber die Liebe an sich, das ist mir heute nacht klargeworden, ist auch eine Altersfrage. Der moderne Mensch verschließt die Augen vor den Abnutzungserscheinungen unseres Körpers. Es ist Mode geworden, an die ewige Macht der Gefühle zu glauben. Dabei rieselt, ab einem bestimmten Zeitpunkt, längst der Kalk, Sie haben es, liebe Vera, ebenso charmant wie richtig angemerkt. Hinzu kommen jene Vorgänge, die mit dem Terminus Altersbeschwerden nur sehr unzureichend und oberflächlich rubriziert werden; die Knochen knacken, der Herzschlag wird zur stockenden Maschine und das Wasserlassen zum Glücksspiel, der Fluß des Blutes verkommt zum trägen Rinnsal, die Augen trüben ein, und man verliert schließlich, von Kopf bis Fuß, an Standfestigkeit, an äußerer Größe, an Würde, wobei ich von dem offensichtlichsten Phänomen des Altwerdens, der Verfaltung und Einfleckung der Menschenhaut, gar nicht erst reden will.«

Er redete und redete, Lobemich lächelte dabei treuherzig vor sich hin; was war in den Mann gefahren, der doch so alt noch gar nicht sein konnte, und für eine abgründige Selbsterkenntnis, die jeden natürlichen Zeitenwandel, abzulesen an den Widerspiegelungen der eigenen Person, auf den Begriff brachte, fehlte ihm die Klugheit; handelte es sich also um ein Täuschungsmanöver, das dem letzten Winkelzug in der Strategie verschlagener Männerliebe voranging – darauf fiel er nicht herein, und auch Vera schien von den Bekundungen des Herrn Lobemich, die eine Art freiwilligen Rückzug, eingeläutet durch nächtliche Anfälle von Altersweisheit, vermuten ließen, eher irritiert denn fasziniert; sie schüttelte den Kopf, eine kaum merkliche Bewegung, und als der Privatdozent gar nicht enden wollte, empfahl sie sich, nicht ohne Nietzsches Hand noch wie beiläufig zu berühren – und verschwand in der Küche.

»Sie sind jünger als ich«, sagte Lobemich. »Aber täuschen Sie sich nicht, Herr Lehrer: Das alles zählt nicht, Sie unterliegen den gleichen Knochenbrechergesetzen wie ich, der ich Ihnen an Jahren und Weisheit immens weit voraus bin. Sie, Nietzsche, haben zudem den Nachteil, daß Sie von Natur aus kränkeln; Sie sind, darf ich das so sagen, ein ungesundes Bürschchen, das seine berechtigten Sorgen hat. Ich habe Sie beobachtet, in diesen gemeinsamen Tagen: Sie gleichen einem von Natur aus minderbemittelten Insekt, das auf Hilfe von außen angewiesen ist, weil es, teils aus Ungeschick, teils aus Mutwilligkeit, ständig auf den Rücken fällt, von wo aus es, allein gelassen, nicht mehr auf die Beine kommt. Sie tun jedoch so, und dies gleicht für mich einer schier unverständlichen Dreistigkeit, als ob Sie in Wirklichkeit das allerfreieste Geschöpf unter der Sonne wären, ein Überflieger, der die

Welt bereits zweimal umrundet hat, während sich andere noch bemühen, sie überhaupt einmal in den Blick zu bekommen; Sie führen sich auf wie ein Genesungskünstler, wie ein Pontifex der Gesundheit, dabei sind Sie, mein Lieber, doch nur ein armseliger kleiner Invalide.«

Das reichte – und Nietzsche stand auf. Er wählte dafür eine umsichtige, nicht sehr geschickt angesetzte Bewegung, so daß es ihm gelang, eine am Rand des Tisches plazierte Tasse mit grünlichem Kräutertee umzustoßen, der dem guten Lobemich auf den Anzug geriet.

»Verzeihen Sie, Löblich«, sagte er, »verzeihen Sie, aber Sie haben doch Verwendung für alles, und ich, ich muß leider jetzt gehn.«

Er verließ den Raum, in dem noch immer das märchenhafte Licht stand; die Staubfahnen schwebten über den einzelnen Tischen, und Lobemich redete ungerührt weiter; der Mann, alptraumhaft gestärkt über Nacht, war zufrieden mit sich, da mußte er keinen Gedanken daran verschwenden, daß man ihm davonlief, noch ehe er den eigentlichen Quell seiner Überlegungen zum Versiegen gebracht hatte. Nietzsche ging aus dem Haus, er glaubte zu wissen, daß der Tag kam, heut oder morgen, an dem er den Doktor Wiel aufsuchen mußte; eine Routineangelegenheit im Grunde, denn er war ja längst bemerkenswert gesund, genesen von Grund auf, und einem wie Wiel, diesem, soweit er sich erinnerte, kleingewachsenen und immer ein wenig fahrig wirkenden Arzt aus Lörrach, brauchte er nur noch die endgültige Bestätigung zu entlocken, ein Beglaubigungsattest, welches nun auch medizinischerseits für die Ewigkeit festhielt, daß er den Krankenstand verlassen und sich selbst immunisiert hatte – eine, zugegeben, grandiose Leistung, die das Fassungsvermögen eines gewöhnlichen Arztes bei weitem überstieg, aber Wiel, Joseph, dieser nicht recht zu Ende gewachsene Diätetiker von der Schweizer Grenze, galt ja als kompetent, ein Mensch, der an die Beeinflussung des Friedens durch sachgerechte Ernährung und an ein dechiffrierbares Zusammenwirken von Leib und Seele glaubte; brav, der Mann, unter seinem Weißkittel schlug ein Philosophenherz. Und eine Tochter hatte er, die zur rothaarigen Schönheit herangereift war, Elenor, Lou, bemerkenswerte Frau, die auf Abwege geraten war, damals im Schwarzwald, als sie sich, anderweitige Aufgaben vortäuschend, seiner Liebe entzog; er sah sie vor sich, während er durch den Wald stapfte, ein Bild von einer Frau, doch leider fehlte etwas an ihr, das Gesicht war's, an das er nicht mehr heranreichte, es ließ sich nicht mehr beschwören, Dame mit Unterleib, dafür ohne Kopf, was einer Strafe gleichkam – für eigenmächtiges Vorgehen vor dem liebenden Feind. Ach, daß sie selbst, die Liebe, doch noch einmal käme, sie ließ sich ja wiederholen, ein ums andere Mal, und da Namen nur Schall und Rauch waren, leidenschaftliche Seufzer, Elenor, Lou, dazu Vera und die unbekannten Schönen, die noch auf ihn warteten, konnte alles von vorne beginnen, das Leben, die Lust, und er war, zusammen mit dem ihm verbliebenen Gefolge, bereit zur Flucht – in das letzte, von ihm selbst aufgedeckte Paradies.

Man mußte sich wohl Sorgen machen inzwischen, denn sein Befinden ließ nach, ein merklicher Verfall, der nichts Spektakuläres hatte; Elisabeth beobachtete den Bruder mit zunehmender Sorge, er zehrte sich aus, lebte nur noch von der Substanz, die er vor langer, langer Zeit im Innern seiner werten Person angehäuft hatte. Keine Rede konnte mehr sein von gewissen Simulationen, auf die sie, vermutungshalber, gestoßen war; es gab auch keine Frechheiten mehr, keine Streiche, er lag, hellgewandet noch immer, auf dem nunmehr fast fürstlich wirkenden Kanapee und ließ die Geschehnisse, die bis dahin für ihn ersonnen worden waren, – über sich ergehen. Eine Existenz im Schatten führt er, dachte die Schwester, und aus dem Schatten wächst der Tod. Ein kräftiger Hoffnungsschimmer kam auf, als er eines Tages der verdutzten Alwine, die gerade davonschlurfen wollte, in die rückwärtige Front ihrer Gewänder griff, um das dort befestigte Schürzenband zu lösen; dabei lachte er und rief, daß junge Weiberchen entkleidet werden müßten, und zwar schnell, denn es bleibe im Leben nicht viel Zeit für die Liebe, und die Kräfte des Mannes, ein doch arg begrenztes Vermehrungspotential, erlahmten beizeiten. Alwine löste sich vom Herrn Professor, kichernd, ihre Schürze glitt zu Boden, und als sie wenig später im Flur auf Elisabeth stieß, berichtete sie von dem Vorfall, worauf die Schwester sogleich zum Bruder eilte, der aber schon wieder teilnahmslos vor sich hin starrte – sitzend allerdings und in einer merkwürdigen Habachtstellung verharrend, die darauf schließen ließ, daß er noch einiges vorhatte. Elisabeth sprach auf ihn ein, erinnerte, bewährtes Rezept, an vergangene Zeiten; ob er noch wisse, wie er ihr, dem Schwesterchen, einst beim Baden im Naumburger Weiher die Kleider versteckt habe, so daß sie sich in ihrer ganzen Schamhaftigkeit nicht aus dem Wasser traute, obwohl niemand zu sehen war, der sie beobachte, und er, Fritz, hockte ja, wie sich später herausstellte, im Gebüsch, zusammen mit seinem damaligen Freund Willi, und sie amüsierten sich königlich. Erst gegen Abend habe sie sich aus dem Wasser gewagt, bibbernd und frierend, eine Erkältung mußte folgen, und während sie, das Schwesterchen, sich anschickte, in der mildtätigen Dämmerung nach Hause zu huschen, überkam den Bruder das Mitleid, und er händigte Elisabeth, unter der Andeutung einer gewissen vornehmen Reue, ihre versammelten Kleider aus, während Willi im Gebüsch verblieb, weil er sich, wie er mitteilte, mit einemmal ausgesprochen unbehaglich fühlte. Die Schwester redete, packte weitere Reminiszenzen hinzu, und Friedrich vergalt es ihr mit einem Lächeln; kommentieren allerdings mochte er ihren Redestrom nicht, er gab vielmehr, mit zunehmender Dauer der an ihn gerichteten verschwörerischen Ansprache, Zeichen der Ungeduld, ja der Belästigung zu erkennen, und als Elisabeth gar nicht enden wollte, fiel er, plötzlich und ohne eine Warnung abzugeben, vornüber. Schwer atmend, mit seltsam verrenkten Gliedern, lag er neben dem Kanapee; sein Gesichtsausdruck, so erzählte Elisabeth später, verriet Abscheu und Angst, vielleicht auch eine leise Verwunderung darüber, daß ihm immer noch etwas widerfahren konnte, was seine geheimen Pläne durchkreuzte. Die Schwester beugte sich über ihn, sie fühlte seine Stirn; Fieber hatte er nicht, warum auch, er war nur ganz einfach aus seiner ungewohnten Sitzhaltung herausgefallen, was wie ein Streich wirkte, in Wirklichkeit aber auf einen Schlaganfall verwies, der den Professor Nietzsche auf dem Kanapee ereilt hatte; ein Arzt, ein Medizinalrat, stellte das fest, den Elisabeth kurz darauf holen ließ. Es bestehe kein Anlaß zu gehobener Besorgnis, verkündete der Medizinalrat, dem es nicht gelang, jene fast schon anzügliche Vertrautheit zu verbreiten, die sich bei den Besuchen des alten Doktor Gutjahr eingestellt hatte, was mit ein Grund dafür sein mochte, daß Elisabeth, die den geschäftsmäßigen Verrichtungen des fremden Arztes mißtrauisch folgte, ein Gefühl der Beängstigung zurückbehielt, auch als Fritz längst im Bett lag und in den gewohnten Schlummer verfallen war. Ein Frühlingssturm fegte ums Haus – hektischer, bruchstückhafter Wind, der sie nervös machte und ihr Seelenwohl bedrängte; sie mochte das nicht, auch die Äußerungen der Natur sollten gleichmäßig, sollten geordnet verlaufen, das Leben war schließlich keine Abfolge von unvermutet auftretenden Eruptionen, sondern ein Zusammenhang gegebener Notwendigkeiten, in den sich, wer findig war, einzupassen verstand – nichts anderes konnte Freiheit sein, diese zum Modewort herabgekommene Idee, welche schon viel Unheil in schwachen Köpfen angerichtet hatte. Und doch kam das Unverhoffte, immer wieder, trat herrisch auf, wissend, daß ihm nichts gewachsen war, der Schlag also des Schicksals, so wie Fritzens Anfall, dem allerdings eine gewisse Zwangsläufigkeit eignete, wie der Medizinalrat konstatierte, der ohne Umschweife diagnostiziert hatte, daß dem Herrn Professor, vor einem knappen Jahr etwa, bereits ein vorbereitender Schlaganfall widerfahren sein mußte, darauf deuteten die Symptome hin, aber beide Vorfälle, das könne zugesichert werden, seien leichterer Natur. Dabei setzte er allerdings, während er seine Gerätschaften in der schwarzen Arzttasche verstaute, ein durchaus sorgenvolles Gesicht auf; auf Nachfragen Elisabeths räumte er schließlich ein, daß Apoplektiker Wiederholungstäter seien – der Herr Professor unterliege einer gewissen Gefährdung, die sich in dem Maße als dauerhaft erweisen könne, wie seine Krankheit im Kopfe Verfestigung über die Jahre hinweg gewonnen habe.

Der Sturm rüttelte am Haus, ein Feind, der ihr Leben bedrohte, ihre Liebe – gewalttätig; neben dem Bett stand sie, Elisabeth, durch den Türspalt fiel Licht, Schein einer entfernten, vom Sturm noch verschonten Lampe, und sie sah den Bruder, wie sie ihn sehen wollte, eingerollt hatte er sich im Bett, eingeschmiegt, eingehaust; fehlte nur noch, daß er wieder am Daumen lutschte, Fritz, der keine Mutter mehr hatte, keine Geliebte, nur noch sie. Später, als wieder Ruhe eingekehrt war, der Sturm nur noch als laues Lüftchen blies, schrieb Elisabeth in ihr Aufzeichnungsbuch: »Der Zustand meines Bruders ist annähernd gleich geblieben bis zum Sommer 1898, wo ihn, wie es hieß, ein leichter Schlaganfall traf, der ihn schon etwas veränderte. Im Mai 1899 streifte ihn ein zweiter Schlaganfall, und er wurde schwächer und schweigsamer. Das Sprechen fiel ihm wieder recht schwer, so daß er schließlich überhaupt nicht mehr in Gegenwart anderer reden wollte. ›Ich spreche nicht schön!‹ sagte er betrübt. Gerade aber in dieser Beziehung zeigte sich auch sein gütiges Herz: während jenen Zeiten, wo er sich nur schwerlich richtig auszudrücken vermochte, in den letzten Jahren etwa in Naumburg und hier in Weimar, fand er doch oft genug Worte, um etwas Freundliches zu sagen und seinen Dank abzustatten. Ich erinnere mich beispielsweise, wie er sich an unsere Mutter wandte und ihr zuflüsterte: ›Ich glaube wirklich, meine Mutter, daß du die schönsten Augen hast!‹, oder, an uns beide gewandt: ›Ich denke, daß in diesem Hause die allerbesten Menschen wohnen!‹, und es gab noch hundert kleine Gelegenheiten, die er mit seinen liebenswürdigen Worten verschönte. Wahrhaft rührend war seine Dankbarkeit hier gegen mich in Weimar. Wieviel Bekundungen des Lobes fand er, wie verstand er es zudem, mich zu trösten, wenn er mich traurig sah! – ›Warum weinst du, meine Schwester? – Wir sind doch glücklich‹, sagte er dann. Er hörte gern, wenn draußen der Sturm mächtig brauste, aber an jenen trüben Abenden, wenn wir schweigend zusammen waren und der Wind gar zu kläglich um das Haus herumstrich, Erinnerungen und herzzerreißende Gedanken aufweckend, Gedanken, die der Vergeblichkeit trotzten, hätte man nicht dies und jenes anders machen können, im Leben – und dann nahm er meine Hand, hielt sie in der seinen, als ob er fühlte, welch traurige Stimmungen sich auf meine Seele gelegt hätten, und mit seiner lieben Stimme sagte er: ›Laß den Wind weggehen, meine Schwester!‹ Dann zog ich die Vorhänge zu, machte es hell im Zimmer und fing an, mit ihm zu plaudern, um alle trüben Gedanken zu verscheuchen. Wenn es mir nur irgend möglich war, zeigte ich ihm ein fröhliches heiteres Gesicht, und es war gut so, denn er selbst, Bruderherz, hatte, so glaube ich, alles Schwere und Traurige längst vergessen; er lebte nur noch für die kostbarsten seiner Erinnerungen.«

Es mußte jetzt schnell gehen, schnell. Am Tag, als er den Doktor Wiel aufsuchen will, an einem zunächst kühlen, dann sich jedoch mächtig aufladenden Sommertag mit schweißtreibenden Temperaturen, hat er sich in aller Frühe zurechtgemacht, ausgiebige Waschung, man weiß ja nie, ob so ein Arzt nicht doch auf einer Ganzkörperuntersuchung besteht, obwohl, das sieht jeder, eine solche nicht nötig ist – bei einem Genesenen, der voller Saft und Kraft ist, ein wahrer Kraft-Mensch jetzt, keine Mickrigkeiten mehr, keine Kümmernisse, keine Wehwehchen, die große Gesundheit, und während er sich wäscht, mit hartem Schwamm und kaltem Wasser, spürt er bereits diese schweißtreibenden Temperaturen; eine ungute Hitze steht über den Wäldern, ein unsichtbarer Dunst, der noch nicht mal der Sonne bedarf, die sich weit in den Himmel zurückgezogen hat; Abglanz ihrer selbst. Er kleidet sich an, auch das anstrengend, das Atmen fällt nicht leicht; er geht hinunter in den Frühstücksraum, begrüßt Vera und Lobemich, die ein Gespräch über das Wetter führen, wobei der Privatdozent, das nimmt man mit Freude zur Kenntnis, sehr mitgenommen aussieht; er schwitzt, die Tropfen fallen ihm förmlich vom fahlen Gesicht, eine Leiche, der Mann, und das beim Frühstück, und auch Vera wirkt nicht so appetitlich und frisch, wie man das von ihr gewohnt ist. Er entschuldigt sich, erklärt, daß er zum Arzt müsse, da sei eine gewisse Nüchternheit angebracht, weswegen er das Frühstück ausfallen lasse; Lobemich aber möge auf sich aufpassen, er sehe ja geradezu schrecklich aus, so viel Ungesundheit in einem einzigen, von der Natur zudem wenig begünstigten Gesicht. Das Haus verläßt er, unbewegt stehen die Wälder, kein Luftzug, kein Hauch, die Erde ausgedörrt und nur noch bereit für die Tritte ihrer Bewunderer. Kurz vor den Toren von Marienbad kommt Wind auf, einige atemlose Böen, die ihn anschieben und direkt in die Praxis des Doktor Wiel drängen, in welcher ihm sogleich die Charakteristika einer gewissen Überalterung auffallen – die Möbel sind verschlissen, die Bilder an der Wand vergilbt, und von den Patienten, die auf ihren letzten Aufruf warten, scheint keiner jünger als achtundsechzig zu sein. Da wirkt er natürlich jugendlich, welch ein Gegensatz; er spürt die fragenden Blicke, und eigentlich hat er, unter so vielen alt gewordenen Kranken, ja auch längst nichts mehr verloren, er braucht nur noch die eine, die wesentliche Bestätigung. Als er sich gerade setzen will, bemerkt er eine zweite Sprechstundenhilfe; die erste, eine ältere Frau mit verhärmtem Gesicht, hat ihn in Empfang genommen, seine Personalien notiert, aber diese zweite Person ist jünger, viel jünger, obwohl – vor dem Alter kann auch sie nicht mehr fliehen, in dieser Umgebung; er geht auf sie zu, Elenor, Lou, er nimmt ihre Hand. »Sie – hier«, sagt er sehr leise und verwundert, und sie nickt; einen einzigen Blick gewährt sie ihm, aber der richtet, alles wie früher, Liebe, wenn sie denn stimmt, überdauert die Jahre, ein einziger Blick, flehentlich und doch verheißungsvoll, es ist alles gesagt, und da darf ihn nicht stören, daß Elenor, bei näherem Hinsehen, doch merklich gealtert ist, das junge Mädchen hat aufgeholt mit den Jahren, und möglicherweise sieht er nun schon jünger aus als sie, was jedoch nichts anderes bedeutet, als daß sie ihn braucht, seine überzeugende Kraft; er wird sie herausholen aus dieser Gruft, wenn sie nicht ohnehin kommt, gleich, noch in der Nacht, die auf diesen alles entscheidenden Tag folgt. Er steckt ihr ein Kärtchen zu, auf dem geschrieben steht, wie verschwiegen und erholsam die Eremitage ist und auch, wo man sie finden kann; sie wird kommen, und er setzt sich auf den einzigen noch freien Stuhl, von dem aus er drei eng beieinanderhockende Greise sieht, die so entschlossen dreinblicken, als wollten sie zusammen in den Tod gehen. Er wird aufgerufen, von der älteren Sprechstundenhilfe, und der Herr Doktor Wiel heißt ihn herzlich willkommen, der sich gar nicht verändert hat; eher kleiner ist er noch geworden, eingeschrumpft, die Haare haben sich gelichtet, aber sein Gedächtnis arbeitet noch, und mit seinen Sympathien weiß er noch immer umzugehen.

»Der Herr Professor«, ruft er, ganz herzlich. »Sie hier, aber so verwunderlich ist das ja nicht, denn ich hatte Ihnen ja Marienbad empfohlen, und es gefällt Ihnen doch.«

»Nun ja«, erwidert Nietzsche, »Steinabad gefiel mir eigentlich besser, denn es umgab mich wie eine zweite Haut, verstehen Sie.«

»Nein«, sagt Doktor Wiel.

»Die Zeit ist gekommen, wo ich überhaupt keine Bäder mehr brauche«, sagt Nietzsche.

»Mein Bester«, sagt Wiel. »Auf die Hygiene sollten Sie schon achten – ich meine, daß ein Bad in der Woche nicht zuviel ist, ein Schaumbad mit gesunden Algenextrakten, die im übrigen auch für die Kopfhaut Gutes tun, auf der Sie, wie ich bemerke, noch immer die leichte Schuppenflechte tragen, die ich seinerzeit schon diagnostizierte.«

»Die Zeit ist gekommen, wo ich auch keine Ärzte mehr benötige«, sagt Nietzsche, »verstehen Sie –«

»Nein«, sagt Wiel. »Aber ich höre wohl, daß Sie Ihren Humor behalten haben. Sie dürfen sich zwar erheben, über alles und jedes, was jedoch nicht heißen kann, daß Sie über uns Ärzte hinauskämen. Begreifen Sie endlich –«

»Nein«, sagt Nietzsche.

»Begreifen Sie endlich, daß wir die Pfadfinder der Zukunft sind. Wir meinen es gut mit Ihnen. Sie sollten beileibe nicht störrisch werden, auf Ihre alten Tage. Ein Leiden läßt sich kurieren, mit Glück und Geschick, aber bleibt es nicht dennoch ein Leiden?«

Der Doktor schließt daraufhin seine Untersuchung ab, die noch viel flüchtiger ausgefallen ist, als er es sich vorgestellt hat; auch fehlt der eine, der bestätigende Befund, was jedoch kein Grund ist, sich nicht in gewohnter Herzlichkeit voneinander zu verabschieden; wer weiß, ob man sich wiedersehen wird, ein Leben geht schnell vorbei, und Ärzte sterben neuerdings sogar vor ihren Patienten. Er geht, ein Blick noch zu Elenor, sie wird kommen – heut nacht; der Wind, aufbrausender Wüstenwind, weht durch die Straßen von Marienbad, und er hat zudem, dankenswerterweise, gedreht, so daß er ihn nun zurückschieben kann, durch die aufmerksam bewegten Wälder zurück in die Eremitage, in der es totenstill ist. Er geht auf sein Zimmer, entkleidet sich, sucht sein Bett auf; bei aller Kraft, die er neuerdings verströmt, braucht er doch, noch immer, seine Ruhe. Der warme Wind streicht ums Haus, Streuner, ein Rauschen wie vom Meere ist's, große unendliche See, gleichmäßiger Wellenschlag, damals, wann?, der lange Gang am Strand, Heimkehr in das Haus mit den sündigen Weiberchen, die so geduldig auf ihn warteten, und er schläft ein, auf dem Rücken liegend, kurz zuvor noch ein merkwürdiges Stechen, von der Brust hochfahrend in den Kopf, und eines der sündigen Weibsbilder, welches ihm so bekannt vorkommt, als verfolge es ihn lange schon, sehr lange, mit Bedacht wohl, beugt sich über ihn, er möchte aber nichts mehr erwidern, jetzt, da wohltuende Erstarrung droht, das kalte Blut in den Adern, Vorbereitung nur für das aus dem Alten hervorgehende Neue, es wird Nacht auf der Welt. Als er erwacht, ist da gleich Lärm, der von unten heraufschlägt; er hört Stimmen, amtliche, barsche Stimmen, dazu, mit einigen wenigen Sätzen, Vera, Möbelstücke fallen um, ein Gerangel auf Kellerhöhe, und er stürzt aus dem Zimmer und schaut in die Tiefe. Die anderen Gäste sind seinem Beispiel gefolgt; sie stehen, verschlafen allesamt, doch unerhört neugierig an den Balustraden und beobachten, was ihnen geboten wird in dieser Nacht, eine willkommene Abwechslung, dazu noch aufwendig inszeniert: Polizisten sind erschienen und haben Martinek verhaftet, der vergeblich noch versuchte, über einen Geheimgang aus dem Keller zu fliehen, in dem er jahrelang auf gestohlenen Druckplatten Falschgeld hergestellt haben soll, so heißt es zumindest in der Anklageschrift, die von einem leitenden Polizeioffizier verlesen wird, der sich, mit Blick auf die Zuhörer in den oberen Rängen, einer angenehmen und deutlichen Aussprache befleißigt. Martinek, den man auf seine Rechte verweist, hat er denn je welche gehabt, antwortet mit einem polnischen Fluch, und das ist der Anlaß, ihn endgültig abzuführen; er schaut noch einmal seine Frau an, aber die weiß längst, was die Stunde geschlagen hat, aus und vorbei, und so sieht sie nach oben, hoch hinauf, ihn sucht sie mit ihrem Blick, und er lächelt; Nacht der Nächte, alles ist gut, die Entscheidung gefallen, und so braucht er nur noch auf Elenor zu warten, auf Lou, die mit ihm gehen wird, Vera, jetzt, wo sich gezeigt hat, was wahre Überlebensgröße bedeutet, und der Wunsch gleicht schon der Ankunft; ein Ziel – und ein Ort.

»Sehen Sie«, flüstert Lobemich, der mit einemmal neben ihm steht; sieht so ein deutscher Privatdozent aus, mitten in der Nacht, mit einer Schlafmütze auf dem Kopf? »Sehen Sie, heraufgeschaut hat sie – zu mir, es ist nie zu spät für das Glück. Martinek kommt hinter Gitter, und Vera und ich –«

»Ach was, Sie sind nur ein Tugendbold, Löblich«, sagt Nietzsche. »Nichts haben Sie begriffen, gar nichts. Martinek ist aus dem Spiel, aber Sie sind es auch. Es gibt kein Glück für Sie, nur ein elendig langes Erwachen. Ich nehm' sie mit mir – Liebe, Leben, den Tod. Vergelt's Gott, Herr Löblich, seien Sie nicht zu traurig. Wir alle werden den Standbildern ähnlich – unter dem fehlfarbenen Himmel.«

8 Schlange und Schwein

Es war so gekommen, wie es kommen mußte, und der schwergewichtige Mann, der jetzt sein Manuskript aus der Jackentasche zog, mochte da nichts mehr bedauern; die Toten sind tot, und das Recht der Lebenden gegen die Toten ist es, sie zu Grabe zu tragen und die Nachreden zu halten, danach kommt das Vergessen. Der Mann war Oberbürgermeister und als solcher vor Jahren mit ordentlicher Mehrheit gewählt worden; er tat seine Pflicht, immer wieder, er gratulierte den Lebenden, wenn sie lang genug ausgeharrt hatten, und er lobte die Toten, wenn sie bedeutend genug waren, daß er sie loben mußte. Den Verstorbenen, den es heute zu preisen galt, kannte er noch vom Hörensagen, Professor Nietzsche, nach langer Krankheit hingegangen, nicht überraschend, und sein Leid, so hieß es, lag im Kopfe, selbst wenn am Ende nur ein wiederholter Schlaganfall das ihm bestimmte Stündlein eingeläutet hatte. Auch darauf würde er eingehen, der Herr Oberbürgermeister, denn er war gut präpariert, vor allem von der Schwester des Verblichenen, die ihn noch mit zusätzlichen, sehr vertraulichen Informationen versorgt hatte. Er schaute auf seine Zuhörer, schwarz gekleidete Damen und Herren, allesamt schwitzend; August war's und so mörderisch heiß auf dem Friedhof, daß man neidisch sein konnte auf die Toten in ihren kühlen Gräbern. Am Morgen war es noch sonnig gewesen, eine trockene Hitze, aber dann setzte diese Schwüle ein, der Himmel verschwand im Dunst, die Luft flimmerte, kein Wetterchen für alte Leute, und der Herr Oberbürgermeister blickte auf die Sargträger, vier hochbetagte Herren, von denen jeder so aussah, als sollte er sich selber in die Grube legen, neben den prominenten Toten, von dem gesagt wurde, er sei, noch während seiner Krankheit, zu einem weltweit bekannten Philosophen avanciert, kaum zu glauben, ein Mann, dem man schon zu Lebzeiten sein eigenes Museum einrichtete, das sich jetzt drüben in Weimar befand. Daß die Sargträger immer nur alte Leute waren – aber die Jungen drückten sich ja vor einer solchen Aufgabe, die doch etwas grundsätzlich Menschliches hatte, fand der Oberbürgermeister; alte Leute nur, und da konnte es Zwischenfälle geben, alles schon erlebt – wie ein Träger etwa, noch vor dem Absenken der Leiche, einen Herzinfarkt bekam, übrigens bei einem ähnlichen Wetter wie heute, oder wie ein anderer, ein hagerer Mensch, weil er das Gewicht des Toten, eines ehemaligen Metzgers, für den die Angehörigen einen Sarg aus massiver Eiche ausgewählt hatten, deutlich unterschätzte, beim Hinunterlassen des Totenmöbels selber mitgezogen wurde und der Länge nach ins Grab stürzte, was bei einigen Trauergästen für unterdrückte Heiterkeit sorgte – aber damals war es kühl gewesen, ein ordentliches Beerdigungswetter, und die Stimmung ließ ohnehin nichts zu wünschen übrig. Reden müssen zünden, war die Devise des Oberbürgermeisters, der sich mit dem Manuskript bescheidene Kühlung zufächelte; da machte er keine Unterschiede, ob er nun über einen Toten sprach wie den verstorbenen Professor Nietzsche, von dem jüngst noch ein boshafter Publizist behauptet hatte, er sei nur deswegen berühmt geworden, weil ihn seine Schwester überredet habe, sich wahnsinnig zu stellen, oder ob er nun zu seinen werten Mitbürgern redete, die für erhabene Worte ebenso empfänglich waren wie für kleine Scherze, was im besonderen für greise Jubilare galt, denen der Oberbürgermeister schon oft mit seinen launigen Bemerkungen Tränen der Freude in die Augen getrieben hatte. Er räusperte sich, es wurde Zeit; seine Rede war, dank der Intervention von Frau Doktor Förster-Nietzsche, ohnehin länger geraten als geplant.

»Meine sehr verehrten Damen und Herren«, rief er den Trauergästen zu, unbewegt noch immer die Luft, »werte Freunde und Angehörige. So ist er denn heimgekehrt, unser teurer Freund, der Professor Friedrich Nietzsche, heimgekehrt zu dieser stillen Stätte, von welcher er dereinst ausgezogen war. Eine gar weite Reise hat er unternommen, dort von jenem schlichten Pfarrhause aus in die weite Welt der Gedanken, in seine Welt, in welcher es ihm beschieden war, neue unermeßliche Gebiete zu erforschen und zu durchstreifen, die vor ihm noch kein menschliches Auge geschaut. –

Nun ist er nicht mehr, Friedrich Nietzsche, er starb nach langer herber Krankheit, und wie es mit ihm letztlich zu Ende ging, nun, das kam so: Vor gut einer Woche etwa, so die Mitteilung seiner uns allen bekannten Schwester Frau Doktor Förster-Nietzsche, am Montag, den 20. August 1900, erkrankte er plötzlich an einer Erkältung mit Fieber und rasselndem Atem, es schien, als ob sich eine Lungenentzündung vorbereiten wollte. Doch in wenigen Tagen war mit Hilfe des Arztes das Übel, wie's schien, beseitigt; der Arzt glaubte sogar, daß er nicht wiederzukommen brauche. Aber am Freitag, den 24. August, gegen Mittag, als die Schwester ihm gegenübersaß, veränderte sich plötzlich sein ganzer Gesichtsausdruck, er sank, von einem weiteren Schlaganfall getroffen, besinnungslos zurück – zuvor, in den letzten beiden Jahren, hatte er bereits deren zwei, allerdings leichtere, gehabt. Ein furchtbares Gewitter erhob sich, wir erinnern uns, und es schien, als ob dieser hohe Geist unter Donner und Blitz abgehen sollte. Aber er kämpfte, noch einmal erholte er sich, kam gegen Abend wieder zur Besinnung und versuchte auch zu sprechen. Als die Schwester ihm in der Nacht gegen 2 Uhr früh eine Erfrischung reichte und den Lampenschirm beiseite rückte, damit er sie besser sehen konnte, rief der Professor freudig ›Elisabeth‹!, so daß selbige glaubte, die Gefahr sei vorüber. Er fiel in tiefen Schlaf; sein Antlitz jedoch veränderte sich mehr und mehr, die Schatten des Todes breiteten sich aus, der Atem wurde kolossal schwer. Er bewegte und schloß die Lippen, als ob er noch etwas zu sagen habe. Dann aber kam ein leichtes Erbeben, ein tiefes, in den Atem hinein vermischtes Seufzen, und sanft, ohne weiteren Kampf, mit einem letzten feierlich-fragenden Blick schloß er die Augen für immer; ja, so war's wohl, so wird's gewesen sein.

Meine Damen und Herren, werte Freunde, liebe Angehörige, friedlich und traulich ist noch immer das Dorf, in welchem Friedrich Nietzsche vor bald 56 Jahren das Licht der Welt erblickte und die ersten Jahre verbrachte, behütet von Vater und Mutter, neben denen er jetzt seine letzte Ruhestätte finden soll. Bald starb ihm der über alles verehrte Vater, der treffliche Geistliche dieses Ortes; die junge Mutter zog mit den beiden Kindern ins benachbarte Naumburg, wo sie dieselben mit der ihr gegebenen reichen Fülle mütterlicher Liebe erzog. Aber bald schon regten sich in unserem Freunde die Schwingen seines gewaltigen Geistes, zu eng wurde ihm die Welt, in der er emporgewachsen war: hinaus ging es, hinauf in die Höhe der großen Geister – und über die höchsten Höhen, bis zu denen menschliches Denken emporgeklommen war, trug es ihn noch höher hinauf, jawohl, und staunend sahen wir ihm nach. Von dort oben sah er so vieles, und er sah es ganz anders, als wir es zu sehen gewohnt waren. Wie wünschte er doch, daß wir ihm zu folgen vermöchten und gleich ihm sehend würden! Und wie schmerzte es ihn, daß er einsam blieb in der schwindelnden Höhe seiner Gedanken! Aber nicht nur der Flug seiner Geistesschwingen, auch seine Persönlichkeit, die Vornehmheit und Lauterkeit seines Wesens, die Reinheit seines Wollens trugen ihn weit empor über die Alltäglichkeit, über alle kleinen und kleinlichen Anschauungen. Die Augen der andern blickten ihm nach, aber sie vermochten ihm nicht zu folgen. Gleich einem kühnen Adler schwebte er in den reinen Höhen der Sonne; die andern, sie sahen dies nicht – nur den schwarzen Punkt bemerkten sie wohl, der ihnen den gewohnten Blick auf die Himmelsformation störte.«

Nun gut, es war so gekommen, wie's kommen mußte, aber dann schlichen sich doch einige Veränderungen ein, die er als solche nicht bedacht hatte – wie denn auch; hoch hinauf war er geflogen, eine veritable Himmelsfahrt, mit deutlichen Anzeichen für eine gebührende Willkommensfeier, die Wolken traten zur Seite, öffneten den Raum, der keineswegs unendlich war, sondern mehr einem sich ständig vergrößernden Empfangszimmer glich, das zudem Geschwindigkeit aufnahm – eine unerwünschte Reise, und für Momente wurde ihm unerhört schlecht. Er nahm sich jedoch zusammen, hatte er nicht so viele Übelkeitsfahrten absolviert, auf Erden, da würde er sich durch eine langanhaltende Exkursion im Himmelsgewölbe nicht stören lassen in seiner endgültigen Befindlichkeit, und, wie gesagt, die Anzeichen für eine Willkommensfeier waren ja vorhanden, ein Raunen der Lüfte, dazu die Ausbreitung des Lichts, gnadenlos eigentlich, und wenn man die dahinjagenden Wolken genauer betrachtete, was er zumindest versuchte, dann waren dort Schaulustige zu sehen, monströse Gestalten, die sich so schnell veränderten, wie er an ihnen vorbeiglitt. Er wäre gern zur Ruhe gekommen, jetzt, aber die wurde ihm noch nicht gewährt, aus welchen Gründen auch immer; eine erste Übellaunigkeit machte sich an ihm bemerkbar, war das die Fortsetzung seiner Lebensgeschichte, eine planlose Reise, und sein Mißmut verstärkte sich noch, als er zurückblickte und feststellen mußte, daß er allein war; sie hatten ihn verlassen, Elenor, Lou, Vera, das ganze Gefolge, von dem er gehofft hatte, daß es ihn begleitete bis zuletzt, aber sie hatten sich abgesetzt, und er erinnerte sich daran, daß er auch früher schon allein gewesen war. Erwartete, unerwartete Veränderungen also, diese neue Einsamkeit etwa, welche eine andere Qualität besaß als die zuvor abgeleistete, und die Fahrt durch den Himmel, von der er annahm, daß sie zu einem standesgemäßen Ende führte, obwohl er sich im Moment nur verstimmt zeigen konnte, weil ihm die ganze Unternehmung wie ein genialisch verbrämtes Ränkespiel vorkam, dem es an sorgfältiger Vorbereitung mangelte; vielleicht war er auch nur einer sich unentwegt wiederholenden Fehlplanung aufgesessen, einem karussellhaften Gerichtsverfahren, das, einmal in Gang gesetzt, keinen Absprung mehr gestattete. Was ihn zudem ärgerte, war die düstere Ahnung, daß er nicht körperlos war; er spürte die alte Last, Leiblichkeit durch und durch, auch wenn sie vermutlich andere Formen angenommen hatte, sie machte sich noch immer bemerkbar – Übelkeit, krankhafte Lüste, mannhafte Angst, alles beim alten demnach, und wer war denn der alte, er selbst, und er erinnerte sich daran, wie er seinerzeit noch das Weib selbst angedacht hatte, Elenor, Lou, Vera, die ihn, ihrer Art wohl gemäß, schnöde zurückließen; wenn wir ein Weib lieben, wir Künstler, hatte er gedacht, es dann wohl auch noch flugs niedergeschrieben, im Mai eines seiner vorbereitenden, besseren Jahre, wenn wir lieben, haben wir leicht einen Haß auf die Natur, da wir all die widerlichen Natürlichkeiten mit einbeziehen, denen jedes Weib ausgesetzt ist; gerne denken wir überhaupt daran vorbei, aber wenn einmal unsere Seele diese Dinge streift, so zuckt sie ungeduldig und blickt, wie schon behauptet, verächtlich nach der Natur hin, die, darüber sind wir beleidigt, in unseren Besitz einzugreifen scheint – und das mit den ungeweihtesten Händen. Da macht man die Ohren zu, dachte er, gegen alle Physiologie und dekretiert für sich insgeheim: ›Ich will davon, daß der Mensch noch etwas anderes ist, außer Seele und Form, nichts hören!‹, und so wird ›Der Mensch unter der Haut‹ für alle Liebenden, ich weiß, wovon ich rede, ein Greuel und Ungedanke, eine Gottes- und Liebeslästerung. So wie jetzt noch der Liebende empfindet, in Hinsicht der Natur und der sogenannten Natürlichkeit, so empfand ehedem jeder hergelaufene Verehrer Gottes und seiner vermuteten heiligen Allmacht: bei allem, was von der Natur gesagt wurde, durch Astronomen, Geologen, Physiologen, Ärzte und anderes Gesindel, sah er einen Eingriff in seinen köstlichsten Besitz und folglich einen Angriff, schamlos zudem, gänzlich schamlos vorgetragen, und das Naturgesetz, kannte er's denn, klang ihm schon wie eine Verleumdung Gottes; im Grunde hätte er gar zu gern alle Mechanik auf moralische Willens- und Willkürakte zurückgeführt gesehn, aber niemand konnte ihm diesen Dienst erweisen, und so verkniff er sich die ganze Natur und Mechanik, so gut er konnte, und lebte im Traum. Diese Menschen nämlich, dachte er, schrieb es damals im Mai auf die Rückseite eines Liebesbriefs, der so viele süße Nichtigkeiten enthielt, diese Menschen von ehedem haben es noch verstanden zu träumen, und sie benötigten dafür keinen hundsgewöhnlichen Einschlafzwang, woran wir, die Gegenwärtigen, uns wieder erinnern könnten, mit unserm guten Willen und der Kunst, den Tag zu begehen! Es genügt doch zu lieben, zu hassen, zu begehren, überhaupt zu empfinden; sofort kommen der Geist und die Kraft des Traumes über uns, ja sie kommen, und wir steigen offenen Auges, kalt gegen alle Gefahr, auf den gefährlichsten Wegen empor, hinauf auf die Dächer und Türme der Phantasterei, und noch höher hinauf, wo, gegen die gehegten Erwartungen, eine merkwürdige Anverwandlung beginnt; Nachtwandler sind wir, Nachtwandler des Tages, Künstler, Brandschatzer der Natürlichkeit, Gott- und Mondsüchtige, totenstille, unermüdliche Wanderer, auf Höhen, die wir nicht mehr als Höhen sehen; ach ja, sie sind unsere Sicherheiten, dachte er, sind es geworden, und die Fahrt, die ihn aufgenommen hatte, kam zum Erliegen – man ließ ihn los, ganz allmählich, gewährte ihm, bei langsam stillstehenden Himmelswänden, die sehnlichst erwartete Ruhe, der er sich, noch immer wesentlich mißtrauisch, hingab wie ein in den Stürmen suchender Sammler der Bilder.

Der Oberbürgermeister räusperte sich; diese augustig-garstige Schwüle, die ihn mit Schweiß tränkte und zugleich das Maul trocken werden ließ, und es gab noch immer nichts zu trinken. »Sein Leben – ein Kampf«, rief er, leckte sich die Lippen. »Ein Kampf auf allen Gebieten des Geistes und der Kunst! Überall war er, Friedrich Nietzsche, ein Vorkämpfer, und wuchtig führte er seine scharfen Waffen. Die Grundlagen einer mehrtausendjährigen Kultur genügten ihm nicht als Fundament, auf dem er den stolzen Bau seiner Geisteswelt zu errichten gedachte. Er war aber, Damen und Herren, ein heldenmütiger Kämpfer auch noch in einem anderen Sinn: Wie hat er sich viele Jahre tapfer gewehrt gegen die Anfechtungen seines kaum durchschaubaren körperlichen Leidens, wie führte er die Kräfte seines Geistes gegen die teuflischen Schmerzen seines Körpers ins Feld, um ja nicht zu erliegen, sondern fertigzubringen das große Werk seines Lebens! Aber es kam ja so, wie es wohl kommen mußte: Plötzlich war sein schillernder Geist durch Krankheit gehemmt, aufgerieben die gewaltige Schaffenskraft. Der Baumeister konnte sein so beeindruckend angelegtes Werk nicht mehr vollenden; unzählige Bausteine, welche er für sein Gebäude beschafft und zurechtgelegt hatte, blieben ungeordnet liegen, vielleicht auch nur: scheinbar ungeordnet. Wird sich je ein Meister finden, der sie zum großen Werk unseres Freundes zusammenfügen kann? Ich denke ja, denn wir haben ja noch sie, haben seine Schwester, die sich in den Geist des Bruders eingeschmiegt hat wie keine zweite; Dienerin, Gefährtin, Sachwalterin, liebendes Geschöpf aus dem Kreis seines Willens, all das war und ist sie, eine Stimme, die der Botschaft des unglücklichen Propheten zum Nachklang verhilft. –

Viele Jahre wurde er, unser Nietzsche, in seiner Krankheit von der Mutter mit der rührendsten Liebe und Hingebung gepflegt, bis der Tag kam, wo auch diese treuen Augen sich schlossen und die Mutter zur ewigen Ruhe einging. Die Schwester, wir sehen sie unter uns, trat an ihre Stelle. Sie betrachtete es als den ganzen Inhalt, das Glück ihres Lebens, sorgen zu dürfen für den siechen Körper, für den in Fesseln geschlagenen Geist des über alles geliebten und verehrten Bruders, zugleich aber auch sorgen und eintreten zu dürfen für seine Werke und Gedanken, für die Ehre und den Ruhm seines Namens. In ihren Armen ist Friedrich Nietzsche sanft entschlafen, noch am Tage seines Todes die Verkörperung freundlicher Dankbarkeit. Der Name der geliebten Schwester, ›Elisabeth‹, wir hörten es, war das letzte Wort, welches seine müden Lippen aushauchten. So darf ich die Gelegenheit nutzen und am Grabe unseres Freundes einen Dank aussprechen für die treue und liebevolle Pflege, in der Mutter und Schwester aufgegangen sind, und ich möchte in diesen Dank auch die treue Dienerin Alwine einschließen, sie ist ebenfalls unter uns, welche Mutter und Schwester in ihrem ebenso schweren wie schönen Liebeswerk bis heute unterstützt hat.«

Alwine, in der zweiten Reihe stehend, gähnte; auch die anderen Trauergäste schien eine beängstigende Müdigkeit zu erfassen. Schuster Meinhardt, selbsternannter Oppositionsführer und Sozialdemokrat seines Zeichens, nutzte die Ungunst der Stunde und deutete an, was von den Ausführungen des Redners zu halten war: Er hatte den Kopf auf die Brust sinken lassen und tat so, als ob er längst schliefe – der Mann, ein tückischer Zeitgenosse, besaß keinen Benimm. Allerdings spürte der Oberbürgermeister, daß dies wirklich nicht die stärkste Rede war, die man ihm je aufgeschrieben hatte; hinzu kam die ungute Witterung, die lähmende Hitze, der brodelnde Dunst, da galt es wohl, den Toten etwas schneller absinken zu lassen, auf daß man alsbald heimkehren konnte zu den hoffentlich bereitgestellten kühlen Getränken. Er würde Tempo aufnehmen, als Amtsinhaber konnte er schließlich nicht nur bedeutungsvoll reden, sondern auch flott; erst neulich hatte er eine Ansprache, die er auf einer Altenversammlung hielt, in der Hälfte der vorgesehenen Zeit zu Ende gebracht, weil ein Greis mit einemmal zusammengebrochen war, vom Stuhle rutschte und wiederbelebt werden mußte, eine Anstrengung, die nur für etwa drei Stunden Erfolg zeitigte, dann starb der alte Herr trotzdem, was den Herrn Oberbürgermeister aber nicht weiter irritierte, denn er hatte seine Rede, schnell sprechend und mitleidsvoll auf das Geschehen im Saale schauend, längst zum vorgesehenen Abschluß gebracht.

»Reich war der Inhalt seines Lebens«, rief er, fand dabei, daß er noch ein bißchen an Tempo zulegen konnte, »reich und doch so tragisch sein Geschick!

Wie sehnte er sich, Damen und Herren, nach Freunden, die ihm folgen sollten! Wie schmerzte es ihn, daß auf sein Rufen aus der Höhe das vielstimmige Echo ausblieb, welches allein imstande war, den Ruf aus der Höhe in die Ebene zu tragen. Wie empörte es ihn, wenn der Widerhall seiner Lehre, auf den er sehnsüchtig lauschte, sich als ein falscher, ein unechter erwies, wenn er sich mißverstanden sah! Aber wie ganz anders ist es doch in der jetzigen Zeit geworden, nachdem die geistige Kraft Friedrich Nietzsches jäh zusammenbrach. Jetzt braust sein Rufen durch die ganze Welt, hell erstrahlt sein Stern in der Höhe und läßt sein Licht in die tiefsten Tiefen menschlichen Denkens herabdringen. – Was hat Nietzsche gewollt, fragen wir. ›Trachte ich nach meinem Glücke? Ich trachte nach meinem Werke‹, antwortete er uns auf diese Frage. Und sein Werk war tatsächlich ein edles: eine Reform der Menschheit erstrebte er, eine Reform des gesamten menschlichen Denkens und Strebens, jawohl; höher hinaufgeführt werden sollten diejenigen Auserlesenen, welche berufen sind, die Menge zu führen. Aber wie verkannt, Damen und Herren, wurde vielfach unser Freund, wie mißverstanden! Wie verzerrt war das Bild, welches sich viele von ihm machten. Wir wenigen, denen das Glück zuteil geworden ist, den Verstorbenen auch als Menschen in gesunden Tagen gekannt zu haben, haben eine um so heiligere Pflicht, an seinem Grabe Zeugnis abzulegen, wer Friedrich Nietzsche war. Eine edle, vornehme Natur war er, rein, lauter und keusch; alles Unreine war ihm verhaßt, nicht bloß infolge seiner Erziehung, sondern weil es seinem innersten Wesen widersprach. Wenig wollte er für sich, alles für andere, für die Menschheit; er strebte nicht nach äußerer Ehre oder hoher Stellung; unbegrenzt war sein Suchen nach der Wahrheit, nach den richtigen Werten des geistigen und sittlichen Lebens. Gerne teilte er aus dem schier unerschöpflichen Born seines Geistes den Freunden aus, und er tat dies, darf ich sagen, auch mit feinem und liebenswürdigem Humor, welcher ihm in den gesunden Tagen so gut zu Gesichte stand. So bezeichnete er sich gern, das fällt mir bei dieser Gelegenheit noch ein, als Hammer des Herrn, eine Wendung, die er mit hintergründigem, kaum merklichem Witz verband, welche aber, denkt man an den beklagenswerten Zustand der Welt, wie ein Menetekel wirken muß, wie die Vorausweisung auf jene Generalabrechnung, die im Namen seiner Philosophie noch aufzumachen ist, und wie die Ankündigung eines Strafgerichts, welches, vielleicht schon bald, auf die Köpfe einer dumpf vor sich hin brütenden Meute herniedergehen könnte. Geduldig und standhaft, auch das sei noch einmal gesagt, blieb er im Leiden und dankbar für erwiesene Dienste! So steht er noch vor uns: ein Kämpfer im Leben, ein wahrer Großer des Geistes! Wir danken ihm für alles, was er uns gewesen ist, für alles, was er der Menschheit gegeben und übereignet hat! Der irdische Kreislauf seines Lebens ist nun vollendet; Friedrich Nietzsche, ein Meister, ist an seinen Ausgangspunkt zurückgekehrt, in Harmonie schließt sich sein äußeres Leben. Ruhe du selbst nach deinem Kampfe in Frieden, rufe ich dir zu, teurer Freund: die Welt deines Denkens bleibt unvergessen, dein Werk kann nicht untergehen! Und so darf ich schließen mit einem Vers unseres Verstorbenen, der da lautet: ›Er flog zu höchst; nun hebt / Der Himmel selbst den siegreich Fliegenden. / Nun ruht er still und schwebt, / Den Sieg vergessend und den Siegenden.‹ – Ich danke Ihnen.«

Heiterkeit also, vermutlich ein letztes Mal; diese Zeremonie weit unten, schwarze Wichte standen um eine offene

Grube herum, eine Bande von Wegelagerern, resozialisiert, und es kam kein Gesang aus der Höhe. Sein Leben gelebt, was konnte man Besseres sagen, er hatte für Ausblicke gesorgt, für ein großes weltergreifendes Panorama, und den Göttern, deren einem, hatte er eine Dämmerung umgehängt, die von Blindheit nicht mehr zu unterscheiden war. Türen zum Neuen hatte er eingetreten, liebenswürdiger Rüpel, die Vergangenheit eingeschläfert, pflichtbewußter Anästhesist, und dabei sein Leiden ausgehalten und kultiviert, daß es zur wahren Freude gereichte. Es gab keine Nachfolger, statt dessen nur Wichte – und Elenor, Lou, all die Frauen und Freunde befanden sich, irrtümlicherweise, bereits in einem anderen Leben. Mit der Liebe war's nicht mehr soweit her, ohne ihn, und er kam über der Grube zum Erliegen, ruhig wurde es, märchenstill, und er hörte noch einen etwas penetrant aufseufzenden Wind, welcher sich aber auch sehr schnell legte; Ruhe demnach – aber da gerieten die schwarzen Wichte in Erregung; sie rührten sich, in der Menge, letzte Anstrengung, und einer nach dem andern marschierte auf die Grube zu, nahm dort eine Schaufel zur Hand und beförderte mit ihrer Hilfe ganze Hände voll Erde in die Tiefe, in welcher, kurios genug, jemand vermutet wurde, der nicht mehr war. »Oh Himmel über mir, du Schamhafter! Glühender!« rief der erste, »oh du mein Glück vor Sonnen-Aufgang! Der Tag kommt, so scheiden wir nun. Also sprach Zarathustra!« »Ein Seher, ein Wollender, ein Schaffender«, rief der zweite, »eine Zukunft selber und eine Brücke zur Zukunft. Also sprach Zarathustra!« »Dem Erkennenden heiligen sich alle Triebe, dem Erhöhten wird die Seele fröhlich«, sagte ein dritter, und noch ehe er, was hier wohl gewünscht wurde, sein ›Also sprach Zarathustra!‹ hinzufügen konnte, geriet die Übereinkunft der Wichte aus den Fugen; keiner wollte sich mehr an die verabredete Reihenfolge halten, sie drängten nach vorn, und alle redeten durcheinander. »Oh Himmel über mir, du Reiner! Tiefer!« war da zu vernehmen, »du Licht-Abgrund, all mein Wandern und Bergsteigen, eine Not war's nur und ein Behelf des Unbeholfenen. Fliegen allein will mein ganzer Wille, in dich hineinfliegen.« »Ich aber, ich lehre euch den Freund, in dem die Welt fertig dasteht«, brüllte, zu unpassender Letzt und mit deutlich querulatorischem Tonfall, ein vierschrötiges Männchen, »eine Schale des Guten lehre ich Euch – den schaffenden Freund«, aber diese Anmerkung wurde als zu laut empfunden, und ohnehin schien das Männchen nicht sehr beliebt zu sein, denn die anderen bewarfen es sogleich mit Erde, was eine Folge von tätlichen Auseinandersetzungen auslöste. Schließlich wurden sie vertrieben, die zu klein Geratenen in all ihrem Schwarz, von wem, war nicht mehr festzustellen; sie stürmten davon, nicht ohne einander noch mit Drohungen und Verwünschungen zu bedenken. War das also jetzt die endgültige Ruhe, Märchenstille, sie wär's gewesen, wenn sich nicht doch noch jemand herbeigeschlichen hätte, verspäteter Wicht, nein, ein Kind nur, ein kleines Mädchen war's, das, auf einem inzwischen gänzlich vereinsamten Friedhof, vor dem noch offenen Grab einen Knicks machte und sagte:

»Scharf und milde, grob und fein,
Vertraut und seltsam, schmutzig und rein,
Der Narren und Weisen Stelldichein:
Dies alles war er, wollt' er sein,
Taube zugleich, Schlange und Schwein.«

Inhalt

ERSTES BUCH

Müde, krank vom Licht

ZWEITES BUCH

Ein Blick des Glücks

DRITTES BUCH

Von Zeit zu Zeit

Und Nietzsche weinte
Roman
375 Seiten
btb 72011

Aus Freude am Lesen

Irvin D. Yalom

Das Wien des Fin de siècle: Josef Breuer, der angesehene Arzt und Mentor Sigmund Freuds, soll den unter betäubenden Kopfschmerzen leidenden Philosophen Friedrich Nietzsche heilen. So beginnt die außergewöhnliche Beziehung zwischen dem ruhigen, einfühlsamen Therapeuten Breuer und dem verschlossenen, verletzlichen Denker Nietzsche.

Seelensprung
Ein Leben
in zwei Welten
220 Seiten
btb 72006

Aus Freude am Lesen

Susanna Kaysen

»Seelensprung« beruht auf Susanna Kaysens eigenen Erfahrungen in einer berühmten psychiatrischen Anstalt. Sie beschreibt darin ihr Leben als entmündigte Patientin, das einem Balanceakt zwischen Realität und Alptraum gleicht.